고구려 사진관

하

고구레 사진관

미야베 미유키 장편소설
이영미 옮김

네오픽션

차례

* 각주는 모두 옮긴이주입니다.

세 번째 이야기

: 갈매기의 이름

1

'등대 밑이 어둡다'는 말이 있다. 사전 풀이에 따르면 '가까이 있는 것이 오히려 더 알기 어렵다는 뜻'이라고 한다.

이 표현을 처음 알게 된 게 언제였는지, 하나비시 에이이치는 기억하지 못한다. 주위 어른들 중 누군가가 말했거나 책에서 읽었을 것이다. 그리고 '그게 무슨 뜻이야?'라고 물어서 그 뜻을 알게 됐겠지. 속담이나 격언 같은 종류는 대개가 그렇다.

다행히 무난하게 진급해서 도립 미쿠모 고등학교 이 학년이 된 에이이치는 이제 기본적으로 '그게 무슨 뜻이야?'라고 묻는 위치에서 그런 질문을 받는 위치로 바뀌었다. 여덟 살 아래 남동생인 히카루의 특기가 '왜 공격'이기 때문이다.

이 녀석 히카루, 애칭 피카는 실로 강력한 질문쟁이라서 잘 모르는 것이나 어정쩡한 지식으로 적당히 대답하면 나중에 반드시 빈틈없이 정정한다. 네 힘으로도 알아볼 수 있으면서 왜 물어봤느냐고 소리치면, 잘못해놓고 오히려 화를 내는 건 어른스럽지 못한 행동이라며 타이르기까지 한다. 사정이 그렇다 보니 형으로서는 자연히 신중하게 대답할 수밖에 없다.

'등대 밑이 어둡다'에 관해서도 마찬가지였다.

"무슨 뜻일까?"

피카가 중얼거리는 소리를 듣고 에이이치는 곧바로 가까이 있던 전자사전을 찾아보았다. 피카는 에이이치 방의 벽장에서 무슨 책인가를 읽고 있었고, 그 책 속에서 이 표현을 발견한 듯했다.

에이이치가 말뜻을 가르쳐주자, 피카는 벽장 위 칸에서 고개만 삐죽이 내밀고 물었다.

"이건 밤 등대 말하는 거지?"

"물론이지."

"등대 밑이 정말 어두워?"

"어둡겠지. 꼭대기에 불이 켜져 있잖아. 게다가 먼바다를

항해하는 배에서도 잘 보이는 크고 강렬한 조명이니까."

그러니 대조적으로 등대 밑은 더 짙은 어둠에 잠겨버릴 것이다.

"등대가 서 있는 곳은 주로 곶의 돌출부라든가 민가나 건물이 없는 장소잖아. 가로등 같은 것도 없고. 등대 말고는 캄캄해."

"하지만 꼭대기 조명만으로도 등대 전체가 환해지지 않나? 사진 같은 데서 본 등대는 대부분 외벽이 하얗던데. 흰색 벽은 흐린 불빛도 잘 반사시켜서 또렷하고 밝아 보이잖아."

에이이치는 리폼할 때 다시 바른 반년 전 벽지로 시선을 돌렸다. 흰 바탕에 옅은 회색 줄이 그어져 있는데 바짝 다가서지 않는 한 아무 무늬도 없는 것처럼 보인다. 천장의 형광등은 꺼져 있었다. 불빛은 피카가 벽장 속에 켜둔 독서 등과 에이이치의 책상 스탠드 두 개뿐이었다. 집은 낡았지만 벽지는 아직 새것이라 새하얗게 빛을 튕겨냈다.

"그렇긴 하네."

"그러면 등대 밑도 반사 불빛으로 밝은 게 이상한 일은 아니지?"

"등대 조명은 으음…… 그, 뭐냐."

에이이치는 두 손으로 얼굴을 감쌌다가 그 손을 가볍게 앞으로 뻗는 몸짓을 해 보였다.

"방향성이 강해서 등대 자체는 못 비추는 거 아닐까?"

"방향성이 왜 강해?"

"안 그러면 빛이 멀리까지 도달하지 못하잖아. 멀리 있는 배들의 표시가 될 수 없겠지."

"꼭대기 조명만이 아니라 등대 자체도 하얗게 빛나야 먼 데서도 훨씬 잘 보이는 거 아닌가?"

에이이치는 잠시 입을 다물었다가 말했다.

"형은 말이지."

"응."

"계속 '등대 밑 생활*'인 줄 알았어."

"뭐?"

"등대 밑에서 사는 삶을 말하는 줄 알았다고."

거짓말이 아니다. 등대처럼 거대하고 높은 건물 밑에서 쥐 죽은 듯 살아가는 조용하고 소박한 삶을 뜻하는 표현으로 오해하고 있었다. 그것도 꽤 최근까지.

"큰 건물 밑에 살면 왜 조용한 삶이 되는데?"

"어쩐지 그냥, 느낌상 그래."

---

* 어둡다는 의미의 일본어 '구라시'는 '생활' 또는 '살림'과 동음이의어다.

"어떤 느낌?"

"네 친구, 지난번에 놀러 왔던 애, 도요타였던가? 사십육 층짜리 건물인 무슨 무슨 센트럴 타워 맨션에 산다는 애 있었지?"

"도요타네 집은 십 층이야. 그건 그렇다 치고, 그게 왜?"

"그 애랑 같이 그 센트럴 타워 근처 집들을 돌아다니며 조사해봐. 그럼 알게 될 테니까, 조용한 그 느낌을."

피카가 탁 소리 나게 책을 덮었다.

"하나짱, 잘 몰라서 또 대충 넘기려는 거지. 그만 됐어. 잘 자."

독서 등을 끄고 벽장문을 닫는다.

"알았다."

에이이치도 풀고 있던 문제집으로 시선을 돌렸다. 그런데 다시 벽장문이 열렸다.

"하나짱."

"그만 자."

"중요한 말을 깜박했다. 덴코짱이 보여줬어."

"뭘?"

"우리 집 사진. 출입구 쪽 카운터를 찍은 사진."

에이이치는 의자를 돌리고 벽장을 쳐다보았다. 피카는 십 센티미터 정도 틈새로 한쪽 눈만 내놓은 채, 벽장문 가장자리에 살며시 손가락을 걸치고 있었다. 꽤나 섬뜩한 광경이었다.

"고구레 씨가 찍힌 사진이야. 진짜로 카운터에 앉아서 가게를 보던데. 친절해 보이는 할아버지였어."

잘 자, 하며 벽장 개구쟁이는 물러났다.

에이이치는 그로부터 십 초가 넘도록 바짝 굳어 있었다.

덴코는 시원스럽게 자백했다.

"최근에는 영상을 가공하는 소프트웨어도 많이 편리해졌잖아."

하지만 소프트웨어에 책임을 전가하려 들었다.

"가격도 별로 안 비싸서 나도 모르게 그만…… 때마침 포인트를 두 배나 적립해주는 세일 중이라서."

"그런 건 아무 상관 없어!"

에이이치가 으름장을 놓았다. 잘못한 것은 요도바시 카메라도, 야마다 전기도 아니었다.

"그보다, 동기부터 불어."

"아, 글쎄! 피카짱이 부탁했다니까."

"피카가 너한테 심령사진 따위를 만들어달라고 부탁했단 말이야?"

"그건 아니지만, 결과적으로는 그렇게 되었다고 할까."

때는 5월 초순. 황금연휴 후반으로 갓 돌입한 시기였다. 다나코 가의 드넓은 정원에 심어진 나무와 풀들은 신록을 더해가고 꽃들도 여기저기 흐드러지게 피어났다. 에이이치가 알아볼 수 있는 꽃은 붉고 흰 철쭉과 나팔수선화 정도였지만, 덴코의 어머니에게 들은 바로 이 무렵 정원에 피는 꽃은 열다섯 종류나 된다고 했다.

덴코의 방은 다다미 열 장은 거뜬히 넘는 널찍한 공간으로 광택이 감도는 투명한 황갈색 나무 바닥에 모던한 가구가 띄엄띄엄 자리 잡았다. 제작된 시점부터 학습용 책상으로 쓰일 계획은 없었고 현재도 그럴 의도가 전혀 없을 게 틀림없는 통나무 책상이 정원을 향해 난 창문 앞에 놓였고, 덴코는 지금 거기에 앉아 있었다. 의자도 물론 고등학생 따위의 엉덩이에는 아깝기 그지없는 수준이었다. 그리고 에이이치는 그 옆에서 팔짱을 낀 채 떡 버티고 서 있었다.

정원 쪽에서 힐끗 시선을 돌려 이 창을 올려다보는 사람이 있다면, 이 집 도련님이 묘하게 무서운 표정을 띤 가정교사에게 호된 단련을 받는…… 광경으로 보일지도 모른다. 덴코는 가정교사는커녕 과외도 학원도 필요 없는 우등생이고 에이이치는 그와 정반대라는 게 실상이지만, 삼엄한 분위기만 보면 그런 오해를 받을 수도 있을 것이다.

다나코 집안은 명문가에 부자지만 외동아들에게 쓸데없는 윤택함을 베풀고 기뻐하는 취미는 없었다. 덴코 역시 물욕은 거의 없다. 정말 제대로 잘 자란 인간은 그런 것일 테지.

그런데도 이런 호화로운 방에서 생활하는 이유는 덴코의 아버지가 이따금 방을 새롭게 꾸미는 취미에 푹 빠져 있기 때문이다. 그래서 자기 서재에서 쓰던 가구나 비품을 버리기는 '아깝다'며 덴코에게 물려주는 것이다.

—우리 아버지는 스트레스가 쌓이면 방을 바꾸고 싶어 하셔.

그런 면에서는 약간 여성적이라는 생각도 들었다. 덴코 아버지의 또 한 가지 스트레스 해소 취미가 '야영'이라는 걸 떠올리면 살짝 고개가 갸웃거려지긴 하지만.

방을 바꾸면서 컴퓨터도 새것으로 바꾸는 일이 많기 때문에 덴코는 늘 물려받은 우수한 머신을 소지하게 마련이었다. 사양을 비교해보면, 에이이치 가족이 공동으로 쓰는 상품과는 건설 현장 동력삽과 유치원 모래밭에 뒹구는 장난감 삽만큼이나 차이가 날 것이다. 그런 만능 머신에 포인트 두 배 적립 세일 중에 산 이미지 가공 소프트웨어까지 처넣은 덴코가 고구레 야스지로의 심령사진 비슷한 것을 만들어낸 것이다.

"피카짱은 말이지."

오늘도 덴코는 강렬한 옷차림새를 하고 있었다. 군데군데

멋스럽게 해진 빈티지 청바지에 멜빵을 했는데, 그 멜빵이 무지갯빛이었다. 안에 받쳐 입은 티셔츠는 앞면은 진한 빨강, 뒷면은 해바라기 같은 진노랑. 그리고 머리카락은 은빛이다. 아무리 황금연휴 기간 한정으로 결정한 일이라고 해도, 저런 머리는 염색을 원래대로 돌리는 데만도 수고와 비용이 들 테고 머릿결까지 상할 게 빤하지 않은가?

그 짧은 은빛 머리를 손으로 잡아당기며 덴코가 입을 삐죽 내밀었다.

"일반적인 심령사진을 믿었던 건 아니야."

그 정도는 덴코가 말 안 해도 에이이치 역시 충분히 알고 있었다. 지난번과 지지난번 수수께끼를 풀었을 —풀 수밖에 없었을— 때, 피카의 책꽂이에서 심령사진의 역사에 관한 책을 빌려 읽고 많이 참고가 됐기 때문이다. 그 책들을 읽은 피카가 그런 유형의 사진들이 실재한다고 믿을 리가 없었다.

덴코는 눈을 치켜뜨고 에이이치를 훔쳐보더니 짐짓 한숨을 내쉬었다.

"하나짱이 오해하고 있어."

"오해는 무슨 오해. 오해할 구석이 어디 있어?"

"피카짱은 '믿었던' 건 아니라고. 과거형이야."

그렇지만 지금은 조금 믿는다고 했다.

"대체 어떻게 그런 일이 생길 수 있지?"

"그러니까 내, 아니, 우리의 실제 체험 이야기를 듣고서 피카짱도 자기 나름대로 사고실험을 해본 거야. 그 결과, 인간의 '생각'이 사진에 찍힐 가능성을 완전히 부정할 수는 없다는 결론에 도달한 거지, 응."

관념은 생물이다, 하고 덴코가 엄숙한 분위기로 말했다.

"덴코."

에이이치는 친구의 이름을 불렀다.

"네."

"지금 뭐라고 했냐?"

"'관념은 생물'이라고."

"아니 그 전에, 네가 뭐를 했다고?"

'우리의 실제 체험 이야기를 듣고서'라고 한 것 같은데.

"난 피카한테 리에코 씨 얘기도 가와이 씨 얘기도 안 했어!"

"내가 했어."

덴코는 천연덕스럽게 인정했다.

"아니, 뭐…… 하나짱도 리에코 씨 건은 살짝 내비쳤을 텐데…… 어허, 이런! 폭력은 안 좋아!"

부들부들 떨리는 에이이치의 주먹을 덴코가 재빨리 눌렀다.

"왜 그런 쓸데없는 짓을 해?"

"피카짱이 알고 싶어 하니까. 형이 하는 행동은 모든 게 흥미진진한 거야. 네가 심령사진 책 같은 걸 읽으니까 더더욱 그럴 수밖에. 뭔가 수수께끼가 있는 것처럼 보였을 테니까. 무리도 아니지, 이해해줘라."

마치 에이이치가 고집불통 초등학생이라도 된 듯이 덴코는 설교 조로 말했다.

"그래서 나한테 들었다는 건 비밀로 하기로 약속하고 다 말해줬지. 한데 피카짱 결국 너한테 모조리 털어놔버렸군. 왜 그랬을까?"

그러고는 '역시 타인은 형제의 끈끈한 유대를 당해낼 수 없는 모양이야.' 하며 상처 받은 듯이 고개를 떨어뜨렸다.

"형제의 끈끈한 유대 좋아하네. 나한테만 숨기고 둘이 할 거 다 해놓고."

"어, 하나짱, 질투하네."

폭력은 옳지 않다며 덴코는 또다시 에이이치의 주먹을 밀어냈다.

"아무튼 그런 까닭으로 심령사진에 대한 피카짱의 견해가 바뀌었어. 그렇다 보니 고구레 씨 유령에 대한 사고방식도 변하게 됐대."

—우리 집에 진짜로 고구레 씨가 있다면 나도 만나보고 싶어.

고구레 야스지로는 에이이치 가족 넷이 살고 있는 가게 겸 주택 '고구레 사진관'의 옛 주인이다. 작년 2월에 여든다섯 살의 나이로 세상을 떠났다. 육체는 이미 뼈만 남았을 테고 혼은 저세상으로 건너가 편안히 잠들었을 터다.

한데 그 사람의 유령이 나타난다—는 소문이 있었다. 지금은 하나비시 가족의 집이 된 고구레 사진관의 접객용 카운터에 앉아 가게를 본다는 소문이었다. 목격자가 있다는데, 소문을 소곤소곤 퍼뜨리는 사람—대개 지역 상점가를 중심으로 사는 이웃들—은 정작 그 목격자는 아니었다. 다들 풍문으로 들었을 뿐이다. 도시 전설이나 마찬가지라 '친구의 친구가 봤다'거나 '아는 사람한테 들었다'는 수준의 이야기인 것이다. 결정적인 증거 따위는 존재하지 않았다.

피카가 그 소문에 신경을 쓴다는 것은 에이이치도 알고 있었다. 하지만 무서워하는 기색도 없고 오히려 '흐응, 유령이 있을 리가 없잖아.' 하는 식으로 흥미가 없는 듯해서 굳이 대처할 만한 사태는 아니라고 생각했다. 그런데 물밑에서 이런 전개가 펼쳐지고 있었을 줄이야.

덴코가 말을 이었다.

"그래서 내가 말했어. 마음속으로 간절히 부르면 고구레 할아버지가 나타날지도 모른다고. 피카짱은 원래 순진한 아이라 그걸 실제로 시험해본 거지."

그러나 피카가 부르는 소리는 가 닿지 않았다. 고구레 씨는 나타나지 않은 것이다.

"그래서 또다시 버팀목인 덴코짱에게 상의했다?"

버팀목인 덴코짱은 '그럼 피카짱, 이번에는 고구레 씨를 부르면서 사진을 찍어보면 어떨까? 어쩌면 그 할아버지가 찍힐지도 모르잖아.' 하고 제안했다.

피카는 다시 시도했다. 처음에는 아버지의 디지털카메라를 몰래 꺼내다 촬영했지만 성과가 없었다. 어쩌면 영혼이나 유령은 디지털카메라에는 안 찍힐지도 모른다는 생각에 용돈으로 일회용 카메라를 사서 찍어보았다. 그러나 원하는 사진은 나오지 않았다. 현상 비용까지 포함해서 귀중한 용돈만 헛되이 날렸을 뿐이다.

"그래서? 버팀목이신 덴코짱은 세 번째로 어떤 충고를 해주셨나?"

"아, 글쎄! 이번 일은 정말로 부탁받았다니까."

―난 틀린 것 같으니까 덴코짱이 우리 집에 와서 사진 찍어볼래?

에이이치는 덴코를 노려보았다.

"그래서 찍었냐?"

"찍었지. 근데 안 나왔어."

고구레 씨의 유령인지 환영인지는 덴코가 찍은 사진에도 나오지 않았다.

"참고로 덧붙이면, 난 아버지의 일안 리플렉스 카메라까지 들고 가서 시험했다고. 현재는 제조되지 않는 희소 기종이라 셔터 한 번에 사용료가 백 엔씩이나 드는 카메라야."

그런 면에서는 까다롭고 타산적인 덴코 아버지다.

"피카짱이 어찌나 실망하던지 보기 안쓰러울 정도였어."

—고구레 씨 유령이 나온다는 건 역시 그냥 소문이었어. 거짓말이야.

"너무 풀이 죽어서 도저히 그냥 보고만 있을 수가 없더라."

그래서 날조하기에 이르렀다는 것이다. 에이이치는 지금 두 다리를 벋디디고 서서 그 사진을 응시하고 있었다. 화는 치솟지만, 잘 만들어진 사진이었다.

고구레 씨가 늘 앉아 있었다는 카운터를 집 안, 다시 말해 등 쪽에서 찍은 이미지였다. 정면으로 뒤쪽이 아니고 왼쪽으로 비스듬한 뒤쪽에서 찍었다. 조명은 천장의 형광등이었을 것이다. 벽과 카운터 옆 선반은 초점이 흐려져서 선명하게 찍히지 않았지만 화면 오른쪽 끝의 쇼윈도 내부가 찍혀 있었다.

빡빡 깎은 머리에 납작코가 특징적인 노인이 가게 출입구,

프레임 안에서는 왼쪽을 향하며 카운터를 마주하고 있다. 두 손은 카운터 위에 가지런히 올려놓았다. 그런데 이 사진에서 '앉아 있다'는 표현은 정확하지 않다. 노인의 허리부터 아래쪽이 어렴풋하게 흐려지며 지워져 있었기 때문이다. 반대편 벽이 투명하게 비쳐 보였다. 그런데도 머리 크기나 어깨 폭으로 추측하건대 덩치가 상당히 좋아 보이는 이 노인은 그 체격과 카운터의 위치 관계로 볼 때 '앉아 있다'는 인상을 받게 되는 것이다.

등을 굽히고 쓸쓸히 홀로 앉아 가게를 보는 사진관의 늙은 주인. 소문으로 들은 것과 똑같은 풍경이었다.

"피카가 이걸 진짜라고 믿었다고?"

"진짜라고 하면서 보여줬으니까."

—역시 덴코짱은 무슨 일에서나 천재야! 훌륭해!

주먹을 휘두를 기회를 놓친 에너지가 팔뚝에서 역류되어 머리끝까지 치솟아 올라 에이이치는 두 손으로 머리를 마구 쥐어뜯었다.

"피카가 그렇게 바보인 줄은 몰랐다."

"바보가 아니야."

흠칫 놀랄 정도로 덴코의 반격은 빠르고 냉정했다. 엄숙하다고 말해도 좋을 정도였다. 에이이치가 노려보아도 태연하게 말을 이었다.

“피카짱은 자기한테 필요한 것을 진지하게 조리를 세워가며 생각해볼 뿐이야. 그걸 모른다면 하나짱, 네가 더 바보지. 뭐…… 꼭 그렇게 사람 숨통을 끊어놓을 듯한 눈길로 쏘아볼 것까진 없다고 생각합니다만.”

“그, 그야 이상하니까 그렇지.”

피카답지 않다. 논리의 파탄이다.

“그 녀석이 리에코 씨나 가와이 씨의 실례를 알고, 생령이나 인간의 사념 같은 게 사진에 찍힐 수 있다는 걸 믿었다고 해도 그래.”

두 경우 모두 사진의 환영을 만들어낸 것은 살아 있는 인간의 생각이었다. 죽은 사람이 아니다. 그 두 장의 사진에 찍힌 것은 영혼도 유령도 아니었다.

“그런데 피카가 원하는 건 고구레 할아버지의 유령이잖아! 죽은 인간과 산 인간 사이에는 깊은 골이 있다고.”

“삼도천이 흐르니까.”

의연하고 냉정하게 텐코가 말했다.

“하지만 ‘생각’이라는 점에서는 마찬가지야.”

“살아서 ‘생각’을 계속 발산하는 인간이랑 죽어서 그럴 수 없는 인간 사이에 차이가 없단 말이야?”

"인간은 죽어도 '생각'이 남는 일은 있지. 나도 경험한 적 있어. 우리 할머니, 이미 삼 주기가 지났지만 지금도 할머니가 쓰시던 방에 들어가면 기운이 느껴져."

"그런 수준의 얘기가 아니잖아."

"그런 수준의 얘기야, 하나짱."

덴코의 목소리에 힘이 들어갔다. 은발 머리를 한 건달 형님의 열변이었다.

"피카짱은 바로 '관념은 생물'이라는 가설을 확인하고 싶어서 진지하게 고민하는 중이라고. 죽은 사람의 생각이 가까운 사람들 곁에 남아 있다면, 어떻게든 거기에 접근해보려는 거지."

"되잖은 논리나 내세우는 그 애송이가?"

척수반사적으로 그렇게 되받아친 후, 에이이치는 소스라치게 놀랐다. 가슴속에 쿵 하고 내려앉는 무언가가 있었기 때문이다.

"설마…… 피카가 접근하고 싶어 한다는 죽은 사람이, 혹시…… 후코야?"

칠 년 전, 만 네 살 나이로 세상을 떠나버린 에이이치의 여동생, 피카의 누나다. 후코가 죽었을 때, 피카는 겨우 두 살이었다. 후코의 얼굴도 기억하지 못할 것이다.

몹시 진지했던 덴코의 표정이 조금은 부드러워졌다. 웃는 건 아니었다. 서글퍼 보였다.

"그건 나 같은 사람이 끼어들어서 코멘트할 일은 아니지."

그러고는 한숨을 몰아쉬더니 에이이치의 얼굴을 뚫어져라 바라보았다.

"인간은 자기 얼굴은 자기 눈으로 볼 수 없잖아."

거울에 비추지 않으면 볼 수 없다.

"그러니까 피카짱은 하나짱의 거울이야. 내가 할 수 있는 말은 그것뿐. 앞으로 일은 너한테 맡길게."

대체 무슨 뜻이지? 에이이치가 풀이 죽어 있는 사이, 덴코는 저 편할 대로 모드를 바꾸고 빙그레 웃었다.

"그건 그렇고 하나짱, 파고드는 열의가 부족해."

"그건 또 무슨 소리야?"

"이거 진짜야."

덴코가 컴퓨터 화면을 가리켰다.

"나는 이런 일은 대충 처리하지 않는 게 신조니까."

"날조라면서?"

"그건 합성했다는 의미지. 소재는 진짜야."

에이이치는 눈을 깜박이며 화면으로 시선을 던졌다.

"이 할아버지?"

"그래, 진짜 고구레 씨 사진을 쓴 거라고."

어디서 어떻게 구했냐는 질문이 광속 세 배쯤의 속도로 에이이치의 뇌리를 스쳐 지나갔고, 그거야 빤하다는 결론과 격돌했다. 눈 속에서 불꽃이 튀었다.

"ST 부동산 스도 사장님은 참 좋은 사람이야. 너 혹시 따지러 가진 않겠지? 가키모토 씨가 불편해서 계속 피해 다니잖아. 난 특별활동 끝나고 돌아가는 길에 가끔 들르는데, 가키모토 씨는 건강해. 최근에 헤어스타일을 바꿔서 조금 세련된 느낌……."

덴코는 신이 나서 나불나불 떠들어댔다. 자식, 쓸데없는 짓거리나 하고 다니고.

피하는 건 아니었다. 기회도 용건도 없어서 얼굴을 마주하지 않았을 뿐이다. 부동산 사무직원과 고등학생이다. 애당초 교류할 거리도 없고 그럴 필요도 없다. 하지만 덴코에게 그런 말을 듣자 저항감이 느껴졌다. 내가 딱히 의식해서 피하는 건 아니라고 에이이치는 주장하고 싶어졌다.

가키모토 준코와는 2월에 찬 바람 휘몰아치는 플랫폼에서 우연히 맞닥뜨린 후, 딱 한 번 더 만났다. 그때 그녀에게 약속한 '수수료'를 건네주었다. 그 후로는 보지 못했다. 그걸로 부자유스러울 일은 하나도 없이 정산을 마쳤다. 건네준 수수료를 그녀가 어떻게 사용하든 에이이치가 관여할 바는 아니었다. 하나비시 가에서도 ST 부동산에는 볼일이 없었다. 지붕 방수 보강 공사는 끝났고, 더는 딱히 불편한 점도 없으니까.

전차를 탈 때마다 역 플랫폼에 설 때마다 그녀의 축 처진 하얀 다리와 죽은 사람처럼 늘어져 역무원 등에 업혔던 모습을 떠올리는 일도 없다. 북풍에 날아갈 것 같던, 종잇장처럼 바짝 야윈 그녀를 떠올리는 일도 없다. 없다, 없다, 없다……. 그런데 왜 이렇게 힘겹게 부정해야 할까? 덴코가 하는 말이 왜 이렇게 신경 쓰이는 걸까?

—네가 ST 부동산에는 뭐하러 가. 아버지가 빌딩이라도 사시냐?

—하나짱, 이상한 소리 하네. 친구 얼굴 보러 가는 거지. 그야 뻔하잖아.

친구? 덴코랑 가키모토 준코가 친구라고? 하지만 덴코, 넌 모르잖아. 그 여자, 자살하고 싶어 하는 사람이야. 어두운 과거의 냄새가 풀풀 풍긴다고. 스도 사장도 곤란해해. 그런 것도 모르면서 어떻게 그 여자랑 친구가 될 수 있어?

투덜투덜 그런 생각에 잠겨 있는데, 뭔가가 날아와서 머리에 격돌했다.

"나이스 헤딩!"

체육 수업 중에, 그것도 한창 축구를 하는 와중에 딴생각에 빠지면 안 된다. 에이이치는 머리를 감싸 쥐며 주저앉았다. 진짜 아픕니다. 휘슬이 울리는 소리가 들리는 걸 보니 골인인가? 머리가 윙윙 울려서 눈도 뜰 수 없었다.

"우와! 좀 하는데!"

해맑은 목소리가 다가오더니 누군가 등을 퍽, 내리쳤다.

"어? 괜찮냐?"

윙윙거리는 어둠 속에서 그 목소리가 에이이치에게 어깨를 빌려주었다.

"심판, 타임! 선수 교체! 내친김에 나도 빠질게요."

간신히 한쪽 눈이 떠졌다. 에이이치는 비틀거리며 경기장에서 나왔다. 운동장 밖에서 대기하고 있던 반 친구가 '에이, 뭐야. 헤딩한 거 아니었어?'라며 야유를 퍼부었다.

"공에 맞은 거야. 마빡이 튀어나왔잖아. 상처는 없어 보이지만 잠시 쉬는 게 좋겠다."

이 목소리의 주인공은 히로시, 다나카 히로시다. 에이이치가 라인 옆에 엉덩방아를 찧으며 주저앉자 히로시도 그 옆에 털썩 앉았다. 동그란 얼굴에 둥글둥글한 몸집, 키는 에이이치보다 십 센티미터쯤 작다. 뚱뚱한 건 아니고 전체적으로 다부지게 꽉 들어찬 것 같은 체격으로, 체세포 밀도가 높다고 할까?

체육 수업 중이라 안경은 쓰지 않았다. 히로시는 콘택트렌즈를 끼지 않으니까 이 정도 가까이 있어도 에이이치의 얼굴이 선명하게 보이지는 않을 것이다. 심한 근시였다. 그런데도 녀석은 축구나 농구, 배구를 아주 잘했다. 그 체격으로도 발이 빠르고 몸도 유연하고 요령이 좋았다. 하지만 구기 종목이라면 뭐든 잘한다는 건 아니고, 공이 작은 종목은 영 아니었다. 안 보이기 때문이다.

오늘은 황금연휴 기간 중 유일하게 학교에 나오는 날이었다. 학생들도 해이했지만 선생님들도 의욕이 넘치는 건 아니었다. 체육 수업은 적당히 축구나 하자는 분위기였다. 여학생들은 체육관에서 배구를 했다. 체육 수업 때는 남자와 여자를 나누기 때문에 두 개의 클래스가 공동 수업을 하고, 그래서 히로시가 옆에 있는 것이다. 히로시는 옆 반이다. 오늘에만 한정되는 얘기가 아니라 늘 그렇다. 하지만 에이이치는 하필이면 지금 이 순간, 어깨를 빌려준 사람이 다나카 히로시라는 상황에 마음이 편치 않았다.

히로시는 수업 시간에 경기할 때는 눈에 띄게 득점을 많이 하는 선수였지만, 축구부에도 농구부에도 배구부에도 소속되지 않았다. 들어오라는 권유에도 응하지 않았다. 그에게는 훨씬 더 중요하고 진정으로 사랑하는 대상이 따로 있었기 때문이다.

철도다.

히로시는 미쿠모 고등학교 철도 애호회, 통칭 '쿠모철'의 일원이었다. 확고한 철도 마니아로, 분류를 하자면 열차를 타고 직접 철도 여행을 즐기는 부류인 '노리테쓰'다. 그런 까닭에 이 학년이 되자마자 애호회 안의 노리테쓰 그룹 주장이 되었다. 주장의 대표적인 임무는 타러 갈 철도를 선택하는 일이다. 스케줄도 정한다. 노리테쓰 그룹 멤버만 해도 열다섯 명이나 되고 저마다 타고 싶어 하는 노선이 다르기 때문에 그 결정권을 가진 주장은 대단한 위치라고 한다.

쿠모철 활동은 매우 활발해서 거의 매주 주말마다 어딘가로 떠난다. 연휴에는 원정도 간다. 당연히 계속해서 일정한 비용이 들기 때문에 회원들은 하나같이 아르바이트에 열심이었다. 그 결과, 이 애호회는 또 한 가지 재미난 특징을 겸비하게 되었다. 쿠모철은 학교 측의 따가운 시선을 받지 않는, 분야도 좋고 시급도 효율적으로 벌 수 있는 매우 충실한 아르바이트 관련 정보망을 확보하고 있었다. 덴코 같은 애들은 이런 말까지 했다.

―그 녀석들 차라리 활동의 일환으로 도립 미쿠모 고등학

교 학생들을 위한 아르바이트 정보지라도 내는 게 훨씬 더 돈벌이가 되지 않을까?

실은 다나카 히로시와 처음 알게 되었을 때, 에이이치도 이와 관련한 유쾌한 오해를 받았다.

—하나비시, 너희 집 사진관을 하는 모양인데 우리 애들 가게 보조원으로 고용해줄 수 없냐?

—아냐, 아냐, 우리 집 사진관 아니야.

—어? 난 그렇게 들었는데.

—누구한테?

—하시구치한테.

—그 녀석이 농담한 거야.

그런데도 히로시는 집까지 데리고 가서 직접 확인시켜줄 때까지 좀처럼 그 말을 믿으려 하지 않았다.

—하나비시 부모님은 훌륭하시다. 오래된 것을 소중히 여길 줄 아시잖아. 올바른 마음가짐이야.

자기 눈으로 직접 보고 납득을 하자 칭찬하는 그 말끝에 이렇게 덧붙이며 물었다.

—이 쇼윈도, 우리 모임에도 빌려줄 수 있어?

철도 사진을 장식하겠다는 것이었다. 물론 임대료는 확실히 지불하겠다고 했다.

—작품 선별 문제로 옥신각신하진 않니?

—그런 걱정은 전혀 없어. 우리에게는 '철'의 규칙이 있으니까.

—알았어. 생각해볼게.

그 후로는 잠잠해져서 모른 척했지만, 그 얘기를 다시 꺼내지 않은 것은 너무나 고마운 일이었다. 철도 사진은 딱히 싫지도 좋지도 않지만, 멋진 패널을 이것저것 바꿔가며 쇼윈도를 장식하면 이웃 사람들에게 점점 더 고구레 사진관이 현역으로 영업한다는 오해를 불러일으킬 소지가 있기 때문이다.

그건 그렇고, 결론을 말하자면 이 다나카 히로시가 바로 에이이치가 가키모토 준코에게 건네준 '수수료'의 근원지였다.

달려오는 전차를 정면에서 바라볼 수 있는 장소.

그 차디찬 북풍이 휘몰아치던 플랫폼에서 에이이치는 가키모토 준코에게 약속했다. 일본 전국 철도 어딘가에는 반드시 그런 장소가 있을 것이다, 철도 애호회 학생들이라면 알 게 틀림없다, 곧바로 알아낼 순 없을지 모르지만 그 녀석들이 명예를 걸고 찾아줄 테니까, 물어봐서 당신에게 알려주겠다고.

얘기가 또다시 옆으로 새긴 하지만, '귀신 한입 거리'라는 표현이 있다. 이것은 피카가 에이이치에게 말뜻을 물은 게 아니라 오히려 가르쳐준 말이었다. 귀신이 포획물을 한입에 꿀

꺽 먹어치우듯이 누군가가 무슨 일을 할 때 무서울 만큼 시원스럽게 해치우는 모습을 표현하는 말이라고 한다. 뉘앙스로 보자면 '눈 깜짝할 사이'에 가깝다.

바로 그것이었다. 게다가 돌아온 리액션은 양과 질 모든 면에서 어중간한 수준이 아니었다. 지금도 에이이치의 귓가에는 생생히 남아 있다. 옆 반 친구한테 소개받은 다나카 히로시를 처음 만나 이쪽의 요청을 밝혔을 때 그가 내뱉은 환호성.

—원더풀!

히로시는 한 톤 높은 목소리로 외치더니 두 손으로 에이이치의 손을 움켜쥐고 위아래로 붕붕 흔들어대며 얼굴 가득 미소를 머금었다.

—환영한다!

아니, 그…… 뭐냐, 난 너희 무리에 끼고 싶다는 건 아니고…… 하는 취지의 말을 횡설수설 늘어놓는 에이이치는 아랑곳도 하지 않고, 히로시는 곧바로 임전 태세에 들어갔다.

—안심하고 정면에서 달려오는 전차를 볼 수 있어야 한다. 꼭 필요한 요망 사항은 그거란 말이지? 보기만 하면 돼? 사진이나 비디오는 안 찍고?

—으응…… 아마 그럴 필요는 없을 것 같은데.

—같은데? 철도 보러 가는 사람이 너 아니야?

—응, 내가 아는 사람.

—남자야, 여자야? 어른이야, 어린애야? 단체야, 개인이야?

—여자. 개, 개인. 아마도.

—연령대는?

—이십 대 초반인가?

—젊은 여자군. 점점 더 원더풀이다!

히로시는 또다시 뜨겁게 달아올라 칭찬하는가 싶더니, 눈을 한 번 깜박이는 사이에 평상시 체온으로 돌아갔다.

—그런데 하나비시, 넌 그렇게 젊은 여자를 혼자 철도 견학 보낼 생각이야? 에스코트할 마음은 없고?

—그럴 의리까지는 없는 상대야.

—그래도 정보는 주고 싶다? 흠, 꽤 흥미로운 관계로군. 뭐, 좋아. 파고들진 않을게. 난 그렇게 촌스러운 인간은 아니니까.

말은 그렇게 하면서도 제멋대로 폭주했다.

—너랑 그녀랑 둘이 갈 거면 당일치기할 수 있는 곳이 좋겠지? 아니면 너희 부모님은 그런 점에서도 관대하신가? 아들이 연상의 여자랑 교제하는 걸 허락하셨으니 상당히 진보적인 교육 방침이겠지!

—글쎄, 난 안 간다니까.

―언제 갈 예정이야?

그것만은 알 수 없었다. 가키모토 준코가 진심으로 철도를 보고 싶어 하는지 어떤지도 의심스러웠다.

―글쎄…….

―희망하는 계절 없어? 여자면 경치가 아름다운 곳이 좋을 텐데. 봄에는 뭐니 뭐니 해도 벚꽃이지만, 복숭아도 유채꽃도 살구도 좋고, 신록도 멋져. 여름에는 철도변에 해바라기가 흐드러지게 피는 명소가 있고, 가을에는 단풍이랑 선로가 세계유산 급 경관을 만드는 추천 포인트가 몇 군데나 있지. 겨울은 물론 설경이 메인이지만 메마른 겨울나무도 아름다워. 수채화 같은 산간 철로를 덜컹덜컹 달려가는 빨간 전차 같은 건 보나 마나 굉장히 좋아할 거야!

결국 에이이치가 우물쭈물하는 사이, 히로시가 말했다.

―좋았어, 받아들이지. 나한테 맡겨.

그리고 다음 날 점심시간이었다. 히로시는 의기양양하게 에이이치의 교실에 나타났다.

―오래 기다렸지!

안 기다렸는데.

―일단 이것부터 봐.

파일 하나를 꺼냈다. 파일이었다. 메모지나 공책 찢은 게 아니라.

—이걸 참고 자료 삼아서 그녀랑 찬찬히 검토해봐. 정보가 부족하다 싶으면 어려워하지 말고 언제든 얘기하고!

그 단계부터 이미 입이 반쯤 열린 에이이치였는데 파일 내용을 보고는 완전히 떡 벌어지고 말았다.

A4 용지 삼십 페이지에 해당하는 분량이었다. 전국 각지의 열다섯 개 철도에, 컬러 프린터로 뽑은 확대 지도와 함께 그 노선을 달리는 전차 사진까지 실려 있었다. 목적지로 가는 방법, 추천 경로, 추천 계절, 사진 등을 촬영할 경우 추천 지점과 추천 기기, 주변 환경 가이드—편의점이나 주차장 등이 가까이 있나, 없나 등등—까지 코멘트로 붙어 있고, 나아가 '인기도'가 미슐랭 가이드처럼 별표 개수로 랭크되어 있었다. 자료 순서는 추천 계절—춘하추동—순이었지만, 마지막 페이지에 지역별 색인까지 붙어 있었다. 가히 프로의 솜씨였다.

에이이치는 그저 말없이 그 파일을 ST 부동산으로 들고 가서 가키모토 준코에게 건네주고 끝이었다. 그녀도 놀랐을 것이다.

그러나 프로는 자기 일에 책임을 가지는 사람이다. 애프터케어까지 심혈을 기울인다. 그 후로 일주일가량 에이이치는 히로시와 마주칠 때마다 질문을 받았다.

—그녀는 어땠어? 파일은 도움이 될 것 같니?

—그녀가 마음에 들어 하는 포인트는 있었어?

—둘이서 보러 갔다 오면, 기분 내킬 때 언제든 좋으니까 나한테도 감상 좀 들려줄래? 우리한테는 신선한 감상이 늘 부족해서 굉장히 고마운 정보가 될 테니까.

눈동자를 반짝거리며 말을 거는 히로시에게 에이이치는 '으응, 고마워.'라며 은근슬쩍 넘기려고 억지로 미소를 짓는데 켕기는 속마음 때문에 뺨이 경련까지 일으키는 사태가 되풀이되었던 것이다.

그래도 다나카 히로시는 자기 취미나 가치관을 타인에게까지 밀어붙이는 편협한 마니아는 아니어서 에이이치가 만족했다는 걸 납득한 후로는 더 이상 그 일을 언급하지 않았다. 정보가 더 필요하면 언제든 말해, 그 말을 끝으로 일련의 대화는 끝이 났다. 하지만 에이이치로서는 더욱 미안한 마음에 히로시를 피하게 되었다.

그런데 하필이면 오늘, 오랜만에 덴코랑 얘기하다 가키모토 준코를 떠올렸다……고 할까, 다시 이러쿵저러쿵 문제 삼는 대화를 나눈 직후에 또다시 히로시에게 도움을 받게 될 줄이야.

누군가가 냉각 팩을 건네주었고, 히로시가 그것을 에이이치의 머리 위에 가볍게 올렸다.

"열 좀 식혀라."

"생큐."

에이이치는 냉각 팩을 이마에 대면서 눈을 가렸다.

"날씨 좋다."

히로시가 느긋하게 심호흡을 했다. 오늘은 정말 나들이하기에 더없이 좋은 날씨로, 머리 위에는 구름 한 점 없는 맑은 하늘이 펼쳐져 있었다. 스치는 바람도 상쾌했다. 일기예보에 따르면, 연휴 후반부는 줄곧 이런 날씨일 모양이었다.

"학교도 쉬면 좋은데, 선생님들도 가끔은 느긋하게 쉬고 싶을 거야."

에이이치가 눈을 가린 채 말했다.

"그러게 말이다."

어느 쪽인가 공격을 시작했는지 운동장이 시끌벅적했다.

"다나카, 내일부터는 또 어디 가지?"

가만히나 있지, 하면서도 에이이치는 그렇게 묻고 말았다.

"응!"

"어디?"

"반에쓰사이센 타러 갈 거야. 왕벚나무 시기는 놓쳤지만 겹벚나무는 아직 볼 수 있거든. 정말 아름답지."

쿠모철은 매년 5월 연휴에 거르지 않고 그곳에 간다고 했다. 신입 회원 환영회 소풍이었다.

"반에쓰사이센이라면…… 후쿠시마인가?"

한자를 떠올리며 에이이치가 물었다.

"우리가 타러 가는 건 니가타 근처야. 아가 강을 건너는 언저리지. 선로 양쪽에 아름다운 벚나무 가로수가 있어."

그 파일에도 실려 있던 선로 같았다. 봄 추천 포인트 중 한 군데였던가?

"올해 신입 회원은 다들 초보자나 마찬가지야. 인터넷 정보로는 봤지만 직접 가보진 못했지. 실제로 가서 타보면 사진이나 동영상으로는 절대 맛볼 수 없는 감동이 있거든."

그렇겠지, 하며 에이이치가 고개를 끄덕였다.

"증기기관차도 보여줄 수 있어서 그 녀석들 데리고 가는 게 더 기대돼."

온천도 있으니 일석이조라며 히로시가 즐거운 듯 웃었다. 에이이치는 냉각 팩을 떼어내고 그의 둥근 얼굴을 바라보았다.

"그 파일, 정말 도움이 많이 됐어. 고마워."

가만히나 있지, 하고 생각하면서도 에이이치는 또다시 그런 말을 건네고 말았다.

"간단한 일이었는데, 뭐."

"그거…… 실은 사촌 누나한테 줬어."

사족을 붙이는, 게다가 필요하지도 급하지도 않은 거짓말이었다. 그러나 에이이치는 그런 거짓말까지 꾸며내서라도 간절히 해명하고 싶어졌다. 그럴 정도로, 일 학년 학생들을 데리고 떠나는 게 기대된다는 히로시의 목소리가 따뜻했으니까.

"뭐야, 정말로 여자 친구가 아니었네."

히로시는 티 없이 환하게 웃더니, 달콤한 디저트를 천천히 음미하듯이 '사촌 누나였구나.' 하고 중얼거렸다.

"인간 불신이랄까, 혐오랄까…… 인간관계 때문에 이래저래 고민하는 중인가 봐. 도시를 떠나서 좀 다른 경치를 보고 싶다고 해서."

"흐응, 그런데도 철도에는 흥미가 있다?"

"전차가 좋다……던데."

거짓말이 더 보태졌다.

"그렇다면 네 사촌 누나, 인간 불신은 아니야. 조금 지쳐 있을 뿐이지."

"어째서?"

"전차는 인간을 태우잖아. 철도는 인간과 인간을 이어주는 거고. 그러니까 철도를 사랑하는 사람은 절대로 인간을 미워

할 수 없어."

조금 전에 날씨 좋다고 말했을 때와 마찬가지로, 진심으로 기분 좋은 듯이, 너무나 자명한 말을 하는 듯이, 히로시는 힘도 들이지 않고 쑥스러워하지도 않고 말했다.

이번에는 에이이치가 그 말을 곱씹으며 음미하고 있는데, 운동장 안에서 히로시를 부르는 소리가 들렸다.

"골키퍼 부탁해, 히로시! 골키퍼!"

느슨한 분위기치고는 경기가 후끈 달아올라서 히로시 팀의 골키퍼가 코피를 흘리고 있었다.

"알았어!"

히로시가 가뿐하게 일어섰다. 에이이치는 이마에 냉각 팩을 붙인 채로 히로시를 배웅했다.

돌아가는 길에 ST 부동산에나 들러볼까?

가키모토 준코는 없었다.

그녀뿐 아니라 회계 아저씨도, 아르바이트 청년도 없었다. 스도 사장 혼자서 책상에 장부를 펴고 앉아 전자계산기를 두드리고 있었다.

"어, 오랜만이네. 잘 지냈나?"

여느 때와 다름없이 갓난아기처럼 무방비하게 웃는 얼굴

이었다.

"웬일이야? 또 어디 물이라도 새?"

부동산업자로서 성실한 건지, 불성실한 건지 판별하기 어려운 질문이었다.

"현 상황에서는 아무 일도 없습니다."

"그건 다행이군."

사장은 타닥타닥 전자계산기를 두드렸다.

"다른 분들은 휴일이에요?"

"우리는 연휴 중에도 영업하잖아. 그래서 교대로 쉬지."

볼펜을 들고 장부에 뭔가를 적어 넣은 다음, 사장이 얼굴을 들고 빙그레 웃었다.

"가키모토 씨라면 아무 일 없어. 낮에 전화로 확인했으니까. 나나 아내나 휴일이 이어질 때는 각별한 주의가 필요하다는 걸 절실하게 깨달았지."

"고생이 많으시네요."

사장은 장부를 덮고 회전의자를 돌리며 일어서더니 사무실 한쪽에 있는 냉장고에서 캔 커피를 꺼내 왔다.

"자, 마셔. 좀 탄 거 같은데?"

"체육 시간에 축구를 해서."

사장이 자기 이마를 가볍게 두드렸다.

"특히 여기가 많이 탔네."

그건 탄 게 아니라 멍이었다.

"좀 전에 덴코도 왔었는데."

덴코는 오늘 학교를 빠졌다.

"역 앞에 붕어빵 가게가 새로 생겼는데 줄을 설 정도로 맛있대. 그렇다면서 줄까지 서서 사 왔더라고."

가키모토가 없다는 걸 알자, 사장이 한 개를 먹고 덴코는 두 개를 먹고 남은 붕어빵은 가지고 간 모양이었다. 인심이 후한 건지 인색한 건지, 판별하기 어려운 행위였다.

"그 친구, 머리가 볼만하던데."

"오늘 하루 등교 때문에 검게 염색하긴 귀찮다면서 땡땡이 친 거예요."

"아버님이 흰머리가 눈에 띄기 시작해서 차라리 은발로 염색할까 고민 중이시라며? 그래서 덴코가 그 실험 무대가 됐다고."

"그런 부자지간이죠."

에이이치는 캔 커피를 한 모금 마셨다.

"덴코가 이따금 들르는 모양이에요?"

"응."

"덴코 아버지, 이쪽에 땅이나 빌딩이라도 살 생각이신가?"

사장이 캔 커피를 비우고 나서 대꾸했다.

"그런 건 아니야. 덴코가 가키모토 씨를 만나러 오는 거지. 맘이 있는 거 아닐까?"

에이이치는 눈을 휘둥그레 뜬 채 정지했다. 사장도 그 모습을 따라 하듯 정지했다.

"그렇게 놀라운가?"

"그, 그 녀석한테 그런 얘기는 들은 적 없어요!"

"자네들 또래에는 친한 친구라도 여자 얘기는 다 안 털어놓는 경우가 있어. 특히 경쟁이라도 할 때는 더욱."

"경쟁이라뇨, 누가?"

사장은 손가락으로 콧잔등을 긁더니 콧기름이 묻은 그 손가락 끝을 에이이치에게 돌렸다.

"누구랑 누구를?"

"뭐…… 하긴, 쑥스러워하는 심정은 이해해."

멋대로 해석하지 말아주셨으면 하는데요.

"가키모토 씨한테는 기쁜 일이고, 나랑 집사람도 기뻐하고 있어."

"전 관계없어요."

"흠, 그래? 그럼 여긴 뭐 하러 왔지?"

뭐 하러 왔을까?

스도 사장의 갓난아기처럼 해맑은 눈동자에는 뜻밖에 사악한 마력 같은 게 깃들어 있는지도 모른다. 에이이치는 완전히 혼란에 빠지고 말았다. 그건 그렇고, 애당초 여기는 뭐 하러 들렀을까? 명확한 이유 따윈 없…… 아니지, 없는 게 아니다. 있다!

"고구레 씨 사진."

입 밖에 내는 순간, 분노가 제자리를 잡았다. 그래, 맞아. 이거면 됐어.

"그거, 사장님이 준 거죠? 왜 그런 쓸데없는 일을 하셨죠?"

사장은 엉뚱한 쪽으로 고개를 돌리더니 휘파람이라도 불 것 같은 표정을 지었다.

"무슨 얘긴지 모르겠네."

"시치미 떼도 소용없어요. 덴코 녀석이 고구레 씨 사진이 왜 필요한지 제대로 설명했을 거 아닙니까? 아무리 사장님이라도 납득할 만한 이유도 없이 남의 사진을 내주진 않을 테니까요."

"아무리 사장님이라도? 내가 마치 엄청난 악인인 것처럼 말하네."

"이 건에 관한 한, 적어도 어른스러운 분별력을 결여했다는 점에서는 악인이죠."

예전에 한순간이나마 이 사람을 '꽤 훌륭한 사람이 아닐까?' 하고 생각했던 것이 분하고 억울했다.

"우리 피카는 초등학교 삼 학년이에요. 나보다는 똑똑하지만, 아무리 똑똑해도 어린애는 어린애란 말입니다."

그런 가짜 심령사진도 존경하는 덴코짱이 찍었다고 하니까 마음이 흔들린 것이다.

"히카루가 그걸 진짜라고 믿으면 곤란한 일이라도 있나?"

사장의 넓은 이마에 천장의 형광등 불빛이 비쳤다.

"고구레 씨의 유령이 있으면 에이이치한테 곤란한 일이라도 있어?"

"유령 따윈 없어요."

"그럼 됐네. 에이이치는 신경 안 쓰면 그만이야."

"그렇지만 피카는……."

사장이 빙그르르 돌아 에이이치를 마주 보았다. 악의 없는 웃는 얼굴에서 콧잔등이 반짝거렸다.

"히카루는 고구레 씨의 유령이 있어주길 원해. 만나고 싶어 한다고."

버럭 화가 치밀었다.

"덴코도 똑같은 말을 했어요. 죽은 사람의 마음에 액세스하고 싶어 한다나 뭐라나. 하지만 만약 그렇다면, 피카가 정말로 만나고 싶어 하는 유령은 고구레 씨가 아니에요. 우리 후코라고요."

스도 사장은 번쩍번쩍 빛나는 이마를 살짝 갸웃거리며 에이이치를 바라보았다.

"에이, 뭐야. 이미 알고 있었어?"

그러더니 각설탕이 녹아들듯 부드럽게 웃었다.

"거기까지 알고 있으면 화낼 일도 아니잖아."

에이이치로서는 대체 누가 뭘 알고 있는 건지 짐작조차 할 수 없었다.

"사장님, 우리 후코를……."

"그 집 일로 여러 가지 수속을 할 때, 부모님한테 들었어."

—우리 집에는 작은 불단이 있습니다. 딸이에요. 그 집에서 가장 편안한 장소에 불단을 차려주고 싶어요.

"그렇다면 스튜디오가 가장 좋을 거라고 말했지. 그곳은 거실로 개조했잖아. 나 후코짱에게 분향을 한 적도 있어."

고맙습니다, 하고 에이이치가 말했다. 사장은 고개를 살짝 숙였다. 이마가 한층 더 눈부시게 빛났다.

"네 살이면 한창 귀여울 나이지. 부모님은 이루 말할 수 없이 고통스러웠을 테고…… 에이이치한테도 아픈 기억이겠지?"

"전 기억이 잘 안 나요."

사장이 시선을 들었다. 에이이치는 도망치듯 눈을 내리깔았다.

"히카루는 괜찮아. 정말 똑똑한 아이니까. 덴코도 친구로서는 괜찮은 녀석이잖아. 히카루에게 안 좋은 일을 일부러 할 리 없지."

그거야…… 나도 믿지만.

"살아 있는 사람에게는 이따금 죽은 사람이 필요할 때가 있는 법이야. 난 그건 대단히 소중한 거라고 생각해. 이런 일을 하다 보면 말이지, 이 세상에서 가장 무서운 건 현세밖에 모르는 사람들이란 생각이 절실히 들어."

말허리를 자를 의도는 털끝만큼도 없었지만 불현듯 생각이 떠올라서 에이이치가 되물었다.

"맨션 창틀에 달라붙은 여자 유령이라도?"

사장은 진지하게 고개를 끄덕였다.

"응."

"그런 걸 보는 것도 살아 있는 사람에게 중요한 일이에요?"

"중요한가, 아닌가는 사람마다 다르겠지만 매우 인간적인 일이긴 하지. 고구레 씨의 사진은……."

사장은 책상과 캐비닛을 이리저리 둘러보았다.

"어디 뒀더라. 우리 앨범에서 꺼낸 사진이야. 재작년 8월,

도다하치만구 책 축제 때 찍은 스냅사진이지."

도다하치만구에서는 삼 년에 한 번 신여神輿*를 밖으로 모시고 그런대로 성대한 제례를 행한다고 한다.

"고구레 씨도 센카와 해피 상가 번영회 임원이라 제주祭酒를 대접하는 천막에서 찍었지. 한텐** 차림인 건 봤지? 그건 씨족신 후손이 입는 제례용 한텐이야."

에이이치는 머리로 피가 솟구쳐서 고구레 노인의 복장까지는 기억나지 않았다. 그러고 보니 유카타***라도 입은 듯한 모습이었던가?

"다른 임원들이랑 같이 찍었는데, 덴코가 솜씨 좋게 잘 활용했더군. 너무 잘 만들어서 사진 소재를 아는 나까지 깜짝 놀랐다니까."

그렇게 순순히 다 털어놓으니 에이이치로서는 분노의 파동을 유지하기가 어려웠다.

"고구레 씨는 체격이 좋으셨나 봐요."

"맞아, 거구는 아니었어도 다부진 몸매였지. 골격이 튼튼한 느낌이랄까. 다만 전쟁 때 부상을 당해서 왼쪽 무릎뼈가

---

* 종묘 제례에 쓰던 상여.

** 기모노 위에 입는 짧은 겉옷의 한 가지. 작업복이나 방한복으로 입는다.

*** 아래위에 걸쳐서 입는 두루마기 모양의 긴 무명 홑옷. 목욕 후 또는 여름철에 평상복으로 입는다.

깨졌다나 봐. 그래서 다리를 살짝 끌었지. 지팡이가 필요할 정도는 아니었지만."

"전쟁이라면 제이차세계대전?"

"그렇다기보다는 일중전쟁."

"군대에 징집된 거예요?"

사장은 살랑살랑 손을 흔들었다.

"아냐, 아냐. 사진사로 중국에 갔는데…… 상하이였던가, 거기서 부상을 당했지. 그 바람에 징병검사에서는 제외됐다고 들었어."

"사진을 찍으러 중국에 갔다면 종군 카메라맨이었어요?"

사장은 또다시 손을 저었다.

"아냐, 아냐. 고구레 씨는 아직 어릴 때니까 카메라맨 조수로 따라갔겠지."

놀라웠다. 하지만 이런 경우, 놀라는 쪽이 더 이상하다. 노령화가 진행 중인 조용한 마을의 조용한 사진관 할아버지라도 젊은 시절은 있게 마련 아닌가. 작년에 여든다섯 살 나이로 세상을 뜬 고구레 야스지로의 청춘 시절은 전쟁의 한복판에 해당할 테니까.

"우리 아버지라면 좀 더 많은 얘기를 들었을 테지만, 어쨌거나 고구레 씨는 옛날 이야기를 별로 안 하는 사람이었으니까. 보통 그 연배의 어르신들은 옛날 일을 속속들이 또렷하게 기억해내서 자주 얘기하잖아. 하지만 고구레 씨는 그런 점에서는 좀 달랐지."

에이이치는 덴코가 만든 심령사진 속의 고구레 씨를 떠올렸다. 큰 덩치로 등을 살짝 구부리고 쓸쓸히 홀로 카운터에 앉아 있던 노인.

"따님에게 물어보면 고구레 씨에 관해 좀 더 자세히 가르쳐주지 않을까? 혹시 히카루가 희망하면…… 아아, 화내지 말고. 화는 내지 말자고."

어이가 없어서 에이이치는 씁쓸하게 웃었다.

"화 안 내요."

"그래, 그럼 다행이군."

"고구레 씨 따님이 이시카와 노부코 씨였죠?"

"응. 요코하마에 살아. 멀지 않아서 다행이네."

화내지 않는다고는 했지만 앞장서서 피카와 덴코에게 협력한다는 뜻은 아니었다. 가깝든 멀든 에이이치에게는 상관없었다.

"피카는 그냥 내버려둘 거예요. 내가 그 녀석 베이비시터도 아니니까."

"형이잖아. 뭐…… 하긴, 그 문제는 맡겨두지."

덴코도 똑같은 말을 했던 것 같은 기분이 들었다.

"그건 그렇고, 그러면 에이이치?"

사장이 다시 의자를 돌려 에이이치를 마주 보았다. 해맑은 눈동자가 빛났다. 안 좋은 예감이 들었다.

"가키모토 씨도 걱정 없고, 자네도 그녀한테는 관심 없다고 하고, 히카루도 그냥 조용히 지켜볼 거면, 당분간은 시간이 많겠네?"

안 좋은 예감이 점점 커졌다.

"인간관계란 정말 신기하단 말씀이야."

스도 사장은 팔짱을 끼며 퍽이나 탄복한 듯 천장의 형광등을 올려다보았다.

"필요할 때, 절묘한 타이밍에, 꼭 만나야 할 사람과 만나게 되어 있으니 말이야. 이런 게 바로 하늘의 뜻이라는 건가?"

에이이치는 전혀 그렇게 생각하지 않았다. 그래서 슬금슬금 의자에서 일어설 차비를 했다.

"얼마 전에 집사람한테 들었는데."

의자 스프링이 삐걱거리는 소리가 났다.

"엄마 친구들 중 하나가 이상한 사진을 보여줬다는 거야. 아, 우리 애 같은 반 학생의 엄마라는 뜻이야."

에이이치는 무릎을 굽혀 가방을 가까이 끌어당기며 언제

든 이륙할 수 있는 태세를 갖췄다.

"그런데 그게 또 기발한 사진이란 말이지. 생일잔치에서 아이들끼리 찍은 스냅사진에 요상한 게 찍혔더라고."

사장이 팔짱을 풀고 눈부신 이마를 에이이치 쪽으로 가까이 들이댔다. 에이이치는 움츠러들었다.

"자네한테 딱 맞는 물건이야. 틀림없이 흥미로울걸. 응, 그래. 그건 역시 자네한테 맡겨야겠어."

멋대로 정하지 말라고요.

"뭐, 뭐가 찍혔는데요?"

가만히나 있지, 생각하면서도 에이이치는 또다시 그렇게 묻고 말았다. 산 제물로 제일 먼저 뽑힐 확률 백 퍼센트인 청춘의 한복판이니까.

"걱정할 건 없어. 무서운 건 아니니까."

기분 좋은 갓난아기처럼 웃으며 사장이 말했다.

"갈매기야."

2

"갈매기?"

피카가 되물었다.

"그래."

에이이치가 대답하자, 피카는 사진으로 시선을 떨어뜨리고 한동안 생각한 후에 다시금 물었다.

"이게?"

"너도 역시 그렇게 생각하는구나."

에이이치는 콧숨을 내쉬었다.

스도 사장이 '역시 자네한테 맡겨야겠어.'라며 스리슬쩍 넘겨준 사진을 결국은 받아 들고 집으로 돌아온 날 밤이었다. 저녁을 먹은 후, 피카는 목욕을 하고 파자마로 갈아입고서 잘 준비를 했다. 실제로 이미 벽장 침대에서 책을 읽고 있었다. 조금 전 에이이치가 잠깐 와보라고 부르기 전까지는.

이번 사진은 디지털카메라로 촬영해서 컴퓨터로 프린트한 것이었다. 거실처럼 보이는 장소에서 아이들 일곱 명이 둥근 탁자를 에워싸고 웃고 있었다. 탁자 한가운데에는 초 아홉 개가 꽂힌 케이크, 그 주위로 과자와 과일 접시, 주스 잔도 푸짐하게 놓여 있다. 분명 생일잔치의 한 장면이었고, 화면 가운데 있는 여자애가 주인공인 듯했다. 그 아이 앞에 색깔도 형태도 다양한 포장을 풀어 헤친 선물들이 쌓여 있으니 틀림없을 것이다. 장소는 그 아이의 집일 것이고.

남자애 세 명과 여자애 네 명, 모두 초등학생이라고 했다. 하지만 같은 초등학교에 다니는 같은 반 학생들은 아니었다. 니혼바시 가키가라초의 맨션 한 채에 마련한 자유 학교free school* '세잎회'의 학생들로, 학년은 제각각이라 삼 학년부터 육 학년 학생까지 뒤섞여 있었다. 사진으로도 그것은 알아볼 수 있었다.

'자유 학교란 어떤 사정이나 이유로 정규학교를 다니지 않는 상태가 된 아이들이 공부하는 장소'라는 정도의 지식은 에이이치도 갖추고 있었다. 하지만 지극히 막연하기는 해도, 학교에 가지 않는 상황은 감수성이 예민한 중학생에게 많은 '문제'일 거라 생각하고 있었기 때문에 세잎회가 초등학교 한정 자유 학교라는 말을 들었을 때는 적잖이 놀랐다. 그렇게 어릴 때부터 학교 제도와 안 맞는 경우도 있구나, 하고.

이번에는 피카에게 도움을 요청하자고 결심한 이유는 초등학생 일은 초등학생에게 묻는 게 최고라고 생각했기 때문이다. 촬영에 쓰인 디지털카메라의 주인이며 이 사진을 뽑아서 모두에게 나눠준 소년은 육 학년 학생이라니까. 피카보다 나이가 많지만 그래도 에이이치보다는 피카 쪽 감각이 훨씬

---

* 공교육제도의 문제점을 극복하고자 만들어진 탈학교교육의 일종. 개방 학교open school, 대안 학교alternative school 등이 있다.

가까울 것이다.

그 소년은 사진의 오른쪽 끝에 찍혀 있었다. 갸름한 얼굴에 마른 느낌이었고, 이목구비는 반듯했다. 왠지 모르게 서양 개를 떠올리게 하는 분위기였다. 테리어나 포메라니안 같은 종류의 작고 귀여운 개.

마키타 쇼, 열두 살. 세잎회까지 걸어서 다닐 수 있는 거리에 살고 있다. 참고로 덧붙이자면, 원래 다녔어야 할 초등학교도 걸어 다닐 수 있는 범위 안에 있었고 그 학교에서 예전에 그 애랑 같은 반이었던 여자애가 스도 사장의 따님과 같은 수영 교실에 다니는 친한 친구라 했다. 그 바람에 엄마들끼리도 친구가 되었고, 돌고 돌던 이 사진의 화제가 마침내 스도 가에까지 도달한 것이었다.

사진이 찍힌 시기는 4월 10일, 스도 가에서 그 사진의 복사본을 손에 넣은 것은 황금연휴 직전이라고 했다.

"잠깐만."

피카가 그렇게 말하고 옆에 있는 자기 방으로 갔다. 곧바로 돌아온 녀석의 손에는 확대경이 들려 있었다. 그것으로 한참 동안 사진을 관찰하더니 흐음, 하고 말을 이었다.

"내 눈에는 이게 어떤 새 모양의 봉제 인형처럼 보이는데."

"나도 같은 생각이야."

"이걸 누가 갈매기라고 했어?"

"이 애야."

에이이치는 마키타 쇼를 가리켜 보였다.

"프린트를 뽑아 온 애라고 했지?"

"맞아. 자기가 직접 했다나 봐. 컴퓨터를 잘한대."

피카가 콧숨을 내쉬었다.

"그렇다면 이건 이 애가 한 장난이겠네."

하나비시 형제는 머리를 맞대고 확대경 너머로 프린트에 찍힌 '괴상한 형체'를 다시 한 번 관찰했다.

일곱 명의 아이들은 주인공인 여자애를 한가운데 놓고 좌우로 세 사람씩 늘어서 있었다. 촬영한 사람은 탁자 맞은편에서서 피사체들의 웃는 얼굴과 선물 포장과 아직 자르지 않은 케이크를 빠짐없이 화면에 담으려 한 것 같았다. 그 의도는 성공했지만, 상하 균형에는 별로 신경 쓰지 않았는지 화면 윗부분이 조금 넓게 비어버려서 천장의 들보 일부까지 찍혀 있었다.

그 들보에 겹쳐져서, 사진의 프레임 오른쪽에서 왼쪽으로 가로지르며 노란색 새 모양의 봉제 인형이 날아가고 있었다. 되풀이하지만, 들보가 있는 부분이었다. 맨션이든 단독주택이든 보통은 봉제 인형 따위를 장식할 만한 장소가 아니다.

액자나 그림 접시 같은 장식이라도 그렇게 어중간한 장소는 택하지 않을 것이다. 말하자면, 본래는 아무것도 없어야 할 공간에 노란색 새 모양의 봉제 인형이 날아가고 있는 것이다.

그렇다, '날아가고 있다'는 표현도 중요하다. 그것은 분명 움직이고 있었다. 그 봉제 인형만이 어렴풋하게 흔들려 보였으니까. 하지만 살아 있는 새는 아니었다. 설령 사진을 거꾸로 보여줘도 백이면 백 '이건 봉제 인형이네.'라고 말할 것이다. 그중 칠십 정도는 '솜씨가 서툰 인형인데.'라고 말할 테고, 나머지 삼십 정도는 '이게 무슨 인형이야?'라고 질문할 가능성이 있다. 그 정도로 인형을 만든 솜씨는 별로였다.

"이 새가 어째서 갈매기일까?"

피카가 제법 어른스럽게 미간에 주름을 잡으며 말했다.

"무엇보다 갈매기는 노란색이 아니잖아."

"내 생각도 그래."

"몸 크기는 이 정도일지 모르지만……."

노란색 갈매기는 사진 속 다른 인물들과 비교해볼 때 몸길이가 삼십 센티미터쯤 될 것 같았다.

"눈알도 이렇게까지 크진 않아. 눈빛이 이렇게 안 좋은 갈매기도 없고."

피카의 비난 그대로 갈매기에는 위아래가 살짝 찌그러진

탁구공 크기의 눈알이 붙어 있었다. 게다가 그 눈은 곁눈질까지 하고 있었다. 피카에게는 말해줘도 모르겠지만, 에이이치는 그 곁눈질과 비슷한 것을 알고 있었다.

차광기토우로 변했을 때의 탄빵이랑 똑같다. 흉악한 눈빛이라는 말이다.

"네 의견에는 나도 다 동의해. 그런데 마키타 쇼는 사진 프린트를 모두에게 나눠줄 때부터 이게 갈매기라고 했대."

—지난번 생일잔치 사진에 이상한 갈매기가 찍혔어.

"친구들도 이상하다고 여기지 않았을까?"

"그랬겠지. 그래서 이게 왜 갈매기냐고 마키타한테 물었대."

"그랬더니?"

—난 알 수 있어.

그렇게 대답했다고 한다.

"자신만만하게?"

"아마 그랬겠지."

"그래서 확정한 거야? 아무도 마키타한테 캐묻지 않고?"

"이 애들한테야 논쟁할 만한 일도 아니었겠지."

그러나 보호자들은 조금 달랐다. 특히 마키타의 부모는 고민했다. 첫째, 왜 이런 게 찍혔을까? 둘째, 우리 쇼는 왜 이것을 '갈매기'라고 단언할까? 셋째, 이런 갈매기를 언제 어디서 봤다는 걸까?

"삼 대 불가사의에 고개를 갸웃거렸다는 거야."

"그냥 계속 갸우뚱거리게 놔두지. 속이 풀릴 때까지."

피카는 냉정했다. 이런 사안에 관여해봤자 녀석의 어린이 인생 성적표와는 아무런 관계도 없기 때문이다.

"너, 흥미 없냐?"

"전혀, 털끝만큼도, 일 밀리미터도."

"형은 혹시 너희 초등학생들 사이에 이런 갈매기가 캐릭터로 등장하는 인기 만화영화나 게임 같은 게 있나 했는데."

"그런 거 없어."

단칼에 부정했다.

"보나 마나 장난일 게 빤하니까 본인에게 털어놓게 하면 그만이야. 그게 힘들면 세상에는 가끔 재미있는 일도 있구나 하고 내버려두면 그만이고."

숨통을 끊는 결정적인 타격이었다.

"뭐, 하긴. 이번 일은 신기하게 여기는 어른이나 아이 들은 많지만 무서워하는 사람은 없으니까."

"신기할 것도 없어. 디지털카메라라며? 컴퓨터 잘하는 애라며? 이런 거 합성하는 것쯤은 식은 죽 먹기라고."

덴코가 고구레 씨 심령사진을 만들었던 것처럼, 하고 응수

할 뻔하다가 에이이치는 그 말을 목 안으로 삼켰다. 이 타이밍에 그런 말은 아무래도 좀 곤란하겠지.

"그렇다면 왜 이런 걸 만들었을까?"

마키타가 이 갈매기를 모두에게 보여준 목적은 뭘까?

"장난에 특별한 동기 따윈 없을 것 같은데. 그저 재미 삼아 했겠지."

피카가 말과 함께 내뱉은 냉랭한 숨결을 채취해서 그 속에 바나나를 담그면 쨍쨍 얼어버릴 것 같았다. 바나나로도 못을 박을 수 있습니다. 자, 보시는 바와 같이.

"너, 조금 편견이 있는 거 아니니?"

도저히 흘려버릴 수 없는 말을 들은 것처럼 피카가 양쪽 눈썹을 세웠다.

"편견?"

"마키타랑 이 애들이 자유 학교에 다니는 것에 대한 편견. 학교에 못 다니는 드롭아웃 집단이라고 깔보는 거 아니야? 진지하게 상대할 필요도 없다고?"

피카의 눈썹은 여전히 치켜 올라간 상태였다. 이마에도 주름이 잡혔을지 모르지만 앞머리에 가려 보이지는 않았다.

"난 그렇게 속 좁은 남자가 아니야."

"넌 아직 남자가 아니야, 남자애지."

전에 탄빵에게 들었던 말을 써먹었다.

"전혀 신기한 일이 아니니까 신기하지 않다고 말하는 것뿐이야."

"그래? 그럼 다행이지만."

에이이치는 피카의 손에서 확대경을 빼앗아 들고 다시 한 번 사진을 점검했다. 불쾌한 듯이 뾰로통한 채로 피카가 물었다.

"하나짱, 알아챘어? 이 갈매기, 발에 뭐가 붙어 있잖아. 표식고리 아닌가?"

에이이치는 알아채지 못했다. 확대경을 사진에 바짝 갖다 댔다.

"어디?"

"오른쪽 발. 그림자가 져서 잘 안 보이긴 하지만 무슨 고리가 끼워져 있잖아."

판화를 제작 중인 무나카타 시코*처럼 사진에 얼굴을 들이대자 에이이치의 눈에도 간신히 보였다. 텔레비전 동물 프로그램에서 본 적이 있다. 야생동물 보호 관리를 위해 일단 포획해서 몸에 표식고리를 붙인 후 다시금 자연으로 되돌려 보낸다. 그 표식고리였다. 가장자리만 약간 찍혔을 뿐이라 단언

---

* 일본 현대 판화의 대부로 평가받는 판화가.

하기는 어려웠지만 달리 생각할 수도 없었다.

"전서구傳書鳩*처럼 통신통을 매달았을 가능성도 있지만."

"통신통이라면 이보다는 크겠지."

에이이치가 히죽 웃으며 팔꿈치로 피카를 찔렀다.

"뭐냐, 관심 없는 표정만 짓더니 제대로 관찰했네."

"난 하나짱보다 눈이 좋아. 그것뿐이야."

피카는 웬일인지 약간 심술이 난 말투였다.

"그 세잎회 말인데, 학생들이 다 초등학생이래."

"그래."

"형은 말이지, 초등학생 중에도 등교를 거부하는 애가 있다는 게 무엇보다 놀라웠어. 너희 학교에도 있니?"

"우리는 없어."

곧바로 대답하고서 피카는 손가락으로 앞머리를 헝클어뜨렸다.

"하지만 누군가 등교 거부를 해도 이상할 건 없다는 느낌은 들어."

"왕따라거나?"

피카는 대답하지 않았다.

---

* 편지를 보내는 데 쓸 수 있게 훈련시킨 비둘기.

"공부를 못 따라간다거나?"

피카가 다니는 사립 호유 학원은 일류 학교다. 피카는 고개를 저으며 에이이치의 얼굴을 바라보았다.

"이유는 하나가 아니야. 그런 식으로 간단히 대답할 순 없어."

"그럼 너도 학교 가기 싫을 때가 있니?"

"하나짱은?"

피카는 질문에 질문으로 대답했고, 안타깝지만 에이이치는 그 대답을 다시 한 번 질문으로 받아칠 만한 능력은 갖추지 못했다.

"졸리거나 나른하거나 시험공부를 안 했다거나…… 그런 이유로 도망치고 싶어질 때는 있지만, 근본적으로 학교가 싫다고 생각한 적은 없어."

그렇다기보다 학교는 애당초 귀찮은 곳이니 어느 누구도 좋아서 다니는 건 아니—라고 에이이치는 생각한다—겠지만, '등교 거부'를 택했을 때 벌어질 온갖 성가신 일들과 저울질해본다면 그럼에도 불구하고 '싫다'고 느낀 적은 없었다.

"내 생각이긴 한데, 등교를 거부하는 애들은 학교가 싫은 게 아니야. 무서운 거지."

에이이치는 눈을 깜박거렸다.

"단번에 핵심을 찌르네."

"그런 것쯤은 애들도 다 알아. 남의 일이 아니니까."

한층 더 쿨하게 단정한다.

"내 친구 중에 아주 심한 식물 알레르기가 있는 애가 있어."

"도요타?"

"도요타 아니야. 그 애는 떨어진 음식을 주워 먹어도 아무렇지 않을 정도로 문제없지. 하나짱은 모르는 애야. 곡물 알레르기인데, 쌀을 못 먹어. 대두도 안 돼. 그렇다 보니 간장이나 된장도 못 먹지."

일본 음식은 거의 못 먹는다는 얘기 아닌가.

"그러니까 학교 급식을 못 먹는 거야. 억지로 먹었다간 죽어버릴지도 모르잖아. 그래서 항상 도시락을 싸 오지. 한데 그걸 꼬투리 잡아서 차별하는 놈들이 있어."

"따돌리는구나."

피카는 왠지 분개하며 거친 콧숨을 내뿜었다.

"어른들은 모두 싸잡아서 '따돌림'이라고 하는데 그건 너무 엉성해. 자기도 모두랑 똑같이 행동하고 싶지만 절실한 이유 때문에 그런 마음을 참아가며 다르게 행동하는 거잖아. 그런데 남과 다른 게 마음에 안 든다면서 폭력으로 위협하다니. 따돌림이나 짓궂게 괴롭히는 정도가 아니야. 그건 명백한 차별과 박해라고."

피카의 학교에서 그런 폭력적인 사건이 발생했나? 어머니는 알고 계실까?

"급식을 먹어라, 도저히 못 먹겠으면 화장실 바닥을 핥아라, 너덧 명이 에워싸고 멱살을 움켜잡고 주먹으로 때리면서 위협한단 말이야. 그게 '따돌림'이야? 그게 '짓궂은 장난'으로 끝날 수준이냐고? 그건 차별이고 박해고, 생존권을 위협하는 짓이니 엄연한 범죄지."

그에 관해 코멘트를 하기에 앞서 묻고 싶은 게 있었다.

"그 애는 어떻게 됐니?"

"선생님한테 상의해서 해결됐어."

박해했던 학생들은 일시 정학 처분을 받았다고 한다.

"그럼 괜찮은 거지?"

"응. 나랑 친해."

"다행이다."

피카의 눈은 여전히 화를 담고 있었다.

"우리 학교에는 그나마 제대로 된 선생님이 있었으니까 도움을 받았지만, 그런 상황에서 선생님까지 박해하는 녀석들이랑 비슷한 가치관을 가진 사람이라면 어땠을까? 생각만 해도 소름 끼쳐."

"어떤 가치관?"

"모두와 다르면 안 된다."

피카가 대사를 읽듯 억양 없이 말했다.

"모두와 똑같이 할 수 없다면 그 집단에 속하면 안 된다. 그 녀석들, 그 녀석들의 아버지와 어머니도 똑같은 의견이었던 모양이야. 급식을 먹을 수 없을 만큼 알레르기가 심한데 애초에 학교는 왜 왔냐고 했대. 호유 학원은 왜 그런 학생을 받았느냐고. 평범한 학생들까지 피해를 입는다면서."

"그 녀석들의 피해 개념 범위는 은하계 수준으로 넓구나."

"은하계가 아니라 사악한 프록시마켄타우리야."

에이이치는 웃으며 마음속에 떠오른 질문을 던졌다.

"너, 혹시 그 애한테 힘이 되어줬니?"

대답은 없었지만 피카의 볼이 살며시 부드럽게 풀렸다.

"어쨌든 너한테 편견이 없다는 건 알았어. 형은 조금 전 발언을 철회한다. 미안해."

피카는 눈을 빙그르르 돌리며 에이이치와 갈매기 사진을 번갈아 보았다.

"하나짱, 근데 이 사진을 왜 그렇게 신경 써?"

"요즘에 그런 취미가 생겼으니까. 덴코에게 들었을 텐데, 전의 두 사진 얘기도."

피카는 주눅 드는 기색도 없이 고개를 끄덕였다.

"흥미진진한 얘기였어. 특히 첫 번째 이야기는 하나짱이 나한테 출제 편만 말해주고 해답 편은 보류했으니까."

"이번 사진도 흥미롭잖아."

"이번에는 훤히 드러나는 합성이야. 고작해야 봉제 인형이 찍혔을 뿐이고."

"합성 사진이라고 단정할 근거라도 있니?"

피카는 망설임 없이 대답했다.

"상식."

"상식도 개념이야. 사람에 따라 그 폭이 다르지. 개념은 물증이 될 수 없고."

적당히 둘러대려는 게 아니었다. 확률로 보면 천분의 일쯤 되겠지만 이것이 '진짜'일 가능성도 있다고 에이이치는 생각했다. '진짜'의 정의가…… 쪼금 미묘하긴 하지만.

"그리고 난 마키타가 왜 이걸 '갈매기'라고 주장하는지, 오히려 그쪽이 더 흥미로워. 너도 호기심이 자극되지 않니, 이런 수수께끼?"

인간과 관련된 수수께끼다.

"인간의 '마음'에 관한 것 말이야."

"난 별로."

에이이치는 재빨리 따지고 들었다.

"고구레 씨 경우랑은 다른가?"

피카는 동요하지 않았다. 그저 입을 삐죽 내밀며 말했을 뿐이다.

"고구레 씨 유령은 우리 집 문제잖아."

우리 집에 나오는 유령. 우리 집에 있을지도 모르는 유령. 우리 가족 곁에 남아 있을지도 모르는 '마음'의 문제.

"고구레 씨는 봉제 인형도 아니고."

적확한 반격이었다.

"뭐, 좋다. 탁 터놓고 얘기하자. 요점을 말하자면, 형은 거래를 하자는 거야. 네가 이 갈매기 수수께끼를 푸는 데 도움을 주면 나도 고구레 씨 정보 수집을 도와줄게. 그러면 어때?"

"고구레 씨 정보?"

"난 할아버지를 만나고 싶어요, 제발 모습을 드러내주세요, 하고 호소하려면 상대에 관해 잘 알아두는 편이 낫겠지?"

뜻밖에도 피카는 그런 쪽으로는 생각조차 못 해본 듯했다. 에이이치가 피카와 논쟁을 벌여서 이 정도로 멋지게 포인트를 따내는 일은 지극히 드물었다.

"……듣고 보니 그렇긴 하네."

"그치?"

에이이치는 저도 모르게 의기양양한 표정이 되었다.

"그럼 난 구체적으로 뭘 하면 되지?"

"이 사진을 많이 복사해줄 테니까 학교나 영어 학원 친구들에게 돌려서 탐문해봐. 누가 뭘 가르쳐줄지도 모르잖아. 너라고 세상일을 다 아는 것도 아닐 테고. 네가 모르는 곳에서 이 갈매기가 유명한 캐릭터일 수도 있잖아."

피카는 잠시 생각하더니 고개를 끄덕였다.

"그럼 우리 학교 사이트에도 올려볼까?"

"아니, 그건 하지 말자. 학교 사이트면 선생님이 점검하지? 괜스레 너만 주목받을 거야. 게다가 이 갈매기 사진은 인터넷에 이미 떠 있대. 스도 사장님한테 들었어."

스도 사장 가족처럼 갈매기 사진을 우연히 알게 된 보호자와 아이 들이 '대관절 이게 뭘까?' 하는 분위기로 자기네 블로그에 올리기도 했다고 한다.

"반응은 없었대?"

"도움이 될 만한 반응은."

덧붙여 말하자면, 이 건에 관해서는 누구 한 사람도 '심령사진'이라는 표현을 쓰지 않았다.

"난 여전히 석연치 않은데."

피카는 사진에 시선을 떨어뜨리고 또다시 입을 삐죽거렸다.

"누가 부탁한 것도 아닌데, 하나짱은 왜 이런 수수께끼를 풀려고 해?"

"부탁받았어, 스도 사장님한테."

"사장님은 당사자가 아니잖아."

"마키타의 부모님이 굉장히 고민하시나 봐."

"그래서 사장님이 자기 일처럼 나서서 도와주겠다고? 그럼 자기가 조사할 것이지, 왜 하나짱한테 뒷감당을 시키느냐고."

어휘가 풍부한 동시에 케케묵은 표현법을 좋아하는 초등학생이다.

"사장님이 보기엔 내가 훌륭한 '심령사진 버스터'니까. 뭐, 나름 실적도 있고."

"그럼 덴코짱이 찍은 고구레 씨 사진의 수수께끼도 풀 수 있어?"

꼼짝 않고 수비를 굳히고 있자 적이 먼저 초조해하며 진형을 무너뜨리다—그런 느낌이었다. 피카가 이런 식으로 물을 줄이야.

"덴코가 찍은 사진이라면 나도 봤어."

피카는 고개를 숙였다.

"그 사진의 어떤 점이 수수께끼라는 거지? 완벽하게 네가 바라던 사진이잖아. 덴코한테도 그랬다며? 훌륭해, 덴코짱은 역시 천재야, 하고."

고개를 숙인 채 피카가 조그만 목소리로 뭐라고 중얼거렸다. 들리지 않았다.

"엉?"

"……라고 생각해?"

"안 들려."

피카가 고개를 들고 속삭이는 목소리로 물었다.

"진짜라고 생각해?"

"너, 의심하는 거야?"

피카의 눈동자가 이리저리 흔들렸다.

"덴코짱을 의심하는 건 아니야. 덴코짱은 그저 날 기쁘게 해주려고……."

"그런 사진을 날조했을지도 모른다? 덴코가 할 법한 일이긴 하지."

대답은 없었지만 피카의 표정이 속마음을 웅변해주었다. 에이이치는 안도했다. 이래야만 피카다. 건전한 초등학교 삼학년짜리 회의주의자.

"그런 사진 따위는 네 의문에 대한 답이 될 수 없어. 고구레 씨의 유령은 정말 있을까, 소문은 진짜일까, 궁금해서 견딜 수가 없다, 그거지?"

피카는 고개를 크게 끄덕거렸다. 그야말로 초등학생답고

사랑스러운, 에이이치의 '형성애兄性愛'를 자극하는 몸짓이었다.

"그렇다면 히카루 학생, 에둘러 표현하지 말고 처음부터 순순히 기대란 말이야. 전문가가 여기 있잖아."

가슴을 탁탁 두드리는 에이이치를 피카가 흰 눈으로 흘겨보았다. 이 녀석의 흰자위는 정말로 하얘서 완벽하게 '백안시하는' 눈빛이다.

"그렇게 경솔하게 자신만만해하는 점이 왠지 신용이 안 가고 불안하단 말이야. 이번에도 탄빵 누나한테 도움을 받을 수 없을까?"

"탄빵은 안 돼."

말하자마자 입가가 배시시 풀어졌다.

"그 애, 요즘 바빠."

장대 하시구치 다모쓰와 나름 좋은 느낌으로 진행되고 있었다. 하시구치가 인간력을 배양한 보람이 있는 건지, 아니면 단지 탄빵이 곤충망을 들고 나가는 대신 벌레잡이 등燈 옆에서 기다리는 전법으로 바꿔서 그런 건지는 확실치 않았다.

"이번에는 우리 둘이 힘을 내보자. 어쨌든 한 가지는 우리 문제니까."

형제 태그팀이라고 에이이치가 선언했다.

네에네에, 피카가 대꾸했다.

"이래서야 거래도 뭣도 아니잖아. 뭐, 상관은 없지만."

어라, 피카가 내 말버릇을 그대로 쓰네.

핵심적으로 공략해야 할 인물은 이시카와 노부코라는 것은 익히 알지만 사전 조사를 해둬도 나쁠 건 없을 듯했다. 게다가 에이이치에게는 믿는 구석이 있었다. 야마노 리에코의 사진 건 때 이미, 옛날부터 이 지역에 사는 할아버지, 할머니들을 탐문했었다. 그 사람들을 다시 한 번 찾아보면 생전의 고구레 씨에 관해 알아낼 수 있을 것이다. 고구레 씨 유령에 관한 소문도 좀 더 구체적으로 들을 수 있을지 몰랐다.

에이이치는 황금연휴의 남은 기간을 그 작업에 할애했다. 조깅 동호회도 연휴 기간에는 활동이 없기 때문에 시간은 충분했다. '청춘의 한복판, 게다가 휴일인데 나는 대체 혼자서 뭘 하는 거지?' 하는 의구심이 머릿속을 스쳐 가는 일도 거의 없었다.

직장인의 정년퇴직 이후 인생을 가리켜 '매일이 일요일'이라고 표현한 사람은 누구일까? 언제 적 얘기일까? 분명 나름대로 재치 있는 표현이긴 하지만, 당시에는 아직 일본이 이렇게 장수하는 할아버지, 할머니로 가득한 나라가 될 거라고는 예상 못 하지 않았을까? 고령자에게는 매일이 일요일인 게 아니다. 요일 따윈 관계도 없어진다. 그러니 연휴도 의미가 없다. 연휴가 길든 짧든 일상과 다를 바 없는 것이다.

작년 연말에 에이이치가 방문했던 할아버지, 할머니 들은 시간이 멈춘 것처럼 똑같은 얼굴로 똑같은 생활을 하고 있었다. 고작해야 반년 전이니 놀랄 일도 아닐지 모르지만, 입고 있는 옷까지도 변화가 없었다. 계절의 변화가 패션에 드러나지 않는다.

고작 반년 만이었는데, 에이이치가 만났던 할아버지 중 한 사람은 세상을 떠났다. 옛날에 선반공이었던 분이다. 혼자 사는 할아버지였기 때문에 집은 빈집이 되었고, 옆집 할머니가 사정 얘기를 들려주었다. 토지 상속 문제로 실랑이가 벌어져서 집은 한동안 그대로 있을 거라는 정보도 가르쳐주었다. 참고로 말하자면, 옆집 상속 사정에는 밝았던 이 할머니는 고구레 사진관 일은 잘 몰랐다. 자기는 신참자라서 잘 모른다고 했지만, 이사 온 지는 십 년이었다. 이곳은 그런 성향을 가진 토지다.

에이이치는 전과 마찬가지로 도수 없는 안경을 쓰고 나갔는데, 얼굴을 기억하는 할아버지, 할머니도 있는가 하면, 잊어버린 할아버지, 할머니도 있었다. 사회 과목 숙제로 자기가 살고 있는 마을의 역사를 조사해서 리포트로 써야 한다는 핑계는 양쪽 다에 통했다. 전쟁 때 이야기가 나오는 것도 지난번과 똑같았다. 개중에는 에이이치가 작년 연말에 들은 얘기를 고스란히 되풀이하는 할머니가 있어서, 이 할머니의 '자기 얘기' 수준은 프로의 경지가 아닐까 싶은 생각도 들었다.

고구레 씨에 관해서는 모두 알고, 기억하고 있었다. 하지만 고구레 씨 유령의 소문을 아는 사람과 모르는 사람은 절반 정도씩 나뉘었다. 아는 사람들도 진심으로 믿지는 않았다. 다만, '고구레 씨라면 죽은 후에도 가게를 보는 게 이상한 일은 아니다.'라는 점에서는 모두가 한결같이 입을 모았다.

그러나 해피 거리 상점가에서는 사정이 조금 달랐다. 에이이치가 맨 처음 탐문한 '오야마 쌀집' 할아버지는 걱정스러운 표정을 지었다.

"자기가 사는 집에 대해 그런 얘기가 떠도는데 기분 나쁘진 않나?"

에이이치는 괜찮다고 대답했다.

"제일 먼저 우리 집에 찾아오길 잘했어. 상점가 다른 집에는 그런 얘기 안 묻는 게 좋겠네. 신참자인 자네 집을 이상한 눈으로 보는 사람들도 있으니까."

할아버지는 그렇게 말하고 나서, 그 소문은 고구레 사진관이 빈집이 된 지 얼마 지나지 않아 생겨났고, 분명히 봤다며 술렁거린 사람들이 어른도 아이도 몇 명 있었다고 가르쳐주었다.

"자네 집에서 그 집을 사서 사진관 문을 바꿔 달기 전에는 반투명이라고 할까, 살짝 투명한 문이었지. 많이 낡아서 탁하긴 했지만."

에이이치도 분명하게 기억한다. 가게 출입구인 합성수지 문은 얼룩덜룩 뿌옇게 흐려져 있었다.

"빛이 투과하는 양에 따라 이상한 착시 현상이 일어났을 뿐이야. 고구레 씨가 카운터 앞에 앉아 있는 광경은 우리 상점가에서는 명물이나 마찬가지였으니까. 사람들 눈에 깊이 남았을 테지."

그 충고에 따라 에이이치는 해피 거리 상점가 이외의 이웃들을 부지런히 찾아다니며 이야기를 들었다. 그때부터는 숨기지 않고 우리 가족이 고구레 씨가 돌아가신 후 그 집을 사서 살고 있다고 털어놨기 때문에 예상 밖의 수확도 있었다. 아이가 태어나 처음으로 신사 참배를 갔을 때, 고구레 사진관에서 기념사진을 찍었다는 노부부가 실제 사진을 보여주기까지 한 것이다.

사진은 살짝 빛이 바랬고 피사체의 복장이나 머리 모양이

시대를 실감하게 했다. 그런데도 소중히 보관했다는 것은 손에 드는 순간 바로 알 수 있었다. 빨간 비로드 표지에 흠집이나 손때 하나 묻어 있지 않았기 때문이다.

안쪽 표지에 촬영한 사람의 이름과 날짜가 적혀 있었다.

고구레 야스지로, 쇼와 30년1955년 9월 촬영.

배경으로는 파란 하늘과 하얀 구름과 빨간 도리이가 사용되었는데, 지금 고구레 사진관에 남아 있는 배경 스크린과는 다른 것이었다. 그런 것도 일종의 내구소비재일 테니 가끔은 바꿔 달겠지.

"마침 고구레 씨도 이 무렵에 막 가정을 꾸렸지."

"맞아요, 맞아. 부인이 바지런히 조수 역할을 해줬어요."

고구레 씨의 부인은 남편보다 십오 년이나 일찍 세상을 떠났다. 노부부의 부인 쪽이 기억하는 사인死因은 애매—하다기보다 다른 이웃들의 경우와 뒤섞여서—해서, 부부가 한참 동안 서로의 기억을 보정한 후에야 '심장병이었나?' 정도로 결말이 났다.

"가쓰코 씨라고, 늘 생글생글 웃고 붙임성이 좋은 부인이었지."

"이 사진관은 고구레 씨가 개업한 가게였어요?"

할아버지가 손을 저었다.

"아냐, 아냐, 고구레 씨는 계속 그 사진관 조수였어. 당시에는 하마다라는 사진사의 가게였지. 한데 그 사람은 후계자가 없어서 고구레 씨가 그 가게를 이어받은 거야."

"가쓰코 씨가 하마다 씨의 딸이었죠?"

할머니의 말에 할아버지가 돌연 언짢은 표정을 지었다.

"거참, 당신은 근거도 없는 소리 좀 작작 해. 그럼 고구레 씨가 데릴사위가 돼버리잖아. 가쓰코 씨는 사이타마 출신이야. 분명 후카야인가, 우라와였던 것 같은데. 중매결혼이었지. 하마다 씨가 소개를 한 거야."

"그러니까 하마다 씨의 친척 딸인 거 맞잖아요. 난 분명히 그렇게 들었는데."

"난 그런 얘기 들은 적 없어."

발끈한 할아버지가 에이이치에게 말머리를 돌렸다.

"학생이 쓰는 숙제에 잘못된 정보가 들어가면 안 되지? 사람 이름이나 관계를 정확하게 안 쓰면 좋은 점수도 못 받을 거 아냐."

"아니, 뭐…… 꼭 그렇진 않습니다."

에이이치는 조심스럽게 노부부 사이로 끼어들었다.

"저는 이사 온 집이 우연하게도 이 지역에서 역사 깊은 사진관이라 그에 관해 쓰려고 한 건데, 자유롭게 쓰는 글이니 상세한 부분까지 정확할 필요는 없습니다. 고구레 씨한테 실례를 범해도 안 될 테고."

그렇더라도 가쓰코 씨는 하마다 씨의 친척이 아니라며 할아버지가 투덜투덜 중얼거렸다.

돌아가신 나이에서 거꾸로 계산하면, 고구레 씨는 다이쇼大正 11년이나 12년에 출생했을 것이다. 1922년이나 1923년이다. 노부부가 자식의 첫 참배를 마치고 찍은 사진은 쇼와 30년 촬영이므로, 그 무렵 신혼이었다면 고구레 씨는 서른두세 살에 결혼했다는 얘기가 된다. 그 당시 감각으로는 만혼 아닌가?

그런 생각에서 물어보자, 할아버지와 할머니는 사이좋게 고개를 끄덕였다.

"좀처럼 색시를 못 구했지."

"고구레 씨는 다리가 약간 불편했거든."

"그것 때문이 아니야. 그 사람은 성미가 까다로웠어."

또다시 옥신각신이다.

"그래도 가쓰코 씨랑은 금슬이 좋았잖아요."

"그래, 맞아. 우리도 빨리 아이가 생겼으면 좋겠다고 하더니 얼마 안 지나서 노부짱이 태어났지."

"하지만 노부짱은 결국 외동딸이었죠."

"고구레 씨 나이가 있으니까 포기한 거 아닐까?"

금방 다시 화해다. 에이이치는 안심하고 장소를 바꿀 수 있었다.

다른 집에서는 본인이 아니라 자기 아버지가 고구레 씨와 친했다는 아저씨와 얘기를 나눌 수 있었다. 빨강, 파랑, 하양의 고풍스러운 소용돌이 모양 간판을 내건 이발소였다. 아저씨는 아직 현역으로 일했고, 얘기 내용으로 추측하건대 환갑을 갓 지난 연령대 같았다.

"우리 아버지는 젊었을 때 늑막염을 앓았거든. 그래서 군대에 징집되지 않았지. 고구레 씨랑은 도나리구미隣組*가 같아서 공동 방공호를 함께 팠다고 들었어."

지금은 은행이 있는 곳이라고 해피 거리 상점가 쪽을 대충 손가락으로 가리키며 말했다.

"옛날에는 빈터였으니까. 뒤쪽 전당포 창고 옆으로 한참 들어가면 커다란 방공호가 있었지. 나야 물론 몰랐지만, 어릴 때는 그 흔적이 아직 조금 남아 있어서 몰래 숨어 들어갈 수 있었거든. 장난삼아 탐험하러 갔다가 어머니한테 호되게 야단맞았지."

그곳에서 백 명 가까이 죽었다고, 끔찍한 얘기를 아무렇지

---

* 제이차세계대전 당시, 국민 통제를 위해 만든 최말단 지역 조직.

도 않게 했다.

"3월 10일 대공습 때였어. 다 함께 당한 거야. 그 속에 파묻혀서 몰살당했지. 고구레 씨랑 다른 사람들이 무지하게 고생해서 판 방공호였던 모양인데."

이발소 아저씨는 수건을 개며 얘기를 들려주었다. 손님이 없어서 한가해 보였다.

"그에 앞서…… 4일이었나 5일이었나, 그때도 공습이 있어서 그 주변이 거의 다 타버렸지. 그런 와중에도 목숨을 부지해서 천만다행이라고들 했다더군. 그러고 나서 팥 배급이 있었는데, 10일 공습 전인 9일이었어. 때마침 팥을 넣고 찰밥을 지어 먹은 집이 많았던 모양이야. 그걸 먹고 잠들었는데 대공습이 밀어닥친 거라."

앞서 공습에 집이 타버린 사람들은 모두 공공 방공호로 도망쳤다. 그리고 결과적으로 그곳에서 여러 사람과 함께 죽고 말았다.

"우리 아버지랑 고구레 씨는 환자와 상이군인이었지만, 그래도 후방에서는 귀중한 남자 일꾼이었지."

상이군인. 이 아저씨도 고구레 씨의 다리 부상이 전쟁 탓이라고 믿고 있었다.

"소방대원이라 아주 급박한 위험이 다가올 때까지 필사적으로 절룩거리며 소이탄 불을 끄고 다른 사람들을 먼저 피난시키느라 방공호에는 들어가지 못했기 때문에 오히려 목숨을 구했다는 거야. 아이러니한 일 아닌가."

수건을 치우고 손님용 회전의자에 앉은 아저씨는 아버지가 자주 얘기해줬다면서 한숨을 내쉬었다.

"인간이 죽느냐, 사느냐 하는 마지막 순간은 너도 어쩔 수가 없다. 운에 달렸다. 그렇게 말씀하셨어."

한동안 숙연해 있던 아저씨는 씁쓸한 듯 웃었다.

"뭐, 하긴. 젊은 사람한테야 이런 얘기는 아직 안 통하겠지?"

"당시에는 사진관이 하마다라는 분의 가게였고 고구레 씨는 조수였다고 들었어요."

"응, 하마다 사진관. 거기도 3월 10일에 타버렸어. 전쟁이 끝난 후에도 좀처럼 영업을 시작하지 못했고. 우리보다 늦은 거 같은데."

"고구레 씨는 사진관에서 숙식을 제공해주는 조수였어요?"

아저씨가 턱을 어루만졌다.

"그랬을 거야. 거기 살았으니까."

"그럼 고구레 씨의 가족분들은……?"

"글쎄, 어디 딴 데 살지 않았을까? 아버지가 살아 계시면 기억하실 텐데, 난 모르겠네."

에이이치는 고맙다며 고개를 숙이고 일어섰다. 헤어질 때 아저씨가 말했다.

"학생도 슬슬 면도할 때가 된 것 같은데, 맨 처음이 제일 중요해. 처음부터 무턱대고 전기면도기 같은 거 쓰지 말고 우리 집으로 와. 남자의 올바른 면도 방법을 가르쳐줄 테니까."

네, 하고 대답한 에이이치는 아직은 '솜털 이상, 수염 미만'인 턱의 감촉을 신경 쓰면서 밖으로 나왔다. 그리고 스도 사장 왈 '인간보다 신에 가깝다'는 할머니가 사는 센카와 1가의 그 과자 가게는 어떻게 되었을까, 오늘은 문을 열었을까, 연휴니까 역시 쉴까, 생각하며 발걸음을 옮겼다.

정면 셔터는 열려 있었다. 하지만 상품들은 말끔하게 치워지고 없었다. 가게 안의 상품 진열대와 유리 케이스도 없어졌다. 텅 빈 바닥을 에이이치의 어머니와 비슷한 연배의 아주머니가 호스 물을 틀어놓고 걸레로 북북 문지르고 있었다.

할머니, 돌아가셨나? 신에 가까워져도 죽나? 순간적으로 그런 생각이 들어서, 아니 그런 생각에 가슴이 쿵 하고 내려앉아서, 에이이치는 그 자리에 꼼짝 못 하고 멈춰 섰다.

아주머니가 기척을 느꼈는지 이쪽을 돌아보았다.

"계, 계십니까?"

나중에 아주머니는 '요즘 세상에 실례합니다, 안녕하세요가 아니라 계십니까라고 말하는 젊은이가 있다니 신기해.'라며 웃었다.

스도 사장과 아는 사람이라고 말하자, 아주머니는 속내를 털어놓고 스스럼없이 많은 얘기를 들려주었다. 할머니는 노인을 위한 특별 요양원에 들어갔다고 했다. 꽤 오래전에 신청을 하고 순서를 기다리고 있었다고 한다.

"치매가 상당히 심해지셨어. 우리 얼굴도 몰라보실 때가 있고, 밤낮이 바뀌어서 이래저래 곤란한 일도 많았고. 하지만 할머니를 이 가게에서 떠나시게 하는 건 너무 가혹한 일 같아서 망설였지."

그런데 바로 지난달에 할머니가 먼저 말을 꺼냈다.

—손님이 안 와서 심심해.

"이제 가게 문을 닫으시겠다는 거야. 때마침 특별 요양원에 빈자리가 나서 굳게 결심하고 보내드렸지."

내가 마지막 손님이었을까?

"제가 연말에 할머니한테 사탕을 샀는데요."

아주머니는 몹시 놀란 표정이 되었다.

"설마 그걸 먹었어?"

"아뇨, 그냥 놔뒀어요."

지금도 소중하게 보관 중이다.

"아아, 다행이다."

아주머니는 진심으로 안심한 듯이 미소를 지었다.

"우리 할머니가 잔돈을 잘못 내주거나 하시진 않았고?"

"아뇨, 아무 문제 없었어요."

그뿐인가, 간절히 원하던 중요한 정보까지 주었다.

"그랬구나. 고마워."

"여기 임대하실 건가요?"

"아직 모르겠어. 건물을 새로 짓고 싶은데, 여기는 상업 지구래. 난 몰랐거든. 대체 누가 결정한 건지, 원. 뭐든 자기들 편한 대로라니까."

신축할 때는 내화건축으로 지을 의무가 있어서 여러 가지로 성가신 일들이 많은 모양이었다.

"일단은 스도 씨에게 부탁해서 세입자를 찾아달라고 했는데, 요즘 같은 세상에 쉽게 임차인이 나올 것 같지도 않고."

"우리는 고구레 씨 가게에서 살아요."

"아아, 거기 이사 온 가족이었구나."

아주머니의 눈빛이 더욱 밝아졌다.

"고구레 씨 집도 우리랑 막상막하로 낡은 건물이잖아."

"네에."

"틀림없이 헐고 새로 지을 줄 알았는데 그대로 살다니, 우리도 깜짝 놀랐어. 학생 아버님, 어머님이 오래된 집을 좋아하시나?"

"그런 것…… 같아요."

"아버님은 뭐 하는 분이셔?"

"직장인이세요."

아주머니는 '통한!'이라고 말할 듯한 표정을 지었다.

"학생 아버님이 직장 그만두고 무슨 장사를 하겠다는 말을 꺼내시면 우리 집도 권해봐. 싸게 해드릴 테니까."

알겠다고 대답했지만, 아버지 하나비시 히데오에게는 절대로 말할 수 없다. 직장을 그만두지 않더라도 그저 재미있을 것 같다는 이유만으로 빌릴 가능성이 높으니까.

일단은 황금연휴고 일단은 청춘의 한복판이라, 에이이치도 연휴 마지막 날에는 탐문을 쉬고 놀기로 했다. 마침 탄빵이랑 하시구치한테 연락이 와서 학교 근처 볼링장으로 나갔다.

탄빵이 특별활동을 마치고 돌아가는 길에 상점가에서 복권 추첨을 했는데, '한 사람당 세 게임까지 게임비 백 엔' 서비스 티켓에 당첨되었다. 게다가 음료수 하나까지 서비스였다. 같이 가자는 문자를 받은 에이이치는 처음에는 '둘이서 가.'라고 답장을 보냈다.

서비스 티켓이 네 장이야. 아깝잖아. 덴코는 OK래.
너 언제부터 남자를 셋씩이나 거느리고 다니는 신분이 됐냐?
무릎 꿇고 신발이나 핥아라.

까부네, 하고 생각하는데 한 줄 건너 다음 문장이 이어졌다.

어쨌든 내가 한턱내게 해줘. 하나짱한테는 미안해서 그래.

이번에는 또 뭐지?

히요코한테 남자 친구가 생겼어.

답장도 못 찍고 멍하니 있었다.

하나짱이 좀 더 적극적으로 어프로치했으면 나도 진지하게 소개했을 텐데. 자꾸 꾸물거리니까 그렇지.

그게 내 탓이라고?

막상 나가보니 훨씬 더 불쾌했다. 하시구치는 황홀함에 완전히 맛이 가 있었다.

"네 인간력은 어떻게 된 거냐?"

"인간력을 연마해주는 게 무엇이냐? 이성만큼 효율적으로 연마시켜주는 존재는 없지."

실제로 하시구치는 살짝 '좋은 남자'화하고 있었다. 학교에서는 눈에 띄지 않지만, 개인적인 상황에서 탄빵 사용 전과 사용 후가 확연하게 차이 났다. 아, 물론 어느 정도까지 사용하는지는 물어볼 수 없었지만.

인간을 의기소침하게 만드는 것이 무엇이냐? 타인의 행복만큼 효율적으로 의기소침하게 만드는 것은 없다. 억울해서 게임에서는 실력을 발휘했다. 에이이치는 원래 '노리고 맞히는' 계열의 운동은 잘하는 편이었다. 이성을 노리고 맞히는 시도는 안 해봤지만.

덴코는 검은 머리로 돌아와 있었다. 거기에 맞췄는지 패션까지 온통 검은색으로 통일했다. 모자와 셔츠와 바지와 목에 두른 스톨stole 각각을 텍스처를 달리해서 제법 멋을 내긴 했지만, 차림새로 봐서는 역시나 수상쩍다. 가족끼리 온 옆 레인 아이가 이따금 우주인이라도 보는 듯한 시선으로 덴코를 훔쳐보았다.

"연휴 동안 어떻게 지냈어?"

"너네가 어떻게 지냈는지 말하고 싶어서 질문하는 거지?"

“배배 꼬인 남자는 정말 싫더라.”

“난 공부했어.”

하시구치가 태연한 표정으로 말했다.

“입시 학원 집중 강의가 있었으니까.”

탄빵도 고개를 끄덕였다.

“하나짱! 스플릿 내, 스플릿.”

덴코는 아예 듣지도 않네.

첫 게임은 네 명이 각자 쳤고, 두 번째 게임은 두 사람씩 짝을 지어 시합했다. 하시구치와 탄빵은 번갈아 쳤지만, 에이이치와 덴코는 어쨌거나 덴코의 첫 번째 거터 볼gutter bowl* 확률이 이상하리만큼 높아서 에이이치가 무조건 첫 번째 공을 담당했다. 한데 덴코는 스페어 처리 능력이 또 이상하리만큼 뛰어나서 에이이치가 스트라이크를 치면 투덜거리며 짜증을 냈다. 반대로 처리하기 어려운 위치에 스페어 핀을 남기면 몹시 기뻐했고.

“덴코, 넌 주문이 너무 많아. 작정하고 스플릿을 내는 건 스트라이크보다 훨씬 어려워.”

그렇게 말하고 쳤는데, 나오고야 말았다. 완벽한 스플릿이

---

* 볼링 핀을 맞히기 전에 레인의 양쪽 홈으로 빠져버리는 공.

었다. 가장 안쪽의 가장 멀리 떨어진 핀 두 개가 남았다. '세븐 텐'이라고 부르는 거다.

덴코는 소리를 지르며 기뻐했다.

"됐어! 역시 하나짱이야! 걱정 마, 내가 처리해줄 테니."

하시구치와 탄빵도 환호성을 지르며 좋아했다. 옆 레인의 가족이 아이뿐 아니라 부모까지 함께 덴코를 주목했다.

"으랏차차!"

아저씨 냄새 풀풀 풍기는 그 구호 좀 그만둘 수 없냐.

덴코가 던진 공은 커브로 휘어지면서 레인 왼쪽 가장자리로 굴러가 홈으로 빠질 듯 말 듯 스르륵 미끄러지더니 세븐 핀 옆구리를 아슬아슬하게 스쳤다. 그 세븐 핀은 물론 넘어졌고, 바닥을 텐 핀 쪽으로 돌리더니 소리도 없이 가볍게 옆으로 미끄러지며…….

쓰러뜨렸다!

환호성이 터졌다. 자세히 보니 옆에 있던 가족만이 아니고 반대쪽 레인과 뒤쪽 통로에서 구경하던 손님들까지 박수를 치고 있었다. 덴코는 승리의 포즈를 취하고 두 손을 높이 쳐들며 모두의 축복에 응답했다.

"대단해."

옆 레인 꼬마의 시선은 역시나 우주인을 바라보는 것 같았다. 다만, 그 애한테는 우주인이 존경의 대상인 듯했다. 덴코는 악수를 해주고 아이의 머리를 가볍게 어루만져주었다. 사내아이로 피카보다 어렸다. 중국 병풍이나 그림 접시에 나오는 아이랑 꽤 많이 닮았다.

"집에 가고 싶어진다."

에이이치가 중얼거리자, 탄빵이 웃었다.

"가봤자 어차피 할 일도 없잖아. 혹시 피카짱이 기다리니?"

"그 녀석은 엄마랑 어린이 뮤지컬 보러 갔어."

그러고 보니 아버지도 회사 볼링 동호회 모임에 나갔으니 지금쯤 어딘가에서 공을 치고 있을 터였다.

"우리 집은 시골에서 할아버지랑 할머니가 오셔서 어제는 나도 가부키 공연장에 같이 다녀왔어. 오늘은 부모님이랑 하토 버스Hato Bus* 타러 가셨고."

하시구치의 아버지는 변호사다. 변호사도 가족에게 서비스할 때는 하토 버스를 이용하나?

"재판 방청에 모시고 가는 게 더 스릴 있지 않을까?"

"할아버지도 변호사셨으니까 그런 건 신물 나실걸."

이래서 가문 빵빵한 집은 싫다니까.

동호회 선배나 졸업한 선배 들의 얘기를 들어보면, 고등학

* 도쿄와 가나가와 현 일대를 도는 관광버스.

교 시절에 맺어진 커플은 꽤 오래가는지 그대로 결혼하는 예도 적지 않다고 한다. 그렇다면 탄빵은 '전통찻집 데라우치'의 가업을 이어 가게를 운영하면서 변호사의 아내가 되는 건가? 일 층은 전통찻집, 이 층은 변호사 사무실. 그대로 드라마 소재가 될 것 같은 전개다. 인생 활짝 피는 거 아닌가?

에이이치가 쓸데없는 상상을 한 탓인지, 두 번째 게임에서는 역전패당하고 말았다. 그런데도 덴코는 기분이 좋았다.

"내가 소프트아이스크림 쏠게."

그러고는 매점으로 달려갔다. 휴식 모드에 들어가자 하시구치는 으음 하며 허리를 폈고, 탄빵은 살며시 머리를 매만졌다. 한데 그 손놀림이 에이이치는 한 번도 본 적이 없는 여성스러운 몸짓이었다. 똑바로 쳐다보면 안 될 것 같은 생각에 덴코의 자리에 남아 있던 검은 스톨을 뒤집어쓰며 이마의 땀을 훔쳤다.

"나도 요즘은 할아버지, 할머니 들이랑 시간을 보내고 있어. 이웃 사람들이지."

스톨 너머로 하시구치에게 말했는데 반응한 것은 탄빵 쪽이었다.

"시간을 보내다니, 탐문? 또 무슨 의뢰가 들어왔니?"

하시구치가 놀라지 않는 걸 보면, 탄빵에게 얘기를 들은 듯했다. 역시나 주위를 신경 쓰며 목소리를 낮추고 말했다.

"하나짱, 심령 탐정이라며?"

"심령사진 탐정이야."

탄빵, 이왕 얘기할 거면 정확하게 좀 하지.

"이번 사진은 어때?"

탄빵이 몸을 앞으로 내밀었다. 반바지 옷자락 사이로 드러난 무릎이 매끈거렸다. 덴코의 스톨은 고급 마麻라 숭숭하고 얇아서 훤히 다 보였다.

"이번 사진은 무서운 건 아니야. 서투르긴 해도."

혹시 보여줄 기회가 있을지 몰라서 사진을 작은 클리어 파일에 담아 점퍼 주머니에 넣어 왔다. 꺼내서 보여주자, 하시구치와 탄빵은 거리낌도 없이 ―그렇다기보다 적극적으로― 찰싹 달라붙어서 열심히 관찰했다.

덴코가 돌아왔다. 양손에 떠받치듯 든 소프트아이스크림은 다섯 개였다. 하나는 여분인 줄 알았는데 옆 레인 꼬마에게 건넸다.

"조금 전에 박수 많이 쳐줘서 사 왔어."

중국풍 사내아이는 부끄러워했고 아이 부모님이 덴코에게 감사 인사를 했다. 에이이치는 불현듯 생각이 나서 하시구치와 탄빵에게 사진을 낚아챈 다음, 옆 레인으로 건너가 사내아이에게 손짓을 했다.

"미안, 나 좀 잠깐 볼래? 이 사진 좀 봐줘. 여기 찍힌 노란색 새 봉제 인형, 아니?"

사내아이는 모른다고 대답했다. 부모님도 의아해하는 표정이었다. 에이이치는 황급히 사진을 거둬들였다.

"그렇게 쉽게 풀릴 리는 없겠지."

"하나짱, 괜히 수상쩍게 보이잖아. 그건 그렇고, 내 스톨은 땀 닦는 수건이 아니야."

에이이치는 소프트아이스크림을 핥아 먹으며 사진 얘기와 피카랑 맺은 거래 이야기를 했다.

"과연. 그렇다면 피카짱한테 협력을 요청한 건 정답이네."

"그에 대한 보답도 확실하게 제공할 거야."

"피카짱이 고구레 씨한테 흥미를 가지는 건 당연해. 자기 집에 유령이 나온다니, 무섭긴 하지만 설레기도 하잖아. 나도 처음에 고구레 씨 유령 얘기를 들었을 때는 두근두근했는걸."

엄청 무서워했던 주제에 언제 그랬냐는 듯이 탄빵이 말했다. 하시구치는 사진을 찬찬히 살펴보더니 눈을 들었다.

"이 갈매기, 우리 학교에서도 물어보면 어떨까? 사진 복사해주면 나도 도울게."

그래서 부탁하기로 했다.

"그건 그렇고, 난 하나짱이 살짝 다시 보인다."

하시구치에게 칭찬을 들었다. 덴코는 스톨에 코를 대고 냄새를 맡더니 얼굴을 찡그렸다.

"동네를 부지런히 돌아다니며 정보를 캐내는 건 쉬운 일이 아니잖아. 게다가 상대가 나이 든 분들이면 끈기도 필요할 테고."

"하나짱은 나이 든 분들한테 먹히나 봐."

하시구치는 앉아 있어도 장대라서 웃으니 휘청휘청 흔들렸다.

"뜻밖에 할아버지, 할머니랑 유독 가까운 손자였다거나?"

에이이치가 고개를 저었다.

"난 친가든 외가든 할아버지, 할머니랑 왕래가 끊긴 지 오래야. 그분들도 길에서 우연히 만나면 날 몰라보실걸."

하시구치가 탄빵의 얼굴을 쳐다보았다.

"마지막 만난 게 후코 장례……."

거기까지 말하고 나서야 에이이치는 정신이 번쩍 들었다. 딱히 고백 모드에 들어갔던 건 아니다. 격이 없는 세 사람이다 보니 저절로 말이 흘러나와버렸다. 그러나 후코 일은 하시구치도 탄빵도 몰랐던 모양이다.

"하나짱한테는 후코라는 여동생이 있었어."

덴코가 스톨을 다시 목에 감고 말했다. 친구들에게 그냥 가족 애기를 하는 말투였다.

“어릴 때 병으로 죽었지.”

하나비시 가에 방문한 적이 있는 탄빵은 짚이는 바가 있었을지도 모른다. 눈동자가 움직였다. 하지만 하시모토는 눈에 띄게 풀이 죽었다.

“……미안해.”

“상관없어. 딱히 숨기는 일도 아니니까.”

“그럼, 그럼. 후코짱도 하나짱 친구들 사이에서 화제가 되면 틀림없이 기뻐할 거야.”

“덴코도 참.”

탄빵이 조그맣게 말했다.

“후코짱이라. 히카루의…….”

하시구치는 서먹서먹해했다. 컴퓨터 그래픽으로 만든 장대 이미지에 버퍼링이 걸린 것 같았다.

“누나야. 살아 있었으면 열한 살.”

그러냐며 하시구치는 한층 더 의기소침해졌다.

“다음에는 피카짱도 볼링장에 같이 오자. 하나짱보다 잘할지도 몰라. 피카짱은 정말 귀여운 애야.”

남자 친구를 도와주려는지 탄빵이 갑자기 명랑하게 말했다.

“그래, 같이 동물원이나 유원지에 놀러 가도 재미있겠다.

난 외동이라 그런 경험이 부족하니까."

하시구치도 그 성원에 답하려 했다.

"미래를 대비하자는 건가?"

덴코가 적확하게 물고 늘어지자, 커플은 얼굴이 붉어졌다.

"뭐, 좋아. 피카짱 스케줄은 내가 관리하니까 모든 건 날 통하도록."

"덴코, 너한테? 하나짱이 아니고?"

"하나짱은 피카짱 시중꾼이니까."

셋이서 그럭저럭 궤도 수정에 성공하는 와중에 에이이치는 그 옆에서 홀로 생각에 잠겼다. 지금까지 신경조차 쓰지 않았던 것을 알아차렸기 때문이다.

피카는…… 동물원에 가고 싶어 하지 않았다.

"어릴 적에는 말이야."

머릿속 생각이 자연스럽게 입 밖으로 흘러나왔다. 언젠가 가키모토 준코가 그랬던가, 소리를 내며 생각하는 건 입을 안 움직이면 글을 못 읽는 거나 마찬가지로 바보라고.

"툭하면 동물원에 갔지?"

모두들 응, 하고 대답했다.

"어린이날 같은 때는 일단 우에노 동물원에 가는 게 기본이잖아."

탄빵이 말했고, 하시구치도 고개를 끄덕였다.

"그럼 내년 오늘은 히카루 데리고 우에노 공원에 가기로 정하자."

에이이치는 여전히 생각 중이라 다음 말이 늦어졌다.

"……피카는 박물관을 더 좋아할 거야. 녀석은 그런 애니까."

동물원만은 '노 생큐!'였다. 에이이치는 그 이유를 알고 있었다. 알고 있으면서도 지금껏 의식하지 않았다…….

"자, 결정."

열심히 볼링공을 닦고 손가락에 파우더를 바르던 덴코가 팔의 알통을 보이면서 일어섰다.

"자, 게임 재개다. 하나짱, 원 모어 스플릿 플리즈, 웰컴, 실부 플레!"

3

하시구치의 제안을 받아들인 건 올바른 선택이었다. 연휴가 끝나고 나서 자유 학교 세일회에 관해 실로 뜻하지 않은 곳에서 정보가 들어온 것이다. 에이이치는 스도 사장이 내뱉은 명언이라고 할까, 미언迷言을 저도 모르게 다시금 떠올렸다.

—필요할 때, 절묘한 타이밍에, 꼭 만나야 할 사람과 만나게 되어 있으니 말이야.

이번 경우에 '꼭 만나야 할 사람'은 다름 아닌 다나카 히로시였다.

"세잎회는 잘 알아. 우리 동호회랑 교류한 지 오래됐거든. 뭐, 그렇다기보다 우리가 신세를 지고 있지."

세잎회는 쿠모철의 정교하고도 치밀한 아르바이트 정보망 속에 포함되었던 것이다. 그뿐 아니라 회원들이 대대로 아르바이트를 하고 있었다.

"우리 OB가 갓 개교한 세잎회에 아르바이트 강사로 참가한 게 시작이었어."

그 OB는 대학생이었고, 당연한 얘기지만 확고한 철도 마니아로 세잎회 아이들에게 국어와 산수를 가르치는 한편, 철도의 매력에 관해서도 열띤 이야기를 들려주었다.

"그러던 중에 세잎회의 주재자인 미야나가 선생님에게 철도 열기가 옮아갔지. 아이들에게도. 특히 그 또래 사내아이들은 기본적으로 기계장치를 좋아하니까."

소풍이니 사회 견학이니 이름을 붙여서 아이들과 함께 가까운 곳으로 철도를 타러 가게 되었다.

"그럴 때마다 계획에서부터 당일 안내까지 우리 동호회가 도와줬고, 그러는 사이에 아르바이트 강사 쪽 일도 맡게 됐어. 초등학생에게 국어나 산수를 가르치는 정도라면 우리 회원들에게도 자격은 충분하니까."

세잎회의 시급은 쿠모철에 매우 고마운 자금원이 되었다.

"난 강사는 안 해봤지만, 이번 여름방학 때 세잎회 이동 교실인 신슈 열차 기획을 담당해서 미야나가 선생님을 알아. 교실에도 몇 번 가봤으니까 틀림없이 마키타 쇼를 만난 적도 있을 텐데. 어렴풋이 얼굴이 기억나는 것 같기도 하고."

"학생이 그렇게 많니?"

"아냐, 아냐, 많을 때가 열 명쯤일까? 물론 평범한 초등학생이랑 전혀 다를 것 없이 활발한 아이도 많지만 아무래도 세잎회에는 얌전하고 자기주장을 잘 못하는 아이들이 있으니까."

낯선 사람이 이름을 부르면 대답을 못하는 아이도 있다고 했다.

"옛날 학교에서 괴롭고 무서운 경험을 해서 그런 것 같아. 이런저런 갈등을 가슴 깊이 품은 채 간신히 안심할 수 있는 세잎회라는 장소를 찾아낸 느낌이랄까."

그런 아이에게는 스스럼없이 접근해도 싫어할 뿐이다. 이쪽에서도 느긋하게 거리를 두고 일단 안심할 수 있게 해줘야 한다. 우리는 어떤 의미에서도 너를 압박하는 존재는 아니라고.

"꽤나 숙련도가 필요한 아르바이트겠네?"

"꼭 그렇게 어렵지만은 않아. 우리랑 아이들 사이를 철도가 단단히 이어주니까."

그리고 히로시는 '도리테쓰*' 그룹 멤버인 이 학년 학생으로 세잎회에서 강사를 하는 다카다 분지를 소개해주었다. 일주일에 두 번씩 세잎회에 다니는 분지는 마키타도 잘 알고 있었다.

"컴퓨터도 다룰 줄 알고 손재주도 좋은 애라 많이 기대하고 있어."

분지는 단순한 도리테쓰가 아니고 철도 모형 만들기를 주로 하는 마니아라 그 분야에서 기대한다는 뜻이었다.

"마키타는 신칸센을 좋아해. 지금은 지점토로 '노조미'를 만들고 있지. 300 계열의 슬랜트 노즈Slant Nose** 타입은 초보자한테는 어렵겠지만, 그 애라면 괜찮을 거야. 볼스터리스 대차*** 형태 만드는 거랑 창 밑에 블루 라인으로 색 넣는 작업만 도와주면……."

---

* 철도를 주제로 한 사진이나 동영상 촬영을 즐기는 철도 마니아를 일컫는 말.

** 열차의 전반부가 예각으로 깎인 것처럼 경사각을 이루는 모양.

*** bolsterless truck. 센터 피봇, 사이드 베어링, 스윙 볼스터를 폐지하고 공기스프링으로 차체를 지지하는 구조로, 가볍고 주행 성능도 우수한 방식이다.

에이이치가 손을 들어 올리며 말을 끊었다.

"원더풀! 꼭 도와줘라."

분지는 히로시와는 대조적으로 체세포 밀도가 낮을 듯하고 뼈도 전체적으로 앙상했다. 옛날에는 자주 '닭 뼈다귀'라고 놀림을 받았다고 했다.

"그건 그렇고, 설마하니 이런 경로로 마키타의 갈매기를 다시 보게 될 줄은 꿈에도 몰랐어. 훌륭한 합성 사진이잖아. 초등학생 솜씨라고는 믿기지 않지?"

그렇지 않아도 가느다란 눈을 더욱 가늘게 뜨며 분지가 웃었다.

에이이치와 히로시와 분지는 찻집 '루팡'에 모여 있었다. 쿠모철도 동호회 방은 있지만, 비좁은 데다 분지가 세잎회랑 관계없는 다른 회원에게까지 마키타의 사적인 일을 알리고 싶지 않다고 해서 이곳으로 약속을 잡았다.

"그래서 하나비시 너한테도 부탁이 있는데, 너무 시끄럽게 만들지 말아줘. 우리가 이 사진을 그냥 넘기려는 이유는 마키타의 마음을 다 읽어내지 못했기 때문이야. 물론 사진의 의미나 마키타가 이걸로 뭘 말하고 싶었는지 알고 싶긴 하지만, 섣불리 추궁해서 그 애를 상처 입히고 싶진 않아."

"알았어. 경솔한 짓은 안 할 테고, 여기저기 뿌린 사진도 책임지고 회수할게."

이렇게 된 이상, 다른 정보원은 필요치 않았다.

"실제로 이 사진이 세잎회 밖에까지 나돌며 화제가 된 걸 마키타가 알게 될까 봐 조금 걱정돼."

"나한테 이 사진을 맡긴 스도 사장님도 확실하게 단속하지."

분지는 뼈만 앙상한 뺨을 부드럽게 풀었다.

"그렇게까지 애쓸 건 없어. 이런 화제작을 만들면 반향이 퍼질 거라는 뒷생각까지는 못 한 걸 보면, 마키타도 아직 어린애지. 뭐, 하긴. 실제로 어린애니까 하는 수 없나?"

몹시도 가느다란 눈꼬리가 내려가서 울음과 웃음이 뒤섞인 듯한 표정이 되었다.

"이건 마키타가 프린트해서 모두에게 나눠준 거지?"

"맞아, 나도 그 자리에 있었어."

"뭐라고 하면서 나눠줬어?"

"유키짱 생일잔치 사진에 갈매기가 찍혔다고 했지."

유키짱은 사진 중앙에 있는 주인공 여자애다.

"처음부터 그렇게 말했어. '갈매기야.'라고."

분지는 자기 기억을 확인하듯 되풀이해 말했다.

"응, 갈매기야."

"다른 애들은? 이게 왜 갈매기냐고 떠들어대진 않았고?"

히로시가 물었다.

"흐음, 하며 고개를 갸웃거리는 분위기였지. 마키타는 세잎회에서 상급생이고, 조금 전에도 말했지만 아이들 대부분이 얌전하니까."

일반 학교의 동급생들처럼 좋든 나쁘든 살짝 말꼬리를 잡고 늘어지는 듯한 분위기는 없다고 했다.

"그렇긴 한데……."

분지가 왠지 히로시에게 미소를 지었다.

"철도에 흥미를 갖기 시작한 아이들 사이에서는 '갈매기'라는 말이 의미가 있잖아? 그래서 그쪽 얘기는 화제가 됐지."

"아하."

히로시에게도 금방 뜻이 통한 듯했다.

"하지만 이렇게 허접스러운 봉제 인형 팔푼이는 우리 '갈매기'랑은 관계없어."

우리 갈매기라니, 무슨 소리지?

"JR 규슈의 가고시마 본선과 나가사키 본선을 바로 그 문제의 '갈매기호' 특급이 달리고 있어. 하카타와 나가사키 사이의 십오만 삼천구백 미터를 연결하는 특급열차인데, 885계열의 하얀 갈매기야. 운전석 창가 주변에 노란색 선으로 악센트가 들어가 있어서 독일 ICE3이랑 많이 비슷하지. 아, 그건 독일의 신칸센 같은 거야."

그렇습니까.

"실은 이 '갈매기호'도 옛날에는 하얀색이 아니었어."

히로시가 말을 받았다.

"나가사키 본선의 '갈매기'라는 애칭은 1976년부터 쓰였지. 당시에는 녹색과 빨간색이 국철의 색이고 JR화한 후에는 새빨갛게 칠한 485 계열이 달려서 '빨간 갈매기'라고 불렸고. 그래서 현재의 885 계열이 등장했을 때 '하얀 갈매기'라고 불린 거야."

여우가 빨갛다든가 너구리가 녹색*이라든가 할 정도면 갈매기도 빨갛다가 하얗게 변했다 해도 이상할 건 없다. 얘기가 좀 다른가?

"JR 규슈에는 그 밖에도 인기 차량들이 아주 많아. '유후인**의 숲'도 있고 '릴레이 제비'도 있고……."

에이이치가 말을 가로막았다.

"알았어, OK! 그쪽에 관한 정보는 다음 기회에 천천히 들을게."

갈매기호라. 과연, 그러니 쿠모철에 감화된 세잎회 아이들

---

* 여우가 유부를 좋아한다는 옛이야기에 착안하여 만들어진 컵 우동 상품명으로, 같은 회사의 시리즈 제품 '빨강 여우赤いきつね', '녹색 너구리緑のたぬき', '흑돼지 카레黒い豚カレ' 등이 있다.

** 일본의 유명 온천 지역.

에게는 '갈매기'라고 하면 그쪽 갈매기가 먼저 머리에 떠올랐을 것이다.

"하지만 이건 달라. 아무리 봐도 전차는 아니잖아."

"맞아. '갈매기'가 다른 거야. 실제로 마키타는 JR 규슈의 갈매기호도 잊고 있었어. 물어봤더니 입을 떡 벌리고 멍한 표정을 짓더라고. 전혀 염두에 없었던 것 같아."

분지와 히로시는 원통하다는 듯이 고개를 떨어뜨렸다. 우리는 아직도 교육력이 한참 부족해.

"유키짱은 귀여운 봉제 인형 갈매기라고 했지만."

그 악질적인 눈매가 귀엽다고? 이 녀석들의 정열도 이해할 수 없지만, 여자애의 '귀여움 판정 기준'도 이해할 수가 없다고 생각한 순간, 에이이치는 기본적인 것을 알아차렸다.

"아, 그렇지! 그건 생일잔치였고 유키짱을 위한 모임이었잖아. 그게 포인트 아닐까? 마키타가 유키짱을 기쁘게 해주려고 그 합성 사진을 만든 거라면? 다른 애들은 모르더라도 유키짱이 그 갈매기의 의미를 안다면? 유키짱한테만 통하면 마키타로서는 그걸로 좋은 거잖아. 안 그래?"

응응, 하며 히로시도 납득했다.

"현상한 사진은 모두가 공유한다 해도 진정한 의미를 아는 사람은 우리 둘뿐이라면 즐거운 일일 테니까."

뭐야, 너 혹시 그런 경험 있냐? 무심코 곁눈질을 하고 말았다. 탄빵과 하시구치의 해피한 모습을 봐야 하고 히요코에게까지 남자 친구가 생겨버린 탓에, 에이이치는 이런 쪽 발언에는 피해망상 수준으로 민감해져 있었다.

그런데 분지가 고개를 저었다.

"안타깝지만 그 추리는 틀렸어. 마키타 앞에서는 '귀여운 갈매기'라고 했지만, 유키짱 사실은 기뻐하지 않았으니까."

그날 돌아올 때 모두의 눈을 피해 분지에게 살짝 부탁했다고 한다.

—분지 선생님, 이 사진 좀 맡아주세요.

"가져가고 싶지 않았던 거야. 사실은 무서웠던 거라고. 있지도 않은 게 찍힌 사진이니까 그랬겠지."

"그러면서 왜 기뻐하는 척했지?"

"원래 그런 애야. 착하고 마음 여리고, 싫은 것도 싫다고 분명하게 말 못 해. 그 애가 등교 거부를 하게 된 원인이 바로 그거였지."

유키의 학교에는 싫은 일을 당해도 싫다고 말하지 못하는 착하고 마음이 여린 그 애를 절호의 사냥감으로 여긴 동급생이 있었다고 한다. 그것도 여러 명.

"좀 더 강해져야지, 안 그러면 앞으로도 세상살이가 고달

플 텐데."

잘난 척 말해보는 에이이치였다.

"하지만 세상에는 마음이 여린 어른들도 아주 많아. 사회생활도 제대로 하고."

"뭐, 그렇긴 하지만."

"그 사람들은 마음이 여린 채로 성장하고도 괜찮았다는 거잖아. 하지만 학교 운이 나쁘면 마음이 여리다는 이유만으로 아침에 이불 속에서 나오지 못할 정도로 끔찍한 일을 당하는 경우도 있으니까. 유키짱도 그랬겠지."

게다가 학교 안에 갇힌 아이들은 도망갈 장소도 없다. 이러니저러니 해도 어른들 사회에는 아직 다양한 피난처가 있지만.

"나도 마음이 여려서 중학교 때는 자주 괴롭힘을 당했어. 방과 후에 학교 식당으로 끌려가서 설거지를 끝낸 큰 솥 안에 갇힌 적도 있지. 닭 뼈다귀니까 육수를 내라는 거였어. 나는 실실 웃으면서 큰 솥으로 들어갔는데, 그 모습을 우연히 발견한 담임선생님이 어찌나 화를 내던지."

극단적으로 가느다란 분지의 눈은 웃으면 반원을 그린 채로 멈추었다.

"네가 야단을 맞았다고? 괴롭힌 놈들이 아니고, 네가?"

"시키는 대로 하는 내가 더 한심하대. 말이야 바른말이지. 학교 선생님은 바른말을 내뱉는 게 일이고."

어떻게 반응해야 할지 몰라서 에이이치는 히로시 쪽을 보았다. 히로시는 체세포 밀도가 유달리 높아 보이는 두툼한 팔로 팔짱을 낀 채 입을 다물고 있었다.

"한데 시키는 대로 안 하고 내가 싸울 경우, 선생님이 내 편을 들어주느냐 하면 그렇지도 않아. 안타깝게도 그건 올바른 태도가 아니거든. 학생들끼리 실랑이를 벌이는 거니까 선생님이 어느 한쪽을 편드는 건 정당하지 않다는 거지."

분지의 말투에는 원망이 깃들어 있지 않았다.

"그러니 나 나름대로 조마조마하게 서바이벌 하는 수밖에 없었지만, 마음이 여린 걸 고쳐야 할 필요성은 못 느꼈어."

"이해해."

히로시가 한마디 하자, 분지는 갑자기 쑥스러워했다.

"뭐, 내 얘기야 아무래도 상관없지. 아무튼 난 유키짱한테 부탁받은 대로 사진을 맡았고 마키타한테는 비밀로 했어."

"분지 선생님은 신뢰를 받는군."

히로시는 그렇게 말하고 입가 양쪽이 당겨진 듯이 빙긋 웃었다.

"바람직한 일이야. 세잎회는 우리 쿠모철의 중요한 재원이니까."

그와 더불어 교육과 감화의 장이기도 하지.

"유키짱은 관계없어. 참고로 말하면 마키타는 다른 아이들 반응도 신경 쓰지 않았고. 아까도 말했듯이 그 애는 아이들 중에서는 연장자고 형뻘이지만……."

말을 머뭇거리는 분지의 표정을 알아차리고 에이이치가 물어보았다.

"어떤 의미에서는 좀 겉도는 존재이기도 한가?"

"어떻게 말해야 할지 몰랐는데, 적확한 서포트 고마워."

천만에.

"마키타는 단지 나이가 많은 것만이 아니고 우수하거든. 전에 다니던 학교에서도 줄곧 학년 톱 삼 위 안에 드는 성적을 유지했던 모양이야."

미야나가 선생님에게 들은 얘기라고 했다.

"그 학교 자체도 성적 수준이 높아서 지역구 모범학교로 지정된 곳이고."

에이이치는 피카의 진지한 눈빛을 떠올렸다.

"그렇게 좋은 학교에 다니는 우등생도 등교…… 거부를 하는 거지."

분지의 실눈이 위로 봉긋이 꺾였다.

"그럼. 어떤 학교에서나 있을 수 있지. 한데 마키타의 경우, 사실은 그게 최대의 수수께끼이기도 해."

그 아이의 등교 거부 이유는 도무지 알아낼 수 없었다.

"본인이 말하지 않는 것만이 아니야. 부모님이나 선생님도 짚이는 바가 없다고 했대. 미야나가 선생님도 아직까지 그 얘기는 못 들었고."

마키타가 세잎회에 다니기 시작한 것은 작년, 오 학년 이 학기부터였다. 등교 거부는 오 학년에 올라간 직후였고, 부모는 온갖 수단을 써서 원인을 알아내고 해결책을 찾으려고 애썼지만 결국 아무 소용도 없어서 세잎회에 오게 된 것이었다.

"담임선생님이랑 안 맞았다거나?"

"그 담임선생님은 가끔 세잎회에도 찾아와. 그걸로 봐서는……."

분지는 고개를 갸웃거렸다.

"그럼 역시 왕따인가? 잘난 녀석이라 표적이 되는 경우도 있잖아."

분지는 이번에도 고개를 갸웃거렸다.

"마키타가 세잎회에 다니기 시작했을 무렵, 그 애 반 친구들 몇 명이 찾아왔었어."

세잎회가 이상한 곳이 아닌가 걱정돼서 정찰하러 왔다고

했다.

"마키타랑 사이가 좋아 보이던데."

에이이치는 눈썹을 찡그렸다.

"괴롭히는 무리가 따로 있는 거 아닐까?"

"미야나가 선생님이 그 반 친구들에게 물어봤는데, 그런 녀석이 있을 리 없다고 했다나 봐."

—마키타는 인기 많은 애예요. 반 애들 모두 아쉬워해요.

"이건 그 담임선생님이 한 말인데, 마키타가 등교 거부를 시작했을 때 반 아이들이 매일 아침 교대로 데리러 왔다는 거야."

—안녕? 같이 학교 가자.

에이이치의 눈썹이 한층 더 찡그려졌다.

"마키타는 그런 권유를 거절했고?"

"응. 미안하지만 학교에는 안 간다고 했대."

에이이치는 눈썹을 찡그리는 데 지쳤다.

"상급생 중에 못된 녀석이 있어서 괴롭힌 건 아닐까?"

"그런 거라면 본인이 말했겠지. 선생님이나 반 아이들과는 커뮤니케이션이 잘 통했으니까."

"말하고 싶지 않은 거야. 말할 수 없잖아, 그런 일은."

단언해봤지만 에이이치도 확신은 없었다. 히로시가 두툼

한 팔을 풀고 나지막이 물었다.

"난 마키타의 부모님은 모르는데, 어떤 사람들이지?"

"나도 딱 한 번 슬쩍 봤을 뿐이지만……."

마키타의 어머니는 이따금 세잎회에 얼굴을 내밀었다. 이 갈매기 건으로도 얘기를 나눴다고 미야나가 선생님한테 들었다.

"확실한 사람 같았어. 미인에다 숙부드러운 분위기였고."

숙부드럽다. 거의 사어였지만, 분지가 입에 올리자 위화감은 없었다.

"갈매기에 관해서는 우리와 마찬가지로 고민하고 있겠군."

"착실하고 진지할 것 같은 어머님이었으니까."

"아버지는?"

히로시가 물었다.

"글쎄, 아버지는 본 적이 없는데. 하지만 그건 딱히 마키타에게만 해당하는 이야기는 아니지. 어느 집이나 아버지들은 일 때문에 바쁘니까."

"무슨 일을 하는 사람일까?"

또다시 글쎄, 하더니 문득 분지의 눈빛이 밝아졌다.

"아, 은행 계열의 싱크 탱크에 근무한다는 말을 들은 기억이 나."

"직장인이군."

"아버지도 똑똑한가 보네."

히로시와 에이이치는 동시에 다른 말을 했다. 이구동음. 아닌가? 이런 국어 실력이면 싱크 탱크에는 채용될 수 없겠지?

"히로시, 너 부모에 관해서 꽤 신경 쓴다."

"딱히 깊은 뜻은 없어. 그저 어림짐작이지."

히로시는 웃으면서 말을 이었다.

"아이들 세계는 좁잖아. 학교랑 집이 세계의 구십 퍼센트를 차지하지. 그래서 그냥 생각나는 대로 짚어본 것뿐이야."

학교, 즉 선생님과 친구들. 집, 즉 부모와…….

"마키타의 형제자매는?"

"그 애는 외동아들이야. 부모랑 세 식구."

대답하고서 분지는 한숨을 내쉬었다.

"마키타를 대하면서 가족 사이가 나쁜 것 같다는 인상을 받은 적은 없어. 워낙 말이 없는 애라 정보를 거의 안 주긴 하지만. 그래도 어쨌거나 다른 애들이랑 비교하자면, 그 애는 정말이지 등교 거부로 연결될 만한 원인다운 원인은 느낄 수가 없어."

"느낌이라……. 인상이나 느낌뿐이라는 건가?"

에이이치의 중얼거림에 답하는 동시에 분지의 말을 이어

가듯이 히로시가 입을 열었다.

"초등학생 정도면 아무리 어른스러운 아이라도 아직은 어휘가 부족하겠지. 자기 생각이나 고민을 적확하게 표현하라고 요구해봤자 무리일 거야. 그 점은 이쪽도 느긋하게 각오하고 다가가야 할 테고."

이 녀석들, 의외로 실력 있는 고교생 아르바이트 강사였네. 에이이치는 히로시와 분지를 새삼 다시 보았다.

"그런데 다른 애들한테는 느껴지는 게 있단 말이지?"

쿠모철의 두 사람은 얼굴을 마주 보았다. 서로 양보하다가 결국은 히로시가 대답했다.

"대수롭지 않은 대화를 나누는 것만으로도 '아, 이 아이는 부모 문제가 있구나.' 느껴질 때도 있고, '이 아이는 선생님이 영 형편없었구나.' 느껴질 때도 있어. 구체적으로 물으면 절대 대답할 것 같지 않은 끔찍한 왕따 실태가 문득 새어 나올 때도 있고."

그러나 마키타에게는 그런 분위기가 없었다. 올 OK인 초등학생인데, 왜 등교 거부를 했을까?

히로시가 갑자기 자세를 고쳐 앉으며 딱딱하게 굳은 표정으로 말했다.

"이건 여기서만 하는 얘기로 끝내줘."

“여기서 한 얘기는 모두 이 자리에서 끝이야.”

에이이치가 약속했다.

“분지, 너 사이토 알지?”

사 학년 애, 포동포동한 울보, 하며 손짓을 해 보였다.

“응, 알아, 알아.”

“그 애가 이번 여름 이동 교실 위원이라서 요즘 들어 나랑 자주 얘기를 나누거든. 한데 사이토는 마키타가 싫대. 자유행동 때 반 나누기 상담을 했는데, 마키타랑 같은 반 되는 건 절대로 싫다는 거야. 왜 싫으냐고 물어봤더니 그러더라.”

—거짓말쟁이니까요.

“마키타는 학교에 갈 수 없는 게 아니다, 단지 게으름을 피우는 것뿐이다, 사실은 세잎회도 바보 취급이다, 자기는 알 수 있다면서 거의 울상이 됐어. 아무한테도 말하지 말라고 부탁해서 손가락까지 걸고 약속했지.”

분지의 반응은 과연 어떨까, 에이이치는 주목했다.

“조금…… 알 것 같기도 해.”

분지는 천천히 고개를 한 번 끄덕였다.

“그랬구나, 사이토가 그런 말을 했단 말이지. 예리한데.”

그러면서 씁쓸하게 웃었다.

“실은 나도 마키타를 보면서…… 그 애의 등교 거부에는 다른 애들과 전혀 다른 의미가 있는 것 같다고 느낀 적이 있어. 목적이 다르다고 말해도 좋겠지. 그건, 학교라는 교육 시스템에 대한 이의신청이 아니었을까 싶어. 이것 역시 느낌에 불과하지만."

"뭔가 프로테스트한 분위기가 있긴 하지."

"그렇다면 등교 거부가 전략적인 사보타주라는 뜻이야?"

자유 학교 세잎회에서는 등교 거부를 장애나 실패, 하물며 병 등으로 의미 지워서는 안 된다고 주장한다.

"문제를 빨리 해결하고 이 상태에서 빠져나오게 해서 다시 건강하게 학교에 다닐 수 있게 만듭시다, 하는 식의 지도 방침은 택하지 않아. 등교 거부를 학령기 아이들 생활 스타일의 선택지 중 하나로 인정하고, 그걸 바탕으로 공부도 하고 교우 관계도 키워나가게 하지. 그게 바로 미야나가 선생님의 방침이야."

분지가 갑자기 어른스러워 보였다.

"자유 학교도 여러 종류라 사실 그런 방침을 택하는 곳은 아직도 소수파야. 그래서 세잎회 아이들은 아주 광범위한 곳에서 모여들고, 개중에는 깜짝 놀랄 정도로 먼 데서 다니는 아이도 있어. 그런 점에서도 마키타는 좀 다르지. 평범한 학군 안에 있는 학교에 다니는 거나 마찬가지로 걸어 다닐 수 있는 곳에 사니까."

히로시가 설명을 더했다.

"맞아, 다른 아이들 부모님은 경제적으로도 시간적으로도 굉장히 부담스러울 거야."

"그런데도 선택지의 하나로 등교 거부를 택했다는 말이군."

에이이치가 확인하듯 말한 것을 분지가 수정했다.

"등교 거부를 부정하지 않는 세잎회를 선택한 거지."

알겠습니다.

"나 개인적으로는 그렇게까지 단순 명쾌하게 받아들여도 좋을까 하고 의문을 느끼는 부분도 있어. 하지만 실제로 긴급 피난처럼 학교에서 도망쳐 나온 아이들을 만나면 논리 따윈 제쳐두고 일단 지켜주고 싶어지지."

으음, 하고 히로시가 반응했다.

"그런데 마키타는 느낌이 달라. 무언가로부터 피난한 것 같진 않단 말이야. 그러니까 불가사의지."

"정말 그래."

제각각 머리와 콧등을 긁으며 학생들을 걱정하는 분지와 히로시는 진짜 선생님보다 더 선생님답게 보였다.

예전에 닭 뼈다귀라는 놀림을 받고 실실 웃으며 학교 식당 큰 솥에 들어갔던 분지는 이제 더 이상 마음 여리고 기가 약한 녀석이 아니다. 고난은 인간을 성장시킨다. 에이이치는 잘난 척하는 그런 생각을 떠올렸다. 잘난 척하는 감상이라고 생각했기 때문에 입 밖에 낼 수는 없었다. 대신 이렇게 말했다.

"우리 초등학생 꼬맹이가 혹시라도 학교에서 잘 적응하지 못하면 너희들에게 부탁할게."

분지가 실눈으로 빙그레 웃었다.

"남동생이야, 여동생이야?"

"남동생. 사립학교 다니고 나보다 훨씬 머리가 좋지만, 역시 나름대로 힘든 일은 있는 모양이야."

"철도 좋아해?"

"그림을 좋아하니까 소재로는 흥미를 가질지도 모르지. 다음에 물어볼게."

그리고 에이이치는 스스로도 이해할 수 없었지만 피카가 아닌 다른 인물의 얼굴을 떠올리고 말았다. 누가 무엇 때문에 상처를 받았다느니, 어딘가에서 도망쳤다느니, 도망쳐 나온 사람을 지켜준다느니 하는 이야기를 주고받은 탓일지도 모른다.

그 사람은 무엇에서 도망치고 싶어서, 무엇에 상처를 받아서 자살 기도를 되풀이할까?

히로시는 말했다. 철도를 사랑하는 사람은 절대로 인간을 미워할 수 없다고. 철도는 사람들을 실어 나르고 사람과 사람을 이어주는 거니까.

그렇다면 그 사람에게도 진정한 의미에서 히로시의 자료가 마음에 가 닿기를 바랄 뿐이다. 설령 그 계기는 지리멸렬한 핑계였더라도, 그 복사지를 보고, 사진을 보고, '내가 모르는 세계의 이런 곳에서 이런 철도가 달리고 있구나. 차량에는 다양한 사람들이 타고 누군가를 만나러 떠나거나, 일하러 가거나, 집으로 돌아가는구나.' 생각해 줬으면.

'첫, 바보 같긴.' 해도 괜찮다. 그럼에도 불구하고 '뭐, 이번에는 확실하게 안전한 장소에서 정면으로 달려오는 전차를 봐볼까?' 하고, 변덕이라도 좋고 순간적인 충동이라도 좋으니 그런 생각을 해주면 좋을 텐데.

내가 왜 이렇게 가키모토 준코 생각을 자주 하지? 바보 아냐?

에이이치의 머릿속에 낀 안개를 히로시의 묵직한 목소리가 맑게 흩어주었다.

"이제 와서 미안한 말이지만, 분지가 맨 처음 한 얘기에 이의가 생겼어."

갈매기 사진 건으로 너무 시끄럽게 하지 말아달라는 요청이었다. 섣불리 추궁해서 마키타에게 상처를 주고 싶지 않다고 했던 말.

"오히려 적당히 시끄럽게 하는 편이 좋을 것 같은 기분이 들어."

"어째서?"

"그 애의 등교 거부가 일종의 프로테스트라면, 이 갈매기 사진도 그 연장선으로 생각할 수 있지 않을까?"

마키타의 행동에는 의미가 있다.

"이 갈매기도 어떤 의사표시야. 어필이라고. 그래서 마키타는 '이건 갈매기야.'라는 말만 하고 침묵하는 거지. 주위 사람들이 그 의미를 찾아주길 바라는 거라고. 그렇다면 무시하면 안 되잖아."

에이이치가 되물었다.

"그 애가 던진 수수께끼를 풀어내 보이겠다면서 확실하게 소란을 떠는 게 좋다?"

오호, 하고 분지가 신음을 냈다.

"다만 적당히. 알맞게."

"그래, 준법 속도로 가자."

"어쨌든 이 갈매기의 정체는 밝혀내야겠지."

방침은 그렇게 결정이 났다.

하지만 그 주 주말에 하나비시 가에 어처구니없는 사태가 발생하는 바람에 에이이치의 머릿속에 있던 다른 모든 문제들이 뿌리째 뽑혀 나갔다. 이번에는 피카의 감기 정도가 아니었다.

고구레 사진관에 강도가 든 것이다.

정확하게 말하자면, 하나비시 가족이 강도를 당한 건 아니었다. 도둑이 들어왔고, 그 도둑을 체포하고 보니 다른 곳에서 강도 사건을 일으킨 사람이었고, 게다가 하나비시 가에 숨어들었을 때도 칼—날 길이가 이십 센티미터인 군용 나이프였다—을 소지하고 있었다는 게 드러났다는 내막이다.

5월 31일, 일요일이었다. 연중 기후가 가장 상쾌한 이 시기, 에이이치가 소속된 조깅 동호회에서 이 학년이 주체가 되어 쿼터 마라톤 경기를 주최하기로 되어 있어서 에이이치는 이른 아침부터 학교에 갔다. 직장인인 아버지 히데오와 시간제로 회계 사무소에서 일하는 어머니 교코는 물론 휴일이었다. 피카 역시 그날은 영어 회화 학원도 없어서 느긋하게 쉴 참이었다.

—날씨도 좋은데 어디라도 나가볼까?

아버지의 제안에 어머니가 찬성했다.

—너무 먼 데 말고 근처에서 느긋하게 쉬고 싶은데.

—그럼 신스이 공원에 가요. 오리 보트도 탈 수 있잖아.

피카의 요청으로 세 사람은 미나가와 신스이 공원으로 외출했다. 이 지역에 옛날부터 있었던 '미나가와'라는 수로를 정비하여 오늘날 분위기에 맞는 '물가 공원'으로 만든 그곳에는, 인공 시냇물과 커다란 분수, 오리 보트가 떠다니는 오리 연못 등 다채로운 경치가 펼쳐져 있었다. 최근에 피카의 마음에 든 장소였다.

화창한 날씨에 세 사람은 물가 산책을 즐겼다. 어머니와 피카가 오리 보트를 타고, 아버지는 휴대전화 카메라로 그 모습을 촬영해서 에이이치에게 보냈다—나중에 확인해 보니 오전 열한 시 사십삼 분에 도착한 문자였다.

공원은 수로를 따라 만들어놓았기 때문에 좁고 길었다. 어슬렁어슬렁 걷다 보면 지하철 한 정거장 거리는 족히 이동하는 셈이었다. 세 사람은 공원을 나와 패밀리 레스토랑으로 갔다. 휴일 점심시간이라 잠시 기다려야 했고, 이윽고 피카가 주문한 스페셜 어린이 런치가 나오자 그 이미지를 또 에이이치에게 보냈다—나중에 보니 오후 한 시 십오 분에 도착한 문자였다.

어머니와 피카가 과일 파르페까지 다 비우고 난 후 식당을 나왔고, 돌아오는 길에는 피카가 아무래도 지쳐 떨어져서 노선버스를 탔다. 도중에 슈퍼마켓에 들러서 집에 도착한 것은 두 시 삼십 분을 조금 지났을 때—였을 거라고 나중에 어머니가 말했다. 피카는 뻔질나게 하품을 해댔다.

—운동이 꽤 많이 됐지. 엄마도 피곤하네.

낮잠이라도 잘까, 하는 얘기가 나왔다.

—그럼 난 잠깐 역 빌딩에 다녀오지.

아버지는 역 빌딩의 스포츠 매장에 볼일이 있었다. 회사에서 볼링 동호회 간사를 맡은 아버지는 전부터 그곳에서 회원 유니폼을 만들려 했는데, 점장과 가격 교섭에 타협을 보지 못한 상태였다. 마침 아버지 개인적으로도 새 볼링 가방을 사고 싶었던 참이라 그 구매를 미끼로 썩 내키지 않아 하는 점장과 슬슬 교섭을 마무리 지을 생각이었다.

—아빠는 건강하네.

—지난주에는 접대 술자리가 없었으니 건강하지.

아버지는 자전거를 타고 나갔다.

어머니와 피카는 이 층 남쪽의 빨래 건조대가 있는 방—아버지와 어머니의 침실이다—으로 가, 벽장에서 베개와 위에 덮을 이불만 꺼내고 드러누웠다. 5월의 햇살은 아직 밝고 방은 따뜻했다. 창의 커튼을 걷어놓았기 때문에 잠든 머리 위로 펄럭거리는 빨래가 어른거렸다. 어머니는 너무 오래 자지 않으려고 휴대전화 알람을 오후 세 시 삼십 분에 맞췄다. 그 시간에 일어나면 밖에 널어둔 이불을 걷기에 딱 좋았다.

"엄마는 눈 깜짝할 사이에 잠들어버렸어. 코까지 골았지. 나도 금방 잠들어서 꿈을 꿨어. 낮잠 자면 대개 꿈을 꾸더라."

피카의 증언이다. 참고로 덧붙이자면, 실력이 뛰어난 검객과 총잡이가 포악한 경비원이랑 싸웠는데 검객은 양쪽 눈을, 총잡이는 오른팔을 공격당해 절체절명의 위기에 다다른 순간, 염력念力으로 어떤 괴물이든 쓰러뜨리는 여고생이 달려온 꿈이라고 했다. 뭐, 본 이야기와는 관계가 없으니 코멘트는 생략하고.

자, 그렇게 모자母子가 한가로이 낮잠을 자고 있는 곳으로 강도가 침입한 것이다. 그 후의 이야기는 그가 체포된 후 담당 경찰관이 하나비시 가족 네 사람에게 설명해주었다.

침입 경로는 일 층 북쪽에 있는 목욕탕 창문. 방범 창을 떼어내고 걸쇠가 걸려 있지 않은 창으로 들어온 것이었다. 어머니는 종종 낮 동안 목욕탕 창문을 열어놓았다. 방범 창이 있는 데다 그쪽은 옆집과의 간격이 삼십 센티미터 정도밖에 안 되니 괜찮을 거라고 생각했기 때문이다. 에이이치도 딱히 위험하다고 느낀 적은 없었다.

그러나 방범 창이란 건 공구만 있으면 의외로 간단히 뜯어낼 수가 있다고 한다. 물론 무게가 나가는 물건이라 주의가 필요하지만, 목욕탕이나 세면대 등의 창에 붙어 있는 정도면 혼자서도 충분히 다룰 수 있다는 것이다.

이 강도 놈, 체포되자마자 곧바로 신원이 밝혀졌다. 노나카 다미오, 서른여덟 살, 무직, 주소 불명. 절도 상습범인 어엿한 프로인 데다 방범 창 뜯기 전문이었다. 지난번 형기를 마치고 출소해서 이 년이 채 지나기도 전에 본인이 기억하는 것만도 열 건 넘게 같은 수법으로 가택침입과 강도질을 저질렀다고 한다. 요령은 크기가 적당하고 방범 창을 끼운 나사가 밖에서 보이는 타입의 표적을 고르는 것. 그리고 이웃에게 목격당할 경우를 대비해서 공사하러 온 사람처럼 작업복을 차려입는 것—창틀을 만지작거려도 곧바로 의심받지 않을 뿐 아니라 모든 제복은 목격자의 눈을 헷갈리게 만든다. 얼굴보다 그쪽이 기억에 새겨지기 때문이다.

노나카 다미오는 원래부터 거칠고 난폭한 강도범은 아니었다. 일을 벌일 때 군용 나이프를 지참하게 된 것은 지난번에 교도소에서 나온 후부터라고 했다.

—감옥에서 나와 보니 세상이 워낙 험하고 몹시 뒤숭숭해져서…….

호신용으로 들고 다녔다는 것이다.

—설마하니 그걸 정말로 쓰는 상황에 처하게 될 줄은 꿈에

도 몰랐습니다.

도대체 뭔 소린지, 하는 감개를 품게 만드는 발언이었다. 덧붙여 말하자면 이 군용 나이프도 훔친 물건이었다.

노나카 다미오가 끝내 군용 나이프를 쓰는 상황에 처하게 된 것은 하나비시 가에 숨어들기 직전에 저지른 범행에서였다. 그것이 5월 28일이었다고 하니, 고작 사흘 전이다. 도쿄 변두리에 있는 한 주택의 화장실 방범 창을 떼고 침입, 부엌 식기장 서랍에서 은행 봉투 안에 들어 있는 현금 오만 엔을 발견해 주머니에 넣고 자리를 뜨려고 막 화장실로 향하는 순간, 귀가한 그 집 주부와 맞닥뜨렸다. 시장을 보러 나갔던 이 주부는 화장실에 급해져서 서둘러 돌아왔고, 현관문을 열자마자 그 자리에 짐을 내려놓고 쏜살같이 화장실로 향했다. 한데 거기서 강도와 딱 마주치는 사태가 벌어진 것이다. 두 사람 다 운이 나빴다.

주부는 놀라서 큰 소리를 질렀다. 질겁한 노나카는 허리띠에 꽂아뒀던 군용 나이프를 꺼내 들고 시끄럽게 굴면 죽이겠다고 위협했다. 침입한 집에서 집주인과 정면으로 충돌하기는 처음이라 —원래는 그렇게 서툰 실수는 하지 않는다나— 그저 빨리 도망치고 싶은 마음뿐이었고 진심은 아니었다는 것이 본인의 해명이었다.

난데없이 칼 같은 것을 들이대며 위협하면 대부분의 인간은 침착성을 잃고 당황하게 마련이다. 그 주부도 그랬을 것이다. 도망치는 대신 이성을 잃고 흥분해서 눈앞의 나이프를 쳐서 떨어뜨리려 했다—이것도 노나카의 설명이니 재판에서는 쟁점거리가 되겠지만. 달려드는 주부의 기세에 당황한 노나카는 전과 3범인 주제에 허둥대며 무작위로 칼을 휘둘렀는데, 주부의 손바닥을 그어버리는 바람에 피를 보고 너무 놀라 주저앉을 뻔했다. 그리고 주부가 비명을 지르며 쓰러지자 그대로 정신없이 도망쳤다.

—그렇게 얌전해 보이는 부인이 나한테 덤벼든 걸 보면 역시나 세상이 많이 뒤숭숭해졌구나, 생각했습니다.

다시 한 번 '대체 뭔 소린지.' 하고 싶어지는 발언이었지만, 본인이 그렇게 생각했다니 그랬나 보다 하는 수밖에. 어쨌거나 노나카 다미오가 부정할 수 없는 강도 상해 사건을 일으켰다는 사실에는 변함이 없다.

—진짜 너무 겁나고 쫄아서, 세상이 이 지경이면 옛날처럼 일할 수도 없다, 이번 기회에 손을 씻자…… 그렇게 생각했으면 오죽 좋았을까마는…….

그런 생각을 하지 않는 것이 이 분야의 프로다.

—어떻게든 최대한 빨리 이런 주눅 든 마음을 해결해야 한

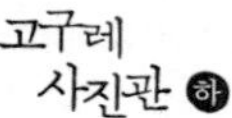

다, 그러지 않으면 자꾸 소극적으로 변해버린다, 싶었습니다.

그렇다. 노나카는 서둘러 다음 범행에 착수하고 완벽하게 성공시켜서 액막이를 할 작정이었다. 단, 방침을 바꿔서 이번에는 서민 동네를 택하기로 했다. 사전 조사를 하러 왔을 때도 범행을 저질렀을 때도 자전거를 이용했다. 사흘간 여기저기를 살피며 돌아다니고 몇 군데 눈에 띄는 집—이라기보다는 방범 창—을 찾아냈는데, 정작 범행 당일에 고구레 사진관을 고른 이유는…….

—첫 번째랑 두 번째로 목표했던 집에서는 타이밍이 맞질 않아서.

그 얘기를 들은 어머니가 말했다.

"우리는 보결이었네."

아버지도 말했다.

"보결 당선인 셈이군."

"왠지 좀 억울한데. 이왕이면 첫 번째 후보였으면 좋았을걸."

자식들이 옆에 있는데 이 부부는 대체 무슨 소리를 하는 건지. 놀라는 경찰관에게 에이이치가 작은 목소리로 사과했다.

"죄송합니다. 우리 부모님이 좀 특이하셔서요."

경찰관도 소곤소곤 말했다.

"뭐, 아무튼 피해는 없었으니 다행입니다."

여하튼 노나카 다미오는 그렇게 하나비시 가에 침입했다. 또 참고로 덧붙이자면, 그는 경찰에서 진술하는 내내 하나비시 가를 '고구레 씨 댁'으로 불렀다고 한다. 말할 필요도 없이 밖에 걸린 오래된 간판을 봤기 때문이다.

노나카가 방범 창을 뜯고, 목욕탕으로 숨어들고, 세면실로 빠져나와 주위 상황을 살피는 동안, 그의 머리 위에서는 어머니와 피카가 쿨쿨 잠들어 있었다. 베란다에서는 이불이 볼록하게 부풀어 오르고 빨래들이 펄럭거렸다.

노나카 다미오가 하나비시 가—고구레 사진관 안에 있었던 시간은 정확히 얼마나 될까? 본인의 말로 '삼 분도 안 있었다.'니, 일단은 그렇다고 해두자. 삼 분도 안 있은 후, 그는 퍼렇게 질린 얼굴로 현관에서 뛰어나갔다. 정확히 말하면, 하나비시 가의 현관이 아니라 고구레 사진관의 입구 쪽 문이다. 그는 도망치기 직전에 거실에 있었고, 그곳에서는 사진관 문이 가까웠기 때문이다.

거의 죽은 거나 다름없는 해피 상점가지만 쾌청한 날씨의 일요일이기도 해서 지나가는 사람이 있었다. 게다가 그때, 대체 어찌 된 영문인지 노나카는 군용 나이프를 움켜쥐고 있었다. 스쳐 지나가던 집에서 칼을 움켜쥔 작업복 차림의 남자가 낯빛을 바꾸고 뛰어나온 것이다. 목격자는 놀랐다.

어쨌거나 노나카는 군용 나이프를 들고 정신없이 달렸다. 원래는 침입 경로로 다시 나올 예정이었기 때문에 도주용 자전거는 엉뚱한 장소에 세워져 있었다. 어떻게든 거기까지 가는 수밖에 없었다. 달려갈수록 사람들 눈에 더 많이 띄었다. 놀라서 소리를 지르는 사람도 있었다. 노나카는 더욱 혼란스러워져 길을 잘못 들었다.

공교롭게도, 그 앞에는 임사 상태인 상점가 주변에서 유일하게 건재한 접골원이 있었다. 이중으로 공교롭게도, 일요일에도 진료를 보는 선생님이 허리를 삐끗한 환자를 배웅하기 위해 때마침 밖으로 나와 있었다. 삼중으로 공교롭게도, 이 선생님은 유도 검은 띠 보유자였다. 선생님이 군용 나이프 따위 아랑곳없이, 질주하는 노나카에게 태클을 걸고 바닥에 내동댕이쳐서 체포를 마칠 때까지 소요된 시간은 고작 사십 초도 안 되었다고 한다. 완벽한 한판승이었다.

뭐, 어쨌거나 그런 연유로 하나비시 가는 무사했다. 정말로 행운이었다.

그러나 수수께끼는 여전히 남았다. 노나카 다미오는 왜 침입한 지 삼 분도 안 되어, 아무것도 훔치지 않은 채, 기겁해서 칼을 빼 들고 도망쳤을까?

"강도 사범은 많이 다뤄봤습니다만 이런 얘기는 처음 듣습니다."

담당 경찰관도 웃어야 할지 화를 내야 할지 망설여지는 모양이었다.

"이 얘기를 하나비시 가족분들에게 해도 될지, 어떨지……."

부담 갖지 말고 얘기하라고 하나비시 부부가 말했다. 이런 상황에서 절대로 도망치지 않는 것이 하나비시 부부다. 그리고 그 순간, 에이이치에게는 불현듯 떠오르는 뭔가가 있었다. 있었지만 설마 했다. 설마 하면서도 틀림없이 그럴 거라고 생각했다.

"노나카 말로는 여기에서…… 유령이 나왔다고 합니다."

거봐, 이렇다니까.

―부엌으로 들어갔을 때 갑자기 등이 싸늘해지긴 했지만…….

낡은 집이니 외풍도 있겠거니 했던 모양이다.

―식기장에 돈이 없어서…… 그래서 거기, 거실인가요? 불단이 있는 방으로 들어갔죠. 불단 옆에 현금이 놓여 있는 집이 많으니까.

후코의 불단은 낮은 서랍장 위에 차려놓았고, 분명 그 서랍에는 늘 얼마간 현금을 넣어두었다.

—돈을 찾으려고 불단으로 다가가는데 또다시 엄청난 한기가 느껴졌어요. 그, 뭐냐…… 뼛속까지 아린다고 할까, 몸서리가 쳐진다고 할까, 이까지 덜덜 떨렸죠.

손으로 몸을 문지르며 주위를 돌아보자 거울이 눈에 들어왔다. 어머니가 후코를 위해 사 온 것으로 늘 불단 옆에 세워두는 작은 경대였다. 높이는 삼십 센티미터쯤, 각도를 바꿀 수 있는 거울이 달려 있었다.

—그 거울에 사람이 비쳤습니다.

사람의 손이 비쳤다고 한다. 그 말대로 어른이 그 경대 앞에 서면 딱 손목 언저리가 비친다.

—깜짝 놀랐죠. 아무도 없다고 판단하고 들어갔으니까, 나 말고는 다른 사람이 있을 리 없다고 생각했으니까요.

사실은 이 층에서 모자가 평화롭게 잠들어 있었지만.

어쨌거나, 헛것을 봤나 싶었던 노나카는 경대로 다가가 거울을 살짝 위로 들면서 들여다봤다. 물론 자기 얼굴이 비쳤다.

—그런데 나만 있는 게 아니었어요.

노나카의 등을 감싸듯이 누군가가 얼굴을 불쑥 들이밀고 있었다.

—시커먼 사람 그림자인데 새하얗게…….

대체 어느 쪽이야?

—집 안이라 얼굴만 새하얬어요. 하지만 몸집이랄까 분위기로 봐서 할아버지라는 걸 알았습니다. 거울에 비친 손도 주름이 자글자글했고요.

자기의 상황도 까맣게 잊은 채 소리를 지를 뻔하다가 간신히 손으로 입을 짓눌렀다. 그러자 곧바로 호흡이 곤란해졌다. 작업복 옷깃이 팽팽하게 조여들었다.

—마치 뒤에서 옷깃을 움켜쥐고 잡아당기는 것 같았죠.

목이 졸려 숨을 쉴 수 없었다. 오한도 점점 더 심해졌다.

—할아버지 주제에 어찌나 힘이 좋던지…… 이건 아니다, 살해당할지도 모른다는 생각이 들었습니다.

공포가 너무 큰 나머지 뭘 어떻게 했는지도 잘 기억나지 않는다고 했다. 정신을 차리고 보니 군용 나이프를 휘두르며 밖으로 뛰쳐나와 있었다.

—칼을 들고 있기를 다행이었죠. 칼은 마를 쫓아준다잖아요. 그게 할아버지 유령을 쫓아준 거라고요. 그렇지 않았으면 난 그대로 귀신 손에 죽고 말았을 겁니다, 형사님.

"노나카는 그렇게 진술했습니다만……."

경찰관이 말하는 속도가 갑자기 느려졌다. 이야기를 듣는 하나비시 히데오와 교코의 눈빛이 이상하리만큼 반짝반짝 빛났기 때문이다. 피카는 눈도 깜박이지 않았다. 사실 에이이치조차도 굳어 있었다. 역시 예감이 적중한 것이다.

"그, 뭐냐…… 노나카가 진술한 현상에, 아니 그걸 현상이라고 해도 좋을지…… 착각이라고 할까요, 그 말에 짚이는 거라도 있으십니까? 혹시라도?"

'혹시라도?' 부분에서 씁쓸하게 웃는 걸 보니 경찰관은 상식적인 사람인 듯했다. 곤혹스러운 것 같았고 조심스러웠다. 어쩌면 살짝 섬뜩했을지도 모른다.

"있어요."

그때까지 한마디도 하지 않았던 피카의 사랑스럽고 맑은 하이 톤 목소리가 좌중을 사로잡았다. 에이이치는 경찰관이 안쓰러워서 눈을 가렸다.

피카가 눈동자를 반짝거리며 얼굴 가득 미소를 머금고 말했다.

"그건 고구레 야스지로 씨예요."

4

같이 가겠다고 고집을 부리는 어머니 교코를 설득하고 포기시킨 사람은 아버지 히데오였다. 우리는 둘이서 집이나 보자고.

"둘이서 다녀와라."

아버지는 왠지 기분이 나쁠 정도로 부드러운 목소리로 말했다.

"고구레 씨한테 인사 잘하고 와야 한다. 부탁해."

요코하마에 사는 이시카와 노부코를 찾아가서 고구레 씨에 관한 이런저런 이야기를 듣고, 불단에 합장을 올리고, 가능하면 성묘도 가자는 말을 꺼낸 사람은 피카였다.

"난 수요일에는 오전 수업밖에 없어. 하나짱도 조퇴해."

주말까지 기다릴 순 없다, 한시라도 빨리 가고 싶다며 떼를 썼다. 에이이치도 ―겉으로는 난색을 드러냈지만― 똑같은 마음이었기 때문에 선뜻 받아들였다. 부모님 역시 이왕이면 빠른 게 좋겠다고 했다.

그쪽에 연락하는 일은 스도 사장에게 부탁했다. 강도범 노나카 다미오 사건은 다음 날 조간신문에 작은 기사로 났지만, 노부코 씨는 몰랐던 모양이다. 사장에게 사정 얘기를 듣고 깜짝 놀라서는 하나비시 가족에게 아무 일도 없는 게 불행 중 다행이라고 말했다고 한다.

문제는 그다음이었다. 신문에는 절대 실릴 수 없는 노나카 다미오의 도주 원인을 설명하지 않고서는 에이이치와 피카가 갑자기 방문하고 싶어 하는 이유를 전할 수가 없었다. 그런데 과연 그 얘기를 어떻게 받아들일지?

우리 아버지의 유령이라고요? 그런 얘기는 꺼내지도 마세요.

기분을 상하게 할 염려도 있었다. 그럴 경우, 사장이 책임지고 야단을 맞게 해야겠다는 계산이 에이이치에게는 있었다. 애당초 사장이 고구레 씨의 유령 이야기를 숨긴 게 잘못이었으니까.

그러나 그 모든 것은 기우였다.

"노부코 씨가 언제든 오래. 기다린다고. 요코하마 역에서부터 약도를 그린 지도를 팩스로 보내주셨으니까 집에 가는 길에 들러서 가지고 가."

그 말을 듣고 화요일 방과 후에 ST 부동산에 들르자, 사장은 꽤나 기분이 좋아 보였다. 그 옆에는 회계 아저씨와 살인적인 눈빛의 가키모토 준코도 자리를 지키고 있었다.

"바보 같긴. 강도 들었다며?"

안녕도 아니고 오랜만도 아니고, 입을 열자마자 후려치듯 쏘아붙이는 미스 가키모토였다.

"너 장남이잖아. 엄마랑 동생이 위험에 처했는데 넌 대체 뭘 한 거야? 정신 똑바로 차려!"

이런 경우에 아직 미성년자인 나를 난데없이 매도할 수 있습니까?

"난 학교 갔었다고!"

"쓸데없을 때만 나타나고, 가족이 정말로 필요로 할 때는 안 계시다? 바보 같긴."

오늘은 두 번 연발이다.

쓸데없을 때라니, 그게 언젠데? 당신이 선로에서 뛰어내렸을 때야? 더 이상은 못 참는다, 막 되받아치며 반박하려는 순간…….

"자, 자, 모두 무사하다니 천만다행이지."

컴퓨터에 매달린 회계 아저씨가 몹시 굵고 탁한 목소리로 시대가 느껴지는 발언을 하며 끼어들었다. 하지만 발언 직후, 미스 가키모토가 흘겨보자 '아냐, 아냐. 하하하.' 핏기를 잃고 컴퓨터에 달라붙어 타닥타닥 맹렬하게 일을 시작해서 에이이치까지 기세가 꺾이고 말았다. 아저씨, 그거 컴퓨터예요, 대피호예요?

뭐가 그리 좋은지 해맑은 표정으로 지켜보기만 하던 스도 사장이 팩스를 내밀었다.

"자, 이거야. 역에서 시영 버스를 타야 하는데, 이름이 비슷한 정류장 두 개가 나란히 있다니까 착각하지 않게 조심해. 여기서 가자면 요코스카센으로 한 시간 이상 걸릴 거야. 피카짱 화장실은 미리미리 챙기고."

그러고는 에이이치의 등을 출구 쪽으로 쑥쑥 밀어냈다. 그 와중에도 미스 가키모토의 절대영도 시선이 와서 박히는 게 느껴졌다.

"노부코 씨는 시부모님 간병도 하니까 너무 오래 방해하면 안 될 거야."

같이 가게 밖으로 나오자, 스도 사장은 에이이치의 귀에 대고 빠른 말투로 속삭였다.

"화내지 마. 가키모토 씨도 걱정돼서 그런 거니까. 그게 저 사람 표현법이야."

에이이치는 몸이 바르르 떨릴 정도로 화가 나 있었다. 이렇게 간단히 창끝을 내릴 순 없지. ST 부동산은 정면이 유리로 되어 있지만 안쪽에서 부동산 정보 복사지를 잔뜩 붙여놓아서 직접 안을 들여다볼 수는 없었다. 이쪽에서도 임대 맨션 정보지 틈새로 냉동 광선을 쏘아주려고 돌아보았는데…… 가키모토 준코는 새침한 표정으로 전화를 받고 있었다.

"조금 건강해 보이지?"

스도 사장도 곁눈질로 가게 안을 들여다보며 빙그레 웃었다.

"그녀가 다른 사람을 걱정하다니, 난 처음 보는 일이야. 그러니 화내지 말고 기뻐해주십시오. 그래서 일부러 여기까지 오라고 한 거야."

생각해보면 집 전화기에도 팩스 기능이 있으니 지도는 집에서 받으면 끝날 일이었다. 나도 참, 그걸 이제야 알아차리나.

유리 너머라 소리는 들리지 않았다. 무음 상태인 가키모토 준코의 영상은 왠지 굉장히 평범해 보였다. 작년 여름, 에이이치가 이곳에 손님—의 아들—으로 왔을 당시의 그녀는 전화 통화 때조차도 의욕이 없는 게 훤히 드러났고, 어설프고 무뚝뚝하고 거칠었다. 그런데 지금은 평범한 사무원처럼 보인다.

"고마워. 노부코 씨한테도 안부 전해주고."

사장이 에이이치의 어깨를 가볍게 두드리며 말했다.

집을 향해 걸음을 내딛고, 신호를 두 번 건너고, 그제야 비로소 에이이치는 또다시 그럴싸하게 구슬려졌구나 싶었다. 신호를 하나 더 건너 모퉁이를 돌면서는 '그 여자, 화장했네.' 하는 데 생각이 미쳤다. 에이이치를 몰아세우며 꾸짖던 목소리에도 힘이 있었다. 얼굴색도 좋던데.

덴코 때문인가? 덴코가 ST 부동산에 얼굴을 자주 내밀고 그 사람이랑 친구가 되었기 때문에? 내가 없을 때, 덴코랑 둘이서 하나짱 집에서 큰일 날 뻔했다는 얘기라도 나눴을까?

—너 장남이잖아. 정신 똑바로 차려!

그것이 헐뜯는 욕이 아니라 질책이라면, 어머니나 학교 선생님 이외에 여자한테 야단을 맞는 건 에이이치로서는 처음이었다.

노부코 씨 집으로 가는 지도는 알아보기 쉽게 그려 있어서 조금도 헤맬 필요가 없었다. 버스 정류장도 헷갈리지 않았다. 준비한 선물은 피카가 꼭 자기가 들겠다고 해서 그렇게 하라고 했다.

길이 좁고 일방통행이 많은 전형적인 주택가였다. 띄엄띄엄 편의점이나 세탁소 체인점이 있었지만 나머지 대부분은 단독주택과 맨션이었다. 새로 지은 고층 맨션도 솟아 있었다. 날씨가 좋아서 위를 올려다보니 창유리가 반사되어 눈이 부셨다.

노부코 씨 집은 지은 지 꽤 오래된 듯한, 주택업자의 텔레비전 광고에 나올 만큼 멋진 저택이었다. 일 층 현관 옆 공간이 주차장이었다. 지금은 차가 없고 한쪽 구석에 접힌 휠체어 한 대만 기대어 있다. 현관 옆에 심은 나무와 길가로 난 창문 밑의 플라워 박스에 분홍색과 하얀색의 귀여운 꽃들이 가득했다.

인터폰 앞에서 호흡을 가다듬는데, 옆으로 긴 장식 유리를 끼운 현관문이 열렸다. 정말로 기다리고 있었던 모양이다.

"하나비시 댁 아드님들이죠?"

한 번 만났을 뿐인데 기억했다. 이시카와 노부코 씨였다. 피부가 희고 통통한 데다 머리는 밝은 갈색으로 염색했다. 에이이치가 현관 앞에서 머뭇머뭇 인사를 하자, 그만 됐으니 어서 올라오라며 안으로 안내했다.

집 안도 겉모습과 마찬가지로 널찍하고 깔끔하게 정리되어 있었다. 바닥에는 문지방이 없고, 여기저기에 손잡이가 달려 있었다. 공기 중에 희미하게 소독약 냄새가 감돌았다.

"바쁘실 텐데 죄송합니다."

거실로 안내받은 후, 일단 피카와 둘이 고개를 숙여 인사했다.

"아냐, 아냐, 신경 쓰지 마요. 오늘은 두 분 다 데이케어 받으시는 날이니까."

노부코 씨는 거실 한쪽에 있는 괘종시계를 돌아보며 말했다.

"네 시쯤까지는 괜찮아요."

아직 한 시 오십오 분이었다. 데이케어는 간병이 필요하다는 시부모님 얘기일 것이다.

피카가 격식을 차리며 과자 상자를 내밀자 노부코 씨는 눈을 가늘게 뜨며 받아 들었다.

"마음 써줘서 고마워요."

그러고는 살짝 살피는 듯한 눈빛을 띠더니 물었다.

"먼저 우리 아버지부터 만나보는 게 좋을까?"

에이이치보다 먼저 피카가 네, 하고 대답했다.

노부코 씨가 거실 칸막이 문을 열었다. 안쪽은 전통적인 다다미 여섯 장짜리 방으로, 도코노마*에는 새로 마련한 불단이 차려져 있었다. 검정 칠에 금색 장식이 붙은 고전적인 불단이었다. 정면에 달린 쌍바라지 덧문이 열려 있고, 그 앞에는 딸기 팩이 놓여 있었다.

노부코 씨는 딸기 팩을 살짝 한쪽으로 밀고 피카가 건넨 과자를 올린 다음, 합장을 하고 나서 초에 불을 밝혔다. 이번에도 피카가 먼저 방석에 무릎을 꿇고 분향을 올렸다. 향 끝이 떨려서 좀처럼 촛불이 옮겨붙지 않았다. 어, 이 녀석도 긴장할 때가 있네.

이어서 에이이치도 분향을 올렸다. 불단에는 위패 두 개가 나란히 모셔져 있었다. 새 위패가 고구레 씨고 오래된 쪽이 아내 가쓰코 씨일 것이다.

방울 소리가 잦아들고 분향 연기만 감돌게 된 후에 노부코

---

* 객실인 다다미방 정면에 바닥을 한 층 높여 만들어놓은 곳. 벽에는 족자를 걸고 바닥에 도자기나 꽃병 등을 장식한다.

씨가 오른손으로 벽 위쪽을 가리켰다.

"저기, 저분들이 우리 아버지랑 어머니예요."

액자에 담긴 영정 사진 두 개가 나란히 붙어 있었다. 오른쪽이 고구레 씨, 왼쪽이 가쓰코 씨. 어깨 위만 찍힌 고구레 씨는 양복에 넥타이를 맸고, 가쓰코 씨는 기모노 차림이었다. 역시나 피부가 하얗고 통통해서 웃는 얼굴이 온화해 보였다. 노부코 씨는 어머니를 닮았다는 것을 한눈에 알아볼 수 있었다.

"원래는 불단에 놓아야 하는데, 저쪽이 창가라 밖이 조금이라도 보이는 위치가 더 나을 것 같아서."

영정 사진 맞은편, 불단의 왼쪽 벽에는 세련된 창틀이 달린 허리 높이 정도의 창이 있고, 얇은 레이스 커튼이 쳐져 있었다.

"우리 아버지는 매일같이 그 가게 카운터에 앉아서 밖을 내다보셨어요. 돌아가신 후에도 똑같이 지내고 싶으실 것 같아서. 이제부터는 다시 어머니랑 같이요."

피카는 마치 성상이라도 우러러보듯이 무릎을 꿇고 그 위에 두 손을 올린 채, 영정 사진을 뚫어져라 바라보았다.

"미안해요, 얼굴이 무섭게 생겼죠?"

입가에 손을 올린 노부코 씨가 웃으며 피카에게 말을 건넸다.

"사진을 싫어하셨거든."

'네?' 하고 에이이치와 피카가 동시에 돌아보았다.

"당신은 찍는 사람이지 찍히는 사람이 아니라는 거죠. 사진은 거의 안 찍으셨고, 간신히 달래서 찍어도 저렇게 떨떠름한 표정이셨어요. 도무지 웃는 얼굴로 찍은 사진이 없어."

그 말대로 고구레 씨의 영정은 떨떠름한 표정이었다. 기분이 안 좋은 것을 넘어서서 화가 난 것처럼 보이기도 했다. 눈도 입매도 험악한 표정으로 굳어 있었다.

"장사로만이 아니라 친척들이 모여서 사진을 찍을 때도 아버지가 프로니까 카메라를 맡을 때가 많았거든요. 그러면 마냥 찍기만 하시고 당신은 안 찍으셨어요."

여행이나 나들이를 가도 마찬가지여서 아내나 딸이 멋대로 고구레 씨의 스냅사진을 찍으면 진짜로 화를 냈다고 한다. 그렇다면 스도 사장이 가지고 있던 재작년 축제 때의 스냅사진은 고구레 씨가 모를 때 찍은 걸까?

"성격이 까다로우셨으니까."

미소를 지으며 노부코 씨는 피카와 나란히 무릎을 꿇고 앉았다. 에이이치는 고구레 씨를 알고 있던 이웃 할아버지도 똑같은 말을 했던 기억을 떠올렸다.

"중학교나 고등학교에서도 수학여행 때 사진을 찍죠?"

"네, 찍습니다."

"그럴 때는 특별히 프로 카메라맨이 따라가서 스냅사진이나 단체 사진을 찍잖아요. 그런 사진들은 나중에 졸업 앨범에도 실리고."

"네."

"우리 아버지는 그런 사진들을 처음부터 끝까지 꼼꼼히 점검하셨어요. 그러면서 솜씨가 형편없다고 화를 내시곤 했죠."

노출이 적절하지 않다, 셔터 스피드가 너무 늦었다 혹은 빨랐다, 핀이 안 맞았다, 이런 장면에서 줌을 쓰다니 아마추어다…….

"난 너무 질려서 고등학교 때는 그런 사진을 아예 아버지에게 보여드리지도 않았어요. 몰래 숨겼지."

여기 온 후 처음으로 피카가 웃었다. 그리고 웃는 얼굴 그대로 또다시 영정을 우러러봤다.

"우리 손주가 세 살인데."

"아들이에요, 딸이에요?"

"딸. 그런데 말이죠, 히카루? 학생이 히카루 맞지?"

노부코 씨가 피카의 큰 눈을 들여다보며 물었다.

"네."

"이름이 똑같아. 한자 없이 '히카루'."

그것만으로도 뭔가 인연이 느껴지는 우연인데 다음 얘기

를 듣고 더더욱 놀랐다.

"아버지가 지어주신 이름이에요."

에이이치도 영정을 올려다보았다.

"아버지한테는 증손녀잖아요. 증조할아버지한테 이름을 받는 아이는 드물 거라면서 우리 딸이 부탁했어요."

영정을 우러러보는 노부코 씨의 미소에 씁쓸한 표정이 뒤섞였다.

"아니, 사실은 우리 사돈댁이랑 어느 쪽에서 첫 손주 이름을 붙이느냐로 실랑이가 생기는 바람에 골치가 아파서 견딜 수가 없었거든. 그러느니 증조할아버지한테 부탁하면 아무도 불만이 없을 거라는 생각이었죠."

비밀 이야기를 하는 듯한 말투였다. 피카도 비밀 이야기를 듣는 것처럼 숨죽여 웃었다.

"이름은 좋은데 왜 '히카루'냐고 물었더니, 아버지가 우리 딸한테 이렇게 말했대요."

—플래시처럼 번쩍 빛나서 주위 사람들을 환하게 비춰주는 아이가 되라고.

한동안 침묵을 지키던 피카가 말했다.

"저는 집에서도 친구들한테도 피카라고 불려요."

"그렇구나. 우리 히카루도 그렇게 될까?"

차라도 마시자고 권해서 거실로 돌아오자, 노부코 씨가 홍차와 케이크를 내왔다. 케이크는 상자째 보여주며 좋아하는 걸로 두 개든 세 개든 맘껏 고르라고 했다.

에이이치는 다시 한 번 고개를 숙이며 말했다.

"이렇게 이상한 용건으로 찾아뵈어서 정말 죄송합니다."

노부코 씨가 제일 먼저 쇼트케이크 포장지를 벗기며 웃었다.

"미안하게 생각할 거 전혀 없어요. 난 너무 기쁜걸."

기뻐……할 만한 일인가?

"처음에 전화로 스도 씨한테 사정 얘기를 들었을 때는 깜짝 놀랐지만, 모두 무사하셨다면서요. 마음이 놓이고 나니 차츰 유쾌해졌고 이제는 기쁘고 즐겁기까지 해요. 당신 바보 아니냐고 남편한테 핀잔을 들었죠. 게다가, 학생들이 온다기에 어젯밤에 옛날 앨범을 꺼내 왔더니 또다시 눈을 부릅뜨지 뭐예요."

"바깥어른께서 화나셨어요?"

"학생들한테가 아니라 나한테 화가 난 거지."

―뭐하는 거야?

―하나비시 댁 아드님들한테 아버지 사진을 보여주려고요.

―적당히 해! 이럴 때 제일 냉정하게 상식적인 말을 해줘야 할 사람이 먼저 들떠서 설치면 어쩌자는 거야!

"유령 따윈 없다는 거예요."

—생판 모르는 남들은 어떨지 몰라도 장인어른 유령은 없어.

"아버지는 가실 곳으로 제대로 가셨으니 이 세상에서 헤맬 리가 없다면서 어찌나 쩌렁쩌렁 소리를 치던지. 우리 남편도 아버지랑은 좀 다른 면에서 성격이 까다로운 사람이니까."

얘기를 하면서 맛있다는 듯 케이크를 베어 물었다. 옆에서 보기에도 즐거운 것 같았다.

"하나비시 댁 아드님들한테 괜한 소리 하지 마라, 이런 거 보여줘서 좋을 거 하나 없다, 그러면서 앨범을 모조리 낚아채서 차에 싣고 회사로 가버렸어요."

"아, 네에……."

노부코 씨에게 이끌리듯 포크를 손에 들긴 했지만 피카는 멍한 표정이었다. 에이이치도 놀랐다. 화내는 방식도 액티브하고 하는 행동도 철두철미한 남편이었다.

"하긴, 앨범이라고 해도 별건 없어요. 아버지가 찍힌 사진은 당신 결혼식이랑 내가 갓난아기 때 갔던 참배, 입학식, 졸업식…… 그리고 결혼식 정도니까."

아무리 사진을 싫어해도 찍을 수밖에 없었을 거라고 추측되는 상황들이었다.

"게다가 전쟁 전, 그러니까 아버지가 어릴 적에 찍은 사진은 한 장도 없어요."

"왜요?"

"공습 때 다 타버렸으니까."

아아, 하며 에이이치가 고개를 끄덕였다.

"이웃에서 들었는데, 고구레 사진관 전에는 하마다 사진관이었다면서요?"

"맞아! 용케 알았네. 하마다 다쓰고로라는 사람이 우리 아버지의 카메라 스승이에요. 통칭 '하마다쓰' 씨."

마치 그 옛날의 말단 수사관 같은 호칭이었다. 노부코 씨는 허공으로 시선을 던졌다.

"그 주변에는 역시 아직 옛일을 기억하는 사람이 있었네."

순간, 에이이치는 너무나 당연한 생각을 떠올렸다. 고구레 사진관은 고구레 씨의 가게인 동시에 딸 노부코 씨가 성장한 집이기도 하다. 노부코 씨는 그 마을에서 나고 자랐고, 그 집에서 시집을 갔다. 사진관 집 따님이었던 것이다.

그래서 에이이치는 과자 가게 할머니, 가쓰코 씨 출신지 건으로 말다툼을 벌였던 노부부, 자기 아버지가 전쟁 때 고구레 씨랑 같은 도나리구미였다고 했던 이발사 아저씨, '오야마 쌀집' 아저씨, 그에 덧붙여서 미타 씨 일가 일까지 털어놓았다.

노부코 씨도 그 사람들을 또렷하게 기억하고 있었다. '오야마 쌀집'의 따님과는 동급생이었다고 했다. 이발소 아저씨의 어머님은 예전에 늘 단발머리를 잘라주었다. 초등학교 오학년이 되어 이제 단발머리는 싫다고 하자 '아가씨 커트'라는 헤어스타일로 잘라줬는데, 그건 더 싫어서 머리가 자랄 때까지 학교에 안 간다고 떼를 쓰다가 고구레 씨에게 야단맞고 벽장 속에 틀어박혀 운 적도 있다고 했다.

"이마이야 할머니가 요양원에 들어가셨구나……."

신에 가까운 할머니의 가게 이름이 '이마이야'였던 것이다.

"내가 중학생 무렵이었나, 거기서 한동안 서양과자를 팔았어요. 가게를 새롭게 꾸미고 멋진 쇼윈도도 만들고. 다른 데서 만든 물건을 받아서 팔기만 했는데, 그 당시에는 하이칼라 느낌이었고 가격도 꽤 비쌌지."

어느 날, 노부코 씨는 어머니를 졸라서 이마이야에서 에클레어를 샀다.

"그런데 곰팡이가 피었지 뭐야."

노부코 씨는 킥킥거리며 웃었다.

"아버지가 '이마이야에서 사도 되는 물건은 사탕이랑 껌 정도야.' 하시더니 무슨 말인지 알아들었냐고 물으셨죠. 상가 번영회 사람이니 떠벌리고 다니면 안 된다는 거였어요."

저 무서운 얼굴로 딸에게 설교를 했을 거라 생각하니 찌푸린 얼굴을 한 영정에서 색다른 맛이 배어 나왔다.

노부코 씨도 미타 씨 일가는 몰랐다. 다만, 미타 가가 있던 자리—지금은 유료 주차장이 된 곳— 바로 옆에 마을 아이들이 '염라대왕의 드릴'이라며 두려워하던 치과가 있었다는 얘기를 들려주었다. 그 말이 피카에게는 크게 먹혔다.

"고구레 어르신은 으음, 다이쇼……."

"11년 6월생이야. 쌍둥이자리."

사족이지만, 덴코랑 똑같은 별자리다.

"초등학교를 졸업하고 곧바로 하마다 씨의 사진관으로 가셨어요. 그러니까 열두 살 때지."

노부코 씨는 피카에게 가르쳐주려는 듯 설명을 더했다.

"요즘 초등학교랑은 달라요, 심상소학교*였으니까. 아버지 시대에는 그 정도 나이부터 일하기 시작하는 아이들도 드물지 않았죠."

"처음부터 그곳에서 먹고 자면서 일하셨대요?"

"맞아요. 아직 조수도 못 되는 심부름꾼이었으니까. 그 왜, 시대극에 나오잖아. 사환이라고."

"가족분들은……?"

---

* 일본의 구제도 초등학교로 1947년에 폐지되었다.

"본가는 스가모에 있었어요. 도게누키 지장보살님 근처에 있었던 수제 전병 가게."

아, 역시 사진관은 아니었구나.

"아버지는 오 형제의 셋째 아들이셨죠. 결국 형제들 중 제일 오래 사셨지만."

장남은 전쟁에 나가 남방에서 죽었고, 고구레 씨의 바로 아래 여동생은 전쟁이 끝나자마자 병들어 죽었다. 그 당시에는 식중독이라고 했지만 생각해보면 이질이었을 거라고 고구레 씨가 말했다고 한다.

"가게는 차남인 큰아버지가 도왔는데, 쇼와 17년인가, 18년인가……."

고개를 갸웃거리던 노부코 씨는 어쨌든 그 무렵이었을 거라고 대충 넘기며 말을 이었다.

"전병 재료인 쌀도 더 이상 안 들어오고 공습도 두려워서 아버지의 외가 쪽 연고를 찾아 고후로 피난을 갔대요. 그런데 고후도 공습을 당했죠."

외가 친척이 있는 고장이고 차남인 큰아버지가 전쟁 후에 곧바로 그 지역 여성과 결혼해서 고구레 씨 가족은 결국 도쿄로 돌아오지 않고 고후에 정착했다. 지금은 야마나시의 류오우에 사는데, 노부코 씨의 사촌 형제자매들이 포도 농장을 운영하고 있다고 한다.

"오리지널 와인을 내놓는 레스토랑도 시작해서 재작년 봄이었나, 텔레비전 여행 프로그램에 소개된 적도 있어요."

노부코 씨는 소박하게나마 자랑스러워하는 것 같았다.

"그렇다면 고구레 어르신은 전쟁 중에도 전쟁이 끝난 후에도 혼자서만 줄곧 가족과 떨어져 지내셨네요."

"그렇지……."

노부코 씨의 목소리가 낮게 가라앉았다.

"아버지는 가족들이랑 별로 안 맞았던 모양이에요. 하마다 씨 가게에 온 후로는 스가모도 거의 안 찾았던 것 같고. 큰아버지나 고모가 제사 같은 때 만나면 늘 투덜거릴 정도였으니까."

"사진관 일이……."

피카가 갑자기 입을 열었다. 그 목소리가 불안정한 톤으로 튀어나와서 노부코 씨도 에이이치도 동시에 시선을 모았다.

"즐거우셨던 거겠죠, 틀림없이."

녀석이 조심스러워하는 모습도 처음이었다.

"그렇죠, 그렇겠죠."

노부코 씨는 고개를 끄덕이며 웃었다.

"당신이 좋아하는 일을 시작하셨으니 푹 빠져버렸을지도 몰라요."

고구레 씨는 어릴 때부터 카메라를 좋아해서 사진사를 동경했다고 한다.

“본가 근처에 사진관이 있었는데 툭하면 놀러 다니셨대요. 고모한테 이런 얘기를 들은 적도 있어요.”

—야스 오빠는 특이한 사람이라 하이칼라만 좋아했어.

야스 오빠? 영정의 찌푸린 얼굴이 점점 더 재미있게 보였다.

“그러면 하마다 사진관도 그 이웃 사진관에서 소개해주셨어요?”

노부코 씨는 곧바로 고개를 저었다.

“아냐, 아냐, 하마다 씨 가게 점원 일은 단골손님 중 누군가가 소개했대요.”

꽤 유명한 전병 가게라 당시에는 발도 넓었다고 한다.

“어쨌거나 아버지는 셋째 아들이고 집에서 밥만 축낼 순 없었으니까요. 머리가 좋았으면 고등학교에 진학해서 다른 출셋길을 뚫어볼 수도 있었겠지만.”

전사한 장남은 고등학교를 나왔다고 한다.

“우리 할아버지는 오랫동안 슬퍼하셨나 봐요. 제일 잘나고 똑똑한 아들을 전쟁에서 잃었다고. 그런 푸념이 시작될 때마다 차남인 큰아버지는 기분이 상했고.”

그 심정은 에이이치도 조금 알 것 같았다. 우수한 형제가 있으면 괴롭다.

"우리 아버지는 공부도 학교도 싫어하고 낯가림 심하고 고집이 셌대요."

노부코 씨는 명랑하게 거침없이 쏟아놓았다.

"좋아하는 건 카메라랑 사진뿐이었죠. 그러니 하마다 씨가 거두어줘서 정말 행복하셨을 거야."

그래도 열두 살이면 아직 어린애다. 외롭지 않았을까? 옛날 열두 살은 요즘 열두 살보다 훨씬 어른스러운가?

낯선 곳에 온 고양이처럼 조용하던 피카가 고개를 갸우뚱거리며 중얼거렸다.

"저도 맘껏 그림 공부를 할 수 있다면 유학 같은 걸 떠날지도 몰라요."

"공부가 아니야, 점원이니까 일을 해야 한다고."

"그래도 좋아."

"넌 안 돼."

"왜 안 돼?"

"어리광쟁이니까."

그보다 아버지랑 어머니가 널 놔줄 리 없거든.

노부코 씨는 피카가 뾰로통해지는 모습을 재미있다는 듯 바라보다가 말을 이었다.

"나중에 아버지는 일 때문에 상하이로 가셨죠. 그 얘기도 들었어요?"

에이이치는 앉은 자세를 고치며 고개를 끄덕였다.

"네. 그쪽에서 무릎 부상을 당하셨다고."

노부코 씨가 눈을 휘둥그레 떴다.

"어머나, 세상에! 그것까지 알아요? 아버지가 왜 다리를 살짝 끄시는지는 나도 고등학생이 될 때까지 몰랐는데. 그때 어머니한테 들었죠."

고구레 씨 본인은 어릴 때 감나무에서 떨어졌다고 말했다고 한다.

"흐음. 그런데 난징이 함락되고, 해가 바뀌어서 2월 무렵에…… 아, 잠깐만요."

자리에서 일어난 노부코 씨가 옆에 있던 작은 서랍을 열고 메모지를 꺼낸 다음, 돋보기를 코에 걸었다.

"어제 어머니 얘기를 떠올리면서 메모해뒀죠. 그래그래, 쇼와 13년이야."

피카가 망설임 없이 말했다.

"1938년이네요. 고구레 할아버지는 열여섯 살이고요."

"히카루 학생, 계산이 빠르네. 산수 잘하는구나."

열여섯 살 나이에 홀몸으로 해외에?

"하마다 씨가 업무상 교류했던 통신사에서 일손이 부족하다면서 사람을 소개해달라고 연락했던 모양이에요. 원래 하마다 씨는, 그 통신사…… 아, 어머니도 이 회사 이름까지는 기억 못 하셨어요."

아내 가쓰코 씨가 고구레 씨의 그 무렵 이야기를 모두 들은 것은 결혼 직후에 딱 한 번뿐이었다고 한다.

"독립해서 사진관을 열기 전까지 그곳 사진부에서 근무하셨죠. 원래 그쪽에서는 하마다 씨가 전방으로 가주길 원했지만, 그때 이미 쉰 살이 가까울 무렵이라 이 나이에 병사들이 총질하는 데까지 가고 싶지는 않다고 했대요."

노부코 씨는 무슨 말을 꺼내려다 입을 다물고 잠시 멈추더니, 그 얘기는 뒤로 미루는 듯한 느낌으로 계속했다.

"그래서 그 무렵에 하마다 씨의 조수였던 가나이라는 젊은 카메라맨…… 가쓰히코였나, 가쓰히로였나, 아무튼 그 사람의 짐꾼으로 우리 아버지를 딸려 보냈죠. 전방에서도 일손이 많은 편이 도움이 될 거라면서 둘 다 임시로 고용해서."

가나이 씨와 고구레 씨는 나가사키에서 쾌속선을 타고 상하이로 갔다. 당시에는 큰 짐을 들고 야간열차를 타고 나가사키까지 가기도 워낙 힘든 상황이어서 오히려 항해가 편했다고 한다. 결국 스물네 시간 만에 도착할 수 있었다.

"그 시대는 그랬으니까."

노부코 씨가 에이이치와 피카에게 얼굴을 돌렸다.

"학생들은 이해하기 어려울 테고 나한테도 확 와 닿진 않지만, 통신사에서 카메라맨이 되었다는 건 보도사진을 찍는 일이었겠죠? 그런데 그 무렵의 보도사진은 전쟁 현장 사진이다 보니 모두 군인들이 관리했대요."

고구레 씨와 가나이 씨가 고용된 통신사는 육군 특무부 산하의 단체였다.

"정식 군 소속은 아니고 위탁 형태였던 모양이지만."

가나이 씨는 곧바로 종군 카메라맨으로 전선前線에 배치되었다.

노부코 씨가 돋보기를 누르며 메모를 읽었다.

"상하이 파견군 특무부 보도부 사진반."

으윽, 위압적인데.

"아버지는 아직 어린 점원이라 아무래도 현장에서 카메라를 다룰 순 없었으니까요. 그래서 상하이에 남았죠. 그 후 부상을 당해서 돌아오실 때까지 이 년 조금 넘게 그쪽에 있었어요."

처음에는 그야말로 잡다한 심부름만 했지만 차츰 현상 일도 도와주게 되었다고 한다.

"매일매일 바쁘게 인화 작업을 했죠."

그때 고구레 씨는 스가모의 본가에 아무런 연락도 하지 않았던 모양이다.

"통신사에서 주는 첫 급료가 무슨 착오였는지 스가모 쪽으로 갔다나 봐요. 그 바람에 본가에서 야스가 상하이에 갔다며 난리가 났었대요."

당시 고구레 집안의 장남은 이미 소집되어 병역의 의무를 다하고 있었다.

"우리 아버지도 그걸 알고 있었기 때문에 가나이 씨에게 전선에서 형님을 만날 수 있을지도 모른다고 말했나 봐요."

만나거든 안부를 전해달라고 부탁한 게 아니라, 만날지도 모른다는 말로 끝내버린 것이 그야말로 고구레 씨다웠던 듯하다.

"그럼 고구레 어르신은 상하이에서 그런 일을 하시다가 폭격 같은 걸로 부상을 당하신 거예요?"

"아냐, 아냐, 교통사고. 길에서 군용 트럭에 치이는 사고였대요."

아, 그랬구나.

"아버지는 그 일을…… 뭐라고 해야 하나, 창피하게 여기는 경향이 있었다고 표현하면 좋을까?"

왜 피카한테 묻지?

"그런데도 후방으로 돌아오면, 일단은 군대 위탁으로 상하이에 가서 부상을 당했으니 주위 사람들이야 전쟁에서 부상을 입었다고 믿게 마련이잖아. 잘 알지도 못하면서 추어올리고 비위를 맞춰줘서 아버지는 그게 굉장히 싫었던 모양이에요."

고구레 씨가 그 당시 얘기를 하지 않았던 이유 중 하나는 그것일 거라고 했다. 화제에 오르고 싶지 않았던 것이다.

"그런 오해는 지금도 남아 있어요."

"그렇죠, 본인이 입을 꾹 다물어버렸으니 정정하지도 못한 채 남을 수밖에."

노부코 씨는 씁쓸하게 웃었다.

"가나이 씨는 결국 종군 카메라맨으로 전선과 상하이를 오가며 계속 일하면서 1919년 초까지 중국에 있었대요. 귀국한 후에도 하마다 사진관으로 돌아오지 않고 군의 보도 관계 일을 했던 모양이고."

고구레 씨는 부상 때문에 병역을 면제받았고, 이발소 아저씨의 말대로 '후방에서는 귀중한 남자 일손'이 되었다.

"오래전에 이전했지만 옛날에는 그 마을에 큰 전선 회사가 있었어요. 전쟁 중에는 군수공장으로 쓰였는데, 아버지는 종전까지 그곳에서 일하셨대요. 당시에는 후방에서도 사진관

장사는 안 됐으니까."

하마다 사진관은 쇼와 20년 3월 10일, 도쿄 대공습 때 흔적도 없이 불타버렸다.

"다행히 하마다 씨도 가나이 씨도 아버지도 전쟁이 끝날 때까지 살아남았어요."

노부코 씨는 아까보다 더 먼 곳을 바라보는 시선으로 말을 이었다.

"전쟁 후에도 그 일대는 여전히 불타버린 허허벌판이라 하마다 사진관도 가건물 판잣집이었죠. 그리로 가나이 씨가 찾아와서 셋이 만났대요. 그때 하마다 씨가 자네들한테는 오히려 괴로운 경험을 하게 만들었다면서 아버지랑 가나이 씨에게 사과를 했나 봐요."

오히려 괴로운 경험?

"지금이야 동네 사진관 주인은 아무것도 아니죠. 하지만 옛날에는 카메라 자체가 고가였어요. 사진사는 특수 기술자였죠. 게다가 하마다 씨는 통신사에 근무한 경험도 있었으니 나름 인맥도 넓었을 테고. 구단시타 역 근처에 구단 회관이라는 건물이 있죠?"

노부코 씨는 또다시 피카에게 묻고 나서 에이이치를 쳐다보았다.

"커다란 서양풍 건물. 옛날에는 그게 군인 회관이어서 육군 고관들의 모임 장소로 쓰였는데, 하마다 씨는 그곳에 자주 불려 갔대요. 통신사 얘기도 거기서 들었고. 하지만 정말로 우연히 들은 얘기인지, 어떤지……."

노부코 씨가 무슨 말을 하려는 건지 여전히 파악이 안 돼서 에이이치는 말없이 듣고 있었다. 피카 역시 꼼짝도 하지 않았다.

"당시에…… 하마다 씨는 그런 생각을 했대요."

노부코 씨는 혼잣말처럼 말을 이었다.

"가나이 씨와 아버지를…… 그런 곳에 보내놓으면 둘 다 군대에 안 갈 수 있을 거다. 말하자면 징집 회피인 셈이죠."

—그런데 내 생각이 짧았어. 어느 쪽이든 자네들이 괴로운 건 마찬가지였는데.

"울면서 사과했대요."

피카가 눈을 깜박이더니 고개를 숙였다.

"가나이 씨는 아무 말도 안 했나 봐요. 어쨌든 결국은 전선에 보내졌으니까. 하지만 아버지는 그건 아니라고 말했죠."

—저는 하마다쓰 씨 덕분에 구원을 받았습니다.

"우리 아버지는 셋째 아들이었잖아요. 장남이 군대에 가긴 했지만 형이 또 한 사람 있었으니까 정말 위험했죠. 전쟁도

종반에 접어든 제일 위험한 시기에 보내졌을지도 몰라요. 그랬다면 살아남기도 힘들었을 테니까. 어머니 말로는…….”

노부코 씨는 가쓰코 씨의 영정을 올려다보았다. 저 사진은 분명 고구레 씨가 찍었겠지?

“하마다 씨는 시국에 밝은 정보통이라고 할까, 냉철하고 머리도 좋은 사람이었던 게 틀림없대요. 어머니도 그분을 조금은 알았는데, 물론 그때는 이미 하마다 씨의 만년이었지만요.”

어? 그렇다면 가쓰코 씨는 역시 하마다 씨의 소개로 고구레 씨랑 결혼한 건가.

“그래도 아주 예리한 사람이 아니라면, 그 당시 갓 스무 살이 넘은 가나이 씨는 그렇다 치더라도 아직 열여섯 살인 아버지가 장래에 군대에 불려 갈 걱정까지 했을 리는 없다는 거죠.”

일중전쟁 개전 초에는 일본이 연전연승이었다. 앞서 잠깐 나온 난징 얘기는, 당시 중국 정부의 중요 도시였던 난징을 일본이 공격해서 함락시켰던 일을 말한다. 급하게 휙 훑고 지나가는 현대사 수업이라도 그 정도는 가르쳐줘서, 에이이치도 알고 있었다.

“본국은 제등 행렬이며 축제로 들썩였고, 어머니 주위의 어른들은 하나같이 머지않아 중국이 항복해서 전쟁 따윈 눈 깜짝할 새에 끝날 거라고 했대요. 그런 와중에 '아니, 그렇게 호락호락하진 않아. 이 전쟁은 오래갈 거야. 자칫하면 깊은 수렁에 빠질 수도 있어.' 하고 읽어내지 못했다면, 앞일 걱정도 하지 않았겠죠."

피카가 네, 하고 고개를 끄덕여서 에이이치는 깜짝 놀랐다. 너, 이 얘기가 무슨 뜻인지 알기나 해?

"당시에는 오히려, 본토에 있으면 안전한데 뭣 때문에 열예닐곱 살짜리 어린 점원을 상하이까지 보냈냐면서 아버지 본가에서도 화를 냈대요. 뭐, 하긴…… 만몽개척단滿蒙開拓團이라고 해서 가족이 다 함께 중국으로 이주한 사람도 많았고, 그 무렵의 열여섯 살은 이미 어른이었지만."

그러나 결국 하마다 씨의 사태 파악은 정확히 들어맞았다.

"일중전쟁은 세계대전으로 번졌고, 쇼와 20년 8월 15일까지 전쟁은 끝나지 않았죠. 정말 길었을 거야……. 어쨌든, 그래서 나 역시 하마다 씨가 아버지 생명의 은인이라고 생각해요."

가나이 씨도 일개 졸병으로 전선에 나가는 것보다는 종군 카메라맨이 훨씬 나았을 게 틀림없다고 말했다.

"제멋대로 하는 해석일지는 모르지만, 난 그렇게 생각해요. 아, 참! 아버지가 상하이에서 돌아오신 후에, 아직 전쟁 중일 때요, 순회 헌병들이 하마다 사진관에 자주 들러서 한숨

돌리고 가곤 했대요. 그것도 나중에 생각해보면 왠지 의미가 있는 것 같죠?"

하마다 사진관이 포함된 도나리구미는 헌병들이 날카롭게 주시한 일도 없었다고 한다.

소식통……이었나?

하마다 씨는 쇼와 29년에 세상을 떠났고, 그것을 계기로 사진관은 고구레 씨가 정식으로 이어받게 되었다.

"아버지가 하마다 씨를 간병했고 제사도 계속 지냈어요. 하마다 씨는 부인이 일찍 세상을 떠나서 독신이었으니까."

그래서 하마다 부인 이야기는 안 나왔구나.

"참!"

노부코 씨가 별안간 이마를 탁, 쳐서 에이이치도 피카도 깜짝 놀랐다.

"내 정신 좀 봐, 중요한 걸 깜박했네."

부랴부랴 불단 방으로 가더니, 뭔가를 꺼내 들고 왔다.

"이 한 장은 불단에 넣어뒀어요. 그래서 남편이 못 가져갔지. 학생들한테 보여줄 수 있겠네. 아버지가 사고로 입원하셨을 때 상하이 병원에서 찍어 보낸 사진이에요."

세피아 빛깔로 바랬을 뿐 아니라 테두리까지 오그라들어서 그 자체가 낡아빠진 스냅사진이었다. 에이이치는 두 손으로 조심스레 받아 들었고, 피카는 옆에서 들여다보았다.

병실이었다. 파이프가 훤히 드러나는 간이침대 위에 한 젊은이가 베개를 등에 대고 앉아 있었다. 왼쪽 무릎에서 정강이까지 붕대가 둘둘 감겨 있어 다리가 훨씬 커 보였다. 러닝셔츠 바람에, 아래 입은 옷은 소위 스테테코*라는 것이었다. 목에서 어깨 언저리까지 다부진 골격이 드러나 있었다. 많이 야위었지만 가냘픈 체격은 아니었다.

길이가 일 센티미터쯤 될까, 빡빡 깎은 머리를 한 젊은이가 눈이 부신 듯 가늘게 뜨고 카메라를 바라보고 있었다. 웃는 게 아니라 어떻게든 웃어보려고 애쓰는 표정이었다.

가끔은 웃는 사진도 좀 찍자.

젊은이에게 카메라를 들이댄 사람이 놀리는 소리가 들려올 것만 같았다.

병실은 넓은 듯했다. 좌우에 다른 침대 다리가 보였다. 뒤에는 하얀 격자가 들어간 유리창이 있고, 베갯머리의 조그만 책상 위에는 물통과 컵, 그 밖에도 잡지 같은 것들이 놓여 있었다. 침대 반대편 밑에는 짐인지, 뭔가가 묵직하게 기대어 있었다. 그리고 구두 한 켤레, 바닥이 두툼한 등산화 같은 느

---

* 잠방이 비슷한 남자용 아랫도리. 길이가 무릎 아래까지 내려오는 헐렁한 여름옷.

낌이었다.

고구레 야스지로 열여덟 시절의 초상이다.

"고구레 할아버지, 팔랑팔랑 귀네."

피카가 귀여운 목소리로 말했다. 귀가 큼지막해서 '덤보'처럼 좌우로 튀어나왔다는 뜻이다.

노부코 씨가 웃음을 터뜨렸다.

"맞아요, 맞아. 복이 많은 귀라고는 하는데, 본인은 꽤나 신경 쓰셨지."

영정 사진에서는 머리도 짧고 머리숱도 적은 편인데, 귀의 특징은 눈에 두드러지지 않았다. 듣고 보니 그렇구나, 싶은 정도였다. 나이가 들면 귀도 마르나?

에이이치는 완전히 딴생각에 빠져 있었다.

덴코랑 좀 비슷해.

윤곽이나 얼굴 생김새가 닮은 건 아니다. 의지가 강할 것 같은, 일단 자기 입으로 말을 꺼내면 남의 말은 듣지 않을 것 같은 눈썹 모양. 눈빛의 힘. 그리고 또 하나, 노골적으로 표현하자면…… 겉늙은 얼굴.

옛날 열여덟 살은 요즘 열여덟 살보다는 어른이었다는 점을 감안해도 늙어 보인다고요.

"고구레 어르신, 도저히 제 또래로는 안 보이네요."

머리 모양 때문이 아니다. 에이이치가 지금 똑같이 짧게 머리를 깎는다고 해도 오히려 초등학생처럼 보일 것이다.

"옛날 사람이니까, 늙어 보이죠?"

노부코 씨는 눈을 깜박거리더니 말을 더했다.

"참, 그러고 보니 어머니도 그런 말을 한 적이 있었지."

하마다 씨가 고구레 씨를 상하이로 보낼 때, 그걸 핑계 삼아 나이를 속였을지도 모른다고.

"열여섯 살이 아니라 열여덟 살이라고 했다거나. 단순히 어머니의 추측이라 확인된 건 아니지만, 하마다 씨의 의도를 감안하면 있을 법한 이야기잖아요."

사진을 응시한 채, 에이이치는 생각했다. 지금의 나는 부모 곁을 떠나 군대의 감시를 받는 곳으로 가서 일할 수 있을까? 제아무리 좋아하는 일이라 해도 혼자서 잘해낼 수 있을까?

자신 없다.

"그렇지, 에이이치 학생도 지금……."

"열일곱입니다."

"딱 그 또래네."

노부코 씨가 눈이 부신 듯한 표정으로 에이이치의 얼굴을 물끄러미 들여다봤다. 그 눈빛은 깜짝 놀랄 정도로 사진 속의 아버지와 똑같았다.

피카가 사진을 손에 들고 눈도 깜박이지 않고 찬찬히 살펴본 후, 노부코 씨에게 돌려주었다.

"귀중한 사진, 감사히 잘 봤습니다."

"아휴, 천만에."

노부코 씨는 사진을 가만히 탁자 위에 내려놓고 시선을 떨어뜨렸다.

"……많은 것들을 보셨던 모양이에요."

그쪽에서 일할 때.

"전쟁터에서는 수많은 사진을 찍지만 그게 다 공개되지는 않잖아요. 군 관계자가 검열하니까."

"공개해도 되는 사진이랑 안 되는 사진을 골라내는 거죠?"

"맞아요. 하지만 아버지가 사진을 다루는 건 그 전 단계로, 전부 다 섞여 있을 때였으니까."

고구레 씨는 그곳이 어떤 상태였다는 얘기는 했어도, '어떤 사진을 보았고 느낌은 어땠다'고는 가쓰코 씨에게조차 자세히 얘기하지 않았다고 한다.

"뒤집혀버린 사진은 '불허가 사진'이라고 불렀대요. 그중에는 이루 말할 수 없이 잔인한 사진도 있었죠. 쇼와 13년부터 15, 16년 무렵이라면 전쟁에서 아직 일본이 우세했을 때지만, 그래도 전쟁은 전쟁이니까. 이쪽이 이기고 있었기 때문에 더욱 잔인한 장면도 있었을 테고…….”

탁자 위의 사진을 두고 세 사람은 잠시 말없이 마주 앉아 있었다.

“언제였더라, 아직도 기억이 나요.”

고구레 씨와 가쓰코 씨가 일에 관해 무슨 얘기를 주고받는 중에 고구레 씨가 말했다.

—나는 아름다운 것만 찍어. 그런 일은 됐으니까 거절해.

피카가 고개를 꾸벅, 끄덕였다.

“물론 가나이 씨처럼 전선에 직접 나갔던 사람이 가장 고생스러웠겠죠. 그야말로 훗날 누구에게도 말할 수 없는 장면들을 수없이 보고 사진도 찍었을 테니까. 하지만 아버지도 그런 것들이 다 모이는 장소에 계셨고, 현상을 맡으셨죠.”

지금의 에이이치와 비슷한 나이에. 아직 마음도 다 여물지 않은 미숙한 시절에.

“지긋지긋했을 거예요.”

정말 지긋지긋했어, 그렇게 중얼거리는 쉰 목소리가 들리는 것 같았다.

“이쪽으로 돌아온 후에도 전쟁이 격해지면서 후방은 후방대로 고생이 있었을 테고, 하마다 씨가 사과했듯이 전쟁터에 나가지 않았기 때문에 떳떳치 못한 마음도 있었을 거예요.”

헌병이 자주 들르는 하마다 사진관의 젊은 조수로, 도나리구미의 소방단원으로, 방공호를 파고 소이탄을 껐다. 불에 타 죽은 수많은 사람들을 보고, 불탄 폐허를 치웠다.

"가까스로 전쟁이 끝나고 평화를 되찾았으니 동네 사진관 주인으로 조용히, 좋아하는 카메라로 아름다운 사진만 찍으며 살고 싶었겠죠."

노부코 씨가 부끄러운 듯 작은 목소리로 말했다.

"나도 호되게 야단맞은 적이 있어요. 중학생 무렵이었나, 근처에서 화재가 났죠. 대낮에 판금 도장 공장에서 불이 났는데, 도료와 유기용제가 타올라서 정말로 끔찍한 화재였어요. 집에 있는데도 연기 냄새가 지독해서 무서웠을 정도니까."

노부코 씨는 샌들을 꿰어 신고 밖으로 뛰어나갔다. 길을 건너 수많은 구경꾼들 사이로 연기가 흘러나오는 쪽으로 가는데, 급히 달려온 소방차 너머로 하늘을 향해 무섭게 솟구쳐 오르는 시뻘건 불길이 보였다.

"나는 헐레벌떡 집으로 돌아와서 '아빠, 엄마! 대단해, 특종이야! 사진 찍어서 신문사에 보내면 어떨까? 일등상을 탈지도 모르잖아!' 하고 소리쳤어요. 그 왜, 신문 사진 콩쿠르 같은 게 있잖아요."

"아아, 네."

"어린 마음에도 이건 나름 좋은 기회라고 생각했던 거죠. 아버지에게 공적을 세우게 해주고 싶어서. 그랬더니 아버지가 얼굴을 벌겋게 붉히면서 화를 내셨어요."

―비열한 소리 집어치워!

"정말이지 인왕처럼 무서운 표정이었죠. 그렇게 호되게 야단맞은 건 그 전에도 그 후에도 없었어요. 아버지는 무뚝뚝해도 화를 잘 내는 사람은 아니었으니까."

피카가 아래를 내려다보며 주먹으로 코를 쓱쓱 문질렀다. 셋이서 또다시 침묵에 휩싸였다. 어색하지는 않았다. 비밀을, 소중한 무언가를 남몰래 나눠 가지는 것 같은 마음 편안한 침묵이었다.

적절한 말을 찾고 또 찾다가 에이이치가 결국 꺼낸 말은 꽤나 진부한 것이었다.

"훌륭한 아버님이시네요."

"다루기 힘든 사람이긴 했지만."

절절한 감정이 묻어나는 노부코 씨의 말투에 에이이치와 피카가 웃었다.

"정말이야. 그런 사람이 어머니랑 연애결혼을 했다니, 딸인 나도 믿기질 않는다니까."

"네? 연애결혼이었어요?"

"그래요. 어머니는 하마다 씨가 입원했을 때 병원에서 간병인을 하다가 아버지랑 알게 됐대요. 하마다 씨는 결국 위암으로 돌아가셨지만."

지금은 완전 간호 제도라 어느 병원이나 간호사가 모든 걸 보살펴주지만, 옛날에는 입원 환자가 자비를 들여서 간병인을 고용했다고 한다.

"하마다 사진관에는 여자 일손이 없었거든요. 그러니 그런 일이라도 없었으면 아버지 같은 사람은 여자를 만날 기회조차 없었겠죠."

가쓰코 씨는 군마의 다테바야 출신으로 언니랑 둘이 상경해서 간호사 보조 일을 하고 있었다. 그러다가 임종을 코앞에 둔 하마다 씨를 알게 된 것이다. 이 건에 관해서는 이웃 할아버지, 할머니의 기억이 살짝 스치기는 했지만 정답은 아니었다.

"쇼와 30년 5월에 결혼해서 어머니는 그대로 사진관 안주인이 되었지만, 이모는 공부해서 간호사 자격을 땄고 은퇴할 때까지 도쿄대학 병원에서 근무했어요."

십육 년 전에 가쓰코 씨가 세상을 떠났을 때, 고구레 씨는 묘지를 다테바야 시내 묘원에 마련했다.

—고향으로 돌아가게 해주고 싶다.

그래서 고구레 씨도 그곳에 잠들어 있다고 했다.

"다음에 참배하러 갈 때는 학생들 얘기도 빠뜨리지 않고 전할게요."

"고맙습니다."

"말 안 해도 이미 알겠지만……."

노부코 씨가 갑자기 고개를 숙이더니 손으로 입가를 가렸다.

"……계시니까, 아직 그 집에."

미안해요, 하고 웃으며 고개를 들었다. 눈이 젖어 있었다.

"정말 지독하게 집념이 강하시다니까. 유령이라니, 기분 나쁘잖아."

"아닙니다."

에이이치도 고개를 번쩍 들고 등을 곧게 펴서 자세를 바로 했다. 그런데 다음 말이 이어지지 않았다. 피카, 뭐라고 말 좀 해봐. 하지만 피카도 말없이 눈만 깜박거렸다.

"그 가게를 보존해주신 하나비시 씨에게는 정말로 감사하고 있어요. 보통은 있을 수 없는 일이잖아요. 그래도 별 볼일 없는 동네 사진관일망정 한때는 꽤 번성했어요."

노부코 씨는 자랑스럽게 말했다.

"갓난아기 첫 참배나 입학식, 시치고산이나 성인식, 무슨 일만 있으면 마을 사람들이 모두 우리 집 손님이 되어주셨으니까. 딸인 내가 이런 말 하긴 뭣하지만, 아버지는 실력 있는 사진사였어요. 붙임성은 없어도 아이들에게는 자상하셨고."

눈물 어린 눈으로 피카에게 미소를 지어 보인다.

"그러니까 히카루 학생을 무섭게 하진 않을 거야."

피카가 고개를 끄덕이자 탁자 위로 눈물방울이 뚝 떨어져 내렸다.

"우물쭈물하지 말고 얼른 가실 곳으로 떠나라고 내가 아버지한테 부탁할게요. 그때까지만 조금 참아줘요."

그쯤에서 말이 막혀버린 노부코 씨가 난데없이 앞치마 자락으로 얼굴을 감쌌다.

"……내가 불효녀라 아버지를 끝내 혼자 떠나시게 만들었어요. 너무 죄송하고 면목이 없어요."

가슴이 메어지는 목소리였다.

"그렇지만 학생들이 와서 활기가 넘쳐나니 아버지도 기쁘실 거예요. 나도 기쁘고요."

얼굴을 가린 앞치마 속에서 그렇게 말한 노부코 씨는 끝내 울음을 터뜨렸다. 피카도 무릎 위에 손을 가지런히 모은 채, 눈물을 떨어뜨렸다. 에이이치는 말없이 고구레 야스지로 젊은 날의 사진을 응시했다. 러닝셔츠를 입은 청년이 눈이 부신 듯한 시선으로 서툴게 웃으려 애쓰며 에이이치를 바라보고 있었다.

감정이 어느 정도 가라앉자, 노부코 씨는 앞치마 자락으로 눈가를 훔쳐가며 고구레 씨 가족의 추억을 들려주었다. 고도성장으로 경기가 한창 좋던 시절에 지역 회사들의 사원 여행에 고용되어 동행하곤 했던 일. 언젠가는 상사와 부하 여직원의 비밀 사진을 찍어주고 눈이 번쩍 뜨일 만한 팁을 받았다는 것. 그 팁으로 노부코 씨를 고라쿠엔 유원지에 데리고 갔던 일. 성인식 기념사진에 쓰는 고객용 후리소데*가 1970년대 후반부터 놀라울 만큼 점점 화려해져서 풍취가 없다며 가쓰코 씨가 한탄했던 것. 부부 싸움을 하면, 가쓰코 씨가 노부코 씨의 손을 잡고 지금은 신스이 공원이 된 미나가와 강둑을 오락가락 걸어 다녔다는 것. 그러고 있으면 고구레 씨가 늘 데리러 왔다는 것. 가게는 번창했지만, 스승인 고구레 씨가 엄격한 탓인지 조수가 오래 견디지 못하고 자꾸 바뀐 일. 그런 조수 청년 중 하나가 노부코 씨의 첫사랑이었고, 첫 데이트 때 두 사람이 개봉관에 가서 본 영화는 '엑소시스트', 둘 다 기분이 상해서 그걸로 끝나버렸다는 것. 노부코 씨가 이시카와 씨와 결혼할 때, 고구레 씨가 기념사진을 찍어준 것. 고구레 씨는 그 사진이 마음에 들지 않아서 제대로 눈길조차

* 일본 전통 의상의 하나로 소맷자락이 긴 옷, 미혼 여성의 성장용.

주지 않았다는 것…….

그런 얘기를 들려주는 노부코 씨의 목소리는 젊고 명랑했고, 얘기에 푹 빠진 에이이치와 피카도 즐거웠다. 하지만 그러는 와중에도 피카는 머뭇머뭇 시계를 신경 쓰기 시작했고, 이윽고 에이이치의 옆구리를 찔렀다. 네 시가 가까워졌기 때문이다.

벌써 그렇게 됐나 하는데, 노부코 씨 앞치마 주머니에서 휴대전화가 울렸다. 데이케어 시설 직원의 연락인 듯했다. 시부모님이 돌아오시는 것이다. 통화하는 모습이 분주해 보였다. 에이이치는 눈짓으로 피카와 의견을 주고받은 후, 작별 인사를 하기로 했다.

노부코 씨는 밖에까지 따라 나왔다.

"와줘서 고마워요."

"저희야말로 고마웠습니다."

"부모님에게 안부 전해줘요. 스도 씨한테도."

노부코 씨는 허리를 굽혀 피카와 눈높이를 맞추고 말했다.

"히카루짱, 또 놀러 와요."

피카는 네, 하고 대답했다. 그리고 형제가 함께 걸음을 내딛는데, 노부코 씨는 그대로 그 자리에 서서 배웅해주었다. 뒤를 돌아보자 미소 띤 얼굴로 손을 흔들며 고개를 숙였다.

에이이치도 마주 고개를 숙였고, 피카는 손을 흔들었다. 그렇게 몇 번씩이나 되풀이하여 인사를 주고받았다.

길 저편에서 대형 밴이 다가와 이시카와 가 앞에 멈춰 섰다. 노부코 씨가 인사를 하며 밴으로 다가갔다. 그것을 계기로 하나비시 형제도 더 이상 뒤를 돌아보지 않았다.

"하나짱."

피카가 손을 뻗어서 형제는 손을 맞잡았다. 그 손을 앞뒤로 조금씩, 조금씩 크게 흔들며 버스 정류장까지 걸어갔다.

5

갈매기의 정체가 밝혀졌다.

이것 역시 사람의 인연이라고 해야 할까, 어찌어찌하다 보니 그렇게 흘러갔다. '해답' 쪽에서 고구레 사진관으로 찾아온 셈이다.

노부코 씨 댁을 방문했던 주의 주말이니 강도 소동이 일어난 지 딱 일주일 후였다. 역시나 쾌청한 일요일로 하나비시 가족은 아무도 외출하지 않았다. 아무래도 집을 비울 엄두가 나지 않았기 때문이다.

에이이치의 휴대전화에는 사건이 일어난 시간대가 다가오자, 덴코와 탄빵과 하시구치 그리고 쿠모철의 두 사람에게까지 잇달아 문자가 날아왔다.

일주일 무사 경과 축하해.

오늘은 아무 일 없니?

문단속은 잘했냐?

혹시 몰라서 확인하는데, 목욕탕 격자문은 바꿔 달았겠지?

강도 사건은 덴코에게만 말했는데, 덴코 경유 정보 확산 속도는 그야말로 놀라워서 학교에서는 이름도 모르는 경음악 동호회 회원들까지 '큰일 날 뻔했다며?'라고 말을 걸어올 정도였다.

에이이치는 자기 방에 엎드려서 문자를 찍었다. 피카도 수영 교실에서 돌아온 후로는 줄곧 자기 방에 있었다. 녀석은 요즘 들어 혼자 지내는 시간이 늘었다. 노부코 씨를 만나고 온 후로는 밤에도 에이이치 방 벽장 속 침대에서 자지 않았다. 나름 뭔가 생각한 바가 있는 듯했다.

창에서는 6월의 햇살이 비쳐 들고, 장마 전의 바람은 상쾌해서 운동하기 딱 좋은 날이었다. 낮잠을 자기에도 딱 좋았다.

"아흐흠, 졸려."

하품을 하며 몸을 뒤집은 순간, 부모님과 눈이 딱 마주쳤다. 에이이치 방의 장지문을 이 센티미터쯤 열고, 두 사람이 얼굴을 위아래로 해서 들여다보고 있었다. 너무 놀라 소리도 안 나왔는데, 부모님이 동시에 입가에 손가락을 올리더니 '쉿!' 하는 소리를 내고는 손짓을 했다.

"뭐, 뭐, 뭐, 뭐야?"

문으로 기어가자, 어머니 교코가 셔츠 깃을 움켜쥐었다.

"잠깐 와봐. 얼른, 얼른."

"피카가 알아채면 안 돼."

숨을 죽이고 웅크린 채, 아래층으로 내려갔다.

"이쪽이야, 이쪽."

아버지 히데오가 또다시 손짓을 했다. 대체 무슨 일인가 했더니, 현관 인터폰 모니터를 보라고 했다. 그 모니터는 안쪽에서 버튼을 누르면 언제든 바깥 상황을 확인할 수 있다는 것을 강도 소동 후에야 처음 알았다.

에이이치도 똑같이 목소리를 낮춰서 물었다.

"뭔데?"

"저 남자, 아까부터 우리 집 주변을 어슬렁거려."

티셔츠에 점퍼, 청바지를 입고 운동화를 신은, 흔하디흔한 차림새의 젊은이가 모니터에 비쳤다. 다만, 점퍼가 새빨간 색이라 유난히 눈길을 끌었다.

"하나짱 친구니?"

닌자처럼 몸을 구부린 채 아버지가 속삭였다. 어머니도 웅크린 채로 그 팔에 매달려 있었다. 무서운 모양이었다.

"아냐, 전혀 모르는 얼굴인데."

"아니었구나. 그럼 어디서 온 누구지?"

"쫄랑쫄랑쫄랑 계속 우리 집 주변만 맴돌아."

개도 아닌데 무슨 소리를 하는 건지. 아니, 그보다…….

"왜 숨어? 저쪽에서 이쪽이 보이는 것도 아닌데, 웅크릴 필요 없잖아."

에이이치는 허리를 펴고 모니터에 얼굴을 가까이 댔다. 분명 모니터 속 청년은 집 주변을 어슬렁거리고 있었다. 각도가 넓은 렌즈라 청년이 화면 구석 쪽으로 이동하면 얼굴이 옆으로 쭉 늘어났다.

"신문 영업?"

"신문 영업하는 사람은 알아. 한 번도 못 본 얼굴이야."

도둑처럼 보이지는 않았다. 어슬렁거리기는 해도 흘끔거리지는 않는다. 계속해서 가만히 관찰하고 있는데, 청년의 모습이 화면에서 사라졌다. 부모님이 숨을 삼켰다.

"이제 갔네."

그러나 청년은 다시 돌아왔다. 발걸음이 차분하지가 않다. 어쩐지 인터폰을 누를까 말까 망설이는 것 같다고 생각하는데, 청년이 한쪽 다리로 서서 현관문의 도어 렌즈에 한쪽 눈을 갖다 댔다.

바보다. 그러니 해는 없을 것이다.

"내가 나가볼게."

에이이치의 말에 아버지가 팔꿈치를 움켜잡았다.

"기다려. 뭐든 무기라도 들고 나가는 게 좋겠다."

"무기라니, 무슨 무기?"

무기는 무슨. 에이이치는 서로 얼굴을 마주 보는 부모님을 놔두고 현관으로 다가갔다. 상대가 아직도 도어 렌즈에 붙어 있으면 안 될 것 같아서 일부러 소리를 내어 체인을 풀고 문을 열었다.

예비 동작을 한 것은 정답이었다. 청년은 이제 막 문에서 머리를 떼어낸 느낌으로 살짝 비틀거렸다.

"우리 집에 용건이라도 있습니까?"

에이이치의 질문에 순식간에 긴장이 풀어졌는지 청년이 미소를 머금었다. 가까이서 보니 나름 꽃미남…… 으음, 시든 꽃미남 정도라고 할까. 그럼 나는 말린 꽃미남 정도 되려나.

근데, 시든 꽃이랑 마른 꽃이랑 어느 쪽이 더 세지?

"실례합니다, 하나비시 씨 댁이죠?"

말투를 들어보니 연상이다. 스무 살이 넘었을지도 모른다.

"그런데요."

"네가 고등학생 아들인가? 으음, 에이이치 학생입니까? 문패에 적혀 있는?"

청년이 문 옆의 문패를 손가락으로 가리켰다. 손짓에 이끌려 그쪽을 본 후, 에이이치는 다시금 상대의 얼굴을 똑바로 쳐다보았다. 역시 아는 사람은 아니다.

"그런데요?"

청년은 이제 완전히 긴장을 풀고, 쑥스러운 듯 흔들흔들 몸을 움직였다.

"아, 다행이다. 뭐라 인사해야 할지 몰라 고민했는데."

그러고는 갑자기 친숙하게 말을 건넸다.

"에이이치 학생, 혹시 기억하나? 작년 연말에 이쪽으로 스냅사진을 들고 온 수상쩍은 여자가 있었지?"

네?

청년은 대답을 듣기도 전에 혼자서 투덜거리듯 말했다.

"아, 여자가 아니라 아직은 여자애라고 해야겠군. 청순함은 털끝만큼도 없지만, 그래도 교복을 입으면 여고생으로 보일 수밖에 없을 테니까."

네에?

"예의도 모르고, 귀여운 구석도 하나 없었지?"

네에에?

"태도도 안 좋았을 거야. 미안해. 본인도 나쁜 뜻은 없었다고 하지만 어쨌든 내가 그 애 오빠니까, 대신 사과합니다."

헤헤헤, 웃으며 청년이 집게손가락으로 자기 콧등을 가리켰다.

"오빠요?"

에이이치까지 손가락으로 청년을 가리키고 말았다.

"그래, 그 애 오빠야."

"그 애?"

"여기로 심령사진을 들고 왔던 여고생."

네에에에?

동호회 졸업생이었다고 말하고, 수줍음을 많이 타는 사람이니 자리를 비켜달라고 부모님을 납득시켜 쫓아버린 후, 에이이치는 청년을 안으로 들였다.

카운터를 사이에 두고 청년이 맞은편 스툴 위에 걸터앉았다.

"우와…… 내부도 가게 형태를 그대로 남겨뒀네."

신기한 듯 가게 안을 둘러보더니 활짝 웃는다.

"부럽다. 이런 집에 살면 재미있지?"

"덕분에 아직도 사진관 영업을 하는 걸로 오해받아서 곤란하지만요."

"우헤헤, 그럴 거야. 그래서 우리 여동생도."

청년이 꾸벅 고개를 숙였다.

"내가 말해줬어. 고구레 씨가 돌아가셨으니 그 가게는 이제 안 할 거라고. 그런데도 미도리는 간판이 남아 있으니까 누가 와서 뒤를 이은 게 틀림없다는 거야."

그 여고생의 이름이 미도리인 모양이었다. 청년은 가와시마 히토시, 스물한 살, 지갑에서 학생증을 꺼내 보여주며 도쿄 도내 사립대학 삼 학년이라고 했다.

"고구레 씨를 아시나 본데, 이 근처에 사세요?"

"응. 그란디아 센카와라는 맨션인데, 알아?"

하나비시 가족을 신참자라고 불렀던 '오야마 쌀집' 아저씨가, 전에 탐문하러 갔을 때 가르쳐줘서 알았다.

—센카와 3가에 커다란 맨션이 있지? 그란디아라고. 오백 세대나 살아서 마을 위원회랑 옥신각신 실랑이가 좀 있어. 어쨌거나 숫자가 워낙 많다 보니 지역 어른들이 하는 말을 잘 안 듣지. 그런 신참자가 가장 골칫거리야.

그란디아가 들어선 것은 오 년쯤 전인데, 건축할 때부터 지역사회와 마찰이 끊이지 않았다고 한다. 너무 거대하고 생뚱맞게 호사스러워서 마을 분위기와 전혀 어울리지 않고 겉도는 데다, 멀리서는 무대 배경처럼 보이기까지 하는 이 맨션의 분양 시 광고 문구가 '지역의 긍지'였다는 것이 치명적인 일격이었다.

—센카와 사람들로서는 너네 멋대로 긍지를 갖지 말라는 거지.

에이이치도 그 말이 옳다고 생각했다. 기존의 낡은 집을 약간만 수리하고 사는 하나비시 가는 특수하기 이를 데 없는 경우였다.

"난 매일 역까지 자전거를 타고 다녀서 이 상점가를 지나. 좀 돌아가긴 하지만 이 길이 한산해서 편하니까. 그래서 이 가게가 열려 있을 때부터 알았지."

"고구레 씨를 만난 적은요?"

역시나 만난 적은 없다고 했다.

"맨션 안 편의점에도 사진 현상을 맡길 수 있어서 말이야. 이런 오래된 타입의 사진관은, 미장원 같은 데도 마찬가지지만 낯선 손님이 선뜻 들어가기는 어렵지 않나? 단골손님 전용 같은 분위기잖아. 그래도 눈여겨봐두긴 했지. 건물이 멋져서."

다시 칭찬을 한다.

"언젠가 촬영에 쓸 수 있으면 좋겠다 싶었지."

그러던 작년 2월 어느 날, 길을 지나는데 '근조'라고 써 붙인 종이를 보았다. 상점가 게시판에도 '고구레 야스지로, 85세'라는 부고가 붙어 있었다.

"그때부터 가게를 닫아버린 것 같아. 그래서 '아, 가게 주인이 돌아가셨구나.' 하는 의식은 있었지."

가와시마 히토시는 붙임성이 좋고 말을 할 때 몸짓이 풍부했다.

"미도리 녀석, 그 사진에 관해 너한테 설명했니?"

"고구레 사진관에서 현상했다는 말 이외에는 거의 아무 말도 안 했어요."

히토시는 짧게 한숨을 내쉬었다.

"그랬겠지. 원래 그런 애야. 정말이지 예의를 너무 모른다고. 사진을 돌려주려면 상대한테도 사정을 제대로 설명하라고 그렇게 타일렀는데."

이 형님은 평소에도 여동생 때문에 꽤나 애를 먹는 듯했다.

"그래도 이쪽에서 조사해서 대강의 사정은 알아냈습니다. 거기 찍힌 사람은 유령이 아니었어요."

"응, 여동생한테 네가 해결해줬다는 애기는 들었어."

분명 에이이치도 그렇게 말했다.

"그럼 그건 뭐였지?"

"뭐, 촬영 사고 같은 거죠."

"흐음. 이중노출인가? 조사는 어떻게 했지?"

에이이치가 반대로 되물었다.

"사진, 좋아하세요?"

"조금."

가와시마 히토시는 부끄러워하는 기색으로 후훗, 웃었다.

"그 후에 인터넷 일부에서 얘기가 부풀려져서 퍼졌는데, 그것도 미도리가 발원지였어. 성가셨지?"

"네에, 조금."

"그 녀석도 경솔하지만 그 녀석이랑 어울리는 친구들은 훨씬 심한 모양이야. 아니, 그렇다기보다는 아직 어린애들이지. 있는 얘기 없는 얘기 다 갖다 붙인 데다 이곳 사진까지 올린 걸 보고, 너네 자칫하면 고소당할지도 모른다고 했더니 금세 당황하더군."

에이이치는 그 소문이 갑자기 번졌다 또 갑자기 종식된 이유를 알게 되었다. 조급한 마음으로 히요코에게 도움을 요청하지 않았어도 짧은 붐으로 그쳤을 것이다.

"학교 친구들한테까지 소문이 퍼졌어요."

"다들 한가한 시기니까. 인터넷은 빨라. 넌 어느 고등학교 다니니?"

"도립 미쿠모 고등학교요."

히토시는 에이이치를 다시 찬찬히 뜯어보며 말했다.

"미쿠모였구나. 좋은 학교네. 그럼 그렇지, 평소에 우리 미도리 같은 애랑 교제할 기회가 있을 리 없지."

가와시마 미도리는 사립 쇼게이 학원 여자 고등학교에 다닌다고 했다. 원조 교제로 유명한 한심한 학교야, 하고 형님이 내뱉듯이 —그러면서도 밝게— 말했지만, 에이이치는 그 학교 이름을 들은 적이 있었다. 히요코짱의 학교다.

형님, 뭐든지 선입견으로 결정짓는 건 좋지 않습니다.

그러나 표현이 가차 없는 것치고 이 오빠는 여동생의 행실을 잘 알고 있었다. 사이가 좋은 건지, 나쁜 건지.

"그래서 오늘은 무슨?"

설마하니 이제 와서 여동생의 행동을 사과하려는 것은 아닐 테고.

"아아, 미안해. 얘기가 너무 길어졌네."

가와시마 히토시는 허벅지 사이로 손을 넣어 스툴의 위치를 바로잡으며 어깨를 움츠렸다.

"어쨌든 나로서는 이 집에 미안한 일을 저질렀구나 싶어서 줄곧 신경이 쓰였어. 미도리는 절대 너한테 사과할 녀석이 아니고, 그렇다고 내가 이러쿵저러쿵하는 것도 이상할 테고."

오빠의 처지와 심정이야 이해하지만 역시 무슨 일이든 미리 결정지어버리는 건 좋지 않다.

"그랬는데 요즘 들어 미도리가 다시 이쪽 얘기를 꺼내더라고. 그 사진관, 역시 영업하는 거 맞다고. 또 이상한 사진을 조사해서 인터넷으로 정보를 모으고 있다고."

에이이치에게 짚이는 일은 마키타 쇼의 '갈매기'뿐이었다.

"아이들 스냅사진에 찍힌 봉제 인형 갈매기 얘기예요?"

"맞아, 맞아."

"그걸 어디서 봤지, 난 블로그 같은 건 안 하는데."

"여동생은 '어수선 닷컴'이라는 블로그에서 봤다고 했어. 나도 거기서 확인했고."

덴코의 블로그다. 그 자식, 그만둔 거 아닌가?

"……제 친구 블로그예요."

에이이치의 표정을 본 히토시는 뭔가를 알아챈 듯했다.

"너한테도 경솔한 친구가 있는 모양이지?"

우린 동지였네, 하는 표정이었다.

"하지만 꼭 나쁜 것만은 아니야. 덕분에 내 눈에까지 들어왔잖아. 그 갈매기의 정체, 내가 알거든. 그래서 사과도 할 겸 정보를 주려고 왔어. 아무튼 그런 이야기다 보니 널 직접 만나지 않으면 오히려 더 복잡하게 뒤얽힐 것 같아서. 변질자로 보이고 싶지도 않고."

실제로 수상쩍은 행동거지였다.

"그건 고마운 얘깁니다."

선행—맞지?—은 무조건 쌓고 볼 일이다. 이 세상은 어디서 누구랑 어떻게 이어질지 모른다.

"도움이 되는 정보예요. 그건 대체 뭐죠?"

무의식적이겠지만, 히토시는 흔들리는 스툴 위에서 몸을 살짝 뒤로 젖히며 으스댔다.

"보통은 알기 어려울 거야. 인터넷을 검색해도 나오지 않으니까. 그렇지만 난 영연이거든."

에이이치는 잠시 생각에 잠겼다가 물었다.

"영어를 잘하세요?"

히토시도 잠시 생각에 잠겼다가 대답했다.

"영어 연구회의 약자 '영연英硏'이 아니라 영화 쪽 '영연映硏' 말이야."

그러고는 가볍게 일어나서 등을 휙 돌렸다. 빨간 점퍼 등에 하얀 알파벳이 늘어서 있었다. 영어인 줄 알았는데 로마자였다.

"영상 집단 아발란치?"

"그래, 영화 연구회에서 독립 영화를 제작해!"

스태프 점퍼였구나.

"그 갈매기도 독립 영화 속 등장인물……은 아니고 캐릭터야. 그렇지만 중요한 캐릭터지. 이야기의 핵심이니까."

"그쪽 연구회에서 만든 영화인가요?"

"설마, 당치도 않아!"

히토시는 요란하게 손을 휘저으며 부정하더니, 친숙하게 카운터에 몸을 기대며 말했다.

"그 영화는 '바이시클 밴드'라는 제작 그룹의 작품이야. 아저씨들만 모인 그룹이라 그런지 살짝 사상이 들어간 작품을 만들고, 당국의 탄압을 받을까 봐 인터넷에는 공개하지 않아. 뭐, 영상이 멋대로 유출되는 게 싫어서이기도 하겠지. 요즘 같은 세상에 홈페이지도 없을 정도라니까."

그러니 검색해도 찾아낼 방법이 없다는 것이다.

"자력으로는 상영할 장소도, 자금도 없어서 독립 영화를 걸어주는 가설극장이랑 계약한다고 해. 그것도 수도권에는 단 한 곳뿐이지. 다시 말해 바이시클 밴드의 작품은 그곳에서밖에 볼 수 없다는 뜻이야."

그 가설극장 —스튜디오인 모양인데— 명칭이 '영화천국'

이라고 했다. 네이밍은 뭐, 그렇다 치고 소재지를 듣고는 시야가 확 밝아졌다. 니혼바시 가키가라초. 세잎회 근처다. 걸어서 학교에 다닌다는 마키타에게는 집 근처이기도 하다.

"오래된 맨션 일 층을 개조해서 독립 영화 전문 영화관을 만들었어. 우리도 신세를 지고 있고, 정기 상영회에 신작이 걸리면 보러 다니기도 하니까 잘 알지."

그 갈매기는 바이시클 밴드에서 제작한 최신작 '갈매기의 이름'이라는 영화 속에 등장한다고 했다.

"맨 처음 상영된 게 올해 초였던가. 그 후로도 가끔 걸려."

영화천국의 독립 영화는 모두 단편이라 반년의 계약 기간이 끝날 때까지 다양한 시간대에 몇 번이고 상영해준다고 했다.

"그럼 지금도 볼 수 있겠네요?"

"응. 그쪽은 홈페이지도 있으니까 한번 검색해봐. 바이시클 밴드는 미디어에 줄거리도 안 싣는 주의라서 상영 예정밖에 알 수 없겠지만."

에이이치는 카운터에 손을 얹고 고개를 숙였다.

"고맙습니다. 이런 정보는 저 같은 사람은 정말이지 몇 년이 걸려도 조사하지 못했을 겁니다."

"됐어, 됐어."

기분이 좋은 듯 손을 흔들던 히토시가 물었다.

"에이이치는 영화에 흥미 없니?"

"보통 수준이죠, 뭐. 독립 영화는 전혀."

"가족분들도?"

"네."

흐음, 하며 히토시는 또다시 몸을 뒤로 젖혔다.

"이렇게 오래된 집으로 이사 올 정도라 혹시 영상 쪽에서 일하는 사람인가 했는데."

"저희 부모님이 그냥 약간 이상한 분들일 뿐이에요."

말을 하고 나서야 알아차렸다.

"아, 참. 아까 이 집을 촬영에 쓰면 좋겠다고 했죠?"

"그래. 호러 영화 같은 데는 딱이지."

차고 넘칠 만큼 딱이다. 에이이치는 눈을 치켜뜨며 물었다.

"뭔가 나올 것 같은 느낌이다, 그런 뜻인가요?"

"분위기가 그렇잖아."

말투로 짐작하건대 고구레 씨의 유령 소문은 모르는 것 같았다. 그 소문이 그란디아 센카와까지 퍼지진 않았겠지. 어쩌면 마을 운영회와의 커뮤니케이션 장애가 방파제가 되었을지도 모른다.

"보통 수준으로 영화를 본다면, 인터넷 동영상 사이트 같은 것도 안 봐?"

히토시의 태도가 한층 더 친밀해졌다. 에이이치는 살짝 뒤로 물러났다.

"가끔은."

"그럼 우리 '아발란치'도 아니?"

모릅니다, 전혀.

"죄송하지만."

"그래? 정말?"

왜 이렇게 나긋나긋하게 나오는 거야?

"제작자는 몰라도 작품은 봤을지는 모르잖아? 사실 우리, 일부에서는 꽤 유명하거든. 'C · C · C'라는 사이트 본 적 없어? '크리처 크리에이터 클럽'."

전혀 모른다. 그들이 유명하다는 '일부'란 에이이치와는 무연한 세계의 일부일 것이다.

"그래, 안타깝군. 어찌 보면 이런 만남도 인연이니까 나중에 한번 검색해봐."

서둘러 점퍼 주머니에서 명함을 꺼내어 건넨다.

"난 각본도 쓰지만, 전문은 특수효과랑 크리처 조형이야. 중학교 때부터 그쪽 외길을 걸어왔지."

"네에?"

"여기에 미래의 스탠 윈스턴 이세가 있다는 마음가짐으로. 그는 이미 죽었고 할리우드도 아직은 나의 존재를 모르지만, 머지않아 알게 될 거야."

"네에?"

"정말 몰라? 우리 대표작, 들어본 적도 없어? '고푸라 대 스페이스맨 드라고라 지구 대결전'? '물밑에서 다가오는 게루루의 비명'?"

에이이치가 세 번째로 '네에?'라고 말하기도 전에 뒤쪽에서 '엇!' 하는 소리가 들려왔다. 피카였다. 녀석, 몰래 엿들었나?

"고푸라?"

피카는 눈을 휘둥그레 뜨며 달려왔다.

"정말? 정말로 고푸라 만드는 사람이에요?"

세상은 정말이지 어디서 누구랑 이어질지 모른다. 에이이치는 그로부터 한동안 아발란치 일원과 피카가 손을 맞잡고 흔희작약하는 모습을 입을 빼끔히 벌리고 바라보는 상황에 처했다. 피카는 C · C · C의 와처이자 아발란치의 팬이며 고푸라의 엄청난 팬이었다는 것이다.

"난 고푸라 시리즈는 전부 다 봤어! 하나짱은 몰라? 고푸라는 태곳적부터 살아온 공룡의 말예인데, 유전자가 조작된 양식 참치의 큰 무리를 먹어치워 거대해졌어. 그리고 1탄에서 싸운 대해수大海獸 '마스트스네이크'랑 합체해서 스네이크의 힘까지 빨아들였고, 꼬리 끝이 커다란 뱀으로 변해서 파워가 두 배야!"

아하, 그러셔.

가와시마 히토시는 환희에 넘친 나머지 피카를 높이 높이 들어 올리고 빙그르르 돌리더니 큰 소리로 외쳤다.

"다음 작품에서는 고푸라가 드디어 '우미호타루*'에 상륙해. 적은 물론 우미호타루의 괴수지! 기대하시라!"

"멋져, 멋져! 나 엑스트라로 출연하고 싶어."

두 사람 다 행복해 보이니 나쁠 거야 없겠지.

니혼바시라면 직접 가보는 게 빠르다. 사이트 확인은 피카에게 부탁하고 에이이치는 자전거를 타고 나섰다.

소재지와 '낡은 맨션 일 층'이라는 단서가 있어서 영화천국은 별 어려움 없이 찾아냈다. '갈라 가키가라초'라는 이름의 맨션으로, 큰길에서 떨어진 안쪽이지만 일 차선 도로에 면해 있었다. 일단 장소만 확인하고 자전거를 돌려 세잎회가 있는 맨션 주소지를 찾아갔다.

---

* 도쿄 만의 아쿠아 라인, 즉 해저 터널 고속도로 위에 설치한 '갯반디'라는 뜻의 인공섬.

이쪽은 비교적 새 건물이었다. 두 건물의 거리는 구획으로 치면 세 개 반. 다만 세잎회가 있는 장소는 큰길 옆이라 지하철역 출구에서도 노선버스 정류장에서도 가까웠다. 그렇다 보니 교통기관을 이용해서 세잎회에 다니는 학생들은 일부러 지름길을 택하지 않는 한 영화천국에 가까이 갈 기회는 없을 듯했다.

마키타만은 얘기가 다르다.

갈라 가키가라초의 일 층은 원래부터 상가였던 모양이다. 전에는 찻집이었는지 아직도 그 흔적이 남아 있었다. 간판을 바꿔 달고, 예전에는 나폴리탄이나 과일 파르페 같은 견본을 진열했을 유리 진열대 안에 상영 일정과 시간표, 상영 작품의 전단지 몇 장을 붙여 놓았다. '남자와 여자가 헤어지는 포장도로', '행복 후유증', '의인擬人'…… 전단지의 스틸 사진을 보는 한에서는 왠지 답답하고 빈티 나는 영상들이었다.

요즘의 영상 기기는 가까운 대리점에서 파는 가정용 제품이라도 그 기능이 프로 사양에 손색이 없다고 들었는데, 왜 이렇게 빈티가 나 보일까? 한동안 그런 생각에 잠겼다가, 피사체인 배우가 아마추어라는 게 노골적으로 드러나기 때문이라는 걸 알아챘다.

아쉽게도 '갈매기의 이름'은 전단지가 없었지만 상영 시간표 쪽에는 몇 군데 실려 있었다. 고작해야 이십 분 정도 되는 작품이었다.

이쪽도 찻집 그대로……라기보다 오히려 순수한 찻집이라고 부르는 게 어울릴 듯한 짙은 보라색 유리문에는 아무런 표시도 없었다. '준비 중' 표시가 없으면 들어가도 되겠지. 에이이치는 문을 밀었다. 고지식하게 '미시오.'라고 쓰인 표시 위로.

"오, 어서 오십시오."

그 자리에 우뚝 멈춰 서 버렸다.

출입구 바로 옆에 계산대가 있었다. 이것도 찻집 시절 그대로일 것이다. 거기에 앉은 아저씨 한 사람이 읽고 있던 잡지에서 시선을 들더니 난데없이 인사를 건넸던 것이다.

열 평쯤 되는 가게에는 탁자 없이 의자만 늘어서 있었다. 정면이 스크린이고 창이란 창에는 모두 암막이 드리워져 있었다. 커튼을 달 수 없는 작은 창은 페인트를 칠해놓았다.

"뭐야, 배달인가?"

아저씨는 에이이치의 아버지보다는 나이가 많아 보였다. 흰머리가 섞인 긴 머리를 촌마게* 형태로 묶은 모습이었다.

---

* 에도 시대의 남자 머리 모양의 한 가지로, 이마 위의 머리를 밀고 남은 머리를 후두부에서 모아 틀어 올린 것.

새카만 티셔츠 위로 배가 불룩 나와 있었다.

"아니요, 여기서 영화를 좀……."

아저씨의 피부는 늘어진 상태를 숨기려고 광을 잔뜩 낸 낡은 가죽가방 같았다. 오래 썼는데도 반질반질.

"흐음, 미안하게 됐군. 오늘은 기자재 정비일이라 상영은 안 하는데."

음색도 거칠고 컸다.

"그럼 다시 오겠습니다. 그런데 잠깐 여쭤보고 싶은 게 있는데요."

여기에 초등학생이 오는 일도 있느냐고 물어보자 아저씨는 흰 털이 섞인 긴 눈썹을 꿈틀거렸다.

"우리는 어린이용 영화는 안 걸어."

"그렇지만 봉제 인형이 나오는 영화가 있잖아요. '갈매기의 이름'이라는."

아저씨의 눈썹이 비행 상태로 변하더니 흰자위 비율이 높은 눈이 번뜩였다.

"학생, 봉제 인형이라는 표현은 섣불리 쓰면 안 돼. 바이시클 사람들 귀에 들어갔다간 큰일 나."

에이이치는 엉겁결에 주위를 흘금흘금 둘러봤다. 제작자가 여기 있나?

"지금은 나 혼자뿐이니 괜찮아."

진작 그 말부터 했어야지.

"제작자인 바이시클 밴드분들 말이죠?"

"어라, 알고 있었네."

"아니, 그냥 정보만 조금. 당국에서 예의 주시할 만한 영화를 찍는다던데요."

"어느 당국인지는 모르지만…… 뭐, 하긴. 당국이긴 하지. 싸우는 거야, 그 친구들은."

표정은 진지했지만 말투는 왠지 모르게 가벼웠다.

"'갈매기의 이름'은 초등학생이 보는 영화가 아닌가요?"

"아, 글쎄! 우리는 어린애는 안 받는다니까."

에이이치는 잠시 생각하다가 물었다.

"그럼 '갈매기의 이름' 전단지는 없어요?"

아저씨가 에이이치를 노려보았다.

"섣불리 전단지 같은 걸 건네줄 순 없지. 증거가 될 수도 있잖아."

그렇게 위험한 영화라는 거야?

"제가 아는 초등학생이 '갈매기의 이름'을 알고 있어서요. 그 속에 나오는 갈매기, 스틸 사진까지 가지고 있어요."

마키타가 그 합성 사진을 만들 때 소재가 필요했을 게 틀림없다. 영화를 직접 볼 수 없었다면 적어도 전단지를 손에 넣거나 디지털카메라로 찍었을 것이다.

"신규 상영 때는 밖에 있는 유리 진열대에 붙이죠?"

아저씨가 팔짱을 끼자, 위팔의 지방이 출렁출렁 물결쳤다.

"학생, 대체 뭐야? 초등학생은 아니잖아? 초등학교 선생님으로도 안 보이고."

궁여지책이다.

"저는 이 근처 세잎회라는 자유 학교에서……."

아르바이트 강사를 하고 있다는 거짓말을 하기도 전에 아저씨의 검은 눈동자가 커졌다. 표정도 부드러워졌다.

"에이, 뭐야. 미야나가 씨 학교의 직원이었나?"

"서로 아는 사이예요, 미야나가 선생님이랑?"

히로시도 분지도 영화천국은 알 리가 없었다. 알았다면 틀림없이 말했을 것이다. 다시 말해 이 아저씨는 미야나가 선생님과 개인적인 친분이 있는 사람인 것이다.

아니나 다를까, 이렇게 말했다.

"같이 이사를 맡고 있으니까."

"이사?"

"여기 이사회에서."

맨션의 이사회라는 의미다. 그렇다면……?

"미야나가 씨도 이 건물의 구분소유자區分所有者 중 한 사람이지."

전문적인 용어를 쓰는 아저씨 앞에서 에이이치는 그저 어안이 벙벙할 뿐이었다. 미야나가 선생님의 집이 갈라 가키가라초라고? 그렇다면 영화천국에 관해서도 '갈매기의 이름'에 관해서도 잘 알고 있을 게 틀림없다. 알면서도 지금껏 입을 다물었다는 건가?

말을 잃고 서 있는 에이이치는 아랑곳도 않고, 아저씨가 손가락으로 촌마게의 모양을 바로잡으며 말을 이었다.

"미야나가 씨 학교 학생한테라면 영화를 보여준 적이 있어. 이 근처에 사는 아이라는데 가끔 밖에서 전단지를 보곤 하니까. 하도 열심히 들여다봐서 말을 걸었더니 세잎회에 다닌다고 하더라고."

"미, 미야나가 선생님도 알고 계시고요?"

"그야 당연히 한마디 정도는 했지. 아이가 보고 싶다는데 보여줘도 되겠냐고."

역시 선생님은 이미 알고 있었던 것이다. 아니, 잠깐! 하지만 무슨 영화를 봤는지까지는 모를 수도 있다.

"그 애가 이 아이인가요?"

에이이치가 문제의 사진을 꺼내서 아저씨에게 보여주었

다. 아저씨는 곧바로 인정했다.

"맞아, 맞아. 마키타 학생."

그러더니 가면 쇼라도 하듯 힘 있게 눈을 부라렸다.

"어라, 이 사진…… 그 갈매기잖아?"

"그렇습니다. 곤란하겠죠, 당국에 들키면?"

"바이시클 사람들도 어린애를 상대로 무단 사용이니 어쩌니 떠들어대진 않아."

아니, 그쪽 말고 당국이 괜찮겠느냐고요.

어쨌든. 이러쿵저러쿵 떠들기 전에 영화부터 보자.

"알겠습니다. 그럼 저는 다시 와서 '갈매기의 이름'을 보기로 하죠. 가장 빠른 상영 날짜가 언제예요?"

"다음 수요일 오후 네 시."

뚱하게 대답한 아저씨는 고개를 저었다.

"그렇지만 학생은 안 돼."

"네? 왜요?"

"밖에 붙은 상영 예정표를 잘 봐. '갈매기의 이름' 제목 뒤에 'R18'이라는 지정이 붙어 있지? 열여덟 살 미만은 어른이랑 같이 오지 않으면 못 들어간다고."

그렇게 곤란한 영화였나?

"도, 독립 영화인데……."

"여기서는 내가 영화윤리위원회야."

"그렇지만 마키타는 봤잖아요."

"그 애는 특별해. 미야나가 씨가 허가해줬으니까."

"그럼 저도."

"학생은 특별할 게 전혀 없어."

묘하게 날카로운 목소리로 꾸짖듯 말한다.

"학생, 정말로 세잎회 다니는 거 맞아? 아무래도 좀 수상한데."

그렇게 나오자 에이이치는 약해질 수밖에 없었다. '으음.'이니 '그러니까, 그게…….'니, 얼버무리는 말도 서툴기 그지없다.

"저는 당국 쪽 사람은 아니에요."

그 말도 통하지 않았다.

"어른이랑 같이 오면 보여준다니까. 아니면 안 돼. 자, 자, 그만 가봐! 어서!"

자전거를 밀면서 돌아오는 길에 에이이치는 생각했다. 그 후에도 계속 생각했다.

'갈매기의 이름'을 보지 않고 미야나가 선생님을 직격하러 갈까? 선생님, 알고 계셨던 거 아닙니까, 너무하시네요, 하고. 하지만 그것으로는 설득력이 부족하겠지. 역시 영화를 안 볼 수는 없다. 어른 동반. 누구에게 부탁하나? 부모님은 논외다. 그 영화윤리위원회 아저씨랑 친해질 것 같은 예감이 든다. 덴코 아버지? 평일 오후 네 시면 어렵다. 게다가 수요일에는 대학 쪽에서 진료를 보시기 때문에 더더욱 힘들다. 그럼 스도 사장님? 이 건을 의뢰한 사람이니 가장 적합하다. 수요일은 부동산의 정기 휴일이라는 점에서도 상황이 좋다.

화요일에 집으로 돌아오는 순간까지도 에이이치의 고민은 계속되었다. 그런데도 결론이 난 사항은 '히로시와 분지에게는 아직 말하지 말자. 현물을 확인하고 나서 얘기하자.'는 것뿐이었다. 맞아, 성격 좋아 보이는 가와시마 형에게 부탁하는 방법도 있어. 그 사람이라면 영화천국의 단골일 테니까.

하지만 정신을 차리고 보니 역 개찰구 한쪽에서 휴대전화를 움켜쥐고 ST 부동산 대표번호를 누르고 있었다. 그렇다. 수요일은 ST 부동산의 휴일이다. 쉬는 날이니 시간도 여유롭다.

받지 마, 하고 마음속으로 생각했다. 받는다면 사장님이 받아주길. 회계 아저씨라도 괜찮다. 아르바이트 청년이라도 좋다. 누구든 그 사람만 아니면 상관없다.

"네, ST 부동산입니다."

전화를 받은 사람은 가키모토 준코였다.

같이 가줄 사람을 못 찾으면 요일을 바꿀 수도 있었다. '갈매기의 이름'은 아직 상영 계약 기간이 남아 있으니까.

"여보세요? ST 부동산인데요."

그렇게 격식 차린 목소리 내지 말라고.

에이이치는 입을 다물고 있었다. 심장이 본인의 의사와는 무관하게 왜 이렇게 콩닥콩닥 뛰는지 알 수 없었다. 전화를 끊을 것 같은 기척이 느껴졌다. 그제야 소리라고 할까, 숨결이 흘러나왔다.

"……잠깐만."

"네?"

"저어, 하나비시 집 아들인데."

콩닥거리는 심장박동이 기세를 더해갔다. 가키모토 준코는 단조로운 말투로 물었다.

"또 어디 물이라도 새?"

사장과 마찬가지로 이쪽도 부동산에서 일하는 사람으로서 성실한 건지 불성실한 건지 판단하기 어려운 대응이었다.

"그게 아니라…… 우리 집 일이 아니고, 조금…… 부탁이 있는데."

콩닥거리는 심장은 안무가 바뀌어서 좌우로 스텝을 밟기 시작했다.

"달리 말할 데가 없어. 부탁할 사람이 당신밖에 없어서 그래."

가키모토는 잠시 사이를 두더니 낮은 목소리로 말했다.

"입에 발린 인사치레군."

"내일 회사 쉬지?"

대답 없음.

"잠깐…… 나랑 같이 가줬으면 하는 곳이 있는데."

예상했던 반응은 없었다. 아니, 실은 어떤 예상을 했는지 스스로도 확실히 알 수 없다. 그건 그렇고, 심장은 왜 이렇게 심하게 뛰고 난리냐고.

늘 그렇듯 가키모토는 목소리에도 말투에도 변화가 없었다. 무뚝뚝하게 말했다.

"수수료는?"

지하철역을 나온 곳에서 만나기로 했다.

가키모토 준코는 역시 부동산에 근무하는 사람답다고 할까, 에이이치보다 주변 지리에 밝았다. 익숙하지 않은 환승 때문에 애를 먹은 에이이치가 삼 분 늦게 달려갔더니 그녀는 입을 꾹 다물고 팔짱을 낀 채 우뚝 서 있었다. 하얀 셔츠와 면바지에 옅은 파란색 카디건을 걸쳤다. 학교에서 오는 에이이치는 교복 차림이었다.

삼 분이나 늦었으니 미안하다고 사과해야 하나 어쩌나 에이이치가 머뭇거릴 틈도 없이 가키모토가 말했다.

"먼저 둘러보고 왔어."

"먼저…… 둘러보다니?"

"영화천국. 이상한 데 끌려가고 싶진 않으니까."

끌고 가긴 누가 끌고 가! 그건 그렇고, 꽤 신중한걸.

"가자."

서둘러 앞장서서 걷는다. 막상 만나고 보니 심장도 쿵쾅거리지 않아서, 에이이치는 조용히 그녀의 뒤를 따라갔다.

오늘도 아저씨는 계산대에 앉아 있었다. 역시나 촌마게 머리를 한 채였다. 오호, 하며 눈을 크게 뜬 아저씨가 에이이치와 가키모토 준코를 번갈아 보며 말했다.

"두 시간에 팔백 엔. 시간 안에는 몇 편이든 볼 수 있어."

영화관이라기보다 카바쿠라* 같았다. 물론 카바쿠라 쪽은 잘 모르지만, 길거리에 세워둔 간판에 그렇게 쓰여 있었다.

가키모토는 지갑에서 천 엔짜리를 꺼내 자기 몫을 치르고 거스름돈을 받아 들더니 또다시 서둘러 자리를 찾으러 갔다. 에이이치도 허겁지겁 자기 요금을 냈다.

"뭐야, 누나 데리고 왔나?"

---

* 일본식 단란 주점, 카바레와 클럽의 합성어.

아저씨는 흥미가 도는 것 같았다. 누구랑 오든 아저씨가 뭔 상관이냐고요.

"그렇습니다."

"역시 그렇군. 많이 닮았네."

지금까지 에이이치의 인생에서 최고로 예상을 벗어난 평가였다. 나랑 가키모토 준코가 닮았다고?

아저씨가 얼굴을 가까이 들이대더니 작은 목소리로 속삭였다.

"'갈매기'를 보고 싶어 하는 학생이 다녀갔다고 했더니 바이시클 사람도 와 있어. 말 함부로 하지 마."

에이이치는 실내를 둘러보았다. 자리가 삼분의 일쯤 차 있었다. 언뜻 보기에 스무 명이 채 안 되는 것 같았다. 학생으로 보이는 그룹, 혼자 온 젊은 남자, 중년부부. 양복 차림의 직장인은 영업하는 중일까? 한번 휙 둘러본 바로는, 바이시클 사람이라고 짐작되는 풍채를 한 손님은 없었다. 당국의 주시를 받을 만한 영화 제작자가 평소에 어떤 차림새를 하고 다니는지 알지 못하니 판단할 방법도 없었지만.

그러는 사이, 다시 문이 열리고 손님이 들어왔다. 전체적으로 스크린에서 먼 쪽 자리가 채워져 있었다. 가키모토도 맨 뒷줄에 앉았고, 옆의 두 자리는 비어 있다. 같이 와달라고 부탁은 했지만, 이미 입장한 이상 용무는 해결되었고 딱히 같이 보자고 말한 것도 아니었다. 그렇게 요약해보면 나는 어디에 앉아야 옳을까 머뭇거리는 사이, 그녀 옆의 두 자리에 각각 혼자 온 남자 손님들이 앉아버렸다. 왜? 왜 거기 앉는 거냐고?

가키모토는 신경 쓰는 기색이 전혀 없었다. 의자 위에 놓였던 전단지를 손에 들고 내려다보고 있었다. 에이이치는 어떻게 하고 있는지 쳐다볼 기미조차 없다. 하는 수 없지. 에이이치는 한 줄 앞으로 가서 그녀와 비스듬한 오른쪽 앞자리에 앉았다. 양옆은 비어 있었다.

발밑에 가방을 내려놓는 순간, 실내조명이 꺼졌다. 비상구의 녹색 표시등 외에는 완전하게 어둠에 잠겼다. 줄거리 설명이나 인사말도 없이 곧바로 상영이 시작되었다.

스크린은 잿빛인 채로, 동요 같은 노랫소리가 나지막이 흘러나왔다. 하얀 글씨로 텔롭이 떴다.

제작 바이시클 밴드

요즘 작품이니 비디오 촬영일 테지만, 일부러 팔 밀리 영화풍으로 커트마다 미세하게 흔들리는 효과를 냈다. 텔롭이 바뀌었다.

자유를 추구하는 모든 민중에게 바친다.

듣던 대로 사상이 깃들어 있는 듯한 냄새가 풍겼다.

제목이 나왔다. 갈매기의 이름. 도화지에 쓴 아이의 손 글씨 같은 미숙한 필체였다.

화면이 바뀌고 물을 채운 비닐 풀이 보였다. 공기로 부풀리는 것으로, 정원 같은 데서 아이들을 놀게 해주는 기구다. 플라스틱 장난감 배도 둥실둥실 떠 있다. 그렇다면 아이가 물놀이를 하는 장면으로 시작하나 예상했는데 전혀 아니었다. 비닐 풀은 바다, 장난감 배는 여객선이라는 설정이었다.

대천성大天聖은 유럽 방문 여행을 마치고 귀국 길에 올랐다.

자막이 올라오고 드디어 등장인물이 나타났다.

모두가 사진 속의 갈매기를 보고 '서투른 솜씨의 봉제 인형'이라고 말했다. 에이이치도 그렇게 생각했다. 그것이 영화 소도구라고 할까, 등장 캐릭터라는 사실을 알고 난 후로는 대체 어떤 시추에이션에서 사용되었는지 흥미가 일었다. 근본적으로는 그런 흥미를 품은 것이 잘못되지 않았다. 갈매기만 서툰 게 아니었다. 인물도 서툴렀다. 그 까닭은 '갈매기의 이름'이 인형극이었기 때문이다.

무성영화는 아니라 음악도 효과음도 나오지만, 대사가 모두 자막이었다. 그 또한 긴 대사의 퍼레이드라 인형의 동작과 자막이 자주 어긋났다. 조금 전에 나온 자막이 누구의 대사고, 지금 나오는 자막이 거기에 이어지는 것인지 다른 인형의 대사인지조차 파악하기 어려워서 혼란스러웠다.

가까스로 읽어낸 스토리는 이런 것이었다.

이야기의 무대는 아시아에 있는 가공의 —아마도— 작은 나라다. 주인공은 '리 원'이라는 이름의 중년 남자. 실제로는 인형 완성도가 떨어져서 연령도 성별도 확실히 알아볼 수 없지만, 아내와 아이가 있고 아이도 그런대로 컸으니 아마도 그런 설정일 것이다.

이 작은 나라는 공화국—그런 대사가 나온다—인 듯한데, 실질적으로는 독재자가 군림하는 전체국가이고 군주는 '대천성님'이라 불린다. 대천성은 세계를 창조한 창조신의 자손으로 인간보다는 신에 가깝다—그렇다고 해도 이마이야 할머니랑은 다르다. 그는 세계를 창조할 때, 이 세상에 살아 있는 모든 것들에 이름을 붙여주었다. 동식물의 종목種目 명칭

뿐 아니라 '타로'니 '하나코'처럼 개별적인 이름까지 모두 붙였다. 보통은 설령 그렇게 지어줄 수는 있을지 몰라도 다 기억하지는 못할 테지만, 신이기 때문에 기억한다.

자, 그런데 리 원은 대천성님의 비밀 관료 중 한 사람이다. 첫머리에 나온 유럽 방문 여행에도 동행했을 정도니 나름 지위는 있을 것이다. 그러나 비서관—봉제 인형이 아니라 종이에 그려서 오려낸 형태—들이 워낙에 많아서 측근이라고까지는 할 수 없을지도 모른다.

유럽 방문을 마치고 돌아오는 배 위에서 대천성님은 갑판으로 나가 드넓은 바다를 바라본다. 배는 고국을 향해 가까이 다가가는 중이다. 그때 항로를 따라 갈매기 한 떼—봉제 인형이 아니라 종이에 그린 갈매기를 오려낸 형태—가 춤추며 내려온다. 대천성님은 긴 여행에서 돌아오는 나의 노고를 위로하기 위해 왔을 거라며 양팔을 활짝 펼치고 갈매기 한 마리, 한 마리의 이름을 부르며 매우 기뻐한다.

그러나, 하지만…… 이게 어찌 된 영문인가. 그중 딱 한 마리, 대천성님이 이름을 잊어버린 갈매기가 존재한다. 얼굴은 아는데 이름이 떠오르지 않는 것이다—농담이 아니라 실제로 그런 자막이 나왔다. 대천성님은 이것은 흉조라며 얼굴이 퍼렇게 질린다.

내가 이름을 실념失念해버린 갈매기는 머지않아 이 세상의 조화를 흐트러뜨리고 세계의 종말을 불러오고야 말 것이다.

다시 한 번 말하지만, 절대 농담이 아니다.

비서관을 비롯해 대신과 시종 들도 퍼렇게 질린다. 무슨 수를 써서든 그 갈매기의 이름을 밝혀내야 한다. 그러기 위해서는 우선 그 갈매기를 붙잡아야 했다. 이유는 발에 이름을 써 붙인 표식고리가 달려 있기 때문이다—피카가 마키타의 사진을 보고 지적했던 표식고리다. 갈매기뿐 아니라 그 세계의 모든 생물에는 그런 표식고리가 붙어 있다. 대천성님이 창조할 때, 살아 있는 모든 것들이 서로 이름을 부를 수 있게 하겠다며 성실하게 달아줬던 것이다.

그런데 살아 있는 존재는 언젠가 죽게 마련인 것을, 그 경우는 어떻게 처리할 생각이었을까? 그 세계에서는 살아 있는 존재가 죽으면 곧바로 다시 태어난다. 다음에 어떤 생물로 태어나느냐는 생전의 행실에 따라 달라지므로 알 수 없지만 표식고리를 그대로 이어받기 때문에 —다시 말해 발에 붙인 채로 태어나기 때문에— 대천성님이 이름을 다시 붙여줘야 하는 수고를 들일 필요는 없다. 따라서 단 한 마리의 갈매기라도 이름을 모르는 것은 대단히 중대한 일이다.

배 위의 사람들은 우왕좌왕하며 그 갈매기를 붙잡으려 한다. 그물 같은 것을 휘두르며 애를 쓰는 모습이 나온다. 보충 설명을 달아두자면, 대천성님과 리 원 이외의 등장인물은 색깔이 없기 때문에 천이나 지점토로 만든 원형 그대로다. 그래서 배 언저리에 '외무대신'이라는 식으로 글씨가 적혀 있다. 덧붙이자면, 그물을 휘두르는 장면에서는 인형과 그물망을 조작하는 제작 스태프의 손까지 훤히 드러났다.

갈팡질팡하는 사이에 갈매기 떼는 사라져버리고, 대천성님의 배는 항구에 다다른다. 국민들이 환호성을 지르며 맞이한다—이 부분도 무대 배경 처리로 끝이었다.

대천성님은 하늘을 우러러보며 한탄한다.

아아, 이 무고한 나의 백성들의 세계를 붕괴시킬 수는 없도다.

그리고 리 원에게 특별 지령을 내린다. 그 갈매기를 찾아내어 표식고리를 확인하고 이름을 밝히라는 것. 그리하여 리 원은 특명 수사관으로 여행을 떠나게 되는 것이다. 여기까지가 십 분가량이다.

후반부 십 분에서는 갈매기를 찾아 붙잡으려 애쓰는 리 원의 몹시도 힘들고 쓰라린 고생이 묘사되어 있다. 갈매기를 잡으러 다닌다는 설정인데, 무슨 까닭인지 깊은 산속으로 들어가거나 지하 터널로 잠입하기도 한다. 정부로부터 그곳에서 갈매기를 목격했다는 정보가 들어오기 때문이다. 장면 장면은 역시 거의 무대배경—단, 이 그림은 상당히 뛰어나다—으로 처리되었지만 등장하는 인형이 리 원뿐이라 자막이 어긋나지 않아서 보기는 훨씬 편해졌다.

어떤 명령이든, 어느 곳이든 리 원은 쏜살같이 달려간다. '넵, 기꺼이 가겠습니다!'라며 경례를 붙이고. 하지만 상대는 하늘을 날아다니는 생물이다. 게다가 단 한 마리뿐이고. 리 원은 엉뚱한 곳만 찾아다니기 때문에 갈매기는 끝내 찾아낼 수 없다.

성실한 리 원은 온갖 고생을 무릅쓰며 수색을 계속하지만 어느 날 대천성님이 사는 궁전으로 불려 간다. 시간이 다 되어 세계 붕괴가 가까워졌기 때문에 신탁을 행해 그 갈매기의 이름을 다시 붙이기로 했다고 대천성님은 말한다. 그렇게 함으로써 급한 대로 세계의 붕괴를 회피할 수 있을 것이라고—그럴 거면 애당초 그렇게 했으면 오죽 좋았겠냐마는 그런 추궁은 없다. 리 원은 해고당하고, 갈매기 수색 작업에는 또 다른 인물—배에 '군인'이라고 적혀 있는 인형—이 뽑혀 성대한 임명식이 거행된다.

그 후 리 원은 어떻게 되었을까? 임무에 실패하고 비서관 자리에서 해고된 그는 교도소로 보내진다. 아내와 자식도 같이 간다. 그곳에서 강제노동 형을 치르게 된 것이다. 죄명은 국가반역죄.

라스트신. 죄수복을 입고 괭이를 휘두르며 황무지를 개간하는 리 원의 머리 위로 갈매기 한 마리가 날아간다. 리 원은 괭이를 내동댕이치고 그 갈매기를 쫓아 달려간다.

아아, 그 갈매기다. 그 갈매기가 틀림없어. 저 갈매기의 이름만 알면, 저 갈매기의 이름만 알아낼 수 있다면.

그런 자막과 함께 하늘을 날아가는 갈매기—그 노랗고 허접스럽고 눈빛이 사악한 갈매기 봉제 인형이 휘청휘청 날아가는 장면으로 영화는 끝난다.

짧은 크레디트가 올라가고 다시 불이 켜지자, 가키모토 준코가 일어섰다.

"이제 됐지?"

에이이치도 일어났다. 계산대 아저씨는 담배를 피우고 있다가 같이 담배를 피우려고 다가간 단골손님과 얘기를 나누기 시작해서, 둘이 밖으로 나올 때는 아무 말도 건네지 않았다.

가키모토는 버스 노선을 알아보고 있었다. 큰길 버스 정류장에서 '동 20' 계통 버스를 타면 ST 부동산 옆 버스 정류장에 선다고 했다. 둘이서 말없이 버스를 기다렸고, 도착한 버스에 말없이 탔고, 차 안이 붐벼서 각자 떨어져 손잡이를 붙잡았다.

"이왕 나온 김에 사무실에 잠깐 들러야겠어."

버스에서 내리자, 가키모토 준코는 그렇게 말하고 걸음을 내디뎠다. 에이이치는 자기도 모르게 그녀의 뒤를 따라갔다. 따라오지 말라는 말도 없었고.

한참 만에 그녀가 입을 열었다.

"그거, 강제수용소지."

리 원이 아내와 자식까지 데리고 쫓겨난 시설을 말하는 것이다.

"교도소 아닌가?"

"아니야, 정치범을 처넣는 수용소야."

자막에는 아무런 얘기도 나오지 않았다.

"아, 진짜."

가키모토가 한숨을 내쉬었다.

"당국이 화낼 만한 내용이긴 하지만 이 나라 당국은 아니잖아. 가까운 어느 나라 당국이겠지. 그렇다고 탄압당할 것 같지도 않고."

차가운 어조였다.

"저어, 팔백 엔."

에이이치가 말했다. 신경이 쓰였던 것이다. 하지만 가키모토는 돌아보지 않았다.

"됐어, 경비니까."

"그럼 이번 수수료는?"

ST 부동산 앞에 도착했다. 문 안쪽에 '정기 휴일' 표시가 걸려 있었다.

"흐음, 어떻게 할까."

그녀는 고개를 살짝 갸웃거리며 생각에 잠겼다. 척하는 게 아니라 정말로 좋은 생각을 궁리하는 것 같았다.

"이번에도 전차 정보."

그렇게 말하고 가방 속으로 손을 집어넣었다. 열쇠를 찾는 거겠지.

"그 파일, 재미있었으니까."

에이이치의 마음속 한구석에서 꽤나 큰 부품이 움직였다. 고장이 나거나 빠져서 움직인 게 아니라 가동된 것이다. 그러면 훑어보긴 했나 보네.

쿠모철 패거리도 의욕이 넘쳐서 해줄 거라고 말하려던 에이이치가 바짝 굳은 채 그 자리에 멈춰 섰다. 낌새를 알아챘는지 가키모토도 가방 속에 손을 넣은 채 고개를 돌려 에이이치의 시선이 박혀 있는 쪽을 쳐다보았다.

덴코가 이쪽을 향해 걸어오고 있었다. 제발 모르고 지나치길. 그런 생각을 한 순간, 알아보았다.

"어?"

덴코도 학교에서 돌아오는 길이었다. 오늘은 구멍투성이 멜빵바지를 입었다. 가방을 등에 메고 두 손으로 뭔가를 감싸듯이 들고 있었다. 조그만 종이 봉지였다.

"얼레레?"

소리를 지르며 걸음을 멈추더니 교묘하게 얼굴의 반쪽으로만 웃었다. 그러고는 종이 봉지를 살짝 들어 보였다.

"붕어빵, 먹을래?"

덴코가 붕어빵 머리를 덥석 베어 물며 말했다.

"그렇구나, 오늘이 수요일이었구나. 난 감쪽같이 화요일인 줄 알았는데."

"넌 늘 미묘하게 세상이랑 어긋나니까."

"맞아, 맞아. 한 템포 빠르거나 늦지. 우리 아버지도 그러니까."

가키모토 준코는 사무실 화초에 물을 주었다. 초라한 나도 제비난은 조화였지만 다른 것은 살아 있었다.

우연히 마주친 후로 에이이치는 아직 한마디도 하지 않았다. 붕어빵도 손대지 않았다. 이 상황을 어떻게 변명해야 하나—딱히 변명할 건 없으니 설명하면 그만이겠지만— 자꾸 초조하기만 해서 눈동자까지 빙빙 돌았다. 한편 덴코는 아주 익숙한 곳에 온 것처럼 스스럼도 없이 고객용 의자에 진을 치고 앉더니 '흐음, 차라도 좀 마실까.' 하며 붕어빵을 입에 문 채 전기 포트 전원을 켜러 갔다. 무슨 말을 어떻게 해야 하나. 아직 먹지도 않은 붕어빵이 목에 걸린 것 같은 느낌이었다.

붕어빵 하나를 먹어치운 덴코가 태평한 얼굴로 에이이치를 쳐다보았다.

"어디서 데이트하고 왔어?"

기습이다.

"데, 데, 데……."

가키모토는 물뿌리개를 정리하더니, 몹시 노곤하다는 듯 사무실 자기 자리에 앉았다.

"데, 데, 데……."

가키모토가 말했다.

"영화 봤어."

아, 글쎄! 그런 표현은 오해받기 십상이라니까.

"다나코 쓰토무도 그 사정은 알고 있나? 갈매기 사진 말이야. 그 정체를 밝혀내러 갔지."

그 말에 에이이치에게 걸려 있던 마법이 풀렸다. 침을 튀는 기세로 단숨에 사정을 털어놓았다. 덴코는 붕어빵을 입안 가득 욱여넣고 우물거렸다.

"오호! 독립 영화라, 재미있겠는걸."

한층 더 태평해 보였다. 기분이 나쁜 건 아닐까? 괜히 지레짐작하는 건 아닐까? 놀릴 생각인가?

"재미없어, 그딴 영화는."

가키모토 준코는 '도민은 용서해도 영화천국 관계자들은 모두 말살해버릴' 듯한 눈빛과 말투로 내뱉었다.

"두 시간에 팔백 엔이라면서 다른 영화는 안 봤나?"

"너라면 보고 싶겠냐?"

에이이치는 자기 목소리가 균형을 잃고 있음을 스스로도 느꼈다. 균형을 되찾으려 애쓸수록 오히려 더 큰 목소리가 나왔다.

"'갈매기의 이름' 다음이 '염불 춤의 역습'이더라니까. 그다음은 '타리만'이고."

"나라면 보겠다, 꼭 봐. 그거 보고 싶다."

덴코는 한껏 신이 났다.

"근데 '타리만'이 뭐지? 아게만, 사게만이라고 할 때의 그 '만'인가?* 아니면 탈레반을 우의적으로 표현한 건가?"

천박한 소리 한다고 탈레반에서 화낼라.

"그건 그렇고, 어떻게 할 거야?"

저렇게 나른한 걸 보니 흥미도 없겠다 싶었는데 가키모토 준코가 두 사람에게 질문을 던졌다.

"갈매기 정체는 알아냈잖아. 그럼 이제 어떻게 할 생각이지?"

에이이치는 인터폰 앞에서 무기는 무슨 무기냐고 했을 때 난처해하던 부모님의 심정이 그제야 이해가 갔다.

"어떻게 할까?"

덴코 쪽을 돌아보니 세 마리째 붕어빵을 입에 물고 있었다. '난 영화도 못 봤잖아.'라며 빵을 우물거렸다.

"그래도 해석은 할 수 있지. 그런 영화는 줄거리만 알아도 돼."

"그런 난폭한 표현은 곤란해. 영화는 줄거리만이 아니야. 영상물이니까."

그런 얘기가 아닌데.

---

* 연예인 등의 속어로 운이 상승하는 것을 '아게만', 하강하는 것을 '사게만'이라고 한다. 상대 남성의 운을 좋게 해주는 여자를 '아게만', 불행을 초래하는 여자를 '사게만'이라 부르기도 한다.

"그 애."

가키모토는 손톱을 들여다보고 있었다.

"학교는 왜 안 갔대?"

"그건 몰라. 미야나가 선생님도 모르는 모양이고. 단, 학교 선생님이나 친구 관계에는 문제가 없는 것 같아."

"그렇다면 답은 빤하네. 부모야, 가정."

가키모토가 시선을 들며 말했다. 그리고 손가락 끝을 훅 불었다. 이 여자는 따분해지면 손거스러미를 떼어내는 버릇이 있다.

"어머니도 제대로 된 사람이라니까 가정적인 문제는……."

"밖에서만 봐서는 알 수 없지."

에이이치를 정확하게 포착한 그 시선에는 주눅이 들 정도로 확신의 힘이 넘쳐났다. 그래도 지구는 돈다고 말했을 때의 갈릴레오도 저랬을까?

"그럴까요?"

덴코, 넌 알랑대지 좀 마. 그렇게 생각한 순간, 난데없이 진지한 표정으로 말을 잇는다.

"그러고 보니 마키타는 영화천국 근처에 살잖아?"

"아마도."

"지금은 안 붙어 있다지만 '갈매기의 이름' 전단지가 밖에 걸린 때가 있었을 거 아냐? 마키타도 그걸 보고 흥미를 가졌을 테니까."

틀림없다.

"상영 기간에는 다시 붙이기도 했을 테고."

"그럼 그런 맥락에서 봐도 뻔하네. 마키타가 갈매기의 수수께끼를 풀어주길 원하는 사람은 세잎회 친구들이나 선생님이 아니야. 아빠랑 엄마지. 지나가다 전단지나 포스터에서 그 갈매기를 볼 기회가 있는 건 근처에 사는 사람들뿐이니까."

그렇군. 좋은 지적이다.

"미야나가 선생님이 갈매기의 정체를 알고도 모른 척했을 가능성도 있어."

에이이치가 중얼거렸다.

"그것도 부모님이 스스로 알아채주길 기다리느라고 입을 다물었던 거 아닐까?"

이것도 한판이다. 포인트 가산. 에이이치는 또다시 소리를 내며 생각하는 바보짓을 저질렀다.

"그렇다면 마키타는 대체 뭘 알아주길 바라는 걸까? 그 영화 스토리는 형편없던데."

덴코의 표정이 한층 더 진지해졌다.

"형편없는 건 아니지. 훌륭한 테마야. 전체주의의 공포잖아?"

그렇게 대단한 거였나?

"리 원은 잘못한 게 하나도 없어. 잘못된 건 체제지. 리 원이 정말로 찾아야 했던 것은 갈매기의 이름이 아니야. 다른 사회고, 다른 삶의 방식이라고. 한데 그런 건 아무도 알아채지 못해. 영화에 나오는 인형 완성도가 떨어지는 것도 어쩌면 일부러 그런 건지 몰라. 일부러 인간 어릿광대를 만들었을지도 모른다고. 자유의사를 결여한 인간은 이미 인간이 아니니까."

"그건 너무 깊이 들어가는 것 같은데."

"그럴까?"

"바보 같긴."

가키모토 준코가 책상에 팔꿈치를 괴고 턱을 받친 채 말했다.

"너, 대체 뭘 본 거니? 단순한 얘기잖아."

그 자리의 분위기에 휩쓸려서 에이이치는 낯빛까지 변해버렸다.

"바보 같긴 뭐가 바보 같아. 지금 진지하게 얘기하는 중인데."

"그러니까 내 말은, 빤한 스토리라고. 있다니까, 그 애 곁에."

"누가?"

"대천성이랑 리 원."

에이이치와 덴코는 얼굴을 마주 보았다.

그 말을 끝으로 가키모토 준코는 입을 다물었다. 저 여자, 눈빛이 한군데 박혀버렸네. 가타부타 입을 열 수 없게 만드는 침묵, 다음을 이어갈 수 없는 침묵이 ST 부동산 사무실을 가득 채웠다. 초라한 나도제비난까지 숨을 죽이고 있었다.

방송 사고 같은 한때가 지난 뒤, 덴코가 말문을 열었다.

"하나짱, 고구레 씨 따님 만나러 갔었다며?"

'그건 그렇고'라든가 '여담은 이쯤 하고 본론으로 들어가자.'든가 한마디쯤 전조라도 내비치고 얘기를 꺼내란 말이야.

그래도 다행이다. 숨은 쉴 수 있었다.

"응."

"피카짱한테 들었어."

그럴 줄 알았다.

"불단에 향도 올리고, 영정 사진도 보고, 고구레 씨의 젊은 시절 사진도 봤다면서? 어떤 사람이었어?"

에이이치가 얘기를 시작했다. 처음에는 간추려서 짧게 말하려 했는데, 하다 보니 점점 더 자세해졌다. 기억뿐 아니라 인상까지 선명하게 남아 있는 것이 스스로도 놀라웠다. 단, 열여덟 살 고구레 씨가 덴코랑 닮았다고 생각한 대목만은 생략했다.

"전쟁이라……."

덴코는 붕어빵을 손에 들고 중얼거리며 천장의 형광등을 올려다봤다.

"현실감은 전혀 없지만, 그렇다면 우리는 행복한 거네."

"징병제도도 없고."

"언젠가 어떤 정치인이 우리나라에도 징병제도를 부활시켜야 한다고 발언한 적이 있지? 그때 우리 아버지가 혹시라도 그런 일이 벌어지면 무슨 수를 써서든 나는 해외로 도망치게 해준다고 했어."

—내 아들에게 전쟁 따윈 시킬 수 없어.

"좋은 얘기네."

"뭐, 조금 의미가 다르긴 했지만."

덴코가 웃었다.

"나도 전쟁을 해본 적이 없는데 너한테만 체험시킬 순 없다는 거였지."

전기 포트 물은 이미 충분히 끓었다. 덴코가 생각이 난 듯 일어서더니 찻잔과 찻주전자를 준비했다. 어느새 보통 눈빛으로 돌아온 가키모토 준코는 귀이개로 귀를 파기 시작했다.

"그런데 난 약간 의문인걸."

부지런히 차를 준비하며 덴코가 말했다.

"고구레 씨, 그래서 결국 군대에는 안 갔지만 공습으로 죽을 뻔했잖아. 전쟁이 나면 목숨이 위험한 것은 군인뿐만이 아니야. 지금 중동 같은 데만 봐도 비전투원들이 수없이 죽어가고 있지."

비전투원을 발음하기 어려웠는지 말이 꼬였다.

"하마다라는 사람에게야 물론 젊은이들의 목숨을 지키고 싶은 마음이 있었겠지만, 고구레 씨가 그렇게까지 은혜를 느낄 필요는 없을 것 같아. 카메라맨으로 전쟁터에 보내진 가나이라는 사람이 하마다 씨가 울면서 사과하는데도 아무 말도 안 한 건 당연하다고 생각해."

에이이치는 생각지도 못한 해석이었지만 듣고 보니 일리가 있었다.

"바보 같긴."

오늘도 바보 연발이다. 귀이개를 필기구 통에 꽂은 가키모토가 등받이에 기대앉으며 말했다.

"너희는 정말 아무것도 모르는구나."

서랍을 열고 담배와 일회용 라이터를 꺼낸다. 흡연자였네.

"뭘 모른다는 거죠?"

덴코가 재떨이를 밀어주며 물었다. 아, 글쎄! 알랑거리지 좀 말라니까.

"군인이랑 비전투원은 근본적으로 다른 점이 있잖아."

찻주전자를 손에 든 덴코가 고개를 갸웃거렸다. 에이이치도 그러고 싶었지만, 괘씸해서 참았다.

"비전투원은 아무도 안 죽여도 돼."

죽을지도 모른다는 공포는 똑같겠지만 죽여야만 하는 공포는 없다. 한창 전쟁 중이라도 병사가 아니면 사람을 죽이지 않고 끝낼 수 있다.

"'구원을 받는다'는 말은 그런 뜻이야."

덴코가 증기기관이 고장 나서 이상한 곳으로 증기를 내뿜는 것 같은 한숨을 내쉬었다.

에이이치는 그때 노부코 씨 앞에서 했던 생각을 다시금 떠올렸다. 상하이 현상소에서 고구레 씨가 봤다는 수많은 인화지들을 떠올렸다. 거기에는 이루 말할 수 없이 참혹한 것도 있었다고 노부코 씨는 말했다. 이기고 있었기 때문에 더욱 잔인한 장면도 있었을 거라고…….

정신을 차리고 보니 팔뚝에 어렴풋이 소름이 돋아 있었다.

가키모토 준코가 입술을 오므리며 연기를 훅 뿜어냈다. 그 연기에 입김을 불어 흩어버린다. 지금 막 자기 입에서 나온 말까지 함께 흩어버리려는 것 같았다.

"너희."

네, 하고 에이이치와 덴코는 듀오가 되어 동시에 자세를 바로잡았다.

"차 마시거든 돌아가."

밖으로 나오자마자 덴코는 금세 절제를 잃은 것처럼 느물거렸다.

"어쩐지 정신없이 나간다 했지. 데이트 약속이 있었으면 그렇다고 말해도 되잖아."

에이이치도 가까스로 역습 자세를 취했다.

"그러는 너는?"

"난 붕어빵 주러 온 것뿐이야. 지난번에 산 건 사장님이 다 먹어치웠으니까."

"거짓말 마. 사장님은 네가 가지고 갔다고 했어."

애당초 덴코는 이상했다.

"우리는 그저 가게 앞에 둘이 서 있었을 뿐이야. 근데 왜 단번에 데이트라고 단정을 짓냐? 우리 집에 또 물이 새서 ST 부동산에 찾아온 걸 수도 있는데."

덴코는 알나리깔나리, 놀려대는 초등학생처럼 폴짝거렸다.

"너 바보냐? 데이트는 척 보면 알아."

"아, 글쎄! 어떻게 아냐고?"

"하나짱 얼굴에 쓰여 있으니까. 이렇게 크게."

같이 갈 사람이 필요했으면 사장님도 괜찮잖아, 하는 추궁을 당하자 가엾은 에이이치의 역습은 몇 초 만에 좌절되었다.

"부럽다, 첫 데이트에 영화라니."

"데이트 아니야."

그렇게 말하고 나서야 떠올랐다. 조금 전에 깜박 잊고 빠뜨린 얘기였다.

"고구레 씨 따님인 노부코 씨는 사진관 조수랑 첫 데이트 때 영화를 보러 갔는데, 그게 하필 '엑소시스트'여서 그걸로 끝나버렸대."

덴코는 놀라지도 않았다.

"그 당시에는 흔한 일이었지. 우리 아버지의 첫 데이트 영화는 '텍사스 전기톱 학살'이었다니까."

무슨 학살이라고?

"최근에 리메이크됐더라. 텍사스의 어느 시골에서 뚱뚱하고 덩치 큰 남자가 전기톱으로 지나가는 젊은이들을 닥치는 대로 죽이는 내용이야."

그런 영화를 찍는 것 자체도 취광醉狂이고, 리메이크하는 건 더더욱 취광이다. 할리우드도 어지간히 곤란한 모양이군.

"하나짱, 몰랐어? 호러 영화의 금자탑이야. 신기원을 창출한 명작이라고!"

모르는 건 모르는 거다.

"그래서 너희 아버지는 잘되셨대?"

"영화 시작한 지 십오 분 만에 여자가 나가버리고, 역시 그걸로 끝. 우리 아버지는 그 영화를 찍은 감독의 천재성을 몰라보는 여자랑은 볼일 없다면서 그대로 앉아서 연달아 두 번이나 봤대."

덴코 아버지의 그 첫 데이트 상대가 덴코의 어머니가 아니었던 게 천만다행이다. 저렇게 아무것도 모르는 녀석에겐 볼일 없다.

―너희는 정말 아무것도 모르는구나.

나도 그렇게 보인 걸까?

덴코는 시끄럽게 떠들어댔고, 에이이치는 입을 다물었고, 두 사람 등 뒤로는 날이 저물어갔다.

6

사실은 이러니저러니 망설일 것도 없었다. 다음 날, 에이이치는 히로시와 분지에게 갈매기의 정체를 밝혔다. 두 사람은 몹시 놀라며 컴퓨터 교실로 뛰어가더니 영화천국의 홈페이지를 조사했다. 그리고 무엇보다 먼저 그 주소지를 확인하고 충격을 받았다.

"근처야."

"엎어지면 코 닿을 데라고."

"너희 둘도 미야나가 선생님 댁은 몰랐니?"

몰랐다, 알 기회도 없었다고 말했다.

"세잎회도 장소가 좁으니 선생님이 거기 살지는 않을 거란 생각은 했지만, 설마 그런 줄이야."

분지가 놀라워했다.

"선생님이 우리를 감쪽같이 속인 건가?"

"그렇다면 틀림없이 무슨 이유가 있을 거야."

히로시는 냉정했다.

"우리가 오늘 미야나가 선생님을 만나볼게. 다 같이 적당한 선에서 화제를 삼은 결과, 우리 학교 친구가 해답을 찾아낸 것 같다고 보고하고 반응을 살펴보자고."

그래서 에이이치는 조깅 동호회에서 방과 후 시간을 보냈고, 집으로 돌아가 저녁을 먹었고, 열 시가 지난 무렵에 히로시한테서 문자를 받았다.

미야나가 선생님이 널 만나보고 싶대. 토요일 오후, 아이들이 돌아간 후니까 다섯 시 넘어서일 거야.

에이이치는 알았다고 답장을 보냈다. 만나서 칭찬을 들을지 괜한 짓을 했다고 야단을 맞을지 궁금하기도 하고 기대도 됐다.

금요일에 경과보고의 느낌으로 피카에게도 '갈매기의 이름' 얘기를 들려주었다. 부모님은 텔레비전에서 해주는 '지상파 최초 등장!' 대작 영화에 푹 빠져 있어서 마침 다행이었다.

"가와시마 씨 덕분이네."

피카가 귀엽게 방긋 웃었다.

"그보다 이 형이 가와시마 여동생의 심령사진 문제를 해결해주길 잘한 거지."

"하나짱은 자기가 흥미 있어서 조사한 거 아니었나?"

피카는 다시 모자이크 그림을 만들고 있었는데, 지금은 잠시 중단하고 뭔가 다른 것을 시작한 것 같았다. 책상 위에 그 재료와 도구인 듯한 것들이 보였다. 지점토가 있는 것이, 오브제를 만드나?

"또 꽃 달린 코끼리라도 만드니?"

"아냐. 그렇지만 비밀."

최근 한 달가량은 고구레 사진관 쇼윈도에 달력만 걸어뒀다. 피카가 그림을 그리면 어머니가 늘 그것을 장식했는데.

"나로서는 납득할 수 없는 작품도 있으니까 뭐든 다 장식하진 말라고 부탁했어."

"그러면 지금은 납득이 갈 만한 회심작을 준비하는 중이겠네?"

"그것도 비밀."

피카는 비밀스러운 미소를 머금으며 속삭이는 목소리로 말했다.

"아빠가 회사에서 사진 동호회에 들어가려나 봐."

에이이치는 처음 듣는 말이었다.

"볼링은 이제 질리셨나?"

"기초부터 제대로 카메라 다루는 법을 배우고 싶대."

"혹시 직장 그만두고 이 가게를 다시 시작하겠다거나?"

피카가 작은 손으로 에이이치를 때리며 말했다.

"에이, 아니야. 고구레 씨 때문이지."

아버지 히데오는 자기 손으로 고구레 씨의 사진을 찍을 결심을 했다고 한다.

"심령사진?"

"응. 고구레 씨가 이 집에 있는 건 확실해졌으니 반드시 찍고 말겠대."

대체 정열을 어디 쏟는 거냐고.

"있는 게 확실해졌으니 사진 따윈 필요 없을 텐데."

이 말은 피카를 향한 것이었다. 하지만 피카는 반응이 없었다. 그렇다면 스트레이트로 공격해볼까?

"넌 요즘 어때?"

'고구레 씨한테 액세스했니?'라고 묻기도 전에 피카가 가볍게 일어서더니 에이이치의 손을 잡아끌었다.

"컴퓨터 하자."

"응?"

"고푸라 보여줄게."

유틸리티 룸으로 가자 거실의 텔레비전 소리가 들려왔다. 뭔지 몰라도 엄청난 파괴 음이다. 소행성이 떨어져서 뉴욕이 파괴된다든가…… 뭐, 그런 내용의 영화였다.

피카의 컴퓨터 다루는 솜씨가 능숙해졌다. C · C · C는 즐겨찾기에 등록되어 있어서 눈 깜짝할 사이에 불러냈다. '영상집단 아발란치'의 작품은 모두 무료로 다운로드해서 볼 수 있게 되어 있었지만, 물론 주요 장면뿐이다. 문자 그대로 '주요 장면'이라 돈과 수고가 가장 많이 들어간 장면만 뽑아놓은 듯했다.

고푸라와 라이벌 괴수의 대결 장면이었다.

우선 그 대결 장면에 이르기까지의 스토리가 자막으로 간략하게 설명되었다. 올해 치 영화 자막은 이미 충분히 봤는데, 하고 에이이치는 속으로 생각했다.

고푸라는 그 유명한 '고지라'를 모방한 이름일 것이다. 괴수의 형태가 완전히 똑같았다. 그것을 숨기려고 첫 작품에서 마스트스네이크랑 합체시켜 꼬리를 거대한 뱀으로 만들었겠지. 사람이 분장한 형태, 모형, 허접스러운 컴퓨터그래픽 등등 고푸라는 다양한 수단으로 움직였다. 썩 괜찮아 보일 때도 있지만 한심해 보일 때도 있었다.

특히 꼬리 부분의 거대한 뱀은 어쩔 도리가 없었다. 정성 들여 만들지도 않았고, 사람이 분장하고 연기할 때도 그 부분에는 팔다리가 들어가지 않기 때문에 그저 휘청휘청 흔들릴 뿐이다. 어떤 장면에서는 몸을 휙 돌리며 액션을 취하는 순간, 꼬리가 다리에 휘청 휘감기며 거대한 뱀 대가리가 고푸라의 배에 격돌했다.

그리고 또…….

"피카, 하나만 물어보자."

"뭔데?"

"대결 장소가 지상이든 지하든 외딴섬이든 거대 화산이든 모두 다 모래밭 위에서 싸우는 것처럼 보이는데, 형이 잘못

본 걸까?"

"모두 다 모래밭 위에서 촬영해."

역시 그렇군.

"대학 부속 유치원에 있는 모래밭이야, 청소해주는 조건으로 촬영에 쓰기로 했대."

"그럼 이번에 나오는 '우미호타루'도?"

"나중에 배경만 합성한댔어. 가능하면 모래밭을 지우고 싶지만, 그런 영상 가공은 아직 어렵다고 가와시마 씨가 가르쳐줬어. 뭔가를 첨가하는 것보다 지우는 게 어렵대."

피카는 가와시마 형과 어엿한 이메일 친구가 되었다. 매일같이 이메일을 주고받는다고 했다.

"나 학교에서 은근히 자랑해. 고푸라 팬이 아주 많으니까."

세상은 정말로 알 수가 없다. 전기톱을 휘두르는 뚱뚱한 남자가 영화 팬들에게 먹히질 않나.

"하나짱, 그거 알아? 고푸라는 단순한 괴수가 아니야. 전쟁에서 죽은 사람들 영혼의 집합체지. 일본이 또다시 전쟁을 일으키지 않게 지켜준대."

에이이치는 곁눈질로 피카를 흘끔 쳐다보았다.

"그것도 '고지라'랑 비슷하네."

"표절, 맞아."

시작 페이지에서 '이것이 고푸라다!'라는 코너에 명기되어 있는 내용을 보여주었다.

"피카, 이런 태도를 떳떳하게 여겨선 안 돼. 이건 단지 뻔뻔한 거야."

피카는 오리지널리티에만 집착하는 것은 속 좁은 태도라고 항변했다.

"고푸라가 싸우는 괴수도 모두 죽은 사람들 영혼의 화신이야. 교통사고로 죽은 사람, 공해로 죽은 사람, 천재지변으로 죽은 사람…… 그래서 고푸라는 괴수와 싸우긴 해도 절대 죽이진 않아. 상대 괴수의 힘을 빨아들여 잠들게 만들고 바다 밑으로 데리고 가지."

꽤 깊이 있는 이야기였네.

모래밭에서 거칠게 날뛰는, 사람이 분장한 고푸라를 뚫어져라 응시하며 피카가 말했다.

"난 감기로 죽은 사람들의 괴수가 되고 싶은데."

에이이치는 앉은 자세를 고쳤다.

"피카, 너 말이야……."

"하나짱, 나 있지."

피카가 선수를 치며 에이이치의 얼굴을 바라보았다.

"얼마 전에 피카라고 불리는 게 싫어진 때가 있었어."

무슨 뜻이야?

"히로시마랑 나가사키에 떨어진 원자폭탄을 '피카'라고 부른다면서?"

학교에서 배웠다고 했다. 역시 사립이라 초등학생에게 그런 것도 가르치는 모양이다.

"수업이 끝나자마자 나한테 '원폭, 원폭' 하는 녀석이 있었어. '야아, 원폭!'이라고 불렀지."

그것은 히로시마나 나가사키 사람들에게는 매우 실례되는 행동이라고 에이이치는 엄하게 말했다.

피카가 고개를 끄덕였다.

"응, 나도 알아. 그래서 싫었지. 하지만 이제는 신경 쓰지 않아. 피카에는 여러 가지 의미가 있으니까, 안 그래? 고구레 씨가 이름 붙여준 플래시 피카도 있고."

"그 얘기를 고구레 씨한테 했니?"

"응."

"그랬구나."

대답은 없어도 다 듣고 있었을 거야, 이런 말은 할 필요도 없나?

"난 갈매기 사진에는 아무런 도움도 못 됐지."

"형도 마찬가지야. 정보가 이쪽으로 굴러든 셈이니까."

"조사라는 건 대개 그런 걸지도 몰라. 잘 기다리기만 하면 되는 거."

함축성 있는 말을 하는 초등학생이다.

그때, 모니터에 신호가 떴다. 피카가 반색을 했다.

"아, 이메일이다. 가와시마 형이 보낸 거야!"

안녕, 피카짱. 이미 잠든 시간인가?

다음 작품 촬영 스케줄이 결정 났어. 지난번에 했던 얘긴데, 정말로 견학 오고 싶니? 피카짱 부모님만 괜찮다고 하시면 대환영이야.

꽤나 프렌들리한 사이였잖아. 피카는 손뼉을 치며 기뻐했다.

"엄마, 아빠한테 말하고 올게!"

"잠깐, 잠깐. 광고 시간까지 기다려."

피카를 붙들어 세우는 순간, 번뜩 떠오르는 생각이 있었다.

"혹시 네가 지금 만드는 게 고푸라니?"

피카는 수줍어했다.

"어떻게 알았어?"

"형이니까 알지."

크리처 조형이라는 거로군.

"가와시마 형님을 뛰어넘어서 네가 미래의 스탠 윈스턴 이세가 돼라."

"하나짱, 그 사람이 누군지나 알아?"

"할리우드의 그 분야 달인이잖아. '쥬라기 공원'의 공룡 같은 걸 만든 아저씨지."

사실은 조사해봤다. 이럴 때는 검색이 편리하다.

"나는 플래시인걸, 뭐."

피카가 다시 수줍어하며 말했다.

"그래도 플래시보다는 좀 더 오래 반짝이는 게 좋겠지. 조명이 되어볼까?"

"아니야, 넌 다른 종류의 빛이야."

그게 뭔 소리지? 피카가 눈을 휘둥그레 떴다.

"넌 등대야, 우리 집의 등대."

부모님의 등대다. 가만 놔뒀다간 점점 더 항로를 잘못 들어 사르가소 해 같은 곳으로 가버릴 듯한 부모님을 이끌어주는 빛.

"하나짱은?"

"난 등대 밑의 삶으로도 충분해."

"조용하고 차분하게?"

바로 그거야.

미야나가 선생님도 촌마게 스타일의 남자였다.

게다가 사무에* 차림이었다. 세잎회 현관에는 셋타雪駄** 한 켤레가 놓여 있었고. 좌선 같은 것도 할 것 같았고, 취미로 메밀국수를 밀거나 도자기를 구울 것처럼도 보였고, 로하스LOHAS*** 같은 것도 주장할 듯했다.

하지만 그렇게 까다로운 아저씨는 아니었다. 손에 든 패를 먼저 펼쳐 보이는 에이이치의 이야기를 중간에 가로막지도 않고 조용히 끝까지 다 들은 후에야 감탄한 듯 말했다.

"용케 밝혀냈군."

에이이치는 히로시와 분지 사이에 끼어서 학생용 낮은 의자에 앉아 있었다.

듣던 대로 세잎회는 비좁았다. 그래도 공간에 비해 넓게 느껴지는 것은 보통 학교 교실과 달리 칠판이 걸려 있지 않은 때문이다. 교과서는 초등학교 전 학년, 전 과목을 갖추었고 그림책이나 아동용 도서, 문고본이 꽂힌 책꽂이도 몇 개나 보였다. 비품 종류는 단순하고 어린애다운 장식도 적었다. 텔

---

* 절에서 작업복으로 입는 옷으로 유도복과 비슷하다.

** 죽순 껍질로 엮은 일본식 짚신 바닥에 가죽을 댄 신발.

*** Lifestyles Of Health And Sustainability의 줄임말. 건강과 지속가능성을 중시하는 생활 패턴을 의미하며, 참살이에 사회와 환경을 추가시켜 친환경적이고 합리적인 소비 패턴을 이끌어내는 마케팅 용어로도 쓰인다.

레비전으로만 보던 아메리칸 스쿨 같은 느낌이랄까. 벽에는 아이들이 그린 그림이나 찍은 사진이 가득 장식되어 있었다.

"이런 명탐정 학생 앞에서는 자백할 수밖에 없겠어."

미야나가 선생님의 씁쓸한 미소에 히로시와 분지가 몸 둘 바를 몰랐다. 하지만 에이이치는 그 선생님과 아무런 이해관계도 없기 때문에 그다지 긴장감이 느껴지지 않았다.

"야나이 씨, 재미있는 사람이지?"

영화천국에서 '내가 영화윤리위원회야.'라고 말했던 아저씨다.

"그렇게 해서 장사나 될까 걱정스럽긴 하지만, 그거야 피차 마찬가지고. 그쪽 분야에서는 유명한 사람이야."

에이이치가 어른이랑 같이 오지 않으면 '갈매기의 이름'을 보여주지 않겠다고 했다고 말하자, 미야나가 선생님이 웃었다.

"저런, 미안하게 됐군. 그래도 기분 내키는 대로 한 말은 아닐 거야. 그에 관해서는 바이시클 밴드의 의향도 강한 것 같으니까."

"그런 영화는 아이들에게 보여주면 훨씬 좋을 것 같은데요."

"음, 내 생각도 그래."

히로시가 말했고, 분지도 고개를 힘차게 끄덕거렸다. 두 사람도 어제 오전에 상영한 영화를 봤다고 했다. 학교에는 지각했지만, 오늘 만남 전까지는 보고 싶었기 때문에. 미야나가 선생님의 중재로 어른 없이도 OK였다.

"바이시클 밴드도 처음에는 그런 방침이었지. 열여덟 살 미만 관객만 모아서 상영회까지 열었을 정도니까."

그러나 그 반향이 바람직하지 않았다.

"바이시클 사람들은 기본적으로 그런 영화밖에 안 만들어. 독재의 공포, 전체주의의 해악을 묘사하는 작품들뿐이지."

그런 영화들을 보여주고 젊은이와 아이 관객들에게 앙케트를 받아 감상을 들어보니 뜻밖의 결과가 나왔다.

"절반 이상의 관객이 독재자 쪽에 공감했다더군. 자기도 그렇게 세상을 지배하고 싶다고."

바이시클 밴드의 구성원들은 이건 아니라는 생각이 들었다.

"아직 사회적인 체험이 적은 청소년이나 아이 들에게는 그런 테마가 오해받을 가능성이 더 높아서 위험하다는 거겠지."

얼굴 생김새도 윤곽도 다른 히로시와 분지가 완전히 똑같은 표정을 지으며 '우와와!' 하고 소리를 내질렀다.

"어렵네요."

"어렵지."

미야나가 선생님은 손으로 올린 머리를 꼬았다. 아무래도 그것은 촌마게 스타일을 한 남자들의 습성인 듯했다.

"하지만 창작물이란 늘 오독과 오해를 받을 가능성이 있게 마련이야. 그렇지 않으면 오히려 안 되는 건지도 모르고. 꼭 영화에만 한정된 얘기는 아니겠지만, 바이시클은 그런 점에서는 신중하다고 할까, 융통성이 없다고 할까?"

야나이 아저씨의 설명은 축소판이었고, 미야나가 선생님은 맨션 이사회에서 같이 활동하기 전부터 서로 안면이 있었다고 했다. 영화천국에도 몇 번이나 방문했다. 가까운 이웃이기도 하고 촌마게 동지이기도 하니까.

"그래서 마키타가 그곳 영화를 보고 싶다는 말을 꺼냈을 때도 걱정은 안 했어. 물론 작품에 따라 다르긴 하겠지만."

—뭘 보고 싶니?

—'갈매기의 이름'이라는 영화요.

"때마침 전단지가 붙어 있었지. 봉제 인형 갈매기가 날아가는 스틸 사진이랑 간단한 줄거리가 실린 전단지였어."

그 전에도 바이시클의 영화가 걸리긴 했지만, 마키타는 어린애다 보니 봉제 인형 갈매기에 처음으로 눈길이 끌렸던 모양이다.

"야나이 씨에게 부탁해서 내가 먼저 봤어. 마키타가 그 영화에 왜 흥미를 가지는지 알 것 같더군. 그래서 보라고 했지."

마키타는 그때 받은 전단지를 합성 사진의 소재로 이용한 것이다.

"유키짱 생일잔치 일주일쯤 전이야."

미야나가 선생님이 사무에 자락을 잡아당기며 히로시와 분지의 얼굴을 차례로 둘러보았다.

"자, 그럼 자네들 아르바이트 선생의 통찰력에 경의를 표하며, 이제 슬슬 자백해볼까."

미야나가 선생님은 마키타의 등교 거부 이유를 알고 있었다. 자기 나름대로 추측하고 타이밍을 엿보다 본인에게 캐물어 확인까지 끝냈다고 했다.

"마키타의 학교생활에는 문제가 없었어. 좋은 친구들이 곁에 있었고, 선생님도 훌륭한 교육자였지."

그렇다면……?

"그 애의 등교 거부는 예측했던 대로 프로테스트야. 사보타주라고 해도 되겠지."

에이이치의 귓가에 '부모야.'라고 단언했던 가키모토 준코의 나지막한 목소리가 되살아났다.

"부모님에게 어필하는 거였어."

가키모토 준코는 옳았다.

"자백은 하지만 너무 깊이 들어가는 얘기는 할 수 없어. 적당한 선에서 이해해주기 바라네."

네, 하며 아르바이트 선생 두 사람이 고개를 숙였다.

“마키타의 아버지는 우수한 분이야. 아버지뿐 아니라 집안 자체가 엘리트라고 할까.”

엘리트라는 단어를 말하기 꺼려지는 것처럼 발음했다.

“아무튼 집안사람들이 모두 우수해. 그 사이에서 마키타의 어머니는, 연애결혼이었던 듯한데, 늘 주눅이 들어 있었지.”

이름도 없는 단기대학을 졸업했기 때문이라고 했다.

“그런 이유로 가정에서도 친척들 사이에서도 알력이 있는 모양이야.”

마키타의 어머니는 미야나가 선생님과 얘기를 나누면 똑같은 말을 자주 입에 올린다고 했다.

—제가 형편없는 엄마라서.

—제가 미흡한 며느리라서.

—남편은 저 같은 여자랑 결혼하지 말았어야 했어요.

“안타깝게도 마키타의 아버님은 그런 어머님의 열등감이랄까, 주눅 드는 심리를 이해할 수 없었지. 오히려 무슨 말만 꺼내면 야단을 치거나 비난을 퍼부었어.”

—그러니까 당신은 안 돼.

—머리 나쁜 여자는 정말 곤란하다니까.

—당신 때문에 내가 부끄럽잖아.

"최근에는 그런 것을 '정신적 DV'라거나 '언어 학대'라고 부르는 모양인데."

육체적 폭력이 있는 건 아니라고 미야나가 선생님은 다짐을 두었다.

"그렇지만 피해는 있어. 마키타도 철이 들 무렵이 되니 부모의 그런 관계는 이상하다고 느꼈겠지. 인간의 가치는 학교 성적이나 학력만으로 결정되는 게 아니다, 조숙한 아이다 보니 스스로 그런 가치관을 가지게 된 거야."

당연히 아버지에게 반발했다.

"그러자 아버지는 그 일로 또다시 어머니를 야단치기 시작했어. 당신이 교육을 잘못 시켜서 쇼가 멍청한 소리나 하는 거라고."

머리가 좋은 마키타라도 항변으로는 아버지에게 대등하게 맞서 싸울 수 없다. 어머니는 아버지의 핀잔만 들을 뿐 점점 더 위축되어갔다.

"그래서 마키타는 행동으로 보여주기로 했지."

—난 학교에 가지 않겠어요.

"부모는 당황했어. 특히 아버지는 불같이 화를 냈지. 물론 가장 먼저 어머니를 몰아세웠어. 어머니는 또 머뭇거리며 주눅만 들었고."

마키타는 용감하게 주장했다.

―내가 학교에 안 가는 건 내 문제지 엄마 잘못이 아니야. 아빠는 잘못 생각하고 있어.

맑은 휘파람 소리가 울려 퍼졌다. 분지였다. 분지는 황급히 입을 막으며 변명했다.

"죄, 죄송합니다. 장하다는 생각이 들어서 저도 모르게 그만. 저 같은 놈은 그 나이에는 그런 생각조차 못 했을 겁니다. 설령 생각을 했더라도 실행에 옮길 수는 없고요. 용기가 대단하네요."

"응. 그 애는 우수해."

그렇게 칭찬하면서도 미야나가 선생님은 살짝 서글퍼 보였다.

"등교 거부를 선택하겠다, 마키타의 사고방식으로 보면 그건 드롭아웃이었지. 과감하게 드롭아웃을 함으로써 아버지의 사고방식에 이의를 제기한다."

"어머님은 고통스러웠겠죠?"

남편과 아들 사이에 끼어버린 셈이다. 분지도 괴로운 듯 중얼거렸다.

"하지만 뒤로 물러날 순 없다, 마키타는 그렇게 결심했겠지. 몇 번이나 대화를 나눠봤지만 그 애의 방침은…… 지금 상황에서는 바뀔 것 같지 않아."

우수한 아이의 뛰어난 작전. 하지만 그것은 정말로 괴로운 일 때문에 학교에서 도망칠 수밖에 없었던 아이들에게는 훤히 드러나고 말았다. 울보 사이토는 마키타가 거짓말쟁이라서 싫다고 했다. 사실은 세잎회도 바보로 취급한다는 말까지 했다.

"그렇긴 하지만, 아버지가 변해주기만 한다면야 고생할 일도 없겠지."

게다가 마키타는 정말로 변해야 할 사람, 변해주길 바라는 사람은 어머니 쪽이라는 걸 깨닫기 시작했다.

"대천성님을 전향시키기는 어렵다, 리 원이 먼저 변해야 한다, 그런 뜻인가요?"

엄마, 당신도 잘못됐어. 찾아내야 할 것은 대천성님의 제멋대로인 세계관 속에서 날아다니는 갈매기가 아니야. 다른 가치관, 다른 삶의 방식이라고.

"어머니가 일방적으로 비난당하고 위축되는 걸 원치 않는 거네요."

"……강해지길 바라는 거지."

중얼거리듯 말한 히로시는 손으로 눈을 문질렀다.

"버거운 일이네요."

“우리 일도 꽤 버겁고 힘들지, 쿠모철 여러분.”

미야나가 선생님이 그렇게 말하며 웃었다.

“그래서 선생님은 시치미를 떼고 계셨군요.”

분지의 말에 미야나가 선생님이 고개를 꾸벅 숙였다.

“미안해.”

“아니에요, 아니에요.”

“입을 다물 수밖에 없는 상황이니까.”

“어머니가 알아챌 때까지.”

“……기다리기로 하죠.”

아르바이트 선생들이 저마다 한마디씩 하더니 침묵에 잠겼다.

“제가 미흡한 며느리라서…….”

모두가 주목하는 바람에 에이이치는 움츠러들었다. 어라? 내가 또 이러네. 소리를 내면서 생각에 잠겼다.

“어디선가 그런 말을 들은 적이 있는 것 같아서요.”

미야나가 선생님이 올린 머리를 잡아당기며 말했다.

“그렇군. 자네 어머님은 고풍스러운 분이로군. 우리 집사람은 죽어도 그런 소리는 안 할 텐데.”

갑자기 허물어지는 모습을 보였다. 야나이 아저씨랑 비슷해졌다.

"말이 나온 김에 덧붙이자면, 우리 집사람은 등교 거부는 절대 안 된다는 사고방식을 가진 사람이야. 아이들은 학교에 가야 한다, 이상! 그래서 우리도 부부 싸움이 끊이질 않아."

엎어지면 코 닿을 데 집이 있는데도 세잎회 사람들에게 밝히지 않은 이유는 혹시 그것 때문일까?

미야나가 선생님은 무릎 위에 손을 얹더니 등을 곧게 폈다.

"아이들한테는 앞으로도 지금처럼 똑같이 대해줄 수 있을까?"

"물론입니다."

"잘 부탁드립니다."

쿠모철 두 사람이 듀오로 대답했다.

"고마워."

그리고 미야나가 선생님은 에이이치의 눈을 바라봤다.

"자네도……."

"네, 쓸데없는 짓은 하지 않겠습니다."

선생님이 에이이치의 눈을 더욱 깊이 들여다보았다.

"자네, 심령사진 버스터라면서?"

우와아아아악.

"말도 안 됩니다. 그건 농담이에요, 농담."

"그건 그렇고, 대단한 학생이야. 예리해."

잠깐 망설였지만, 에이이치는 자백하기로 했다.

"책사가 있었습니다. 조언을 들었어요."

마키타 곁에 대천성이랑 리 원이 있을 거라는.

"자네 친군가?"

"뭐, 그런 셈이죠."

미야나가 선생님이 눈을 깜박거렸다. 의심스러운 모양이었다.

"설마 교육자는 아니겠지?"

"보통 사람이에요. 아니, 보통 이하일지도…… 말하자면, 사회적 적응력 면에서요."

내가 왜 점점 이상한 소리를 하지? 이래서 곤란하다니까. 가키모토 준코를 모르는 사람에게 가키모토 준코를 설명할 수는 없다.

"뭔가 그런 쪽…… 안테나를 가지고 있는 사람일지도 모르겠군."

미야나가 선생님은 곰곰이 음미하듯 말하고 나서 덧붙였다.

"소중히 여겨, 그 친구."

그리고 에이이치의 눈 속 깊은 곳을 들여다보며 고개를 끄덕거렸다.

히로시와 분지는 지하철이고 에이이치는 자전거였지만, 곧바로 헤어지고 싶지 않아서 셋이서 어슬렁어슬렁 걸었다. 가로등 아래 자판기에서 캔 커피를 뽑아서 바로 앞에 있는 공원 벤치를 발견하고 자리 잡고 앉았다. 하지만 헤어지고 싶지는 않아도 대화할 소재가 다 떨어져버린 느낌이었다.

한참 만에 분지가 불쑥 입을 열었다.

"제가 미흡한 며느리라서."

왠지 여성스러운 말투였다.

"우리 어머니는 그런 기특한 말을 한 적이 없는데."

히로시가 살짝 웃으며 말을 받았다.

"내가 미흡한 아들이라는 소리는 듣지. 공부는 안 하고 전차 꽁무니만 따라다닌다고."

셋이 함께 웃었다. 전차의 꽁무니는 어느 쪽일까? 갈 때랑 올 때는 반대인데.

"요즘은 '미흡하다'라는 표현 자체가 거의 사어에 가깝잖아. 하나비시, 넌 어디서 들었어?"

분지는 서로 알게 되자마자 에이이치를 '하나짱'이라고 불렀지만, 히로시는 여전히 '하나비시'였다.

"언젠가 어머니가 말했던 것 같아."

그렇게 대답하고 나자, 웬일인지 뒷목 언저리가 싸늘해졌다. 6월 말이긴 하지만, 이미 저녁이고 밤바람이 불어온 탓이겠지.

그러나 꼭 그것 때문만은 아닌 듯한 기분이 들었다. 언젠가 느꼈던, 무언가가 가슴속 밑바닥에서 몸을 뒤척이는 듯한 그 느낌. 몸을 뒤척이니 자기 몸이 의외로 차갑다는 걸 알아챘다는 느낌.

그런 느낌을 떨쳐내기 위해 에이이치는 딴청을 부렸다.

"난 아직 아내가 없으니까."

'그건 우리도 알거든.' 듀오로 대답했다.

"아내 후보도."

이번에는 분지가 히로시를 힐끔 쳐다보자, 히로시는 자못 심각한 말투로 중얼거렸다.

"그거야 모르지. 미래는 무한한 가능성으로 가득하니까."

"고맙다."

"뭔데, 뭔데?"

여기서 한순간이나마 가키모토 준코의 얼굴을 떠올리는 나는 어딘가 좀 이상한 게 틀림없어. 에이이치는 환상을 쫓아버리기 위해 커피 캔을 찌그러뜨리려 했지만, 무지막지하게 단단했다.

"아, 참!"

가키모토 준코를 떠올린 건 확실히 이상한 일이긴 했지만, 그래도 타이밍으로 봐서는 나쁘지 않았다.

"부탁이 또 있는데. 지난번 파일, 보충 편도 만들어줄 수 있을까?"

의문부호는 필요 없었다. '물론이지 만들고말고.' 하며 히로시는 의욕이 넘쳐났다.

"이번 조건은?"

"이번에도 역시 경치 좋은 곳으로 부탁해. 정면에서 전차를 바라볼 수 있는 곳이 또 있나?"

"당연하지."

분지는 자세한 내용을 몰랐는지, 히로시가 후다닥 설명해주었다. 그러자 분지의 영혼까지 불타올랐다.

"걱정 말고 맡겨줘, 하나짱!"

밤눈인데도 거친 콧김이 훤히 보였다.

"그건 그렇고, 사촌 누나라…… 좋겠다. 몇 살이야? 어떤 타입이야? 탤런트랑 비교하면 누구 닮았어?"

순진하게 흥미진진해하는 분지를 히로시가 두툼한 팔을 뻗으며 가로막았다.

"그런 건 묻지 마, 분지. 무사의 정취라는 게 있잖아."

"그 말도 사어잖아. 뭔데, 하나짱? 무슨 특별한 내막이라도 있어?"

"그런 내막은 묻는 게 아니야. 우리 앞에는 그저 철로가 뻗어 있을 뿐이지."

"그건 좀 외로운데."

약삭빠르게 에이이치가 말을 덧붙였다.

"이번에는 두 개가 필요한데, 내 것도."

쿠모철의 두 사람은 벼락이라도 맞은 것처럼 나자빠지는 시늉을 했다.

"그러니까 내가 뭐랬냐, 묻지! 묻지 말랬지!"

"하나짱, 청춘을 만끽하나 본데!"

"정말로 청춘을 만끽한다면 둘이서 파일 하나로도 충분하겠지?"

"아하, 그런가."

회복이 빠른 쿠모철이었다.

"알았다, 알았어. 이왕 하는 김에 지난번 자료도 네 몫까지 만들어줄게."

"생큐. 그 대신…… 우리 가족이 낡은 사진관에 그대로 사는 거 알지? 그래서 사진을 전시하는 쇼윈도가 있어, 기억나?"

"응. 멋진 쇼윈도였어."

"그거 쿠모철에 빌려줄게. 사용료 같은 건 필요 없어."

쿠모철 두 사람의 얼굴이 가로등 불빛보다 환하게 밝아졌다.

"정말이야?"

"응. 근데 세잎회 아이들이 찍은 사진도 같이 장식해줄래?"

교실에서 구경한 사진들은 모두 훌륭했다. 구도니 뭐니 하는 전문적인 사항은 잘 모른다. 하지만 하나같이 즐거워 보였다. 피사체인 전차에 타고 싶게 만드는 사진들이었다.

"우리 부모님한테는 내가 얘기할게. 안 된다고 하시진 않을 거야. 아마 기뻐하실 거야. ……분명 고구레 씨도."

"고구레 씨?"

"그 사진관 주인이었어. 성격이 까다롭고 붙임성도 없는 사람이었지만, 아이들한테는 자상하게 대해줬대."

그러니 아이들 사진을 쇼윈도에 장식하면 기뻐할 게 틀림없다. 그것들은 아름다운 사진이니까. 아름다운 눈동자가 바라본 풍경이니까.

"모형도 장식할 수 있니?"

분지가 몸을 앞으로 내밀며 물었다.

"응. 여러 개 진열할 순 없지만."

"마키타가 만들고 있는 300 계열이 완성되면 장식해주고 싶은데."

"알겠다, 이제야 알겠어!"

분지가 주먹을 불끈 쥐더니 말을 이었다.

"마키타는 그 신칸센에 엄마랑 아빠를 태우고 싶은 거야. 그리고 셋이서 달리고 싶은 거지."

잠깐 사이를 두었다가 히로시가 말했다.

"분지, 너 시인이었구나."

"물론이지. 그걸 이제야 알아챘냐. 나는 전차 꽁무니를 따라다니는 시인이야."

분지 선생은 그렇게 말하더니 밤공기 속으로 한 옥타브 높게 울려 퍼지는 휘파람을 불었다.

7월로 접어들자 구름 낀 흐린 날씨가 이어졌다. 비 오는 날이 계속되면 모래밭을 쓸 수 없기 때문에, 아발란치의 최신작인 고푸라의 촬영 날짜는 일기예보를 바탕으로 두 번째 일요일 이른 아침부터 시작하기로 결정되었다.

처음에는 부모님이랑 피카 셋이서 갈 예정이었다. 그런데 에이이치가 학교에서 별생각 없이 그 얘기를 꺼내자, 하시구치의 눈빛이 변했다.

"고푸라?"

이 녀석도 C · C · C 계통이었나?

같이 있던 탄빵이 순간 뒤로 물러서는 기색이라 에이이치는 드디어 커플의 앞날에도 암운이 드리워졌다고 기대했건만, 곧 탄빵은 즐거운 듯 말했다.

“하시구치도 우리 밴 같이 타고 갈래? 우리 부모님도 영화 촬영 현장에 한 번쯤 가보고 싶댔어.”

기대는 기우로 —불발로— 끝났다.

“데라우치, 미리 말해두지만 과대한 기대는 금물이야. 인생도 제각각, 영화도 제각각이니까.”

그렇게 못을 박아두고 나서, 에이이치는 생각에 잠겼다. 하시구치 녀석, 어느새 탄빵 부모님까지 만나봤나? ‘일 층 전통찻집, 이 층 변호사 사무실’의 가능성이 훨씬 높아졌잖아. 게다가 이번에는 피카까지 만나게 된다. 하시구치, 이 애가 피카짱이야. 안녕? 난 하시구치야. 탄빵 친구지. 우리 다음에 같이 우에노 박물관에 갈까?

거기에 덴코가 가세했다.

“난 괴수 할래.”

알통까지 내보였다.

“아마추어는 끼는 게 아니야.”

“싫어, 싫어! 괴수 할 거야!”

에이이치는 동행하지 않았다. 가와시마 형에게 죄송하지만 잘 부탁한다는 문자만 보냈다. 그날은 점심때까지 동호회에서 달리고, 회원들과 맥도날드에서 점심을 먹고 어슬렁어슬렁 집으로 돌아왔다.

고구레 사진관은 고요히 잠들어 있었다. 생각해보니 이 집으로 이사 와서 혼자 집을 지키는 건 처음이었다. 에이이치는 샤워를 하고 옷을 갈아입고 자기 방으로 들어갔다. 삼십 분도 안 지나서 왠지 마음이 안정되지 않아 거실로 내려갔다. 강도 소동 탓은 아니다.

이 집, 꽤 넓네.

혼자서는 이 공간을 채울 수가 없다.

고구레 씨는 어떻게 지냈을까? 하루의 거의 대부분을 카운터 앞에 앉아서 보냈다고 했다. 그리고 마을을 바라보았을 것이다. 사람들의 왕래가 뜸한 거리를 바라보았을 것이다. 흘러가는 시간을 바라보았을 것이다. 변해가는 시대를 바라보았을 것이다. 떠오르는 숱한 생각들이 있었겠지. 떠올리고 싶지 않은 일들도 숱하게 많았을 것이다. 그런데도 홀로 카운터에 앉아 있었다. 가게를 열고, 가게를 닫고, 또다시 가게를 열었다.

—손님이 안 와서 심심해.

이마이야 할머니 같은 생각을 한 적도 있을까?

에이이치는 후코의 불단 옆에 있는 앉은뱅이 의자에 아무렇게나 기대앉아 천장을 올려다보고, 의미도 없이 스크린을 바꾸고, 텔레비전을 켜고, 소리가 너무 시끄러워서 곧바로 껐다.

시간이 멈춘 것처럼 고요하다는 생각이 들었다.

그러다 불현듯 기척을 느꼈다. 나는 지금 혼자가 아니다, 그런 느낌이 들었다. 그것은 뭐랄까, 물리적인 존재감을 동반하는 압도적인 감각이라 저항할 수도 부정할 수도 없었다.

곁눈질로 후코의 조그만 경대를 보았다. 거울에는 아무것도 비치지 않았다. 어깨 힘을 빼고 눈을 감았다. 그러자 지금 해야 할 일이 무엇인지 확실하게 깨달을 수 있었다.

에이이치는 바닥에 무릎을 꿇고 앉았다. 어느 쪽을 향해야 좋을지 몰라서 일단은 후코의 불단을 향했다.

"으음, 저기요."

마음이 술렁거렸다.

"으음, 죄송합니다. 인사가 늦었습니다."

어느 쪽에다 말을 건네야 할지 몰라 그냥 심리적으로 위를 향해 말했다.

"저는 이 집의 장남인 에이이치입니다."

'이미 알고 계시겠지만'이라고 작은 목소리로 덧붙였다.

"지난번에는 어머니와 동생이 신세를 많이 졌습니다. 그 후로 문단속이나 방범 창에도 각별히 주의하고 있어요."

말을 해나가는 사이, 목소리가 차츰 차분해졌다.

"노부코 씨는 만나뵈었지만, 직접 인사는 못 드렸네요."

고맙습니다, 하고 고개를 숙였다. 고개를 들자, 다음에는 무슨 말을 해야 좋을지 망설여졌다.

"으음……."

불단에서는 좋아하는 원피스를 입은 후코가 웃고 있었다.

그렇지……. 미안해, 너도 있었는데.

천장을 올려다보며, '맞아, 여든다섯 살이시니 아무래도 귀가 좀 안 들리실지도 몰라.' 하는 생각이 들어서 먼 곳으로 외치듯이 소리를 높였다.

"우리 후코도 같이 있나요?"

오빠, 사진 찍어줘. 후코가 웃었다. 날 찍어줘.

"그 녀석은 네 살이라 아무래도 손이 좀 많이 가겠지만…… 잘 부탁드립니다."

이렇게 말해도 되나.

"……시끌벅적한 가족이라 죄송합니다."

목소리가 작아져버렸다.

"남동생 피카…… 히카루도 뭔가 어수선하게 얘기를 많이 하는 것 같던데, 시끄러우시죠? 어린애니까 너그럽게 이해해주십시오. 저어, 으음…… 그러길 원하신다면, 부디 편안히 쉬시기 바랍니다."

난 바보다.

"이 집은 당신의 집입니다."

아냐, 이런 표현은 잘못이지.

"그건 아니고. 고구레 사진관은 지금도 당신의 사진관입니다."

에이이치 목소리의 잔향과 함께 기척도 사라졌다. 에이이치는 숨을 멈췄다가 잠시 후 천천히 심호흡을 했다.

갑자기 탁자 위에서 휴대전화가 울렸다. 문자 착신 벨이다. 그로 인해 단번에 현실감이 되살아났다.

덴코가 보낸 사진이었다. 변장한 고푸라의 어깨 위에 올라탄 피카가 활짝 웃는 얼굴로 브이 자를 만든 손을 내밀고 있었다. 제목은 이렇게 붙어 있었다.

고푸라는 아이들 편이다!

에이이치는 휴대전화를 닫았다. 탁, 하는 소리가 울려 퍼졌다. 외톨이의 소리였다.

고구레 사진관은 집을 보고 있다.

하나비시 에이이치는 집을 보고 있다.

나는 아무것도 모르고, 정작 중요할 때는 현장에 없고, 매사에 '바보 같긴' 하지만…… 인사 정도는 제대로 할 수 있다.

에이이치는 혼자서 소리를 내지 않고 생각했다.

나는 장남이니까.

네 번째 이야기

: 철로의 봄

1

하나비시 히데오가 가출했다.

그렇긴 한데, 내막이 밝혀질 때까지는 심각하다기보다 얼간이 같은 전개였다. 하나비시 가족의 아버지와 어머니가 부부 싸움을 해서 아버지가 집을 뛰쳐나온 것으로, 딱히 갈 곳도 없어서 역 앞 벤치에 멍하니 앉아 있는 모습을, 집으로 돌아오는 에이이치와 고구레 사진관에서 자려고 침낭을 메고 같이 오던 덴코 두 사람이 발견했다.

"이런 데서 뭐해요?"

"가출했다."

그런 전개였다.

9월 5일 토요일, 밤 아홉 시가 지나 있었다. 늦더위는 여전히 혹독해서 역 앞 터미널에는 열기와 습기와 배기가스가 자욱이 감돌고 있었다. 담배꽁초와 껌이 들러붙은 포장도로는 지저분했다. 그런 속에서 구름다리 옆 벤치에 앉아 고개를 떨어뜨리고 있는 아저씨의 머리 모양이 묘하게 눈에 익다…… 싶었는데 자기 아버지였던 것이다.

"대체 무슨 일이야?"

아버지가 벤치에서 움직이려고 하지 않아서 에이이치와 덴코도 그 옆에 주저앉았다. 덴코는 큰 침낭을 발밑에 내려놓기가 망설여졌는지 주위를 두리번거리더니 그냥 등에 메고 있기로 결정한 듯했다. '이 주변, 자세히 보니까 더럽네.'라고 말했다.

"무슨 일로 부부 싸움을 했냐고요?"

에이이치가 추궁해도 아버지는 고개를 떨어뜨린 채 대답이 없었다. 반팔 폴로셔츠와 바지, 맨발에 샌들을 꿰신고 손에는 아무것도 들지 않았지만 바지 뒷주머니에는 지갑과 휴대전화가 꽂혀 있었다.

"엄마가 나가라고 했어요?"

"아니."

"그럼 아버지 발로 나온 거네. 뭐라고 하고 나왔어요? 어디로 갈 건데?"

"하나짱, 하나짱! 그렇게 마구 몰아세우면 안 돼. 처지를 바꿔놓고 생각해야지."

덴코가 끼어들었다.

"난 가출 같은 건 한 적도 없는데 어쩌라고."

"그럼 상상이라도 해봐."

아버지가 갑자기 고개를 들더니 조금은 지나치다 싶은 무사태평한 표정으로 덴코에게 미소를 건넸다.

"노래방은 재미있었니?"

에이이치와 덴코는 여느 때와 조금도 다름없이 탄빵의 주선으로, 역시 여느 때와 다름없이 서비스 티켓을 받았다는 노래방으로 하시구치, 탄빵, 덴코와 에이이치라는 변화 없는 면면끼리 외출했다 돌아오는 길이었다.

"뭐, 엄청나게 불러댔죠."

"그랬구나. 나도 가고 싶었는데. 같이 갔으면 좋았을 걸……."

중얼거리고, 아버지는 또다시 고개를 아래로 떨어뜨렸다.

"아저씨."

덴코가 아버지의 얼굴을 들여다보고, 그 머리 너머로 에이이치와 시선이 마주치자 고개를 저었다. 거봐, 지금은 몰아세워도 소용없어.

하지만 에이이치는 그렇게 자상한 마음을 가질 수가 없었다.

"어쨌든 이런 데서 우물쭈물해봐야 소용없잖아요. 같이 들어가요. 덴코도 우리 집으로 자러 왔다고요. 피카한테도 말했으니까 그 녀석도 기다릴 테고."

"둘이 들어가. 아버지는 가출이야."

덴코가 또다시 고개를 저었다. 에이이치는 콧숨을 내쉬었다.

"그럼 이제 어쩔 거예요? 어디서 잘 거냐고요?"

"……옛날에는 말이야."

고개를 숙이고 지저분한 포장도로를 내려다보는 채로 아버지가 중얼거렸다.

"우리 회사를 새로 짓기 전에 몹시 남루한 빌딩이었던 시절에는 경비 아저씨한테 부탁하면 휴게실에 들여보내줬어. 하지만 지금은 절대 불가능하지. 보안 문제가 아주 까다로워졌으니까. 도대체 융통성이라곤 찾아볼 수 없는 세상이 되어버렸어."

신문이나 텔레비전 뉴스라도 보면서 투덜거리는 듯한 말투였다.

"결국은 갈 데가 없다는 뜻이잖아?"

"인터넷 카페 같은 데라도 가볼까? 첫 체험이니까."

힘없는 목소리로 말한다.

"캡슐 호텔이나 사우나도 괜찮을 것 같고."

자기 부모라 에이이치는 잘 알고 있었다. 하나비시 히데오는 의외로 신경이 예민해서 베개만 바뀌어도 잠을 푹 자지 못한다. 그래서 말을 우물거리는 것이다.

"관둬요. 감기 아니면 알레르기로 두드러기나 날 게 뻔하니까."

'맞아, 맞아.'라며 덴코도 고개를 끄덕거렸다.

"괜찮아. 내 맘대로 하게 내버려둬. 하나짱은 들어가. 엄마가 걱정하니까."

현 시점에서는 하나비시 교코도 장남의 귀가 시간을 걱정할 만한 마음의 여유는 없을 것이다.

"아버지답지 않잖아. 괜한 고집만 부리고."

"응."

응이 아니지.

"고집 그만 피우고, 같이 들어가자니까."

"안 가."

단호하게 말하더니, 아버지는 그제야 에이이치 쪽을 바라보았다.

"지금 집으로 돌아가면……."

에이이치는 엉겁결에 뒤로 물러섰다. 그럴 정도로 아버지의 눈빛이 어두웠다. 눈동자 깊은 곳에 역 앞 공기만큼이나 끈적거리는 무언가가 질척하게 고여 있었다.

"난 이혼해버릴 테니까. 그러니까 돌아갈 수 없어."

아버지는 그렇게 말하고 다시 아래를 내려다봤다. 두 손은 주먹을 쥐고 있었다. 에이이치가 덴코의 얼굴을 건너다보았다. 덴코는 인중을 길게 늘였다.

에이이치의 마음속으로 슬며시 냉기가 숨어들었다.

"……엄마가 무슨 일을 벌였어요?"

아버지를 이렇게까지 화나게 만들 만한 일을?

"바람을 피웠다거나."

말하고 나니 저절로 웃음이 터져 나왔다. 그럴 리야 없겠지. 하지만 아버지는 웃지 않았다. 주먹도 움켜쥔 그대로였다. 세 사람뿐인 자리가 썰렁해졌다.

덴코가 이젠 알았냐는 분위기로 다시 인중을 길게 늘여 보인 후, 킥킥킥 웃었다.

"좋았어. 하나짱, 방침 변경이야."

"뭐?"

"우리 집으로 가자. 아저씨도 우리 집에서 주무세요. 하나짱은 같이 자면서 아저씨랑 천천히 얘기를 나눠보면 될 테고. 내일도 휴일이니 아무 문제 없잖아."

짧은 순간, 에이이치의 머릿속에서는 잡다한 감정들이 들끓었다. 너희 집에 그렇게까지 신세를 질 수는 없어, 그건 꼴불견이야, 하나비시 집안도 체면이 있지 등등.

그런데 하나비시 히데오는 순식간에 만면에 미소를 머금었다.

"정말? 그래도 괜찮을까?"

잠깐 기다려봐!

"물론이죠."

"그럼 못 이기는 척 신세 좀 져볼까?"

기다리라니까.

"사실은 나도 전부터 덴코 집에 한번 가보고 싶었어."

그런 소망도 뭔가 좀 이상하지만, 현재 상황에서 그런 소망을 이루려고 하는 건 훨씬 더 이상하지 않나?

"아버지, 이런 상황에서 남의 집에 폐를 끼치는 건……."

"네가 내키지 않으면 나 혼자 가도 돼."

아버지는 벌떡 일어서더니 굼뜨고 긴 신음을 흘리며 허리를 폈다.

"역시 이런 데 두 시간씩이나 앉아 있으니 허리가 아프군."

덴코가 에이이치를 향해 쉴 새 없이 눈을 깜박거렸다. 아무래도 눈짓을 보낸다고 할까, 윙크를 하는 모양이었다. 하나짱, 여기서는 더 이상 이러쿵저러쿵 떠들지 말고 나한테 맡겨. 그리고 아버지에게 말했다.

"그런데 아저씨, 한 가지 조건이 있어요."

"뭔데?"

"아저씨가 나랑 같이 우리 집에 간다는 걸 피카짱한테는 알리고 싶어요. 아주머니가 아니라 피카짱한테. 그렇잖아요, 전 오늘 피카짱이랑 같이 잘 예정이었으니까."

아버지는 망설이는 기색조차 없이 곧바로 그 제안을 받아들였다.

"고마워. 미안하게 됐다."

그렇게 말하고, 덴코에게 깊숙이 고개를 숙인 것이다.

올여름, 에이이치는 바빴다.

큰 이유는 두 가지였다. 하나는 하시구치가 다니는 입시 학원의 '여름 집중 강좌'를 들었기 때문이다. 평일에는 오전 열 시부터 오후 다섯 시까지 JR 간다 역 근처에 있는 입시 학원에서 빡빡하게 수업을 들었다. 딱히 무슨 대단한 분발 의욕이 있었던 건 아니다. 하시구치한테 그런 강좌가 있다는 얘기를 듣고 불현듯 들어보고 싶은 마음이 생겼을 뿐이다.

다만, 그때 세잎회 아이들을 잠깐 떠올리긴 했다. 다행히 이야기가 잘 마무리되어서 그 애들의 철도 사진이 고구레 사진관 쇼윈도를 장식하게 되었고, 그 사진을 보며 다시 생각에 잠겼던 것이다.

공부가 힘들다, 고되다 불평을 하면서도 난 계속 미쿠모 고등학교에 다니고 있구나. 성적이 안 좋다고 투덜거리지만 학교가 두렵다는 생각은 안 드는구나. 도망치거나 저항해야 한다고 느낀 적도 없구나. 그렇다면 불평만 늘어놓지 말고 뭐라도 해보면 어떨까, 하는 기분이 들었다. 해본들 대단한 효과는 없을지도 모른다. 없을 공산이 크다. 하시구치나 덴코처럼 될 수는 없다. 하지만 아무리 그렇다고 해도 그저 막연히 지내자니 왠지 '수치'스러운 기분이 들었다.

덧붙여 말하자면, 이런 느낌을 받은 사람은 에이이치만이 아니었다. 쿠모철의 분지도 마찬가지였다. 맨 처음 세잎회 아이들의 작품을 장식하러 왔을 때였다. 세팅을 끝내고 쇼윈도를 유심히 바라보다가 갑자기 입가를 바짝 긴장시키며 말했다.

—보기 좋은데……. 나도 힘을 내야겠다.

사진 얘기도 모형 얘기도 아니었다. 이 집, 고구레 사진관 얘기다.

—난 어릴 때부터 어른이 되면 진짜로 열심히 일하고 돈 모아서 초밥 가게를 사고 싶었어. 아니, 딱히 초밥 가게를 하고 싶다는 뜻은 아니야.

분지는 가볍게 웃었다.

—초밥 가게에는 카운터가 있고 초밥 견본을 넣어두는 유리 케이스가 있잖아. 그 유리 케이스 안에 다양한 철도 모형들을 장식하고, 나는 매일 카운터 의자에 앉아 그 모형들을 바라보며 밥을 먹을 수 있다면 즐거울 것 같았지.

그럼 굳이 중고 가게를 살 필요 없이 그런 집을 지으면 될 테지만, 의욕으로 반짝거리는 분지의 눈동자에 시답잖은 추궁은 촌스러울 것 같았다.

—이 집, 정말 멋져. 하나짱 아버지 감각이 좋으시네. 쇼윈도와 유리 케이스가 있는 집이라니, 역시 최고야. 나도 살 거야!

사람에게는 다양한 꿈이 있게 마련이다.

에이이치가 올여름 바빴던 두 번째 이유는, 여름 강좌 학원비를 벌기 위해 매일같이 학원 수업이 끝난 후부터 밤 열한 시까지 간다 역 앞 선술집에서 아르바이트를 했기 때문이다. 흔한 체인점 선술집으로 자리는 많고 안주는 싸고 추하이*는

* 탄산음료를 탄 소주.

밍밍했지만, 밤교대 근무 시급이 다른 업종보다 조금 높고 한 끼 식사가 제공되는 것도 도움이 되었다. 이 아르바이트 정보는 쿠모철에서 얻었다. 그때는 '제공되는 밥이 맛있다'는 부가 정보도 있었지만, 이 부분은 아르바이트를 시작하자마자 에이이치가 정정했다. 요리사가 바뀌었기 때문이다.

어머니는 에이이치가 여름 집중 강좌를 듣는 것은 반대하지 않았지만, 아르바이트에는 반대했다. 그런 일을 안 해도 대학 진학에 필요한 입시 학원 비용 정도는 대주겠다고 했다. 그러면 내 마음이 편치 않다고 에이이치가 반론하자, 얘기를 나누는 중에 어머니는 점점 움츠러들었다.

—왜 친부모를 어려워하니?

그리고 훌쩍훌쩍 울기 시작해서 깜짝 놀랐다.

—어려워하는 게 아니야. 하지만 난 아마 국립이나 공립대학은 힘들 테니까.

사립대학에 가면 돈이 많이 든다. 부모에게 모든 걸 의지하며 대학 생활을 할 마음은 애당초 털끝만큼도 없었고, 현실적인 문제로 봐서도 불가능하다.

—앞일을 생각해서라도 지금부터 아르바이트하는 학생 생활에 익숙해지고 싶을 뿐이야.

지금까지도 에이이치는 몇 번인가 단기 —정말로 며칠 단

위— 아르바이트를 해본 적이 있다. 어머니가 근무하는 회계사 사무실 소개로 단골 거래처 회사에 가서 재고 조사를 하거나 사무실 이사를 돕는 곁다리 역할이었다. 하지만 사실은 좀 더 긴 아르바이트를 하고 싶다는 생각을 여러 번 했다. 미쿠모 고등학교 동급생들을 보면 아르바이트 생활은 당연한 것이었다.

하지만 말을 꺼낼 수가 없었다. 에이이치가 집을 비우는 시간이 늘어나면 어머니 교코가 두려워하는 기색이 너무 훤하다 싶을 정도로 드러났기 때문이다. 그 두려움은 에이이치에 대한 것이라기보다는 피카에 대한 것이었다.

—피카짱이 혼자 있는 시간이 늘어나잖아.

이것은 어제오늘 시작된 두려움이 아니다. 늘 그랬다. 피카를 혼자 두지 않는다, 피카에게서 눈을 떼지 않는다는 것이 하나비시 집안의 철칙이었다.

에이이치가 자기주장이 강한 고집 센 아들이라서 '그럼 본인이 일을 그만두면 되잖아, 이 잔소리꾼 아줌마야!' 정도의 말이라도 할 수 있다면 이런 상황에서 그 나름대로 파괴적인 돌파구가 될지도 모른다. 하지만 에이이치는 그렇게 말하지 못했고 말할 수도 없었다.

하나비시 집안의 경제 사정 탓은 아니다. 어머니가 회계 사무실을 그만두고 한 가정의 수입원이 아버지 히데오의 급여뿐이라고 해도 그럭저럭 헤쳐 나갈 수는 있을 것이다. 피카를 언제까지고 '혼자 두는 게 걱정'인 채로 지내야 하기 때문도 아니다. 에이이치에게는 에이이치 나름의 두려움이 있었다.

어머니 교코가 일을 그만두고 지금보다 집에 틀어박히는 시간이 늘어나는 것은 불안하다. 에이이치가 보는 한, 혼자 집에 뒀을 때 더 걱정이 되는 사람은 어머니 교코다. 어머니는 가능하면 바깥세상과 연결되는 게 좋다. 가족과 자기만 바라보는 상황에 놓이면 어머니는 보나 마나 후코 생각만 빙글빙글 떠올릴 테고, 그렇게 빙글빙글 맴돌다 다다르는 곳은 불온한 장소일 게 틀림없기 때문이다. 어머니 교코가 혹시라도 빙글빙글 헤맬까 두려워지면 에이이치의 사고 역시 빙글빙글 맴돌아서 출구를 찾을 수 없었다.

그러나 이제는 다르다.

―이 집에는 고구레 씨가 있으니까 피카는 혼자가 아니야.

어머니, 당신도 혼자가 아니야. 하나비시 가는 비어 있어도, 고구레 사진관에는 주인인 고구레 씨가 있으니까. 어머니를 설득하면서 에이이치는 스스로에게도 그렇게 타일렀다. 우리 가족은 조금이긴 하지만 별나다. 별스러운 사람들이라는 의미가 아니라 변화되었다는 의미다.

—그래, 맞아.

어머니가 중얼거렸다.

—도둑도 쫓아줬으니까.

—그래그래.

—피카짱도 고구레 씨를 친숙하게 여기고.

그 말에는 깜짝 놀랐다.

—친숙하게 여긴다고?

콘택트에 성공했나?

—하나짱, 몰랐니? 가끔 혼자서 말도 걸어.

어머니도 이미 알아챘다는 뜻이야?

—게다가 무엇보다 하나짱한테는 하나짱의 생활이 있겠지. 지금껏 피카짱만 우선시하고 뭐든 참으라고 강요했어.

미안해, 하고 어머니가 말했다.

—그건 별로, 전혀…… 난 지금 그런 얘기를 하는 것도 아니고.

—단, 토요일에는 학원 수업 없지? 그럼 아르바이트도 하지 마. 그게 조건이야.

에이이치도 처음부터 그럴 생각이었기 때문에 거절할 이유가 없었다. 토요일은 동호회에 나가 달리고, 일요일 정도는 비워둘 생각이었다.

그런 과정을 거쳐 에이이치의 이 학년 여름방학이 시작되었다. 덧붙이자면, 그런 대화가 오가는 중에 아버지 히데오는 한 번도 말참견을 하지 않았다. 에이이치의 입시 학원 플러스 아르바이트 생활이 시작되고 얼마 지나지 않아 살짝 이런 말을 귀띔했을 뿐이다.

―엄마가 사무실 업무 시간을 단축시켜달라고 소장님한테 말한 모양이야.

에이이치도 조그맣게 속삭이듯 물었다.

―그만둔다는 말은 안 했죠?

―응. 사무실에서 그만두라고 할 것 같지도 않고.

―그럼 됐네.

―다행이지. 소장님이야 다른 직원을 얼마든지 구할 수 있겠지만, 엄마에게는 지금 일이 필요하니까.

에이이치와 똑같은 생각을 하고 있었다. 둘 다 어머니가 예전에 후코 생각을 너무 많이 해서 상당히 힘든 사태에 처했던 것을 기억하고 있다……고 할까, 잊을 수는 없었으니까.

하나비시 에이이치의 이번 여름은 그런 여름이었다. 정신없이 바쁘고 입시 학원 수업을 따라가기도 버거웠다. 특별진학 코스인 하시구치는 교실도 시간표도 달라서 거의 마주칠 일이 없었다. 다만, 밤에 문자를 주고받으며 '다음 일요일에 시간 좀 내줄래?'라고 개인 수업을 부탁하는 일은 종종 있었다.

그런 목적으로 비워둔 건 아니었지만 일요일은 하시구치 선생님의 특별훈련으로 소비되었다. 그리고 그 특별훈련은 탄빵도 같이 했다. 탄빵도 에이이치랑 같이 여름 집중 강좌를 들었고, 과목에 따라서는 에이이치보다 더 고생이 많았다. 하시구치 선생님은 엄격했지만 탄빵은 괴물 코치를 따라가는 신입 선수처럼 열심히 노력했다. 하시구치와 같은 대학에 들어가고 싶은 것이다. 그 바람에 에이이치도 긴장을 풀 수 없었다.

여유 시간에는 마치 반작용을 일으키듯 학원 생활과는 상관없는 덴코와 흐리멍덩한 시간을 보냈다. 덴코는 경음악 동호회와 양다리를 걸치며 조깅 동호회에도 적을 두었다. 그리고 어느 날 갑자기 일정 경지에 오른 장거리 주자의 모습을 보여줘서 동호회 회원들을 깜짝 놀라게 했다.

이제는 덴코가 어떤 특별한 능력을 보여줘도 놀랍지 않은 에이이치였지만, 탄빵에게서 덴코가 피카를 열심히 보살핀다는 얘기를 들었을 때는 놀라웠다. 덴코는 피카가 다니는 영어 회화 학원으로 자주 마중을 가서 선생님들과도 얼굴을 익혔다고 한다.

—난 몇 번을 가도 '형입니다.'라고 자기소개를 해야 하는데.

—덴코는 인상이 강하잖아. 그보다 하나짱, 그런 걸 내가 어떻게 알까?

—어떻게 알았어?

—지난번에 덴코가 우리 동호회에 피카짱을 데리고 와서 알았지. 피카짱이 우리가 연습하는 모습을 그렸어.

탄빵이 기분 좋은 듯 말했다.

—호유 학원 미술부는 해마다 도都 콩쿠르에 출품한대. 피카짱이라면 초등학생 부문에서 일등을 노릴 수 있다면서 선생님도 꽤 신경을 쓰나 봐.

에이이치에게 에이이치의 생활이 있듯이 피카에게도 피카의 생활이 있었다. 고구레 씨도 피카가 바쁘게 생활하는 모습을 보고 놀랐을지 모른다. 요즘 아이들은 꽤나 바지런히 움직이는군.

에이이치의 그런 여름은 이 학기가 시작된 후의 생활에까지 변화를 초래했다. 월 · 수 · 금은 입시 학원 '과목별 특강 코스'에 다녔고, 화 · 목 방과 후에는 선술집 아르바이트를 계속했다. 토요일은 동호회, 일요일은 휴일 또는 하시구치 선생님의 단련을 받았다.

조깅 동호회도 일단은 특별활동의 일부라서 이 학년은 11

월 중순 학교 축제 때 은퇴한다. 그리고 그때는 회원과 뜻있는 참가자로 팀을 짜서 역전驛傳* 대회를 여는 것이 항례다. 이것이 하나의 매듭이구나, 에이이치는 생각하고 있었다.

경음악 동호회도 축제에서 콘서트를 열고 이 학년은 그것으로 엔드다. 그 후로는 오로지 입시 준비에 몰입, 토요일에도 하루 종일 입시 학원이다. 그러니 겨울방학이 되면 아르바이트 교대 근무도 전처럼 되돌려야 할 것이다. 겨울방학에도 단기 집중 강좌가 있고, 그것을 듣자면 또 돈이 들어갈 테니까.

열심히 공부한 보람이 있어서 조금은 힘이 붙었으니 이제는 여름방학처럼 하시구치에게 매달리지 않아도 될지 모른다. 특별 진학 코스인 그 녀석을 방해하는 것도 미안한 일이다. 탄빵은 계속 단련을 받으면 된다. 덴코가 하시구치의 반만이라도 잘 가르칠 수 있다면 의지가 되련만…….

가출한 아버지 히데오를 발견한 그 시점까지의 에이이치의 단기 미래 예측은 그 정도 선이었다.

다나코 가에서는 덴코의 아버지와 어머니가 나란히 나와

---

* 몇 사람의 경기자가 장거리를 몇 개 구간으로 나누어 달리고, 맡은 구간을 달린 후 다음 사람에게 배턴을 전달하는 경기 방식.

환영해주었다. '마침 한잔하고 있었습니다. 같이하시죠.' 하는 권유에 아버지 히데오는 순식간에 술잔치에 참석한 사람이 되었다.

덴코는 그런 상황에서도 빈틈이 없는 녀석이라 하나비시 아저씨도 야영에 흥미가 있다고 해서 모시고 와버렸다고 설명했고, 아버지도 그런 설명에 장단을 맞췄다. 에이이치는 아무래도 어색하고 겸끄러워서 예의상 미소를 지으며 인사만 했고, 덴코의 어머니가 널찍한 거실의 술병 선반에서 값비쌀 것 같은 스카치 병을 꺼내는 모습을 곁눈질로 보고 도망쳐 나왔다.

멋대로 덴코 방으로 들어가서 불도 켜지 않고 휴대전화를 꺼냈다. 피카한테 문자가 와 있었다. 녀석이 학교에 오갈 때나 학원에 다닐 때 들고 다니는 어린이용 휴대전화로 보낸 문자였다. 피카추처럼 샛노란 휴대전화다.

아빠는 괜찮아? 엄마는 지금 목욕하고 있어.

갓 오 분 전에 도착한 문자였다. 전화를 걸자, 신호 한 번에 피카가 받았다.

"하나짱, 지금 어디야?"

"덴코 집에 도착했어. 아버지는 걱정하지 마."

"그렇구나. 다행이다."

목소리만 들어서는 평소와 다름없는 피카였다. 그런데도 에이이치는, 노란 휴대전화를 들고 목욕탕에서 들려오는 물소리에 신경 쓰며 홀로 쓸쓸히 앉아 있는 동생의 모습을 떠올렸다.

"무슨 일인지 형은 아직 잘 모르지만."

"나도 몰라."

그 대답은 아주 조금이긴 하지만 부자연스러울 정도로 빨랐다.

"하지만 아빠가 무시무시한 기세로 집을 뛰쳐나가서 혹시 차에 치이지는 않았을까 걱정했어."

"역 앞 벤치에 앉아 있었어. 경찰관의 보호를 받기에는 정수리 머리숱이 너무 적고, 경찰서에 끌려갈 정도로 술이 취한 것도 아니니까 무사했지."

"아빠는 원래 술도 안 마시는데, 뭐."

아버지는 저녁밥도 안 먹었다고 했다. 무슨 일이 있었는지를 피카는 알고 이해도 했을 게 틀림없다. 녀석은 그런 어린애니까. 그런데도 입 밖에 내지 않는 걸 보면 말하고 싶지 않은 것이다.

"넌 저녁 먹었어?"

"먹었지."

"지금 어디 있니?"

"벽장 속."

에이이치 방의 벽장 속 침대다.

"거기가 마음 편하면 거기서 자도 돼."

"응, 엄마도 일찍 자라고 했어."

에이이치는 잠시 입을 다물었다가 물었다.

"엄마가 다른 말은 안 했고?"

"미안하대."

"그것뿐이야?"

"응."

또다시 잠깐 입을 다물었다가 별안간 안절부절못할 정도로 걱정이 된 에이이치가 말했다.

"피카, 너도 이리 와라. 형이 지금 데리러 갈게. 네가 아빠랑 같이 덴코 집에서 자. 형이 집에 있을 테니까."

이번에는 부자연스럽지 않고 딱 알맞은 타이밍에 피카가 대답했다.

"난 엄마랑 있을게. 하나짱은 아빠를 보살펴드려."

"그렇지만……."

"아빠, 화 안 났어?"

"지금은 기분 좋아졌어. 역 앞에서 발견했을 때도 화난 모습은 아니었고."

허리가 아프다고 투덜거렸다고 말해주자, 피카가 히힛 하고 작은 소리로 웃었다.

"나 그만 잘래."

"잘 자."

전화를 끊었다. 순간, 방에 불이 켜졌다. 덴코였다. 얼굴이 벌겋게 달아올라 있었다.

"피카짱?"

휴대전화를 바라보며 물어서 고개를 끄덕였다.

"그 녀석, 내 방 벽장 속에 있어."

"마음에 든다고 했던 이층침대 말이지? 피카짱은 야무진 아이니까 걱정할 거 없어. 그런 표정 짓지 마."

나는 지금 어떤 표정을 짓고 있을까?

"너는 이따금 피카짱 일에는 엄마보다 더 심하게 엄마처럼 굴어. 스스로도 알고 있냐?"

덴코가 놀리듯이 웃었다.

"우리 부모님은 까맣게 잊은 모양이지만, 내일 아침에는 일찍 나가야 해. 의사회 골프 대회가 있어서."

"아…… 그럼 너무 죄송한데."

"죄송할 건 전혀 없지만, 술자리는 얼른 정리하고 아저씨를 정원으로 모시고 나갈 테니까 나머지는 하나짱이 맡아. 아저씨는 내 침낭을 쓰시면 될 테고. 둘이서 천천히 얘기해봐."

거듭거듭 미안한 일이었다.

"너희 할아버지는?"

"노인회에서 하코네로 여행 가셨어. 그래서 부부 둘이 활개치고 술잔치를 벌이는 거야."

"아저씨랑 아주머니가 술 마시는 거 할아버지가 싫어하시나?"

"아냐, 아냐, 반대지. 우리 집에서는 할아버지가 술이 제일 세. 하지만 아무래도 연세가 연세다 보니 간에 안 좋잖아. 아버지도 집에서는 반주도 안 해."

덴코가 큼지막한 옷장을 열고 독 애벌레처럼 알록달록한 침낭을 끄집어냈다. 발밑으로 도자기처럼 둥그런 것이 데구루루 굴러떨어졌다.

"아, 참! 이것도 챙겨야지."

덴코는 그것을 집어 들며 빙그레 웃었다.

"이 계절 야영의 필수품."

돼지 모양의 모기향 꽂이였다.

"냄새 좋은데. 우리 집에서도 다시 모기향을 써볼까?"

아버지가 말했다. 덴코의 침낭 속에 들어가 밤하늘을 우러러보는 자세로. 키가 큰 덴코의 전용 침낭이라 아버지에게는 길이가 남아돌았다. 덥다며 지퍼를 열어놓았지만, 그대로 자면 틀림없이 감기에 걸린다. 야영은 첫 체험인 데다 늦더위가 남았다고는 해도 이미 한여름은 아니니까.

잔디를 쓰라고 권해서 두 사람은 전에 탄빵과 셋이 야영했을 때랑 같은 장소에 있었다. 그때와 달리 잔디는 밤눈에도 푸릇푸릇했다. 주위에 넘쳐나는 녹음 덕분일 것이다. 밤공기가 상쾌했다. 거기 있다 보니 여름은 확연하게 지나가고 가을이 다가오는 게 느껴졌다. 여기저기서 벌레들이 울었다. 방울벌레, 귀뚜라미 그리고…… 달각달각 소리를 내며 울어대는 저것은 무슨 벌레일까?

밤하늘은 드넓고 세상은 고요하다.

"오늘은 미안했다. 걱정을 끼쳐서."

사정 얘기를 털어놓을 마음이 생겼는지, 아버지는 그렇게 말문을 열고서 스카치 냄새가 풍기는 딸꾹질을 한 번 했다. 그리고 위를 올려다보는 채로 말을 이었다.

"아버지의 아버지가, 그러니까 하나짱의 할아버지인데……."

그 정도는 주석 없이도 압니다.

"오늘 새벽에 쓰러지셨어. 응급실로 실려 가셨나 본데, 위험한 모양이야……."

에이이치는 침낭째로 벌떡 일어났다.

"뭐라고?"

"그러니까 할아버지가……."

"들었어. 위독하시다면서? 그럼 지금 이런 데서 태평하게 잠이나 잘 때가 아니잖아!"

아버지는 여전히 드러누운 채, 고개만 돌려서 에이이치를 바라보았다.

"하나짱도 엄마랑 똑같은 소리를 하는구나."

"당연하지! 할아버지가 돌아가실지도 모르는데! 우물쭈물하다 할아버지 임종도 못 지키게 될지 모르잖아."

아버지는 또다시 밤하늘을 올려다봤다.

"됐어."

"되긴 뭐가 돼!"

"됐다니까."

결의가 느껴지는 말투였다.

"후코 죽었을 때, 엄마랑 의논해서 약속한 일이야. 나는 내 부모 형제와 의를 끊겠다고. 그런데 엄마가 이제 됐으니 아버지를 만나러 가라는 거야. 그래서 싸움이 났지."

정신을 차리고 보니 에이이치는 침낭 속에 들어간 채로 잔디 위에 무릎을 꿇고 앉아 있었다. 어떻게 이렇게 어려운 자세를 취할 수 있었을까?

"아버지, 그건 엄마가 옳아요."

"옳다, 그르다의 문제가 아니라 난 약속을 깨기 싫은 거야."

"그런 약속이야 아무래도……."

아버지는 하늘을 향해 한숨을 내쉬었다.

"그 말도 똑같네. 엄마도 그렇게 말했지. 그런 약속이야 아무래도 좋다고. 하지만 아무래도 좋은 게 아니야. 전혀 좋지 않아. 나한테는 중요한 일이야."

아버지가 처음으로 화난 목소리로 말했다. 윗사람으로서 야단을 치는 것도 아니고, 어른끼리 대등하게 화를 내는 것도 아니고, 아이가 자기 마음을 몰라주는 엄마한테 항의하는 것 같은 느낌이었다.

"나한테는 인생에서 가장 큰 약속이었어."

에이이치는 자기도 모르게 갈매기 마키타를 떠올렸다. 그 애가 자기 아버지에게 '내가 학교에 안 가는 건 내 문제지 엄마 잘못이 아니야. 아빠가 틀렸어.'라고 항변했을 때도 이런 말투가 아니었을까?

"어쩌자고 그런 약속을 했냐고."

"그렇군. 하나짱은 그때 일을 기억 못 하나 보구나?"

질문이 아니라 '기억이 안 나면 그걸로 다행'이라는 말투였다.

기억 못 하는 게 아니다. 그저 덮어두고 살았을 뿐이다. 땡땡하게 냉동시켜두었다. 그런데 요즘 들어, 무슨 일이 생기면 몸속 깊은 곳에서 그것이 몸을 뒤척거렸다. 에이이치는 다시 떠올릴 생각이 털끝만큼도 없지만 기억이 제멋대로 떠오르려 하는 것이었다. 그게 아니라면, 냉기를 더 세게 조정하지 않으면 떠올라버린다고 위협하는 걸까? 그럴 때마다 몸속 가장 깊숙한 곳이 싸늘하게 얼어붙었다.

좋아, 알았다. 일단 해동했다가 다시 냉동시키자. 이번에는 통째로 얼리지 말고, 팩에 나눠서 냉동시키자.

"기억 안 나. 기억이 전혀 안 나니까 뭔 일인지도 몰라."

에이이치는 위협하는 듯한 자기 말투를 들으며 이 자리에는 어울리지 않는 생각을 떠올렸다. 인간은 두려울 때 강압적으로 변하는구나.

"하나짱, 후코가 죽었을 때 몇 살이었지?"

"열 살. 초등학교 사 학년."

에이이치는 무뚝뚝하게 대답했다. 그러니 아무것도 기억

못 할 리가 없단 말이지. 아무 말도 못 들은 게 아니라고.

"하나짱도 꽤나 고통스러운 경험을 했겠구나. 정말 미안하다."

독벌레처럼 생긴 침낭 속에서 할 만한 대사는 아닌 것 같은데.

"후코를 그렇게 허망하게 죽게 만든 건 엄마랑 내 책임이야."

"인플루엔자 때문이야."

에이이치는 그렇게 대꾸하고 나서, 침낭째 벌렁 드러누우며 아버지에게 등을 돌렸다. 그리고 말했다.

"그 무렵이라면 아이가 인플루엔자에 걸리면 뇌염을 조심해야 한다는 걸 아직 잘 몰랐을 때잖아. 의사들도 지금보다는 지식이 없었고. 큰 병원은 어땠는지 몰라도 동네 의사 선생님들은 그랬을 거라고. 그러니 어쩔 수 없는 일이잖아."

육 년, 아니 칠 년째가 되었다. 후코가 세상을 떠나버린 지. 후코가 불단 위의 사진으로만 남게 된 지.

"누구의 책임도 아니야. 후코는 병으로 죽었어."

"하나짱."

아버지가 왠지 달래는 듯한 부드러운 목소리를 냈다.

"어린아이가 죽으면, 이유가 어떻든 모두 부모 책임이야."

"그건 말이 안 돼."

콧숨으로 잔디를 날려버릴 것처럼 에이이치는 거친 말투

로 쏟아놓았다.

“그럼 교통사고로 죽어도? 정신이상자한테 살해당해도? 그것도 다 부모 책임이야?”

“그 아이의 부모는 그렇게 느낀다는 얘기야.”

나도 알아, 그 정도는. 말로 내뱉지 않고 콧숨만 내뿜었다.

“그래서 나나 엄마나 이루 말할 수 없이 스스로를 책망하고 또 책망했지. 차라리 후코랑 같이 죽고 싶었을 정도로.”

알아요. 기억해요. 나도 정말 엄마까지 죽어버리는 건 아닐까 두려웠으니까.

아버지의 목소리는 여전히 부드러웠다.

“그런데 아버지 집안에는 아주 혹독한 말을 하는 사람이 있었지. 특히나 엄마 가슴에 못을 박았어.”

엄마 자격이 없어. 인플루엔자 뇌염이라고? 그럴듯한 병명이나 붙여대고, 그래봤자 유행성감기 아냐? 아이를 고작 감기로 죽게 만들다니, 엄마가 변변치 못하니까 그렇지. 다 엄마 잘못이지 뭐냐고.

“내 부모라서 확실히 말할 수 있는데, 원래부터 우리 어머니는 자식……뿐만 아니라 자기 이외의 대부분의 사람들에게 엄했고 말이 거칠다고 할까, 심한 말을 하는 면이 있었어. 나도 사춘기에는 그게 지독하게 싫었지. 굉장히 힘든 어머니였어."

그렇게 말한 아버지는 의기소침해져서 콧소리를 냈다.

"아버지의 아버지는?"

"아버지는 늘 어머니에게 치이기만 할 뿐, 큰소리 한번 못 냈지."

말이 없고, 존재감이 옅은 사람이었다고 했다. 그러고 보니 에이이치의 기억 속에서도 할아버지의 그림자는 떠오르지 않는다. 야단을 맞은 적도, 귀여움을 받은 적도 없는 듯한 느낌이었다.

"대학에서 기숙사 생활을 시작했을 때는 떨 듯이 기뻤어. 드디어 자유로워진 기분이라 향수병 같은 건 아예 없었지."

"부모 자식 간에도 궁합은 있으니까."

에이이치가 말하자, 아버지가 '오호!' 하며 소리를 높였다.

"그런 말씀을 다 하십니까? 하나짱도 어른이 됐구나."

"내 얘긴 됐고요."

우리는 궁합이 좋아 다행이라고 아버지가 중얼거렸다. 그리고 다시 코맹맹이 소리로 말을 이었다.

"그래서 걱정했는데, 예상한 대로였지. 후코 장례식 때 엄마가…… 애처로웠어. 엄마가 더 이상 못 참은 것도 무리가 아니야. 나도 인내심의 한계를 느낄 정도였으니까."

"아버지."

"응?"

"아버지는 형제도 있잖아요?"

"기억나니? 형이랑 남동생이 있지. 난 삼 형제 중 둘째니까."

"물론 알죠. 내가 열 살 때까지는 왕래가 있었으니까."

"별로 친한 사이는 아니었지만."

어, 그랬나?

"후코 일로 소원해진 게 아니라 원래부터 별로 안 친했어요?"

"세상의 일반적인 가족 간 교류보다는 옅었을 거야. 다른 무엇보다 나부터도 내 부모를 힘들어했으니까."

"형제들도?"

대답이 없어서 에이이치는 몸을 돌려 뒤쪽을 보았다. 아버지 히데오는 독을 품은 애벌레 같은 모습으로 묘하게 쑥스러워했다.

"부모 얘기보다 형제 얘기 하기가 더 거북하네. 이상하지? 부모보다는 거리가 멀어서 그런가? 뭐, 형이랑 동생은 같은 남자끼리이기도 하니까."

중얼거리듯 말하고 나서 잠시 입을 다물었다.

"형님은 고전적인 장남이라 부모님이 든든하게 여기셨지. 동생은 막내라 워낙에 철부지였고."

아버지가 씁쓸하게 웃었다.

"그래, 인정해. 난 남동생이랑은 잘 안 맞았어. 그쪽도 마찬가지겠지."

맏아들인 형님과 부모의 사랑을 독차지하는 막내 사이에 낀 둘째 도련님, 아버지. 형님이 '요시오 큰아버지'이고 남동생이 '가쓰미 작은아버지'다. 에이이치는 지금까지 두 사람 다 '큰아버지'인 줄 알았다. 작은아버지는 겉늙은 얼굴이었구나.

"그럼 큰아버지나 작은아버지도 후코 일은 별로 슬퍼하지 않았다는 뜻인가?"

"아니야, 그 무렵에는 둘 다 결혼해서 자식까지 둔 아버지 처지였으니까 어느 정도 나에게 동정적이라고 할까……."

그랬겠지. 에이이치에게도 큰아버지나 작은아버지가 큰소리를 낸 기억은 없다.

아버지가 말을 이었다.

"그런데 큰어머니가…… 그쪽도 똑같은 며느리고 엄마였지만, 왠지 몹시 날카롭고 매서웠지."

초상을 치르는 동안에도 장례식 때에도 공격을 늦추지 않았다.

"**똑같은 엄마라서** 그랬을까?"

아버지는 자신 없는 말투로 중얼거렸다. 그리고 부스럼 딱지를 벗기듯이 조심스레 생각에 잠겼다.

"그보다는 시누이 근성 아닌가?"

"둘 다 며느리니까 시누이는 아니지."

큰어머니랑 작은어머니의 이름이 에미 씨와 사토코 씨였던가, 큰어머니 쪽이 에미 씨였다.

"또 에미 씨가…… 아, 큰어머니 말인데."

"나 그 큰어머니한테 '넌 멍청하니까 히데키한테 달라붙지 마라.' 하는 소리를 들은 적 있어."

히데키는 요시오와 에미 부부의 외동아들로 에이이치보다 한 살인가, 두 살 위인 사촌 형이었다.

"흐음, 그런 일이 있었구나."

"진짜 때때거리는 할망구라니까."

"그렇게 따지자면 땍땍거리는 할망구는 할머니지. 그쪽이 더 늙은 할망구니까."

애써 재미있는 척했다.

"그 두 사람도 잘 안 맞기는 마찬가지였어. 말을 가혹하게 한다는 점에서는 며느리랑 시어머니 사이라기보다 친모녀처럼 똑같았지만. 그와 대조적으로 가쓰미 작은아버지의 아내인 사토코 씨는 무슨 말만 하면 금방 눈물이 글썽거리는 마음 약한 사람이었지. 평소 말하는 목소리도 작았고. 자기 위주인 가쓰미한테는 딱 맞는 아내야. 그래도 그런 사람이다 보니 제수씨는 엄마를 몰아세우지 않고 오히려 꽤 많이 동정했지. 아무튼 시어머니랑 손위 형님이 워낙에 강경하다 보니 섣불리 감쌌다가는 자기한테까지 불똥이 날아올 수도 있잖니. 그래서 아무 말도 못 하고 주눅 들어 있어야 했으니 그것 역시 고통스러운 일이었겠지."

어제의 일처럼 안쓰러워했다.

"학교 왕따 같네."

내가 또 시답잖은 소리를 지껄였구나 했는데, 아버지는 몇 번이나 고개를 끄덕거렸다.

"그래, 정말 그거랑 똑같지."

"상황은 알았어요."

부분 해동으로 기억을 보충할 수도 있었다. 밝히고 싶은 에피소드는 여전히 남아 있었지만, 그렇게까지 하면 해동을 넘어서서 '데우기' 모드로 바뀌어버릴 것 같으니 그만두었다.

"그래서? 엄마가 폭발해버린 거야?"

"응."

―헤어져요. 나는 미흡한 며느리예요. 형편없는 엄마예요. 그걸 절실하게 깨달았어.

하나비시 교코가 이혼 얘기를 꺼낸 것은 후코의 납골을 끝마친 직후였다.

“납골할 때도 초상이나 장례식 때랑 분위기가 다를 게 없었지. 뭐⋯⋯ 하긴, 그나마 모두 대놓고 말하진 않았지만. 그런데도 어쩌다 보면 불쑥불쑥 엄마를 비난하는 말이 튀어나온다고 할까.”

아버지는 살짝 당황해서 덧붙였다.

“아니, 물론 그 사람들한테 악의는 없었어. 장례식 때 엄마랑 같이 많이 울기도 했으니까. 납골하는 날도 엄마를 비난하러 온 건 아니었고. 그렇게까지 가혹한 사람들은 아니야.”

에이이치도 그렇게 생각한다. 하지만 ‘마음’보다 ‘표현’이 효력을 더 드러낼 때도 있는 법이다.

“모두 후코를 애도해줬지. 슬퍼하고 안타까워했어. 난 알아. 그렇지만⋯⋯.”

교코 씨는 엄마 자격 실격이라는 차가운 시선도 있었다. 적어도 누구 하나 그것을 적극적으로 감추거나 억제하지는 않았다. 그런 속마음이 말로 흘러나올 때도 있었다. 어린 후코가 죽은 것은 엄마의 책임이라고.

—저는 미흡한 며느리입니다.

맞다, 그런 말을 했다.

"내 생각이긴 하지만, 모두 후코의 죽음이 너무 괴로워서 선뜻 받아들일 수 없다 보니 누군가의 탓으로 돌릴 수밖에 없었던 거야."

후코는 너무 귀여웠으니까. 모두에게 사랑받았으니까.

"형님네는 딸을 원했으니 훨씬 더 그랬겠지. 새해에 본가에 모일 때면 형수님은 후코를 품에 안고 놔주질 않았어."

―그냥 데리고 가버릴까?

그런 일도 있었다. 응, 그랬어.

"그러니 반대 처지에 놓였다면 나 역시 똑같이 행동했을지도 몰라."

"그건 아니죠. 내가 아버지를 속속들이 안다고 생각하진 않지만, 아버지는 적어도 그런 타입은 아니야."

자기가 아무리 괴로워도, 견딜 수 없어도, 아이를 잃고 가장 슬픔에 빠져 있을 엄마를 붙들고 비난할 만한 사람은 아니다.

꽤 오랫동안 방울벌레와 귀뚜라미와 달각달각 소리를 내는 이름 모를 벌레가 울어댔다.

"……그런가."

지금까지 얘기 중 가장 작은 목소리를 내며 아버지가 침낭을 끌어올려 얼굴을 덮었다.

"내가 좀 더 현명하게, 좀 더 강력하게 방패가 되어 엄마를 감싸줬어야 했어. 제일 한심한 사람은 나야. 가족들과 아내 사이에 끼어서 이쪽에서 안절부절, 저쪽에서 안절부절."

"아버지."

에이이치가 불렀다.

"나도 조금 생각이 났어요."

아버지는 여전히 침낭 속에 숨은 채였다.

"아버지의 어머니, 즉 나의 할머니, 땍땍거리는 그 할망구가 말했어. 후코 출관出棺할 때."

—보기도 아까운 내 손녀를 살려내!

"후코의 관 앞에서 울면서 엄마를 몰아세웠어. 엄마는 죄송합니다, 죄송합니다, 끊임없이 용서를 빌었고."

유령처럼 바짝 말라서 서 있는 것조차 힘들어 보였던 어머니가. 하지만 모두들 멀찍이 에워싸고 그 모습을 바라보기만 했다.

"그 한마디만으로도 엄마가 상처 받아서 더 이상 그런 사람들과 같이 지낼 수 없다고 다짐했어도 무리는 아니겠지."

아버지가 말했다. 침낭 때문에 말소리가 우물거렸다.

"난 정말 한심한 남자야."

"그렇다면 나도 마찬가지죠. 나도 엄마를 감싸주지 못했으니까."

"넌 아직 어렸어."

"하지만 나도 엄마의 자식이에요. 엄마를 감쌌어야 했어. 땍땍거리는 할망구 말에 맞받아쳐야 했다고."

그런데도 나 역시 멀리 떨어져서 말없이 지켜보았다. 아래를 내려다보며 어디 숨을 데가 없나 하는 생각만 했다.

"그때는 피카가 먼저 아픈 바람에 엄마도 정신이 하나도 없었죠."

침낭에서 얼굴을 내밀고 일어나 앉은 아버지가 에이이치를 물끄러미 내려다보았다.

"하나짱."

왜 또 이래, 갑자기 떨리는 목소리로.

"역시 기억하고 있었구나."

에이이치는 아버지에게 등을 돌렸다. 평소에는 잊고 삽니다. 지금은 해동 중이니까 그런 거고. 그것도 급속 해동이니까.

"……바이러스성 위장염이었지."

아버지가 속삭이듯 말했다.

"2월 말이라 아직 추웠을 때였는데, 이유는 잘 모르겠지만 그때 어린아이들 사이에 유행이었어. 피카짱도 어디서 옮았는지, 처음에는 아무런 의심도 없이 감기나 인플루엔자인 줄 알았는데……."

만 두 살이었던 피카는 구토와 설사를 번갈아 하며 힘없이 울기만 했다. 열도 높았다.

"우리 집 주치의 병원이었던 고지마 병원도 기억나니?"

당시 하나비시 가족이 살았던 아버지 회사의 사택 근처에 있었다. 개인 병원인데도 외과, 내과, 소아과 등 웬만한 진료 과목은 고루 갖춰져 있어서 사택 사람들 모두 그 병원에 다녔다.

"그곳에 입원시키고 싶었지만 소아과에 빈 병실이 없었어. 역시나 위장염으로 피카짱보다 훨씬 위독한 아이가 입원해 있었다나 봐. 그건 나중에 들은 얘기지만."

어머니 교코는 사정을 잘 모르는 다른 병원으로 아이를 데리고 가는 걸 불안해했다. 사택에서 친하게 지낸 사람들 사이에서 고지마 병원의 평판이 좋았던 때문이기도 했다.

"난 중이염 걸렸을 때 거기서 귀를 쨌어요. 무지 아팠는데."

"그랬지. 하나짱은 어렸을 때 툭하면 중이염에 걸려서 엄마도 걱정을 많이 했어."

아픈 치료를 얌전하게 받으면 어머니가 상이라며 케이크를 사주었다. '프랑메르'라는 제과점 앞에 있던 빨갛고 하얀 햇빛 가리개가 기억난다.

"난 그 무렵에는 지금보다 바빠서 아이가 병으로 드러누워 버린 정도가 아니면 쉴 수가 없었지. 매일같이 시간외근무라 늦게 들어와서 피카짱도 엄마한테만 맡겨버렸고."

그래도 의사한테 다닌 지 사나흘이 지나자 피카의 상태는 안정을 찾기 시작했다. 약효가 나타나서 열도 차츰 가라앉고 조금은 안정되어 잠도 잘 수 있었다.

계속 피카를 간병하던 어머니는 피로가 많이 쌓여 있었다. 피카만 보살피면 끝나는 게 아니라 에이이치와 후코도 챙겨야 했으니 지칠 대로 지치는 게 당연했다. 나이 차이가 나는 에이이치는 우선 괜찮다 하더라도 후코한테까지 피카의 위장염이 전염될까 봐 걱정이 이만저만이 아니었다. 지쳐서 주의력이 조금 떨어졌을지는 몰라도 결코 아무 생각도 없었던 게 아니다.

실제로 전날 저녁 무렵, 후코가 왠지 기운이 없어 보여서 체온을 쟀더니 미열이 있었다고 당시에 어머니가 응급실 의사에게 설명했다.

—후코짱도 내일 아침에 첫 번째로 고지마 선생님에게 진찰을 받자고 했어요.

서너 살짜리 유아인 경우에는 인플루엔자에 걸려 맨 처음 증상이 나타난 후로 운이 나쁘면 한나절이나 하루 사이에도 상태가 급변하는 일이 있다고 한다. 후코가 바로 그런 사태였던 것이다.

어머니는 후코가 기운이 없는 걸 알아채고 열을 재봤지만, 그것이 전날 밤이었다는 게 에이이치에게는 바닥을 알 길 없는 운명의 심술을 실감하게 만들었다. 병원의 외래 진료가 끝난 후였다. 그렇다고 고작 미열로 응급실까지 달려가기도 망설여졌다. 게다가 집에는 아직 눈을 뗄 수 없는 상태인 피카가 있었다.

어머니의 몸은 하나다. 그렇기 때문에…….

―후코짱도 내일 아침에 첫 번째로…….

올해 2월, 피카가 감기에 걸렸을 때 이성을 잃은 어머니가 당장 119로 전화를 하려는 것을 막은 사람은 에이이치였다. 그것은 상식 밖의 행동이라고 설득하고 응급 외래로 데리고 갔다. 대기실에서 기다리는 동안 어머니는 헛소리처럼 되풀이했다. 왜 이렇게 붐비는 거야. 그러니까 구급차 부르자고 했잖아.

나는 그저 침착하게 행동하려는 것뿐이었고 그럴 수도 있었지만, 어머니에게는 무리였다.

―후코 엄마, 구급차를 왜 안 불렀어? 당신 대체 눈을 어디다 두고 사는 거야!

에이이치는 다나코 가의 드넓은 정원에서 밤의 어둠 속으로 시선을 모았다. 나무들 사이에서 희미하게 비료 냄새가 흘러왔다.

"그런데 결국 밤사이에 후코의 상태가 갑자기 악화됐지."

아버지의 목소리는 정원을 에워싼 어둠 속으로 퍼져나갔다.

지칠 대로 지친 어머니는 이제야 간신히 대여섯 시간 잘 수 있게 된 피카 곁에서 거의 기절하듯 잠들어버렸다. 절대로 먼저 재운 후코를 잊어버린 것도 아니고, 나 몰라라 한 것도 아니다. 걱정하고 신경도 썼지만, 그런데도 인간의 기력과 체력이 한계에 다다라 잠들어버린 사이에 후코의 상태는 악화되어간 것이다.

어머, 깜빡 잠이 들었네! 새벽 미명에 눈을 뜬 어머니는 당혹스러웠을 게 틀림없다. 피카짱은? 아아, 다행이다. 곤히 잠들었어. 후코짱은 어떨까? 무거운 몸을 끌듯이 상황을 살펴보러 가서 후코의 조그만 이불을 들쳐본 후에야 어머니는 비로소 열로 얼굴이 새빨개진 후코가 잠든 사이에 베개에 토하고 눈꺼풀을 바르르 떨고 있는 모습을 발견한 것이다.

구급차를 기다리는 동안, 후코는 어머니의 품에서 경련을 일으켰다. 구급차로 옮겨진 응급실에서도 의식은 돌아오지 않았고, 오후가 되자 호흡이 멈췄다. 인공호흡기를 끼고 한동안 조금 안정이 되어 하룻밤 애를 써봤지만, 그 밤이 새기도 전에 심장이 멈춰버려서…….

세상을 뜨고 말았다.

—매우 안타까운 일이지만 서너 살 어린아이는 그런 불행한 경우도 있습니다.

당시 후코를 구해내기 위해 애썼던 의사는 그렇게 말했다. 에이이치도 조금 큰 후에 도서관에서 일반인용 의학서를 읽고 확인했다.

누구의 잘못도 아니다.

후코는 겨우 만 네 살짜리였지만, 이미 누나였다. 피카가 아프다는 걸 알고 엄마가 힘들어한다는 것도 알았기 때문에, 어쩌면 훨씬 전부터 몸이 아프고 머리가 아팠는데도 엄마에게 말하지 않았을지도 모른다. 고작해야 만 네 살짜리라도 후코는 그런 아이였다. 수줍음을 많이 타고 어른스러워서, 아무 때나 떠들어대는 아이가 아니었다.

후코는 아주 착한 아이였다.

어머니는 한계에 다다를 정도로 지쳐 있었고, 고작 대여섯 시간 동안 잠들어버렸을 뿐이다. 평소에는 베개를 나란히 하고 자는 후코와 피카를 그때만은 다른 방에 재웠던 이유도 피카가 바이러스성 위장염에 걸렸기 때문이다. 혹시라도 옮을까 걱정이 되었기 때문이다.

어머니는 온 힘을 다해 주의를 기울였다.

인플루엔자는 이미 유행의 절정을 넘어선 무렵이었다. 어머니라고 해도 슈퍼맨이 될 수는 없는 노릇이다. 철인이 될 수도 없다. 살아 있는 몸을 가진 인간에게는 한계가 있다.

조산이라고 할 정도는 아니지만 후코는 예정일보다 이 주나 먼저 태어나서 덩치가 작았다. 보건소 진료에서 심장잡음이 들린다는 진단을 받고 정밀 검사를 받은 적도 있었다. 그것도 급격한 악화의 한 요인이었을지도 모른다. 잠든 사이 토한 구토물이 기관氣管으로 들어가버린 것도 나쁜 영향을 미쳤다. 어쩌면 후코의 심장은 조금 약했는데, 그래도 후코는 착한 아이라 네 살인데도 야무지고 참을성이 강했을지도 모른다.

—내일, 고지마 선생님한테 진료받으러 가자.

그러나 정작 그 '내일'이 왔을 때는 손을 쓰기에 이미 늦어버렸다.

차츰 해동이 되어가자 가슴이 에이듯이 아파서 숨도 제대로 쉴 수 없을 지경이었다. 에이이치는 그런 자기 모습을 아버지 히데오에게 들키지 않기 위해 침낭 속에서 몸을 딱딱하게 굳혔다.

누구의 잘못도 아니다.

아니, 누군가가 잘못했다.

잘못했다면 그것은…….

"하나짱, 그날 밤에 내가 집에 없었던 건 기억하지?"

등 뒤에서 아버지의 목소리가 들려왔다.

"출장이었어."

하필이면 그때 출장이었다.

"우리 회사의 새 공장을 오픈하는 개소식이 있었지. 그 일을 도우러 오카야마에 갔었어. 그곳이 하필 공항에서도 역에서도 워낙 먼 곳이었지."

긴급한 소식을 들은 아버지가 정신없이 달려왔을 때, 후코는 이미 인공호흡기를 쓰고 있었다.

"집에 없었으니까, 아빠라는 사람이."

기분이 섬뜩해질 만큼 온화한 목소리로 아버지가 반복해서 말했다. 없었어. 없었다고.

"그 자리에 함께 있지도 않은 형편없는 남편 주제에 엄마가 시댁 식구들에게 비난받고 우는 것을 감싸주지도 못했지. 무기력하고 한심한 남자야. 엄마한테 버림받는 게 당연해."

—헤어져줘요. 난 더 이상은 힘들어.

"그렇지만 난 엄마랑 헤어지고 싶지 않았어. 떠나지 말아

달라고 애원했지."

어머니는 고개만 흔들었다고 한다.

"더는 참을 수가 없다, 난 당신 부모님이 만족할 만한 며느리는 될 수 없다고 했어. 이대로 살아갈 수는 없다, 헤어질 수밖에 없다, 헤어져달라, 제발 부탁이라고."

그래서 아버지는 결단을 내렸다.

—그렇다면 내가 가족과 인연을 끊을게. 내가 우리 부모 형제와 헤어질 테니 당신은 나와 당신의 가정을 지켜줘.

"부탁한다, 제발 부탁한다고 진심으로 애원했지. 그러자 엄마가 엉엉 소리 내어 울기 시작했어. 후코가 죽었을 때도 끊임없이 흐르는 눈물을 소리 없이 삼키려 애썼던 사람인데, 이를 악물고 숨죽이고 울었는데, 내 앞에서는 거리낌 없이 소리 내어 울었어."

그런 아내 앞에서 아버지 히데오는 생각했다.

나는 이 사람을 반드시 지켜야 한다.

"절대 헤어질 수 없다고 새삼스레 결심했지."

어머니는 그렇다면 헤어지지 않겠다는 말은 하지 않았다. 그러나 아버지는 다음 날 곧바로 본가로 찾아가서 부모 앞에서 모든 사정을 털어놓고, 말을 꺼낸 김에 자기가 아들로서 부모를 어떻게 생각해왔는지, 사춘기 무렵의 일까지 끄집어내며 오랜 세월 쌓아온 분노를 터트리고 절연을 선언했다.

“그때는 회사 일까지 내팽개치고 아침에 일어나자마자 곧장 본가로 달려가는 바람에 무단결근이 되어버렸지. 난 일 처리하는 순서가 영 이상해.”

‘그래, 그렇다면 연을 끊자.’ 하고 부모님이 인정한 것은 아니었다. 아버지는 선언을 퍼붓고 본가에서 그대로 나와버렸다. 그 후로는 한 번도 돌아가지 않았다. 가까이 간 적도 연락을 한 적도 없다.

“형님과 가쓰미는 이따금 이러쿵저러쿵 잔소리를 했는데, 하나짱 귀에도 그런 소리가 들어갔던가?”

에이이치는 입을 다물고 있었다. 평범하게 숨을 쉬려 애쓰는 것만도 힘에 부쳤다.

“이번에도 그래. 오늘 점심때가 지나서 가쓰미가 난데없이 집으로 찾아왔어. 처음에는 메구로 맨션으로 갔다가 관리인한테 이사한 곳을 알려달라고 한 모양이야. 망신을 톡톡히 당했느니 어쨌느니.”

—형님, 아버지가 쓰러지셨어요. 위독해요.

“일단 얘기만 듣고 가쓰미는 쫓아 보냈지.”

가쓰미 작은아버지가 당장 같이 병원에 가자고 하는 것을 아버지가 거절한 것이다.

"그러고 나서 엄마랑 계속 싸웠어. 처음에는 서로 의논하려던 거였는데 점점 감정적으로 격해지는 바람에."

이야기가 현재로 돌아왔다. 에이이치의 급속 해동도 그쯤에서 중지되었다. 그래서 지극히 평범한 목소리로 물을 수 있었다.

"할아버지 병원은 어디에요?"

"어?"

아버지가 오히려 현실에서 약간 유리되어 있었다.

"병원 말이야. 어디 입원했냐고."

"어어, 오후나에 있는 응급 병원이야. 심장외과 평판이 좋은 곳인가 보더라."

"오후나면 가나가와 현인가."

"응. 하나비시 본가가 오다와라야. 지금도 다들 그 주변에 모여 살지."

"피카가 태어나기 전에 오다와라의 친척 집에 놀러 갔던 거 기억나요."

"어어, 그건 아버지의 큰아버지 댁이야. 그러니까 본가지."

작년에 돌아가신 것 같다고 작은 목소리로 덧붙였다.

"오후나면 요코스카센으로 한 번에 갈 수 있는데."

"하나짱!"

"나한테 그런 잇키一揆* 농민들 같은 소리로 외쳐봤자 아무 소용 없어."

"잇키 같은 소리라니, 원 샷?"**

이런 상황에 무슨 뚱딴지같은 소리를 하는 건지, 원. 그렇다기보다 내 비유도 좀 이상했나?

"절연하겠다고 약속받은 엄마가 가라고 하잖아요. 순순히 병문안하러 가면 되는 일인데."

"약속은 그런 게 아니야!"

왜 갑자기 화는 내고 난리야. 에이이치는 몸을 뒤척이며 일어나 앉아 아버지와 얼굴을 마주 보았다.

"아버지, 동네에서 쫓겨난 사람도 장례식 때는 예외인 거 몰라요?"

할아버지의 경우는 아직 장례식은 아니고…… 니어near 장례식이지만. 비유가 또 이상했나?

"넌 별 희한한 걸 다 안다."

이번에는 통한 모양이다.

"엄마는 내가 본가랑 절연했다고 하니까 그럼 자기도 그러겠다고 했어."

---

* 중세와 근세에 일어났던 농민봉기.

** 동음이의어. 일본어에서 '잇키노미'는 술을 단숨에 들이켠다는 뜻이다.

—당신이 육친과 인연을 끊도록 만들었다면 나도 똑같이 하겠어요. 당신에게만 그런 일을 시킬 순 없어요.

"이상한 논리 같지만 반드시 그렇게 하겠다, 그렇게 하지 않으면 역시 이혼밖에 없다고 해서 어쩌다 보니 그렇게 돼버리고 말았지. 엄마의 그런 마음이 고마웠으니까. 그 후로는 엄마도 자기 집과는 소원해졌고……."

"연하장 정도밖에 안 오지."

"가끔 전화는 하는 모양이지만, 그런 건 상관없어. 난 괜찮아. 엄마한테까지 똑같은 일을 시킬 생각은 추호도 없었으니까. 그런데 엄마가 자꾸 신경을 써서 나도 모른 척했지."

"오바타였어."

에이이치가 말했다.

"엄마 결혼 전의 성姓."

"응. 외가는 도치기의 닛코야. 엄마랑 이모랑 두 자매뿐이고."

"마사미 이모."

"그래, 마사미 이모. 결혼한 지 일 년도 안 되어 이혼했고, 그때부터 공부해서 미용사 자격을 딴 후에 미장원을 열었지. 아이는 없어. 하나짱, 외가 기억은 흐릿하지 않나?"

"후코도 태어나기 전에 이모 결혼식에 갔잖아."

아버지는 입을 떡 벌리고 에이이치를 뚫어져라 보았다.

"그걸 다 기억하네."

신랑이 장발에 백수건달 같은 녀석이었다는 인상이 강했기 때문이다. 그렇군, 역시나 그 결혼은 오래가지 못했어. 어린애의 코에도 이모의 남자가 풍기는 무기력한 냄새는 강렬했다.

"게다가 처가는 하나비시 가와는 정반대였지."

머리를 긁적이며 아버지가 탄식했다.

"고양이처럼 얌전한 사람들뿐이었어. 그 점에서는 네 작은어머니랑 비슷하다고 할까."

후코 일로 어머니가 비난을 받아도 거친 목소리로 되받아치는 사람들이 아니었다. 모두 고개를 숙이고 침묵을 지킬 뿐이었다. 나 역시 그 속에 섞여서 입을 다물고 있었다. 그때 외할머니가 안아줬던 기억이 난다. 외할머니가 아니라 마사미 이모였나?

"네 엄마만 이례적으로 성깔도 있고 당찼지. 자기 입으로도 돌연변이라고 했을 정도니까."

그렇게 성깔 있는 사람이었기 때문에 남편이 육친과 연을 끊으면 자기도 그렇게 하겠다는 말을 꺼낸 것이다. 쓸데없는 일에 고집을 피운다.

"약속한 지 칠 년이나 지났으니 이젠 됐다는 엄마의 의사

표시 아닌가?"

"그건 말이 안 돼."

이쪽도 나름대로 고집이 세다.

"엄마는 아직 시댁 식구들을 용서하지 않았어. 나도 용서하지 않았고. 그렇다면 약속을 지키는 게 옳아."

"지금은 그렇게 말하지만, 할아버지가 이대로 돌아가시면 어쩌지? 아버지는 언제가 틀림없이 후회할 거야. 아아, 그때 괜한 고집만 피우다가 아버지의 임종도 못 지켰다고."

에이이치는 입을 다물었다. 아버지의 낯빛이 변해버렸기 때문이다. 입술이 허옇게 질리고 원망이 깃든 눈에는 눈물이 그렁거렸다.

"이번에도 똑같군."

"엄마도 그랬어요?"

그렇다고 고개를 끄덕이더니, 아버지는 침낭 속에서 팔을 꺼내 소매로 눈물을 훔쳤다.

"당신은 언젠가 틀림없이 그렇게 생각할 거다, 그 일로 원망을 듣는 건 견딜 수 없다, 그랬어."

나를 낳아준 부모이긴 하지만, 엄마도 참 귀여운 구석이 없다니까.

"아빠는 그런 어중간한 각오로 약속을 한 게 아니야."

그러더니 아버지는 독 애벌레 같은 침낭 속에서 우는 것이었다.

"진지하게 인생의 모든 것을 걸고 한 약속이야. 엄마가 소중했으니까. 우리 가정을 지키고 싶었으니까. 그런데 원망 듣는 건 견딜 수 없다니, 그게 할 소리야? 그런 말은 하면 안 되잖아? 우리 사이에 그 정도 유대밖에 없었다는 거냐고. 그렇다면……."

"그게 엄마의 진심이라면 이혼하자고 말해버렸다고?"

얼굴에 팔을 올린 채로 아버지 히데오는 고개를 끄덕거렸다.

"응."

내 부모긴 하지만, 아버지도 참 어른스럽지 못하네.

"그건 엄마가 어쩌다 말실수를 한 거지. 흔한 일이잖아. 진심을 잘 표현하지 못할 때, 무심코 본심이 아닌 말을 해버리는 거라고."

"무심코 해도 되는 말이 아니야."

"아, 글쎄! 해서는 안 되는 말이니까 말실수라고 하죠. 아버지도 진심으로 헤어질 마음은 없잖아요. 보나 마나 홧김에 나와버린 말일 텐데."

팔을 내리자, 아버지의 눈은 빨갛게 변해 있었다.

"피카짱이 엄마는 뭐 한다고 하던?"

"목욕하러 들어갔대."

"그럼 우는 거야."

자기도 울고 있으면서.

"엄마는 목욕탕에서 울어. 늘 그래. 후코 생각이 떠올라 눈물이 나면 한낮에도 목욕을 하거나 머리를 감지."

에이이치는 거의 의식한 적이 없었다.

"부부 맞네. 서로 이해하고 있잖아. 그럼 좀 참아주라고요."

어머니도 아버지한테 심한 말을 한 게 후회돼서 울고 있는 것이다.

"됐어, 다 알았어. 하나짱은 엄마 편이구나."

아버지는 입을 삐죽 내밀었다. 우와와, 진짜 어른스럽지 못하네.

"난 중립. 앞으로는 휴전 감시단이라고 불러주시길."

코를 훌쩍거리더니 아버지가 깊은 한숨을 내쉬었다.

"하나짱, 휴지 있니?"

"가져올게."

에이이치는 침낭을 빠져나와 집 안으로 들어갔다. 거실의 불은 꺼졌지만 안에서 떠들썩한 소리가 들려왔다. 덴코가 큰 소리로 뭐라고 떠들어댔고, 덴코 아버지는 웃고 있었다. 이쪽은 부모 자식 셋이서 분위기를 바꾸고 술잔치를 계속하는 모양이었다.

덴코의 방에서 휴지를 빌려 야영 지점으로 돌아오자, 커다란 독 애벌레는 등을 구부정하게 하고 앉아 있었다.

"여기요, 휴지."

아버지가 코를 풀었다. 옆에서 그 소리를 듣고 있자니, 전에도 비슷한 시추에이션을 경험했는데, 하는 생각이 들었다.

아, 맞다. 탄빵이다. 그때는 전화기 너머였지만, 그 애도 꽤나 큰 소리로 코를 풀었지. 나이가 들면 콧물 양도 줄어드나? 아버지의 콧물은 왠지 버석버석한 느낌이었다.

"아, 시원하다."

그건 좋은데, 코 푼 휴지를 침낭 속에 집어넣으면 어떡하냐고.

"난 그만 잔다."

"네에네에."

"잔디가 폭신폭신하고 좋구나."

등을 돌리고 누운 아버지가 나지막한 소리로 말했다.

"괴로운 일을 다시 떠올리게 해서 미안하다."

됐거든요, 해동 작업은 이미 중지됐으니까. 그대로 두면 다시 얼겠지, 뭐. 반쯤 해동됐으면 썩어서 없어질 테고. 됐어, 신경 안 쓰니까. 신경 안 쓴다고.

사실은 그걸 건드리고 싶지 않은 게 아니야. 전부 해동되든 절반만 해동되든 무서워서 못 건드리겠다는 뜻은 아니라고. 건드리면, 그 무게를 느끼면, 나에게 켜서는 안 될 스위치가 켜져 버리는…… 아냐, 그런 일은 절대 없어. 그건 아니야.

침낭 속에 드러누운 채 한동안 시간이 흘러 긴장도 풀어지고 깜박깜박 졸고 있는데, 아버지가 속삭이듯 말을 건넸다.

"그런데 하나짱."

목소리가 가까이서 들렸다. 옆에까지 접근한 것이다. 묘하게 밝은 목소리. 조금 전까지 울먹거리며 인생의 모든 것을 걸었느니 어쩌느니 큰소리 빵빵 친 것치고는 회복이 너무 빠른 거 아닌가?

글쎄, 우리 부모는 바로 이런 점이 이상하다니까.

"엄마 있는 데서 묻고 싶진 않았으니까 마침 잘됐다."

안 좋은 예감이 들었다.

"여자 친구 생겼다며?"

에이이치는 시치미를 뚝 떼고 잠든 척했다.

2

다음 날 아침, 에이이치와 아버지가 일어났을 무렵에는 덴코의 아버지와 어머니는 이미 외출한 후였다. 자택 정원이 아닌 또 다른 잔디밭으로.

"골프장이 어디야?"

"기사라즈 컨트리클럽."

덴코는 숙취에 절어 비틀거렸다. 숨만 쉬어도 머리가 아프네, 입을 열면 토할 것 같네, 살아 있는 것만으로도 죽어버릴 것 같네, 이러쿵저러쿵 투덜거렸다.

"아침밥은 적당히 찾아 드세요."

"덴코는 완전히 맛이 갔어. 아버지, 저 녀석은 그냥 놔둬요."

아버지는 다나코 가의 호의에 깊이 감사하는 뜻을 내보이기 위해 덴코를 보살펴주었다. 멋대로 부엌을 빌려 쓰고, 냉장고와 식기장을 열어 음식 재료들을 마구 끄집어냈으니, 깊이 감사해야 할 거리가 더 늘어났을 뿐이지만.

"덴코야, 죽 끓였다."

매실 장아찌 먹어라. 숙취에 좋다. 어라, 감도 있네. 센비키야千疋屋* 감이잖아. 아직 만물일 텐데 이런 게 다 있구나. 감도

* 과일의 수입과 판매를 전문으로 하는 일본의 유명한 과일 소매점 체인.

숙취 해소에는 효과가 좋아. 금방 깎아줄 테니 이것도 먹어라. 얼른 먹어.

늦은 아침을 먹고 나자, 덴코는 그럭저럭 부활했다. 머리 꼭대기에 얼음 팩을 얹으면서도 감사 인사를 했다.

"이젠 어떻게든 살아갈 수 있을 것 같아요. 고맙습니다, 아저씨."

"나야말로 덕분에 어떻게든 살아갈 수 있을 것 같은데."

"집으로 돌아가시게요?"

웃으며 그렇게 말한 덴코는 곧바로 자지러질 듯이 절규했다. 웃으면 머리가 욱신욱신 쑤시는 모양이었다.

"일단 가출은 그만두기로 했어."

"잘됐네요. 피카짱을 걱정시키면 안 되죠."

"혼자 가세요. 난 같이 안 갈 테니까."

에이이치가 말했다.

"응."

순순히 말도 잘 듣네. 야영은 인간을 자아의 마법에서 해방시켜주는구나.

"아저씨, 목욕하고 가시죠?"

"아냐, 이제 그만 실례해야지. 정말 고마웠다."

그러더니 허리에 손을 얹고 다나코 가의 드넓은 부엌—옛 고구레 사진관의 스튜디오, 현재 하나비시 집의 거실처럼 넓은—을 둘러보았다.

"훌륭한 오픈 키친이구나."

"아일랜드 스타일이래요. 어머니가 설계사 선생님이랑 상의해서 멋대로 만들었죠."

덴코가 말했다.

"우리 집 교코 씨도 이런 부엌을 꿈꿨는데."

덴코는 다시 에이이치에게 두 눈으로 윙크를 보냈다. 교코 씨라니, 이젠 괜찮겠지?

"나도 앞으로 열심히 노력하면 엄마한테 이런 부엌을 선물해줄 수 있을까?"

"뭘 어떻게 노력할 건데?"

"복권을 산다거나. 아, 참! 이건 조금 다른 얘긴데……."

이제 그만 실례하겠다고 해놓고서 아버지는 좀처럼 가려는 것 같지가 않다. 에이이치는 움찔하며 뻣뻣하게 굳었다. 설마 어젯밤 심각한 이야기를 나눈 후에 속삭이듯 건넸던 얘기의 후속 편을 여기서 계속하려는 건 아니겠지.

"덴코 아버님, 누구랑 닮은 것 같아."

인간은 대체로 '누구'랑 닮게 마련이다.

"연예인인데, 누구였지?"

덴코는 충분히 이해한다는 표정으로 고개를 끄덕였다.

"아저씨 연배라면 누굴까? 이시하라 유지로는 아니겠죠?"

"무슨 뜻이야?"

"우리 아버지는 보는 사람의 연령대에 따라 닮았다는 사람이 달라지는 모양이에요. 어머니의 마담 동료 아주머니들한테는 '구사카리 마사오랑 똑같다니까!' 하는 소리를 듣는대요."

"헤에."

"우리 집 제일 위 사촌 누나의 경우는 기무타쿠라 그러고."

"구사카리 마사오랑 기무타쿠는 하나도 안 닮았지."

아버지는 이해한 모양이다.

"말하자면 보는 사람의 연령대에 따라 각 시대의 아이돌이랑 닮아 보인다는 뜻이군."

덴코는 기뻐했다.

"바로 그거죠! 그래서 전 아버지를 '물체 X'라고 표현해요. '물체 X의 정체는 당신의 이매지네이션 그 자체'니까."

새삼 설명할 필요도 없겠지만, 덴코는 숙취가 아니라도 이런 소리를 하는 녀석이다.

"존 카펜터의 '유성에서 온 물체 X'*, 진짜 걸작이죠! 다음

* 국내 제목은 '괴물'.

에 같이 봐요. 아, 맞다! 토브 후퍼의 '텍사스 전기톱 학살'도 디렉터스 컷*이 나와요."

에이이치는 아버지를 쫓아냈다. 아버지는 별로 무겁지 않은 발걸음으로 돌아갔다.

하나짱은 냄새나니까 샤워하라고 재촉해서 에이이치는 그 말에 따랐다. 샤워를 마치고 나오자, 소파에 드러누워 여전히 얼음 팩을 이마에 올린 덴코가 거실의 커다란 벽걸이 텔레비전으로 '유성에서 온 물체 X'의 DVD를 보고 있었다. 남극기지에서 시베리아허스키에 씐 정체불명의 우주 생물이 개의 겉모양을 카피하려는 순간이라 개의 대가리가 쩍 벌어지고 미끈미끈한 촉수 같은 게 비어져 나오는 장면이었다.

"자기 아버지가 저런 거랑 닮았다니, 보통 그런 생각을 하겠냐?"

"닮은 게 아니야. 그 자체라니까. 하나짱 아버지는 좋은 분이지."

"그런 좋은 사람한테 네가 쓸데없는 소리를 지껄였지."

"쓸데없는 소리?"

덴코가 뒤를 돌아보자, 얼음 팩이 미끄러지며 떨어졌다.

* 보통 영화가 처음 개봉되고 어느 정도 시간이 지난 후 감독이 원래 의도하던 대로 재편집해서 발표하는 판.

"내가 아저씨한테 무슨 말을 했나?"

거의 모든 일에 유능한 덴코는 마음만 먹으면 엄청난 거짓말쟁이도 될 수 있다. 그러나 유일하게 딱 한 가지, 시치미를 뚝 떼는 것만은 몹시도 서툴렀다. 그러니 그 말은 분명 덴코에게 흘러나온 정보가 아니리라.

—여자 친구 생겼다며?

"아무것도 아니야. 잊어버려."

결국 에이이치도 덴코랑 같이 끝까지 영화를 봤다.

"존 카펜터가 말이지, 이 라스트신에서 시작되는 후편을 기획하고 있대. 그런데 돈을 대줄 영화사가 없나 봐. 할리우드도 인색하지."

덴코가 혼자 집을 보니까 오늘은 호러 SF 영화제를 개최하겠다고 해서 에이이치는 자리에서 일어섰다.

"정말 신세 많이 졌다."

"됐어, 됐어. 근데 하나짱, 나 엉터리로 말한 건 아니야. 탄빵한테 물어봐."

"무슨 소리야?"

"우리 아버지."

탄빵은 이렇게 말했다고 한다.

—마쓰준이랑 닮았어!

하나비시 에이이치 군, 여자 친구가 생겼습니까?

그렇게 묻는다면 어떻게 대답해야 할까?

질문을 한 상대가 부모가 아니라도 미묘한 문제이긴 하다. 숨기는 것도 아니고 점잔 빼는 것도 아니다. 사실은 에이이치 자신도 잘 모르기 때문이다.

지금의 상태를 '여자 친구가 생겼다'고 말해도 될까?

올여름 에이이치가 바빴던 세 번째 이유, 물리적으로가 아니라 심리적으로 바빴던 이유가 바로 그것이다. 새삼스레 설명할 필요도 없겠지만, 가키모토 준코다.

독립 영화 '갈매기의 이름'이 계기가 되어 에이이치는 그 후로도 몇 번인가 영화천국에 갔다. 좋아서 간 것은 아니지만 앞장서서 간 것은 확실하다. 그곳에서 상영하는 독립 영화는 독특한 냄새를 풍기는 자반 갈고등어 같아서 한번 빠져들면 의외로 습관이 되어버린다. 그럴 때마다 가키모토 준코와 같이 갔다. '자반 갈고등어 같다'는 표현은 미스 가키모토의 평이다.

미리 약속하고 간 것은 아니었다. 뭔가가 걸린다고 할까 신경이 쓰여서 다시 보러 가야겠다고 했더니, 바보 같긴 하지만 자기도 그렇다고 그 사람이 말했고, 그럼 같이 가보겠냐는 얘기로 흘러가서…… 아니, 아니, 이것은 정확한 기술이 아니다. 덴코다. 맨 처음은 덴코가 '나도 보고 싶다.'고 해서 데리고 갔던 것이다. 그런데 '다나코 쓰토무가 어떤 표정을 짓는지 궁금하다.'고 가키모토 준코도 따라나섰다.

올여름에는 그 사람과 몇 번이나 만났다. 딱히 데이트를 한 건 아니다. 영화천국 다음으로 마음에 들었던 곳은 이치가야 역 옆에 있는 유료 낚시터였다. ST 부동산의 오본* 휴가 중에는 그곳에 세 번이나 갔다. 낚시는 난생처음이라는 가키모토 준코의 솜씨가 제일 좋았는데, 그러면서도 '여기 물고기는 영 생기가 없어.'라고 쌀쌀맞게 말하고는 낚은 물고기를 모두 풀어주었다. 매번 제일 못 낚는 에이이치는 가까운 커피 테라스에서 두 사람에게 냉커피를 사줘야만 했다.

덴코가 가키모토 준코와 함께 에이이치가 아르바이트하는 선술집에 온 적도 있다. 형식상으로는 미성년자인 덴코가 가키모토를 따라온 셈이었다. 그 사람은 생맥주를 꽤 잘 마셨고, 덴코는 우롱차를 벌컥벌컥 들이켜며 안주를 마구 먹어댔다. 계산할 때 둘이 머리를 맞대고 돈을 세더니 가위바위보를 했는데, 나중에 그건 뭐였냐고 물어보자 우수리를 누가 낼지 결정했다고 한다.

---

* 양력 8월 15일에 지내는 일본의 명절.

—너희, 더치페이로 마신 거야?

—더치페이가 아니라 자기 부담제지.

그러더니 덴코가 웃으며 말했다.

—가키모토 씨, 네가 성실하게 '어서 오십시오!', '고맙습니다!' 외치는 모습을 보고 재미있어하더라.

두 사람은 싫증도 안 내고 몇 번이나 찾아왔다. 에이이치가 그들 탁자로 다가가자, 가키모토 준코가 히죽히죽 웃으며 이런 말을 건넨 적도 있었다.

—이 가게에서는 주문받을 때 '넵, 기꺼이!'라는 말은 안 해?

그때 그 사람은 맥주 취기가 살짝 돈 것 같았다. 뺨이 어렴풋이 붉어져 있었다. 천장의 형광등 불빛을 받은 눈동자가 반짝거렸다.

—둘이 붙어 앉아서 무슨 얘기 해?

덴코에게 물어보자 놀려댔다.

—질투쟁이 하나짱.

—다른 사람을 안주로 삼는 거 아냐?

—자의식 과잉이네.

선술집에서는 덴코가 늘 일방적으로 떠들며 손짓 발짓까지 더해서 요란하게 웃어댔고, 가키모토는 주로 얘기를 듣고 있었다. 이따금 그 사람도 웃었다. 시끌벅적한 분위기라 목소리는 들리지 않았지만, 구이와 담배 연기 너머로 그 사람의 입술이 움직이는 모습을 본 적도 있다.

—바보 같긴.

마음만 먹으면 저 사람의 입버릇도 저렇게 즐겁게 사용할 수 있구나. 덴코에게는 저런 느낌으로 할 수도 있는 말이었나? 나는 질투할 처지도 아니고 덴코가 어떻게 하든 그건 그애 마음이지만.

그러면서도 '나도 저기 끼면 어떨까?' 상상하곤 했다. 하지만 같이 섞이면 저 사람들을 멀리서 바라볼 순 없을 거야.

그런 상황이었으니 데이트는 아니다. 데이트라고 하자면, 덴코야말로 선술집에서 가키모토 준코와 데이트를 한 셈이다.

그렇지만…….

어딘가로 놀러 갈 때는 대체로 덴코와 셋이었다. 이 '대체로'라는 말은 수상쩍은 표현이다. 덴코 없이 가키모토 준코와 만나는 일이 있었기 때문이다. 그 만남은 같이 어디를 가는 것도 아니었고, 다시 말해 별로 거리가 떨어진 곳도 아니고 거기서 딱히 뭘 하는 것도 아니었다.

ST 부동산에서 나와 오른쪽으로 꺾어져서 맨 처음 나오는 교차로를 건너면, '시오미 다리'라는 조그만 다리가 있다. 좁은 수로에 수문이 달려 있어서 물결은 늘 잔잔하고 거의 움직이지 않는다. 이따금 숭어가 튀어 올랐다.

그 다리 옆에 있는 녹슨 철제 계단을 이용하면 수로 옆 산책길로 내려갈 수 있었다. 이 산책길은 비포장이고 폭도 좁아서 두 사람이 스쳐 지나가기에도 빠듯할 정도지만, 앞으로 곧장 걸어가면 수로가 큰 강과 합류한다. 강의 양쪽 기슭 산책길은 훨씬 깔끔하게 정비되어서, 호안護岸에는 온갖 빛깔의 타일이 붙어 있고 늘어선 나무들에는 꽃이 만발하고 오브제처럼 뽐을 낸 디자인의 벤치도 여기저기 널려 있다. 다시 말해 시오미 다리의 비포장 산책길은 이 세련된 강가 산책길로 가는 샛길 같은 거였다. 개를 산책시키는 사람이나 이따금 지나치겠지.

한데 그 시오미 다리의 철제 계단 끝에 누가 어디서 슬쩍한 게 아닐까 의심스러운 덜컹거리는 벤치 하나가 있었다. 의자 등받이에는 세탁소 광고가 그려져 있었는데, 군데군데 흉하게 페인트가 벗겨졌다. 에이이치는 그곳에서 가끔 가키모토 준코를 만났다.

맨 처음은 6월 중순경이었다. 덴코랑 셋이 영화천국에 가서 '갈매기의 이름'과 동시 상영하는 '쐐기풀 정원', 덴코가 보고 싶어 했던 '타리만'을 보고 얼마 지나지 않은 때였을 것이다. 말이 나온 김에 덧붙이자면, '쐐기풀 정원'은 바이시클 밴드의 과거 작품 중 걸작이라 평가받는 영화로 인형극은 아니었다. 그래서인지 재미가 없었다. '타리만'은 코미디로 간혹 개그가 재미있긴 했지만, 이를 어쩌나, 배우가 너무 서툴러서 고통스러웠다. 나중에 덴코가 그 개그를 흉내 냈는데, 그게 훨씬 더 웃겼다.

저녁놀이 드리울 무렵, 에이이치가 학교에서 돌아오는 길에 시오미 다리를 지나가는데 아래쪽 벤치에 가키모토 준코가 보였다. 캔 커피를 손에 들고 담배를 피우고 있었다. 저런 데서 뭘 하나 지켜보고 있으니 그 사람도 이쪽을 쳐다보았다.

에이이치가 계단을 내려가자, 가키모토는 담배를 입에 문 채 입술 끝만 움직이며 물었다.

—너, 뭐해?

—그쪽이야말로.

—담배 피워.

왜 하필 이런 데서? 에이이치는 얼굴 앞으로 손을 휙휙 저었다.

—모기 있잖아.

—없어.

가키모토가 덜컹거리는 벤치 밑을 턱 끝으로 가리켰다. 실외용 모기 매트—전원이 필요 없는 제품—가 그곳에 놓여 있었다.

—여기가 당신 흡연실인가?

—점심시간에 매번 집까지 오가기도 귀찮으니까.

ST 부동산 내에서 직원은 금연이다. 청소만 하는 아르바이트 청년도 원래 담배를 피우지 않았고, 스도 사장님과 회계 아저씨는 담배를 끊은 사람들이라 자극하지 말아달라는 부탁을 받은 모양이었다.

—그래서 점심시간에 여기로 오는구나.

—점심도 먹어. 담배만으로는 살아갈 수 없으니까.

—그럼 지금은?

—집에 가는 길에 한 대.

에이이치는 벤치 옆에 선 채로 주위를 둘러보았다. 잔잔한 수면에 쓰레기 부스러기와 하얀 물거품이 떠 있었다. 거품은 수문 출구에서 흘러나오는 듯했다.

볼품없는 나무숲에는 짙은 초록색 잎을 빽빽하게 매단 떨기나무들이 늘어서 있었지만, 에이이치가 아는 것은 그것이 철쭉은 아니라는 정도였다. 시오미 다리를 건너긴 했어도 여기에 철쭉이 피어 있는 모습을 본 적은 없었기 때문이다. 이것은 꽃을 피우지 않는 타입의 철쭉이라고 말한다면, 그러냐고 대답할 수밖에 없었다.

수로 건너 맞은편에도 나무숲과 산책길이 있고, 호안 위쪽에는 집과 빌딩과 작은 공장이 아기자기하게 늘어서 있었다. 그중에서 가장 높은 건물은 낡은 사 층짜리 공영 아파트였다. 베란다들이 이쪽으로 향해 있었다. 저녁놀을 등진 베란다에는 아직도 빨래가 널려 있는 집들이 많았다.

어쨌거나 볼만한 경치는 없었다. 산책 나온 개들의 분비물이 눈에 띄지 않는 것은 다행이지만, 강에서는 어렴풋이 진흙 냄새가 풍기는 것 같았다.

—입시 학원 다닐 거라며?

몽당해진 담배꽁초를 캔 커피 속에 떨어뜨리고, 가키모토 준코가 물었다. 그 무렵은 입시 학원 이야기가 아직 결정 나지 않은 때였다.

—어떻게 알지?

—다나코 쓰토무한테 들었어.

무슨 까닭인지 가키모토는 덴코를 반드시 다나코 쓰토무라는 풀 네임으로 불렀다. 에이이치한테는 늘 '너'나 '하나비시 댁 아들'이라고 하면서.

—학생은 공부를 해야겠지. 훌륭한 사회인이 되기 위해서.

에이이치가 비아냥거리는 투로 받아쳤다.

대화는 이어지지 않았고, 가키모토는 다리를 꼬고 새 담배에 불을 붙였다. 에이이치는 세탁소 광고 벤치 옆에 우뚝 서 있었다. 가키모토가 벤치 한가운데 떡 버티고 앉아 있어서 앉을 수도 없었고, 설령 자리를 비켜줬어도 앉지 않았을 것이다.

—여기가 뭐가 재밌지?

—하나도 재미없어. 그래서 좋아. 아무도 안 오니까.

—그렇다면 실례가 많았습니다.

그리고 에이이치는 계단을 올라 다리 위로 돌아가서 어슬렁어슬렁 집으로 향했다. 가키모토 준코는 처음과 똑같은 자세로 움직이지 않았다.

계기는 그런 것이었다.

학교에서 집으로 돌아가는 길, 무슨 볼일이 생겨서 나가는 길, 입시 학원이나 아르바이트를 시작한 후로는 그쪽으로 향하는 길에 에이이치는 시오미 다리를 건넜다. 건너가면서 슬쩍 아래를 내려다봤다. 가키모토 준코는 있을 때도 있고 없을 때도 있었다.

여름방학이 시작되고 맞은 첫 일요일에는 처음으로 혼자 벤치에 앉아 보았다. 경치는 역시나 형편없이 초라하고 벤치는 덜컹거려 안정감이 없고 모기 매트는 더러웠지만, 왠지 모르게 마음이 편안해졌다. 아무도 안 오니까. 머리 위에는 도시의 어수선한 생활이 있지만, 그곳만 뚝 떨어져 있는 것 같으니까.

두 번째로 그렇게 혼자 앉아 있는데, 가키모토 준코가 편의점 비닐봉지를 대롱거리며 다가왔다. 점심시간이었던 것이다. 벤치 한가운데에 앉아 있던 에이이치는 가키모토에게 자리를 내주었다. 째려봐서 조금 더 가장자리로, 엉덩이가 떨어질까 말까 한 구석까지 비켜났다. 가키모토는 자리에 앉아 비닐봉지를 열기도 전에 담배부터 꺼내 불을 붙였다.

—식후에 한 대 피우는 사람은 마음만 먹으면 쉽게 금연할 수 있지만, 식전에 한 대 피워야 하는 사람은 금연이 어렵지."

에이이치가 말했다.

—누가 그런 소리를 해?

—신문에 나왔어.

—우리 모리마쓰는 밥을 먹으면서도 피웠어. 그건 뭐지?

모리마쓰는 회계 아저씨의 이름이다. 상사는 아니지만 엄연히 선배인 사람 이름을 함부로 불러대는 여자가 담배를 입에 물고 캔 커피를 땄다.

—캔 커피도 중독이지?

—하루 두 캔은 중독이 아니야.

가키모토 준코의 점심 식사는 에이이치라면 일 분 안에, 덴코라면 십오륙 초 만에 먹어치울 수 있는 조그만 빵 한 개였다.

—그런 빵은 식사에 안 들어가.

—넌 잔소리가 많아.

그러더니 가키모토는 웃었다.

그 후로는 그곳에서 우연히 만나면 그 사람이 먼저 앉아 있더라도 자리를 내주게 되었다.

가키모토 준코는 일하는 사람이고 에이이치도 입시 학원과 아르바이트로 바빴기 때문에, 항상 마주치는 건 아니었다. 그곳은 애당초 그 사람의 세력권이었으니 당연히 거기 와서 벤치에 앉는 빈도수는 그 사람이 훨씬 많았을 게 틀림없다. 두 사람 다 갈 때도 있고 안 갈 때도 있었다. 그런데도 있을 때는 묘하게 잘 마주쳤다. 그 회수를 세어보면 덴코랑 셋이 놀러 간 회수보다 조금 더 우세할지도 모른다.

매번 무슨 얘기를 나누는 건 아니었다. 무슨 목적이 있는 것도 아니었다. 에이이치는 입시 학원 얘기나 하시구치 선생님 얘기, 어제 알아봤더니 영화천국에 또 이상야릇한 타이틀의 신작 영화가 걸렸다는 얘기를 했다. 가키모토는 별로 말이 없었지만, 그래도 가끔은 난데없이 스도 사장님 부부가 텔레비전 쇼핑에 빠져 있다느니 통신판매로만 살 수 있는 발모제가 효과가 좋다며 기뻐한다느니 ST 부동산이 관리하는 월정 주차장 옆에서 날치기 사건이 발생했다느니 비교적 색깔 있는 화제를 입에 올렸다. 그러고 보니 청소만 하는 아르바이트 청년은 청소 실력이 정말로 프로 수준이라 사장과 안면이 있는 하우스 클리닝 업자에게 헤드헌트—이 경우는 핸드헌트가 맞을까—당해 전직했다는 얘기도 거기서 들었다.

늘 종잡을 수 없었다. 덴코랑 셋이 외출한 다음 날이나 영화천국에 같이 간 바로 직후에 우연히 마주쳐도 둘 다 그 얘기는 꺼내지 않았다. 다른 일들과는 철저하게 격리되어 있었다. 가키모토 준코는 그저 지루하게 시간을 보내듯이 앉아서 담배를 피웠다.

그리고 두 사람 다 그 벤치 얘기는 덴코에게 하지 않았다. 덴코의 집은 떨어져 있었지만, 그 녀석도 꽤 자주 ST 부동산에 놀러 왔으니 가키모토가 그 얘기를 해도 전혀 이상할 건 없었다. 하지만 왠지 덴코는 아무것도 몰랐다.

호러 SF 영화제 중인 다나코 가에서 나와 집으로 돌아가는 길에 에이이치가 시오미 다리를 건넌 시각은 오후 한 시 십오 분을 지나서였다.

가키모토 준코가 벤치에 앉아 있었다. 웬일로 캔 커피가 아니라 페트병 콜라를 든 채로. ST 부동산은 열한 시 삼십 분부터 오후 두 시 사이에 직원들이 교대로 점심시간을 가진다. 그래서 이런 경우도 있었다.

있다, 하고 에이이치는 생각했다. 있다, 하며 기뻐한 것은 아니다. 있다, 하며 허둥거린 것도 아니다. 단순히 '있다'고 생각했을 뿐이다.

가키모토는 '있다'느니 '왔다'느니 하는 어떤 감정도 얼굴에 드러내지 않았다. 에이이치가 녹슨 계단을 내려가자 그저 이렇게 물었다.

"야영하고 왔니?"

다나코 가의 야영 취미는 덴코에게 들어서 알고 있었다.

"야영하고 왔어."

"그거 다나코 쓰토무 티셔츠지."

샤워 후에 갈아입을 옷이 없어서 빌려 입은 것이다. 덴코의 옷장에서 비교적 온건한 색채를 고르려고 나름 애를 썼지만, 역시나 상당히 화려했다.

다나코 쓰토무의 집 정원이 정말로 그렇게 넓으냐고 가키모토가 물었다. 메구로의 긴급피난 장소로 지정되어도 이상하지 않을 만큼 넓다고 에이이치는 대답했다.

"삼대가 같이 사는 저택이라며?"

"덴코의 할머니는 이젠 안 계시지만."

"지난번에 사장님이 다나코 쓰토무한테 상속세 대책으로 아파트를 지을 생각이 없냐고 아버님께 의향을 여쭤보라고 했어."

'아버님'과 '의향'과 '여쭤보다'에 향신료 쳐가며 말했다.

"사장님도 장사 기질이 있었네."

"사람 봐가면서 하는 거야."

가키모토 준코의 오늘 점심은 에이이치라면 이 분 안에, 덴코라면 딱 사십팔 초 만에 먹어치울 것 같은 샌드위치였다.

벤치 귀퉁이에 내려앉자 에이이치는 갑자기 기운이 빠졌다.

어젯밤은 나름대로 파란만장한 밤이었다. 급속 해동한 것은 내동댕이쳐둔 그대로였다. 예전에 메구로의 맨션에 살 때, 어머니가 냉장고 내용물을 꺼내놓고 한창 대청소를 하는 와중에 진도 오 도가량의 지진이 난 적이 있다. 어머니는 곧바로 피카를 끌어안고 밖으로 도망쳐서 관리인실로 피난했다. 그곳에서 관리인 사모님에게 위로를 받던 중에 여진이 닥쳤고, 결국은 약 한 시간 동안 집으로 돌아오지 못했는데, 와서 보니 난리가 나 있었다. 그 참상이랑 약간 비슷했다.

덜컹거리는 벤치에서 샌드위치를 덥석덥석 베어 먹는 가키모토 준코 옆에 앉은 에이이치는 눈을 감은 채 방심하고 있었다. 입으로 영혼이 빠져나간다는 건 이런 감각이겠지.

가키모토가 먹거나 마시거나 담배를 피우는 것 말고 뭔가 다른 동작을 하는 것이 눈에 들어와 제정신을 차렸다. 가키모토는 수로 맞은편을 향해 손을 흔들고 있었다. 오른손을 턱 언저리까지 들고 좌우로 움직인다. 표정은 없고, 다시 말해 진지한 표정도 웃는 얼굴도 아닌 평상시의 얼굴이다.

에이이치는 그녀의 시선 끝을 바라보았다. 맞은편 아파트 사 층 오른쪽 끝의 베란다였다. 빨간 옷을 입은 아이가 추락방지용 난간에 한쪽 다리를 걸치고 이쪽을 향해 손을 흔들고 있었다. 정수리가 간신히 난간 위로 엿보일 정도로 작은 아이였다. 빨간 옷은 원피스인가 했더니, 찬찬히 살펴보니 긴 티셔츠였다. 어른 옷을 입혔을지도 모른다. 가슴에 하얀 글씨로 로고가 새겨져 있었다. 옆으로 쓴 글자였는데, 아무래도 읽기는 힘들었다. 난간에 가려져 아이의 얼굴도 확실하게 보이지 않았다. 남자애인지 여자애인지도 알 수 없었다. 그저 열심히 손을 흔들고 있었다.

가키모토 준코는 그 애를 향해 손을 흔들어주고 있었던 것이다.

집 안에서 불렀는지 아이가 뒤를 돌아보며 난간에서 다리를 내렸다. 그리고 다시 한 번 손을 흔든 후 베란다에서 사라졌다.

"가끔 나와. 유치원생쯤 될까?"

가키모토가 말했다.

"늘 손을 흔들어?"

"저 애가 흔들어주니까."

"난 처음 보는데."

"저 애도 사람 봐가면서 해."

재치 있는 역습을 가할까 하다 그만두었다.

"야영하면 푹 못 자니?"

그 질문에, 에이이치는 허락이라도 받은 듯 늘어지게 하품을 했다.

"어젯밤은 특별했어. 아버지도 같이 있었으니까."

부부 싸움 후 가출해서 다나코 가에서 하룻밤 신세를 졌다고 설명하자, 가키모토는 양쪽 어깨를 으쓱 추켜올렸다.

"하나비시 씨 같은 부부도 그렇게 요란하게 싸울 때가 있구나."

"거의 안 해. 이런 일은 나도 처음이야."

"그래서 아버지는 지금 어떤데?"

"돌아가지 않았을까, 집으로?"

"걱정 안 되니?"

"해도 소용없잖아."

"너도 빨리 들어가지그래?"

"갤러리가 없는 편이 좋아."

"동생이 가엾잖아. 아직 어리니까."

가키모토 준코가 뜻밖의 말을 했다. 에이이치는 아무 말도 하지 않았다. 가키모토는 담배를 물고 일회용 라이터로 불을 붙이더니 희미한 연기를 뿜어냈다.

"무신경한 것도 정도가 있다 싶을 정도로 말을 막 하는 녀석이 있잖아."

에이이치가 말했다.

"누구 얘기야?"

"특정한 누가 아니라 일반론."

가키모토는 흐응, 하더니 꼰 다리를 바꿨다.

"그런 무신경이랑 적극적인 악의 사이에 경계선이란 게 있기는 할까?"

얼굴 한쪽에 심상치 않은 기운이 느껴져 시선을 돌려보니, 가키모토가 미간에 주름을 잡고 쳐다보고 있었다.

"무슨 말을 하고 싶은 거야?"

"아니, 그러니까……."

이 얘기는 가족 이외의 누구에게도 말한 적이 없다. 덴코에게도 말하지 않았다. 그런데 난 왜 이 사람에게 말하려고 하는 걸까?

"예를 들자면……."

"예를 들자면, 뭐?"

"어린아이가 죽어서……."

가키모토의 미간 주름이 더욱 깊어졌다.

"비탄에 빠져 있는 부모에게 그 애가 죽은 것은 네가 부모 자격이 부족하기 때문이라고 비난한다거나."

에이이치의 말은 왠지 변명하는 투로 변했다.

"무신경하잖아? 제일 힘든 사람은 부모인데, 그런 건 전혀 배려하지도 않고."

"그건 무신경한 게 아니야. 진심으로 비난하는 거지."

되받아치듯이 곧바로 대답이 돌아와서 에이이치도 양쪽 눈썹을 세웠다. 당신, 정말 딱 잘라 말하네.

"비난하는 쪽도 죽은 아이의 가족인가?"

"응."

"그렇다면 더더욱 진심이지. 비난할 권리가 있다고 생각하니까 비난하는 거야. 그런 일은 있어. 부모는 아이를 죽게 놔둬선 안 되니까, 어쩌다 그런 일이 벌어지면 공격하는 인간이 있게 마련이야."

"동정하는 게 아니고?"

"동정하더라도 비난해."

"그건 이치에 안 맞아. 부모도 원해서 아이를 죽게 놔둔 건 아닌데."

발끈해서 에이이치가 강하게 되받아쳤다. 가키모토의 표정은 변하지 않았다. 설교하듯이 말했다.

"어린애가 죽는 건 있어서는 안 되는 일이니까. 끔찍한 일이니까. 누구든 책임질 사람을 만들지 않으면 속이 안 풀려서 하고 싶은 말을 퍼붓는 사람들이 있는 거야."

책임질 사람이라.

—이게 다 교코 씨 책임이야.

"그런 건 선의잖아. 그러니 감당하기는 더더욱 어렵지."

"선의……."

"'정의'라고 하는 편이 좋을지도 모르겠네."

가키모토가 단언하는 순간, 담뱃재가 툭 떨어져 남색 치마 위에 흩어졌다. 이 사람 패션은 계절에 관계없이 남색이나 검정이나 회색이고, 재질이나 디자인만 바뀔 뿐이다. 게다가 그 디자인이 워낙 구식이라 도대체 어느 시대 옷을 입었냐고 물어보고 싶을 정도지만, 아무렇지도 않게 입고 다녔다.

가키모토는 손으로 재를 떨어내고 담배를 발밑에 버리더니, 검은색 합성가죽 구두 뒤꿈치로 비벼 끄고 고개를 들었다. 미간의 주름은 사라지고 없었다.

"그거 네 여동생 얘기지?"

에이이치는 순순히 고개를 끄덕였다.

"어젯밤 부부 싸움의 오래전 원인. 오래전이라고 해봐야 고작 칠 년 전이지만."

그렇게 말하고 나서야 눈을 깜박였다.

"내 여동생 일을 어떻게 알아? 또 덴코?"

"사장님한테 들었어."

그때 가키모토 준코는 에이이치가 처음 보는 표정을 지었다. 망설이는 표정이었다. '난처해하는' 표정이기도 했다. 말하지 말았어야 하는데, 그런.

"사장님이 당신한테 그런 말을?"

콧숨을 내쉬고, 가키모토는 시선을 피했다.

"네 동생이 우리 사무실에 온 적이 있어. 사장님이 아는 고구레 씨는 어떤 사람인지 가르쳐달라고."

피카가 그런 일을 했다고?

"고구레 씨 유령을 만나고 싶대."

"그 녀석, 정말 열심이네. 이상하긴 하지만."

에이이치는 조금 웃어 보였다.

"후코…… 죽은 여동생의 유령을 만나고 싶어 한다면 이해가 가. 그런데 왜 고구레 씨를 먼저 만나고 싶어 하는지 도무지 이해할 수가 없어."

"사장님한테는 '후짱은 날 모를 수도 있으니까 고구레 씨에게 부탁해서 소개받고 싶어요.'라고 했어."

가키모토는 피카의 말투를 그대로 흉내 냈다.

"후코가 피카를 모를 리가 있나."

"난 이제 많이 커버려서 후짱은 내가 히카루라는 걸 모를지도 몰라요."

또다시 흉내를 냈다. 피카가 직접 말하는 것 같았다. 가키모토는 자기 어투를 되찾아 말을 이었다.

"어린애 논리치고는 대단하던데. 유령이 언제까지고 살아 있는 인간 옆에 있으라는 법도 없고, 유령의 시간이 멈춰 있는지, 아니면 유령만의 시간이 따로 흐르는지도 모를 일이라면서."

사장님은 감탄했다고 한다.

"피카는 우수해."

에이이치가 말했다.

"하지만 그렇다면 고구레 씨도 마찬가지일 텐데."

"그 사람 유령이 거기 있는 건 확실하잖아. 강도 쫓아준 거 잊었니?"

에이이치가 코밑을 문질렀다.

"게다가 네 동생은 누나를 잘 기억하지 못해."

"두 살이었으니까."

"불러낼 방법이 없으니까 고구레 할아버지한테 도움을 받고 싶은 거 아닐까?"

"나한테 말하지."

"부탁하면 제대로 들어줄 순 있고?"

매섭게 힐문하는 말투였다. 눈빛도 날카로워졌다.

"은근슬쩍 속이려는 거 아니야? 그딴 생각은 하지 말라고 말하려는 거 아니야?"

말씀하신 그대로입니다.

에이이치는 또다시 코밑을 문질렀다. 피카도 나름대로 냉동해둔 뭔가가 있는 걸까? 그것을 해동시키려는 걸까?

"사장님은 성실하게 대답해줬어."

고구레 씨의 추억을 피카에게 들려주었다고 한다.

"네 동생이 고맙다고 인사하고 돌아간 후에는 침울해졌지."

—가슴이 아프군.

"이 얘기는 동생한테 말하면 안 돼."

"당신한테 들었다는 말은 안 해."

"누구한테 들었느냐 하는 문제가 아니야. 그런 건 아무래도 상관없지. 네 동생이 자기 입으로 말하기 전에는 말하면 안 된다는 뜻이야."

몸을 구부리고 조금 전에 버린 담배꽁초를 주워 비닐봉지 속에 넣은 가키모토가 자리에서 일어섰다.

"아, 참."

그러더니 에이이치를 바라보았다.

"이거 돈 줄게."

벤치 밑에 있는 모기 매트를 손가락으로 가리킨다. 며칠 전에 에이이치가 새로 사다 놓은 것이었다.

"됐어. 나도 쓰니까."

이삼 초쯤 말없이 그대로 서 있던 가키모토는 천천히 녹슨 계단을 올라갔다. 그리고 다리 위에 이르자 뒤를 돌아보더니 큰 소리로 외쳤다.

"집에 빨리 들어가라니까."

하지만 에이이치는 그 후로도 족히 한 시간이 넘게 그 자리에 앉아 있었다.

빨간 티셔츠 아이는 더 이상 모습을 드러내지 않았다.

고구레 사진관으로 돌아오자, 어머니가 이 층 베란다에서 이불을 두드리고 있었다. 에이이치를 알아보고 이불을 두드리던 채를 흔들었다.

피카는 거실에 드러누워서 만화영화를 보고 있었다. 어서 오라며 일어서더니 느닷없이 사과부터 했다.

"하나짱, 미안해."

"어?"

"냄새가 좀 날지도 몰라."

이 층으로 올라가는데 어머니가 베란다에서 내려왔다.

"피카짱, 어젯밤에 오줌 쌌어."

내 벽장 속에!

"어제는 여러 가지로 시끄러웠잖니."

어머니의 목소리가 작아졌다.

"이해해줘. 피카짱이 잘못한 게 아니라 엄마, 아빠 잘못이야."

집 안에 아버지의 기척은 없었다.

"아버지는?"

"병원에 보냈어."

간 게 아니라 보냈다.

"할아버지는 뵈었을까?"

어머니가 고개를 가로저었다.

"조금 전에 전화 왔어. 정오 지나서 돌아가셨대."

할아버지가 돌아가셨구나.

"장례식은?"

"참석한대. 장례 휴가를 낼 수 있으니까."

에이이치는 '엄마도 가?'라고 물을 생각으로 입을 열었다. 그러나 입 밖으로 나온 말은 달랐다.

"엄마는 안 가도 괜찮아."

이불 채를 가슴에 안고 어머니가 고개를 끄덕였다.

"응. 안 가."

"저쪽도 대충은 알고 있겠지."

"글쎄, 어떨지. 아빠가 또 가족들한테 한 소리 듣겠지."

"본인도 그런 각오는 됐으니까 남자답게 패기 발휘하도록 놔둬."

어젯밤에 아버지 히데오는 울었는데, 지금 집에서 보는 어머니 교코의 눈은 말라 있었다. 어머니의 입에서 이혼의 '이' 자도 나오지 않는 것을 보고 에이이치는 스스로 예상했던 것 이상으로 마음이 놓였다.

"네가 이런저런 일들을 꽤 많이 기억하고 있다며? 아빠한테 들었어."

"이미 뇌가 자리 잡은 나이였으니까."

에이이치는 그렇게 말하고 바지 주머니에 손을 찔러 넣었다.

"그렇다고 괴롭거나 그런 건 아니야. 기억을 떠올리며 이런저런 생각을 하는 것도 아니니까."

얼굴 가득 어머니의 시선이 느껴졌지만 에이이치는 다른 곳을 향하고 있었다. 베란다에 널어둔 이불을 바라보았다. 햇볕이 아직 강했다. 피카가 싼 오줌을 잘 말려주겠지.

"아빠는 보나 마나 말 안 했을 테니까, 엄마가 하나짱한테 말해줄게."

부드러운 그 목소리를 도저히 거역할 수 없어서 에이이치는 어머니의 얼굴을 바라보았다.

"후코 장례식 때, 아빠가 그냥 우물쭈물한 것만은 아니야. 외할아버지, 외할머니한테 끊임없이 사과했어."

—모두 제 책임입니다. 뵐 낯이 없습니다.

에이이치가 입을 열었다.

"나는…… 마사미 이모가 꽤 좋았는데."

어머니가 눈을 가늘게 떴다.

"마짱은 착하니까."

어머니는 자기 여동생을 '마짱'이라고 불렀던 것이다.

"그렇지만 남자 보는 눈은 영 아니었잖아."

살짝 놀란 어머니가 웃음을 터뜨렸다. 해맑은 웃음이었다.

"그러게 말이다, 남자 운은 없지."

한차례 웃고 나더니 이불 채를 품에 안은 채 깊이 심호흡을 했다.

"하나짱은 사람을 많이 만나봐라. 세상을 좁게 살지 마. 세상에는 다양한 사람들이 있으니까."

자기 할 말만 하고 빙그레 웃는다.

"오늘 저녁은 카레야."

그날 밤 피카는 카레를 두 그릇이나 먹고 자기 방에서 잤다. 아무 일도 없었다는 듯한 표정이었다. 에이이치가 잠들 때까지도 아버지는 돌아오지 않았다.

벽장은 나쁜 냄새 대신에 오히려 안 어울리는 민트향 탈취제 냄새가 풍겨서 화장실 같았다.

3

하나비시 부부의 이혼 소동은 종식되고, 생활은 평상시 모드로 돌아갔다. 9월 중순이 되자 늦더위가 갑자기 한풀 꺾이는가 싶더니 10월로 접어들면서 다시 끈질기게 부활해서, 일단 찾아왔을 가을이 갈 곳을 잃고 당황하는 느낌이었다. 그런데도 방울벌레와 귀뚜라미와 달각달각 소리를 내는 벌레는 계속 울어댔다.

아버지 히데오의 본가에서는 이따금 연락이 오는 듯했다. '듯하다'고 표현하는 이유는 주로 아버지의 휴대전화를 통했기 때문이다. 그런데도 '듯하다'는 판명이 난 것은 딱 한 번, 저녁 식사 시간에 집 전화가 울렸는데 아버지가 아직 돌아오지 않아서 어머니가 전화를 받은 그때의 일 때문이다.

전화는 아버지의 어머니, 즉 에이이치의 친할머니한테서 걸려 온 것이었다. 이 전화는 '듯하다' 정도의 느낌이 아니었다. 처음에는 온화하게 대화를 주고받았는데, 중간부터 상대방 감정에 급격한 드라이브가 걸렸는지 전화기 너머에서 소리를 지르기 시작해서 그 소리가 밖에까지 흘러나왔다.

어머니는 차분하고 냉정했다. 남편이 돌아오면 다시 전화를 드리라고 하겠다고 말하고 조용히 수화기를 내려놓았다.

다행히 피카는 저녁을 다 먹고, 옛날에 암실로 썼던 유틸리티 룸에 들어가 있었다. 아발란치의 가와시마 히토시가 '고푸라' 러시프린트rush print*를 피카짱에게 보여주고 싶다며 동영상 데이터를 보내줬다고 뛸 듯이 기뻐했다.

에이이치가 빈 그릇을 개수대로 옮겨 설거지통에 넣고 — 피카의 표현으로는 퐁당 시키고— 뒤를 돌아보니 어머니가

---

* 편집이 안 된 영화 필름. 촬영이 끝난 후 촬영이 제대로 되었는가를 확인하고 대강 편집을 할 수 있다.

전화기 옆에서 메모를 적고 있었다.

"전할 말을 잊으면 안 되잖아."

살짝 웃었다.

"무슨 용건이래?"

"사십구재 날짜가 정해졌대."

"사십구재라면 정확히 사십구 일째에 하는 거 아닌가?"

"다들 사정이 있으니까 아무래도 토요일이나 일요일이 아니면 곤란하겠지. 미루는 건 안 좋지만 미리 당겨서 하는 건 괜찮아."

"사십구재에 납골하지?"

"응, 그렇지."

후코의 묘는 도심에 있는 세련된 맨션 형식의 묘소 안에 있다. 실내라 비바람을 맞을 일도 없고 중요한 지점마다 아름다운 꽃들이 장식되어 있어서 입구나 통로는 마치 호텔처럼 보인다. 십여 년 전만 해도 그런 방식의 납골 묘소는 개인 묘지를 참배할 수 없다는 이유로 꺼려지기도 했지만, 요즘 들어서는 그렇지도 않다. 하나비시 집안사람이 방문하면 언제라도 후코 이름을 쓰고 영정이 장식된 묘비를 참배할 수 있다.

이 묘비는 서양식이라고 할까, 영화 같은 데 나오는 교회 묘지의 묘비랑 비슷해서 플레이트 형태다. 후코 묘비는 거기에 천사 돋을새김이 새겨져 있다.

후코의 장례식은 불교식이었다. 그러나 법명은 없다. 후짱이 읽을 수 없는 한자로 이름을 붙이고 싶지 않다고 어머니가 끝까지 주장했기 때문이다. 그러고 보니 법명을 안 붙이는 일로도 실랑이가 있었던가?

묘에 관한 문제로도 한차례 말썽이 있었다. 그래서 후코의 납골은 사십구 일보다 조금 늦어졌다. 어머니는 그 일을 잊고 조금 전 말을 했을까?

결과적으로는 어머니의 희망이 모두 실현됐지만, 아버지의 부모님, 그중에서도 특히 할머니는 그 모든 것에 반대했다. 할머니는 후코를 혼자 두긴 가엾다며 오다와라에 있는 하나비시 본가 묘지에 넣고 싶어 했다. 그리고 언젠가 자기들도 차례로 저세상에 갈 테니 그때가 되면 자기들 묘지에 후코를 옮기고 싶다고.

손녀를 사랑하는 할머니의 마음을 이해 못 할 바는 아니지만, 부모가 볼 때는, 더구나 며느리가 볼 때는 도저히 납득할 수 없는 제안이었다. 그런데도 할머니는 고집했다.

—후코를 혼자 두긴 안쓰러워. 일족들이 있는 묘지에 들어가는 게 좋아.

일족이라고 해봐야 그 시점에서 본가 묘지에 들어간 사람은 후코보다 두 세대 앞선 조상들뿐이었다. 게다가 오다와라는 멀지도 않지만 가깝지도 않았다. 가능하면 자주 후코를 만나러 가고 싶은 어머니로서는 그런 데로 보낼 수 없는 노릇이었다.

후코는 벌레를 싫어해서 파리나 개미도 신경질적으로 무서워했다. 어두운 장소도 무서워했다. 그런 아이를 어떻게 혼자 땅속에 넣을 수 있겠는가, 절대 그럴 수는 없다는 굳은 결의도 어머니에게는 있었다.

그 모든 것이 할머니의 비위에 거슬렸다.

기억이란 더듬을수록 자꾸 끌려 나오는 것이라 에이이치는 그때 할머니가 소리친 것까지 떠오르고 말았다.

—후코가 뼈만 남은 후에야 엄마 같은 소리를 하면 무슨 소용이야!

다나코 가의 정원에서 야영하던 날 밤, 아버지 히데오는 납골 때도 초상이나 장례식 때랑 —어머니를 비난하는 듯한— 분위기는 별로 다르지 않았다고 했는데, 그 표현은 안이하다. 오히려 납골할 때는 묘지 문제가 있었기 때문에 더 정면으로 충돌하지 않았을까?

정신을 차리고 보니 어머니가 전화기 옆에 선 채로 이쪽을 바라보고 있었다. 떠오른 일들이 만화 속 말풍선처럼 머리

위에 떠 있는 기분이 들어서 에이이치는 팔을 냅다 휘두르며 주위 공기를 휘저었다.

"왜 그래?"

"모기 있어."

"어머, 싫다. 아직도?"

한쪽 다리를 들어 올리면서 어머니는 말을 이었다.

"그쪽은 묘지 문제로 또 다투는 모양이야."

또라고 말하는 걸 보니, 아무래도 에이이치의 사고는 훤히 읽힌 모양이었다.

"어떻게 알아?"

"아빠한테 들었어."

"히데오 씨가 그런 말을 다 해?"

"일단은 교코 씨도 들어둬야 한다면서."

말하고 나서 씁쓸하게 웃었다.

"아빠는 요즘 살짝 한탄 조로 변했어. 우리 일가는 장례식에는 반드시 말다툼을 해야 하는 걸로 착각하는 거 아니냐고."

그 말에 에이이치는 전에 덴코에게 들었던 이야기를 떠올렸다.

"덴코 아버지가 오 년쯤 전이었나, 자원봉사로 독거노인 세대 순회 치과 의사를 한 시기가 있었대."

지금은 대학 쪽이 바빠서 본인이 직접 나가지는 못하지만 기부금으로 활동 원조는 계속하는 것 같았다.

"그런 일을 하다 보면 노인분들이 돌아가셨을 때 장례식에도 불려 가나 봐. 덴코 아버지야 워낙에 발이 넓은 사람이라 온갖 장례식을 봤겠지만, 자원봉사 시절에 참석한 장례식은 정말로 천차만별이었던 모양이야."

방 한 개짜리 아파트에 살던 독거노인이 실제로는 엄청난 자산가라 돌아가시자마자 자식을 비롯한 친족들이 우르르 나타나서 눈이 번쩍 뜨일 정도로 호화로운 장례식을 거행하고, 그 자리에서 유산 분배 협의라고 할까 분쟁을 일으켜서 주먹다짐으로까지 발전하는 일이 있다고 한다.

"덴코 아버지는 장례식장에서 앞니가 부러진 사람을 응급처치해준 일도 있다던데."

그런가 하면 고인에게 친족이 있다는 걸 뻔히 아는데 아무도 안 나타나서 요양 보호사가 조용히 보내드리는 구민 장례식에 참석한 일도 있다고 했다.

"그래서 덴코 아버지가 덴코한테 이렇게 말했대."

—장례식이란 고인의 삶의 방식과는 전혀 관계가 없어. 남은 인간들의 본성을 까발리는 장이지.

어머니는 앞치마를 두른 가슴 앞으로 팔짱을 끼더니 고개를 살짝 갸웃거렸다.

"그건 좀 지나치게 절망적인 견해일지도 모르겠다."

"어, 덴코도 그렇게 말했대. 고인의 삶의 방식과 전혀 관계가 없다는 표현은 좀 심하지 않냐고."

"쓰토무답네."

어머니가 미소를 머금었다.

"우리 경우도 본성을 까발렸다기보다는 서로의 본심이 저절로 드러난 셈이었지."

에이이치는 어머니의 얼굴을 바라보았다. 부엌 수도꼭지에서 물방울이 떨어졌다.

"할머니는 원래부터 우리 결혼을 반대했으니까. 처음부터 미움을 받았기 때문에 나도 정이 가진 않았어……. 미움 받은 대로 똑같이 했지."

"뭐, 대체로 그런 거겠지."

그렇게 코멘트를 단 에이이치의 뇌리에 또 다른 기억이 되살아났다. 심령사진 속의 여자, 야마노 리에코의 얼굴과 목소리였다. 헤어진 남편과 그 부모에 관해 얘기하던 그 목소리, 그 표정. 그러고 보니 그 사람들의 결혼도 부모에게는 환영받지 못했다.

—나는 울지 않았어요.

세 사람이 불에 타 죽었다는 걸 알고 차분한 말투로 그렇게 말했던 그 사람, 그러나 과거의 사진 속에서는 울고 있었다.

"내가 아는 사람 중에 시부모가 푹 빠져버린 신흥종교랑 맞지 않아서 끝내 이혼한 사람이 있어."

"아르바이트하는 데서 알게 된 사람?"

질문을 받고서야 알아차렸다. 어머니로서는 그렇게 생각하는 게 당연하다.

"응."

"그건 괴로운 일이었겠지……."

"이혼하고 나서 남편과 남편의 부모가 화재로 죽었어. 이미 인연은 끊어졌지만, 이혼하고 얼마 안 되었을 때라 장례식에 갔대. 그랬더니 그 종교 신자들이 엄청나게 따가운 눈빛으로 흘겨봤다나."

암투라고도 표현할 만한 상태였을 것이다. 리에코 씨랑 얘기할 때는 그 부분을 거의 의식하지 못했는데. 얘기할 걸 그랬다 싶었다. 실은 우리 어린 여동생이 일찍 죽어서 장례식을 치를 때 가족들이 다퉜던 모습은 거의 캄보디아 내전 수준이었어요. 그런 일이 종종 있다니까요, 하고.

아니, 얘기하지 않은 게 잘한 일일 것이다.

지금 옛날 사진을 꺼내 보면 우리 집 사진에도 미타 씨네 사진 같은 일이 생겼을까?

"하나짱."

어머니가 묘하게 긴장된 목소리로 불렀다.

"응."

"너, 그 사람이랑 친해? 여자 맞지?"

그 표정을 본 에이이치는 자신의 경솔함을 깨달았다. 상식적인 여성이라면 단순한 아르바이트 고등학생을 상대로 자기 이혼 이야기를 줄줄 쏟아놓을 리가 없다. 그렇다면 그 상대는 비상식적인 여자거나 상대를 단순한 아르바이트 학생이라고 보지 않은 게 빤하다고 어머니가 추측한 것이다.

"내가 직접 들은 얘기는 아니야. 오랫동안 근무한 사람인데, 점장한테 하는 얘기를 옆에서 잠깐 들었을 뿐이야."

"어머, 그랬구나."

어머니는 그렇게 말했지만 순수한 '어머, 그랬구나.'는 아니었다. 오히려 '추궁할 여지가 남아 있음.'이라는 뉘앙스가 풍겼다.

"할아버지 묘지 문제로 옥신각신하는 이유는 뭐래?"

질문을 던짐으로써 화살의 방향을 돌리기로 했다.

"아하, 그야 물론 이거지."

어머니가 엄지와 검지로 동그라미를 만들어 보였다.

"묘지는 비싸. 거기에 유산 분배 문제까지 얽혀서 복잡하대."

"할아버지가 부자였나?"

"뭐, 보통이지. 건설 회사에 근무한 직장인이셨으니까. 그래도 예금이나 보험금은 있겠지."

"전부 할머니가 받는 거 아닌가?"

"법률상으로는 자식들에게도 권리가 있어. 설사 요시오 씨나 가쓰미 씨는 물러난다고 해도 며느리들이 과연 어떻게 나올지."

어머니는 남편 형제의 이름은 불러도 며느리들에게 '형님'이나 '동서'라는 말은 쓰지 않았다. 에미 씨나 사토코 씨라고도 부르지 않았다.

"어쨌든 우리랑은 관계없잖아."

"응."

고개를 끄덕이고 어머니는 힐끔 전화기로 시선을 떨어뜨렸다.

"아빠 얘기로는 올해 안에 아버지를 묘지에 모실 수 있을 것 같지 않다던데, 과연 어떻게 될지."

"엄마가 걱정할 건 없어."

어머니 교코는 눈을 깜박거렸다. '걱정'이라는 말이 도화선이 되어 우리 집안의 최근 현안을 떠올린 모양이었다. 들릴 염려가 없는데도 목소리를 낮췄다.

"으음…… 그건 그렇고, 어젯밤에 피카짱은 어떻던? 한밤중에 또 화장실 가려고 일어났어?"

하나비시 부부의 이혼 소동 및 아빠 히데오의 야영 사건 날 밤에 오줌을 싼 후로 피카는 잇달아 몇 번이나 똑같은 실수를 저질렀다. 그것은 하나비시 집안에 있어서는 생활 기반의 활단층이 어긋난 것 같은 크나큰 이변이었다. 피카는 기저귀를 뗀 후로 세 살까지 한 번인가 두 번, 그것도 가볍게 질금거리기만 했을 뿐, 그 후로는 단 한 번도 이런 일이 없었기 때문이다. 일반적으로 사내아이는 오줌을 싸기 쉽고, 실제로 에이이치도 초등학교에 들어갈 무렵까지는 —빈번하지는 않았지만— 그랬기 때문에 그에 비하면 피카는 훌륭했다. 그런데 다 늦게 문제가 발생해버린 것이다.

부모는 둘 다 이혼 소동이 원인이라며 몹시 침울해졌다. 피카 본인은 요즘 꿈을 자주 꾸는 탓이라며 자기 나름대로 분석과 설명을 시도했다.

—내 뇌가 성장했기 때문인지도 몰라. 점프 업 해서 그래. 그러다 보니 몸이랑 조화가 안 되는 거야.

실제로 학교나 학원 성적 등에는 영향이 전혀 없었고, 본인도 어두워지지 않았다. 다만 부끄러워하기는 했다. 그래서 자명종을 여러 개 맞춰놓고, 밤중에 몇 번씩이나 강제 기상 모드로 화장실에 가는 것이다. 그러나 그것도 소용이 없을 때가 있었다.

또 더럽히면 안 된다면서 에이이치의 벽장에는 가까이 오지 않았다. 그렇다 보니 이쪽이 잠에 곯아떨어져버리면, 강제 기상 모드 덕분에 세이프 되든 그 보람도 없이 아웃 되든 아침에 일어날 때까지는 상황을 파악하기 어려웠다. 게다가 에이이치는 늘 완전히 곯아떨어지는 스타일이라 상황을 전혀 알아챌 수가 없었다.

"몰라. 미안해."

에이이치는 정직하게 말했다.

"사과할 것까진 없어. 너까지 수면 부족이면 곤란하지."

어머니가 한숨 섞인 목소리로 말했다.

"한동안 같이 자야 할까?"

이 문제가 발생한 초기에 피카에게 단번에 거절당해 보류된 제안이었다. 그건 싫어, 훨씬 창피하잖아.

"아무래도 여러 가지로 불안한 모양이야, 틀림없어."

"그게 아니라 뇌가 비약적으로 성장했을지도 모르지."

"그런 학설은 들어본 적도 없어. 육아서에도 안 나왔고."

"피카는 특별하니까."

"특별하게 느껴지기 쉬운 아이야."

에이이치가 오늘 밤에는 신경을 쓰겠다고 말했다.

"덴코를 부를까? 그 집으로 자러 가는 것도 좋을지 모르겠다. 기분이 바뀌면 말끔하게 고쳐질 거야."

어머니 교코는 여전히 눈썹을 찡그린 얼굴로 대답했다.

"그럴까……. 그럼 부탁해."

그런데 정작 본인은 컴퓨터 앞에서 최신작 '고푸라 대 우미호타루 괴수 헤도리안'에 빠져 흥분해 있었다. 러시프린트라 각 장면의 영상은 만들어졌지만 완벽하게 스토리가 맞춰진 것은 아니었다. 그러나 애당초 스토리 같은 건 없는 영화라서 전혀 문제없다.

"이것 봐, 이것 봐! 이 고푸라에는 덴코짱이 들어갔어!"

덴코 자식, 아마추어 주제에 넉살 좋게 나서지 말라고 그렇게 충고했건만. 역시나 고푸라 역을 시도했던 모양이다.

"여전히 모래밭에서 날뛰네."

"그래도 지난번보다는 합성이 잘됐어."

"우미호타루 괴수는 또 무슨 괴수야?"

"우미호타루를 만들 때 도쿄 만 해저를 휘저어놓아서 헤도로*

* 강, 호소湖沼, 해만海灣 등의 바닥에 퇴적된 질퍽질퍽한 침전물. 흔히 하수나 공장의 폐기물이 그 원인이 된다.

즉 해저 침전물들이 돌연변이를 일으킨 거지."

휘젓는 것만으로 난데없이 돌연변이가 일어난다면 유전자 조작 식품에는 더더욱 조심해야 할 것이다.

"헤도리안은 헤도로 공해로 죽은 바다 생물 영혼들의 집합체야."

이번에는 인간도 아니고?

"헤도로 때문에 물고기를 못 잡게 된 어부들의 분노도 깃들어 있지."

"그럼 이름이 어설프네. 헤도로 괴수면, 순수하게 '헤도라'라고 붙이면 좋잖아?"

피카는 에이이치가 미연방 공화국의 수도는 뉴욕이고, 그곳에 수상의 관저가 있다고 말하기라도 한 것처럼 영하 십도의 눈빛을 던졌다.

"그럼 완벽한 표절이지. 하나짱, '고지라 대 헤도라'도 몰라?"

이미 있다고, 헤도라가?

"아, 나도 나왔다!"

피카가 가리킨 손가락 끝에서는 우미호타루의 주차장에서 헤도리안에게 습격당해 비명을 지르며 도망치는 탄빵과 피카의 모습이 비쳤다. 도망치던 피카가 도중에 넘어져서 탄빵이 안아 일으켰고, 그 순간 두 사람은 헤도리안에게 따라잡혀

절체절명의 위기. 바로 그때 고푸라가 등장한다.

“탄빵 누나는 이 장면 시나리오를 읽고 나서, ‘대괴수 공중전 가메라 대 갸오스’를 몇 번씩 되풀이해 보면서 연기 연습을 했어.”

주인공을 연기한 나카야마 시노부가 산속에서 갸오스와 맞닥뜨려, 출렁다리 위에서 아이를 감싸 안는 장면이 있었던 모양이다. 나카야마 시노부는 사실대로 밝히자면, 상당히 에이이치의 급소 수준인 여배우라 한마디 코멘트를 달지 않을 수 없었다.

“탄빵도 참, 뻔뻔한 것도 한계가 있지.”

“말이 심하네, 다 일러버린다.”

피카는 웃었고, 쓸데없는 소리까지 덧붙였다.

“하나짱은 연상의 누나 같은 타입을 좋아하지.”

여배우 나이는 상관없다. 시노부짱은 청초하고 늘씬하고 예쁘잖아.

“하나짱보다 키도 크고.”

“시끄러.”

정 그런 태도로 나오겠다면 이쪽도 태도를 바꿔주마.

“너 요즘 밤 화장실 쪽은 어때?”

피카는 화면에 시선을 못 박은 채, 연설 중인 대통령이 의

원의 야유를 무시하듯 에이이치를 무시했다.

"요즘 들어 고푸라의 동작이 샤프해졌지? 의상을 개조했대."

"그건 됐고, 네 화장실."

'야뇨증'이니 '오줌'이라고 표현하지 않는 이 형님의 배려를 알아차리란 말이다.

"잘 일어나."

"그러면 낮에 졸리진 않고?"

"괜찮아. 익숙해졌는걸, 뭐. 하지만……."

피카가 시무룩하게 고개를 숙여서 에이이치도 놀리는 것을 그만두었다.

"밤에 몇 번씩 일어나도 고구레 씨는 못 만나."

그건 다른 얘기잖아.

"덴코짱이 유령은 한밤중에 나온다고 했어. 새벽 두 시 무렵. 하지만 키다리 선생님은 정말로 유령이랑 마주치기 쉬운 시간은 새벽 네 시라고 가르쳐줬고."

에이이치는 눈을 가늘게 떴다. 컴퓨터 화면이 눈부셔서가 아니었다.

"키다리 선생님은 누구야?"

피카는 똥그란 눈을 돌렸다.

"탄빵 누나 남자 친구."

어느새 하시구치와 피카는 친구가 된 것이다.

"웬 선생님이야?"

"그야 하나짱 공부를 가르쳐주니까. 나도 가끔 반복 학습할 때 배워."

하시구치랑 그럴 여유와 기회가…… 있었나?

있었구나. 여름방학 동안 하시구치는 입시 학원 휴일이나 여유 시간에 축제를 대비해 꾸준히 연습하는 경음악 동호회로 탄빵이 연습하는 모습을 구경하러 갔을 테고, 그곳에서 이따금 덴코를 따라와 그림을 그리는 피카랑 마주쳤을 것이다.

"피카 너 탄빵 밴드 그린다면서."

"응. 멋진 소재야."

지금은 스케치만 잔뜩 하고 있다고 했다.

"구도를 결정하기 전에 스케치를 많이 해두면 좋거든."

"본격적인 제작은 언제부터 들어가실 예정인지요, 화백님?"

"다음 달 초부터."

피카의 미술 선생님이 노리고 있는 콩쿠르는 학교 단위로 응모하는 곳이 많아서 응모 기한이 이 학기 중이라고 했다.

러시 영상이 끝나자, 피카는 마침내 컴퓨터에서 시선을 뗐다.

"가와시마 형 모임에서는 대학 축제 때도 매년 고푸라를 상영한대."

피카짱이랑 다 같이 보러 오라고 초대했다고 한다.

"다음 달 21일, 22일, 23일, 사흘간이랬어. 주말이랑 근로감사일. 이번에는 하나짱도 같이 가자."

미쿠모 고등학교 축제는 14일, 15일, 주말이다. 그다음 주라면 문제는 없다.

"그럼 가볼까."

영화 상영 후에 탄빵에게 직접 코멘트해줄 수 있는 좋은 기회다. 넌 아무리 발버둥 쳐도 나카야마 시노부는 못 따라가. 단, 비명은 그럭저럭 들어줄 만하더라.

"미쿠모 고등학교의 '스크리밍 퀸'이라고 불러."

살짝 폼을 잡는 것뿐 아니라 우쭐거리기까지 하는 탄빵.

"인간한테는 어떤 특기가 숨어 있는지 알 수 없나 봐."

"그래서 방심은 금물이라고 하잖니."

피카와 얘기한 지 얼마 지나지 않아서 에이이치가 복도 게시판에 축제 역전 대회 참가자 모집 전단지를 붙이고 있는데, 뒤에서 탄빵에게 무릎 킥을 당한 상황이었다.

이 학기가 시작되었고, 에이이치는 동호회와 아르바이트, 탄빵은 축제 연주회를 대비한 동호회 연습으로 매일같이 바빠서 거의 마주칠 기회가 없었다. '나도 동호회 은퇴하면 매일같이 입시 학원이야.' 하고 말은 했지만, 지금 탄빵의 머릿속은 연주회 일로 가득한 것 같았다.

"가와시마 씨 학교 축제, 우리 부모님도 구경하고 싶대. 이번에도 밴 같이 타고 가자."

"그건 좋은데, 내가 확 불어버린다."

"뭘?"

"하시구치랑 너한테는 가와시마 형 대학이 일 차에서 떨어질 경우의 대비책이라고."

"핫시는 그렇겠지만 나한테는 일 지망이 될 가능성이 매우 높아."

약한 모습 보이기는.

"현실적으로 다가왔어. 같은 대학에 들어가도 이과랑 문과는 캠퍼스가 달라서 별 의미가 없다는 것도 알았고."

"하시구치도 문과잖아, 법학부에 진학할 테니까."

"아버지는 그렇게 해주길 바라는데, 본인은 사실 이과에 가고 싶어 해. 수리언어학이라는 거 아니?"

"언어학이면 문과 아닌가?"

그런 시시한 대화를 나누면서, 에이이치가 여섯 군데 게시판을 돌며 전단지를 붙이도록 따라와 주었다. 그러고는 손목시계로 시선을 떨어뜨리더니 입술을 질끈 깨물었다.

"하나짱, 오늘은 이제부터 적당히 뛸 거지? 그 전에 잠깐 시간 좀 내줄래? ……할 얘기가 있어."

"드디어 이별 이야기인가?"

이번에는 무릎 킥이 아니라 발로 걷어차였다.

"우리 같은 우애 커플은 열애 커플보다 쉽게 헤어지지 않아. 그만 포기하시지."

뭐…… 그건 그렇고, 남자 친구도 아닌 나를 발로 차냐?

"핫시도 같이 있으면 좋겠지만, 이 말을 하나짱한테 꺼내면 그 사람 이성을 잃고 당황할지도 모르니까 그냥 생략하고 우리끼리 얘기하자."

무슨 소린지 영문도 모른 채, 에이이치는 교정 한구석에 있는 벤치까지 끌려갔다. 음악실에서 경음악 동호회 회원들이 악기를 조율하는 소리가 들려왔다.

"연습 시작했잖아."

"그러니까 바로 옆에서 얘기하는 거야."

벤치에 앉은 탄빵은 또다시 입술을 깨물며 한참을 머뭇거렸다. 에이이치는 운동장을 도는 야구부 선수들이 피워 올리는 흙먼지를 뒤집어쓰며 그 옆에 우뚝 서 있었다.

결심을 굳혔는지 탄빵이 가무잡잡한 얼굴을 들었다.

"요즘에 말이야, 피카짱 뭔가 좀 이상하지 않니?"

흙먼지 탓은 아니었지만 에이이치는 눈을 깜박거렸다.

"이상하다니, 뭐가 어떻게?"

"예를 들면 반항기에 접어들었다거나."

"아니야."

"그럼 몸 상태가 안 좋다거나."

오줌 싸는 것을 제하면 건강상의 문제는 없었다.

"혹시 학교에서 왕따를 당하는 거 아닌가?"

"그보다 어떻게 이상한지부터 말해."

탄빵은 턱을 당기더니 에이이치를 응시했다.

"그런 표정으로 묻는 걸 보니, 하나짱도 뭔가 짚이는 게 있는 모양이지?"

이 녀석, 내 여자 친구도 아니면서 왜 이렇게 예리한 거야?

"무슨 일 있었니, 피카짱한테?"

역습의 힐문이었다. 에이이치는 운동화 끝을 내려다보았다.

"내 눈을 보고 대답해."

탄빵의 눈은 크다. 에이이치는 거기에서 방출되는 빔에 고개가 움츠러들어서 우물우물 부모님의 이혼 소동 얘기를 들려주었다.

"하지만 그건 이미 종식됐어. 확실하게 종식 선언을 한 건 아니지만, 여진도 가라앉았고."

"피카짱한테는 그렇게 안 보일지도 몰라. 아무리 똑똑해도 아직 어린애니까."

그렇게 중얼거리는 탄빵은 피카의 누나라기보다 피카 학교의 양호 선생님 같았다. 아, 물론 호유 학원 양호 선생님이 어떤지는 모르지만…… 그냥 분위기상으로.

"요즘 부모님 모습을 보면 틀림없이 알 거야. 그 녀석은 나보다 눈치가 빠르니까."

"그럼 왜 그럴까?"

자문자답하는 탄빵은 자기 얼굴 중에서 가장 색이 밝은 입술을 색이 더욱 옅어질 만큼 꽉 다물었다.

"피카짱 그림이 이상해."

여름방학에 그렸던 거랑 이 학기에 들어서서 그리는 그림 사이에 명백한 차이가 있다고 했다.

"너희 밴드 그림?"

"그래."

"본인은 스케치를 많이 하고 있다던데."

"맞아. 스케치라 흑백인데, 그래서 오히려 분명하게 차이를 알아볼 수 있어."

검은색이 늘어나고 어두워졌다는 것이다.

"인물 묘사 방법도 달라졌어. 별로 움직임이 없단 뜻이야.

활기가 없다고 해야 하나. 게다가 간혹 눈, 코, 입이 없는 얼굴도 그린다니까."

에이이치는 어깨를 움츠렸다.

"밑그림이니까 자잘한 부분은 생략할 수도 있잖아?"

탄빵 눈의 빔이 와이드해졌다.

"여태까지는 그런 일이 없었어. 하나짱은 피카짱이 그린 스케치 본 적이 없으니까 그래."

"그 녀석이 보여주고 싶어 하지 않으니까."

"보면 단번에 알 수 있어. 아직 사귄 지 얼마 안 되는 키다리 선생님까지 금방 알아차렸는걸."

탄빵이 단언했다.

"그래서 걱정해?"

"굉장히 걱정해. 아이들이 그리는 그림에는 그 아이가 놓인 환경이나 심리 상태가 반영된다고 핫시가 말했어."

에이이치는 곤란했다. 이 진지한 시선 앞에서는 정직해야 마땅하겠지만, 피카의 프라이버시도 있으니까.

"그 녀석, 요즘 들어 밤에 오줌을 싸."

말해버렸다. 탄빵 눈의 빔이 사라졌다.

"이혼 소동 때가 처음이었고 지금도 계속되고 있어. 자명종을 맞춰놓고 한밤중에도 일어나서 화장실에 가니까 횟수는 좀 줄었지만, 그래도 완전히 멈추진 않았어."

탄빵 눈 속에서 경계 라이트가 돌아가기 시작했다.

"그건 문제가 있는 거야, 하나짱."

"역시 그런가?"

"어머니는 뭐라고 하셔?"

"일단은 자극하지 않고 상황을 지켜보는 중이야. 이혼 소동 후유증이라고 책임을 느끼고 있으니까."

"하지만 이혼 문제는 이제 끝났다며."

탄빵은 그렇게 중얼거리더니 두통이라도 나는 듯 손가락을 관자놀이에 얹었다.

"그럼 다른 문제가 있을지도 모르지."

"어떤 문제?"

"조금 전에도 말했지만, 학교에서 왕따라거나."

그건 상상하기 어렵다. 에이이치는 고개를 저었다.

"오줌을 싸게 된 계기는 이혼 소동이었어. 다른 게 아니야. 그래서 나도 그 후유증인 줄 알았는데."

탄빵은 납득하기 어려운 듯했다. 경계 라이트가 빙글빙글 돌았다.

"이혼 자체는 아니더라도 이혼과 관련 있는 문제가 아닐까? 그런데 그쪽은 아직 해결되지 않았다거나."

할아버지가 돌아가신 일인가? 그 일로 유산 문제가 생겨서 옥신각신한다는 것 때문에? 아니면 묘지가 결정 나지 않아서 할머니가 전화로 큰소리친 일인가?

"나도 굳이 하나짱 집안일에 함부로 끼어들 생각은 없어."

탄빵이 얌전해졌다.

"하지만 그 그림은 정말 이상해. 피카짱답지 않아. 빛이 사라졌어."

에이이치는 피카가 탄빵을 소재로 만들었던 모자이크를 떠올렸다. 현재 그 그림은 탄빵 소유로, 전통찻집 벽에 걸려 있다. 단골손님들이 '이건 지하루짱이네. 그림 좋은데.'라며 칭찬해주었다고 한다. 신년 야밤에 하얀 입김을 뿜어내며 하얀 식혜를 파는 판매원 탄빵의 모습을 옮겨놓은 그 모자이크에서는 분명 환한 빛이 반짝거렸다.

둘이 나란히 입을 다물고 있는데, 별안간 흙먼지가 유독 심하게 피어올라서 탄빵이 허둥지둥 고개를 숙였다.

"야구부 녀석들은 너무 물렁해."

무슨 까닭인지 몸을 비스듬히 기울이고 다리를 쭉 미끄러뜨리며 덴코가 등장했다.

"슬라이딩은 이렇게, 이렇게 해서, 이런 식으로 해야지. 땅을 후벼 파듯이 미끄러져야 한다고."

탄빵은 어이없어했다.

"덴코 너, 그 넘쳐나는 에너지, 세상에 좀 더 도움이 될 뭔가가 나타날 때까지 잘 간직해두랬지."

"일단은 우리 밴드를 위해 도움이 되어볼까 하는데."

에이이치는 교복 어깨에서 흙먼지를 떨어냈다.

"그럼 오늘은 큰북 치러 가겠네?"

리듬 섹션이거든, 하고 덴코와 탄빵이 입을 모아 정정했다.

"타악기잖아. 그딴 건 다 큰북 친척이라고."

"우리 연주를 들으면 그 인식도 바뀌겠지. 난 워밍업으로 잠깐 달리고 나서 큰북 치러 가야겠다. 탄빵, 멘치한테 말 좀 잘해주라."

멘치는 탄빵 밴드에서 피아노를 치는 학생으로 밴드 전체를 관리하는 역할이었다. 리듬 섹션 담당이 조깅 동호회와 양다리를 걸쳐도 화내지 않는 품성을 갖춘 데다 피아노 실력이 실로 대단했다. 진검 승부를 한다면 음악 선생님보다 기교가 뛰어날 텐데, 그런 걸 했다가는 선생님을 정말로 적으로 돌려버릴 테니 삼가는 듯했다. 참고로 말하자면, 멘치라는 별명은 집에서 반찬 가게를 하고 간판 상품이 멘치카쓰*라는 데서

* 민스 커틀릿의 일본식 발음. 다진 쇠고기에 잘게 썬 양파 등을 섞고 빵가루를 입혀 납작하게 튀긴 요리.

비롯된 것으로, 이 사람 저 사람 할 것 없이 노려보는 여자애라는 의미는 아니다.*

그런데도 멘치의 장래 희망은 초등학교 음악 선생님이라고 한다. 아무리 노력해도 나는 연주가가 될 수 없다, 그것을 이미 열세 살에 깨달았기 때문에 음악학교를 그만두고 일반 고등학교에 들어왔다고 한다. 예술은 엄격하다.

에이이치는 유난히 옆으로 넓적한 멘치의 얼굴을 떠올리다 불현듯 생각이 났다.

"피카도 자신감을 상실한 게 아닐까?"

앗, 또 이러네. 마음속 생각을 소리 내어 말해버렸다.

"그래서 그림이 이상해졌다는 의미야?"

가키모토 준코에게라면 야단을 맞겠지만, 이런 방식은 이야기 진행이 빠르다. 탄빵은 곧바로 반응했다.

"창작의 벽에 부딪쳤다?"

"선생님의 기대가 크니까 압박이 느껴질지도 모르지."

에이이치의 가슴에 작은 희망의 불씨가 켜졌다. 해결로 이어지는 희망은 아니지만 해명의 희망은 되었다.

"오줌도 사실은 그쪽이 원인이었던 거 아닐까?"

---

* '멘치키루'는 일본어로 노려본다는 뜻을 가진 속어다.

자기 기대보다 잘 그려지지 않아서 고민한다거나?

"아티스트의 고민을 비아티스트가 이해할 순 없지."

오늘의 덴코는 교복 안에 인주 색깔 티셔츠를 입었는데, 그 색이 얼굴에 비쳤다.

"그럼 어떻게 해줘야 할까?"

"기분 전환. 그건 우리에게도 필요해. 이번 달 안이라면, 한 번쯤 완전 휴양을 취하는 것도 좋겠다고 멘치가 말했잖아. 우리 정도 수준은 연습에만 너무 빠져 있으면 오히려 이상한 역효과를 낼지도 모르니까."

역시 멘치는 함축성 있는 말을 한다. 절절히 감탄하며 에이이치는 또다시 그 아이의 얼굴을 떠올렸고, 그 애는 얼굴이 넓적한 게 아니고 미간이 넓은 거라고 생각을 고쳤다. 그렇기 때문에 피아노 건반이 끝에서 끝까지 시야에 들어오는 것이다. 아닌가?

"기분 전환이라……."

탄빵도 고개를 끄덕였다.

덴코가 빙그레 웃었다.

"스케줄 맞춰서 다 같이 가자."

우에노의 숲으로.

그렇게 해서 늘 같이 만나는 네 사람에 피카까지 가세한 일행이 우에노 역에 내린 것은 10월 17일 토요일, 맑게 갠 상쾌한 가을날이었다. 아홉 시에 모이기로 약속했는데, 덴코가 늦잠을 자는 바람에 열 시가 되어버렸다.

'도시락은 우리 집에 맡겨.'라며 일주일 전부터 잔뜩 신이 나 있던 탄빵은 하시구치와 함께 빈손으로 등장했다.

"점심때쯤 우리 부모님이랑 사이고 씨 동상 근처에서 만나기로 했어."

'전통찻집 데라우치'에서 직접 만든 도시락을 배달해준다는 것이었다.

"기대하시라."

피카는 오늘을 위해 어머니가 새로 사다 준 빨간 파카를 입고 있었다. 덴코의 셔츠 같은 인주 색깔이 아니라 산타클로스나 빨간 머리 소녀 같은 빨간색이었다. 잘 어울렸다.

"눈에 확 띄니까 미아는 안 될 거야."

날씨가 좋은 주말이라 역 앞은 벌써부터 북적거렸다.

"피카짱이 미아가 될 리는 없지."

키다리 선생님인 하시구치가 말했다.

"오히려 더 걱정이 되는 건 저거야."

저거라고 불린 덴코는 어느새 쪼르르 혼자 앞서 가서 공원

입구의 매점 같은 곳을 기웃거리고 있었다.

“눈에 띄니까 수색하긴 쉬울 거야.”

오늘 덴코의 패션은 왠지 모르게 메탈릭한 분위기였다. 강철 색깔이라고 해야 할까, 칙칙한 푸른빛이 감도는 회색에 번쩍거리는 천으로 된 모자가 달린 위아래 한 벌짜리 옷을 입고 나왔다. 다른 천으로 어깨와 팔꿈치, 무릎을 덧댄 옷이라 만난 순간부터 나머지 네 사람이 뭐랑 닮았다며 시끌벅적했다.

“아, 알았다!”

덴코가 매점 직원과 얘기를 나누며 모자를 쓴 순간, 탄빵이 소리쳤다.

“‘아이언맨’이야!”

정작 일행에게 돌아온 본인은 좋아서 어쩔 줄을 모르고 있었다.

“점원이 나한테 ‘철인 28호’랑 비슷하대.”

에이이치는 무시하고 피카의 손을 끌었다.

“피카, 가자. 먼저 어디로 갈까? 박물관? 서양미술관?”

“으음, 동물원이 좋겠어.”

피카의 해맑은 눈빛이 동물원 쪽으로 한가하게 걸어가는 가족들의 뒷모습을 향하고 있었다.

하시구치의 예상은 옳았다. 덴코는 초등학생보다 더 들뜨고 유치원생보다 더 떠들어대며 잠시만 눈을 떼도 금세 어딘가로 사라져버렸다. 하지만 또 어느새 돌아와서 차츰 아무도 신경 쓰지 않게 되었다.

피카는 대체로 에이이치랑 같이 걸었지만, 원숭이 산이나 흰곰의 성 앞에서는 하시구치한테 목말을 태워달라고 해서 높은 곳에서 내려다보기도 하고, 수달 우리에서는 '와아, 귀엽다!' 하고 외치며 탄빵이랑 둘이 달려가 넋을 잃고 바라보기도 했다.

판다가 없다며 뾰로통해진 덴코는 예전에 자기 아버지가 판다가 일본에 온 첫날 구경하려고 행렬에 늘어섰을 때 이야기를 들려주었다.

"링링이랑 랑랑이라는 이름이었어."

"캉캉이랑 랑랑이야. 역사적 사실은 정확하게 전달해야지."

하시구치 선생님이 교육적 지도를 해주었다.

"판다는 자세히 보면 눈이 맹수의 눈이잖아. 그런데 눈 주위의 검은 테두리 전체가 눈으로 보여서 귀여운 거지."

"판다는 엉덩이가 귀엽거든요, 탄빵짱."

탄빵은 멘치에게 '판다 사블레'를 사다 달라는 부탁을 받았다. 피카도 어머니에게 우에노 동물원 버전 키티짱 고리를 사다 달라는 부탁을 받았다. 키티짱이 판다 옷을 입고 있다나 뭐라나.

"엄마는 오늘 혼자서 집 봐."

"어머, 그럼 같이 오셨으면 좋았을걸."

"됐대. 집안일이랑 자식들한테서 해방됐으니까 미용실이든 피부 관리실이든 가야겠다고."

즐거운 듯이 대화를 주고받긴 했지만, 에이이치는 은근히 마음이 싸늘히 내려앉았다. 오늘 어머니 혼자 집을 보는 까닭은 아버지 히데오가 할아버지 사십구재 법요에 참석하러 갔기 때문이다. 피카도 그 일은 알고 있을 터였다.

결국 묘지는 아직도 결정되지 않은 듯했다. 다만 법요라도 일단 끝내려는 거겠지. 그 후로는 할머니가 큰 소리로 역정을 내는 현장을 배청하는 해프닝이 없었기 때문에 자세한 사정은 알 수 없었다.

산책하는 동안 이상하게 조심스러워서 에이이치는 피카에게 '화장실은 괜찮니?' 같은 간단한 질문도 던질 수가 없었다. 그 부분은 탄빵과 덴코가 대신 해주었다. 디지털카메라를 들고 온 하시구치는 촬영 담당이라 때와 장소를 가리지 않고 무작정 찍어댔다. 탄빵이 피카를 데리고 여자 화장실에 들어가는 장면까지 찍었다. 본인이 찍히고 싶어 했기 때문이다.

"내 미래에도 이런 상황이 있을 테니까."

그런 말을 하는 쪽도, 그렇다고 찍어주는 쪽도 전혀 쑥스러움이 없는 모습은 조심성이 없다고 판단된다.

"꼭 아들이 태어나란 법은 없잖아."

덴코도 이럴 때만은 논리적으로 되받아쳤다.

"아들이 태어날 때까지 애써보겠다는 뜻 아닐까?"

"하나짱, 지금은 대낮이야. 게다가 어린이 동반이고. 대화는 십팔 세 미만 수준으로 낮춰."

"십팔 세 미만이면 우리도 포함되는데."

동물원의 혼잡은 대단했지만, 그 속에서도 고등학생 네 명에 초등학생 한 명 일행은 눈에 띄었다. 시시한 얘기들을 주고받으며 걷고, 온갖 동물들을 보며 놀라고 웃기도 했다. 덴코는 동물 흉내 재능도 뛰어나다는 것이 판명되었고, 탄빵은 너무 웃어서 턱이 빠질 것 같다며 중간부터는 손으로 턱을 잡았다.

스스럼없는 친구들과 즐거워 보이는 피카. 에이이치는 다른 생각이 비집고 들어오지 못하게 애를 쓰고 있었다. 건강했던 후코와 같이 왔던 때, 그중에서도 특히 좋아하던 원피스를 입은 후코 사진을 찍어줬던 벤치를 떠올리지 않으려고, 그 벤치를 확인해버리지 않으려고.

—오빠, 후코 찍어줘.

그러나 현실적으로 확인하려고 해도 그럴 수 없다는 것을 알아차렸다. 벤치 위치 정도야 바뀔 수도 있겠지. 몇 번인가 이 언저리가 아닐까 마음이 술렁거렸지만, 확신할 수는 없었다.

"하나짱."

남국의 새들을 모아둔 우리 앞에서 피카가 소매를 잡아끌었다.

"후코짱이랑 왔던 거 기억나?"

그리고 티 한 점 없는 동그란 눈으로 올려다보았다.

"어렴풋이."

"후코짱은 어떤 동물을 좋아했어?"

"그야 물론 판다지."

피카는 두 손으로 철책에 매달려 넋을 놓고 바라보면서 좀처럼 그 자리를 떠나려 하지 않았다. 돌아오는 길에 봉제 인형을 사주자 펄 듯이 기뻐했다.

"판다짱이랑 후코짱은 지금 같은 곳에 있겠네."

피카는 그렇게 중얼거리더니, 에이이치가 아무런 코멘트도 하지 못하는 사이, 기발한 색깔을 띤 커다란 잉꼬 같은 새 앞에서 손짓 발짓을 해가며 말을 가르치려 애쓰는 덴코 옆으로 달려갔다.

전통찻집 데라우치에서 직접 만든 도시락은 세 칸이나 되었다. 도가 지나치게 폐를 끼치는 것 같아서 미안한 마음에 미리 천 엔씩 걷어뒀지만, 그 돈으로는 어림도 없을 정도로 호화로웠다. 게다가 점심 먹을 장소까지 데라우치 부모님이 잡아주었다.

피카는 마냥 신이 나서 굉장히 많이 먹었다. 덴코는 말할 필요조차 없다. 하시구치와 데라우치 부모님의 행동을 옆에서 보니 이미 사위가 된 듯한 분위기였다. 하시구치와 탄빵의 낯간지러운 애정 표현—물론 이 녀석들은 그런 행동은 안 하지만—을 보는 것보다 그 광경이 훨씬 강하게 와 닿았다. 하시구치가 갑자기 어른처럼 느껴져서 한참 뒤처진 기분이 들었다.

탄빵의 아버지는 역사를 좋아하는 모양인지, 사이고 다카모리가 얼마나 위대한 사람이었는지, 그의 동상이 왜 우에노 공원에 있는지에 관해 한차례 강의를 들려주었다. 피카는 열심히 그 얘기를 들었다. 지금껏 사이고 씨의 사진으로 여겼던 것이 실은 다른 사람인 듯하다는 사실이 몇 년 전에야 판명되었고, 그렇기 때문에 이 동상의 얼굴은 어쩌면 전혀 다른 사람일지도 모른다는 조각 지식까지 귀띔해주었다.

점심 식사를 마치고 잠시 쉬고 데라우치 부모님과 헤어지고 나서 과학박물관으로 향했다. 서양식 건물인 구관은 정면

출입구가 막혀 있고, 다만 실물 크기의 고래 모형이 에이이치의 기억 그대로 남아 있었다. 다섯이서 기념사진을 찍으려고 마침 지나가던 커플에게 셔터를 눌러달라고 부탁하자, 그 사람들도 찍어달라고 부탁했다. 키가 큰 하시구치가 엉거주춤한 자세로 카메라맨 역할을 맡았다.

탄빵이 말했다.

"이건 혹등고래지."

덴코가 대답했다.

"논논non-non, 흰긴수염고래야."

피카가 물었다.

"어떻게 구별해?"

덴코가 대답했다.

"적혀 있잖아."

그 말에 커플이 웃었고, 손을 흔들며 일본관 쪽으로 걸어갔다.

둘 다 C · C · C 계열인 하시구치와 피카는 둘 다 공룡도 좋아하는 것으로 판명이 났다. 상설 전시물인 후타바스즈키룡双葉鈴木竜*의 골격 모형 앞에서 에이이치가 다 거기서 거기

* 후타바는 지명이고 스즈키는 발견한 사람의 이름.

라고 말하자, 두 사람이 맹렬한 반론을 퍼부었다.

"공룡이랑 괴수는 달라!"

"그런 잘못된 인식은 도저히 그냥 넘길 수 없어."

"그야 당연하지."

덴코까지 두둔하고 나섰다.

"공룡 고기는 먹을 수 있지만 괴수 고기는 못 먹을 거 아냐."

하시구치가 선생님 얼굴로 변했다.

"덴코. 인류가 공룡을 먹은 적은 없어."

"어? 너무 많이 잡아먹어서 멸종된 거 아닌가?"

"그건 매머드지!"

과학박물관을 샅샅이 견학하고, 선물을 사러 매점에 들러 사블레와 고리를 확보하고 밖으로 나오자, 피카는 역시나 많이 지쳐 보였다.

"한 군데만 더 가자. 바로 옆이니까."

탄빵이 앞장서서 아메요코 시장으로 향했다. 그쪽도 이루 말할 수 없이 북적거렸다. 하시구치가 또다시 피카에게 목말을 태워주었다.

"인터넷에서 확인하고 왔으니까 틀림없을 거야. 나만 따라와."

목적지는 정면 입구가 한 칸 정도밖에 안 되는 조그만 잡화가게였다. 탄빵이 비좁은 통로를 거침없이 쓱쓱 헤치고 들어가 어수선한 선반을 뒤적거리더니 곧바로 환호성을 질렀다.

"찾았다! 판다 인형 모양의 파자마야. 내가 피카짱에게 주는 선물."

"어, 정말?"

입어보겠냐고 점원이 권해서 피카는 서둘러 파카를 벗고 탈의실로 들어갔다. 탄빵은 입술 끝으로만 재빨리 속삭였다.

"신경 쓸 거 없어. 나중에 분담해서 징수할 거야."

"예에예에."

"저 파자마 입으면 배가 따뜻할 거야."

판다 인형 파자마는 피카에게는 조금 길었다. 그런데도 점원까지 합세해서 너무 귀엽다고 칭찬해주자, 피카는 파자마를 입은 채로 집에 가겠다는 말까지 꺼냈다.

"엄마한테 보여줄 거야!"

거기서 지나치게 흥분한 탓인지 피카는 가게에서 나오자마자 완전히 전원이 나가버려서 에이이치는 판다 귀를 한 피카를 들쳐 업고 돌아갈 수밖에 없었다. 길에서도 역에서도 많은 사람들의 주목을 받았다.

헤어질 때 에이이치는 세 사람에게 고개를 숙였다. 등 뒤에서 판다 귀를 쫑긋 세운 피카도 같이 고개를 숙였다.

"고마워."

하시구치는 신임 교사처럼 쑥스러워했다. 탄빵은 누나 같은 얼굴로 웃었다. 두 사람과 먼저 헤어지고, 덴코는 다음 전차를 기다렸다.

"다음에 이렇게 놀러 갈 때는……."

플랫폼의 가을바람 속에서 철인 28호가 말했다.

"가키모토 씨도 같이 가자고 하자, 응?"

응. 등 뒤의 새끼 판다를 치켜 업으면서 에이이치는 마음속으로만 고개를 끄덕였다.

4

"동물원은 안 가."

가키모토 준코는 담배 연기를 내뿜으며 우리 속에 갇힌 동물은 보기 싫다고 말했다.

시오미 다리 밑의 벤치는 이제 모기 매트도 필요 없고, 해가 질 무렵이 되면 쌀쌀한 느낌마저 들었다. 올가을은 예년보다 기온이 조금 높을 거라고 기상청에서는 말했지만, 그래도 물가는 싸늘했다.

동물원에 다녀온 다음 주 수요일이었다. 정기 휴일인데도 가키모토는 벤치에 있었다. 어디서 쇼핑을 하고 왔는지 발밑에 종이 봉지가 놓여 있다. 에이이치는 입시 학원 수업이 강사 사정으로 평소보다 한 시간이 줄어서 일찍 집으로 돌아가는 길이었다.

"우에노에 동물원만 있는 건 아닌데."

아쉬움이 느껴지는 말투였을까? 딱히 무리하게 같이 가자고 한 것도 아니었다. 지난번 얘기를 하던 중에 덴코가 플랫폼에서 한 말을 그대로 옮겼을 뿐이다.

"동생은 건강해졌니?"

피카 얘기를 할 때면, 아마도 올바른 어른의 견본과는 거리가 멀 게 분명한 이 사람까지도 왠지 누나 같은 눈빛을 했다.

"원래 건강하긴 하지. 하지만 문제는 아직 해결되지 않았어."

오줌싸개 방지를 위한 강제 기상은 여전히 계속되었고, 탄빵의 보고에 따르면 스케치의 분위기도 변해버린 그대로라고 했다. 그렇다 보니 변화의 원인을 추측하기는 더더욱 어려웠다. 평소처럼 밝고 즐겁게 생활하는 피카를 보고 있으면, 어린아이의 육체나 심리의 사소한 변화에 불과한 현상을 우리가 공연히 너무 심각하게 해석하며 요란을 떠는 건 아닌가 하는 생각까지 들었다.

"어떻게 생각해?"

입 밖에 내기 전까지는 그런 생각이 전혀 없었기 때문에 에이이치 자신도 적잖이 놀랐다. 하지만 질문받은 쪽은 놀라지 않았다.

"그걸 나한테 묻겠다고?"

"그야, 당신이 비교적…… 예리하니까."

"뭐가?"

"아이들의 심리에 대해서라고 할까."

스스로를 납득시키기 위해서라도 에이이치는 열심히 말했다.

"갈매기 합성 사진 만들었던 마키타 기억하지?"

"자유 학교에 다닌다는 애?"

"맞아. 그 애가 '갈매기의 이름'이라는 영화에서 뭘 느꼈는지, 당신이 그때 정확하게 꿰뚫어 봤잖아."

—있다니까, 그 애 곁에. 대천성이랑 리 원.

"그 애 선생님도 깜짝 놀랐어. 그 사람은 분명히 무슨 안테나를 가진 사람일 거라면서."

피카의 일도 마찬가지였다.

"피카가 사장님에게 고구레 씨의 추억을 물어보러 왔을 때, 피카가 자기 입으로 말할 때까지 말하면 안 된다고 했잖아."

"그 말이 맞는다는 걸 깨달았나?"

"객관적으로 판명된 건 아니지만, 난 당신 말대로 따르고 있어. 내가 그 처지에 놓였다고 가정해보면 그게 옳다고 생각하니까."

피카는 여전히 혼자서 ST 부동산에 들렀던 일에 관해서는 침묵을 지키고 있었다. 그걸로 됐다고 에이이치는 느꼈다. 그렇다, 그게 옳다고 깨달은 게 아니라 옳다고 느꼈던 것이다.

가키모토가 쿡쿡거리며 웃자, 손가락 사이에 낀 담배에서 담뱃재가 흩날렸다.

"난 학교도 변변히 못 나왔는데, 어떻게 그런 선생님처럼 아이의 심리를 알 수 있겠어? 그냥 어림짐작으로 말해본 것뿐이야."

그러고는 담배꽁초를 끄고 나른한 듯이 눈을 감으며 벤치에 등을 기댔다.

"학교도 못 나왔다니?"

가키모토는 에이이치의 중얼거림을 무시했다.

"하지만 중학교까지는 의무교육이잖아?"

또 무시.

"고등학교를 안 나왔다는 뜻인가?"

잇달아 다시 무시.

"ST 부동산의 직원 채용 기준 학력은 고졸 이상 아니었나?"

아르바이트 청년은 헤드헌트당했고, 회계 담당인 모리마

쓰 아저씨도 내년에는 연금 수급 자격이 된다면서 퇴직을 희망하고 있어서 ST 부동산은 새 직원을 모집하는 중이었다. 가게 유리창의 부동산 정보지 사이에 사장이 손 글씨로 쓴 직원 모집 전단지가 붙어 있었다. 에이이치는 그것을 보았다.

"분명히 그렇게 적혀 있잖아?"

가키모토가 한쪽 눈을 뜨고 있었지만, 에이이치는 그걸 알아채지 못했다.

"당신 혹시 이력서에 거짓말을……."

'쓴 거야?'라고 말을 맺기도 전에 무시무시한 안력 빔을 뒤집어쓰고 얼어붙어버렸다.

"사장한테……."

"고자질하지 않겠습니다."

맹세코 절대 하지 않겠습니다.

"모, 모리마쓰 씨도 연금만으로는 부족할 테니 좀 더 일하면 좋을 텐데, 그치?"

"그 사람은 부자야."

옛날에는 대기업 증권회사에서 나름대로 지위가 높았던 사람이라고 했다. 허억, 하고 에이이치가 신음했다. 너무나 뜻밖이라 적절한 코멘트도 나오지 않았다.

"거품경제 때 힘닿는 데까지 왕창 벌어들였나 봐. 이렇게 말도 안 되는 호경기가 계속될 리도 없고, 이런 분별없는 경영으로는 파탄 날 게 뻔하다고 재빨리 꿰뚫어 보고."

만류를 뿌리치고 회사를 그만둔 후, 그때까지 벌어들인 돈과 거금의 퇴직금을 맨틀mantle과 같은 투자로 돌렸다. 참고로 덧붙이자면, 이 말은 대류對流*는 하지만 분출은 하지 않는다는 의미다.

그로부터 얼마 지나지 않아 거품은 모리마쓰 아저씨의 냉철한 예상을 넘어선 규모로 대대적으로 붕괴했고, 게다가 옛 직장이었던 증권회사는 실적 부진이라는 불상사까지 겹쳐서 폐업하기에 이르렀다. 정신을 차리고 보니 아저씨는 금융계의 폐허 더미 저편에 홀로 살아남았다. 이렇게까지 무참한 사태가 벌어질 줄이야, 하고 아저씨는 폐허의 잿더미를 뒤집어쓰며 어안이 벙벙했다는 이야기다.

"라스트 맨 스탠딩이네."

"그렇게 멋진 게 아니야. 고객도 부하 직원도 버리고 자기 혼자만 도망쳐 나온 거지."

아저씨가 말한 적이 있다고 한다.

—나는 현명한 게 아니라 약삭빨랐던 거야.

---

* 기체나 액체에서 물질이 이동함으로써 열이 전달되는 현상.

"그래서 당신이 버림받은 고객과 부하 직원을 대신해서 아저씨를 구박하나?"

"모리마쓰는 비굴해서 속이 부글부글 끓는 걸 어떡해."

그렇지만 모리마쓰는 훌륭하다며 심하게 모순되는 말을 꺼냈다.

"모리마쓰의 동기들은 한 번 회사가 망해서 따끔한 맛을 봤는데도 IT 거품 때 똑같은 짓을 다시 저질러서 혼쭐이 났다는 거야."

행인지 불행인지는 모르지만 전직하거나 자기 회사를 세워서 각자 안정을 되찾았을 무렵이니, '꿈이여, 다시 한 번!' 하는 생각이 들기도 했을 것이다.

"모리마쓰는 그런 바보는 아니었잖아. 그러니까 실은 훌륭한 셈이지."

동네 부동산에서 딸 같은 아가씨 직원에게 구박이나 받으며 회계 일을 하는데도?

"지금도 어떤 면에서는 마음이 괴로울지도 모르지. 우리 사무실에 오기까지 수많은 일들을 겪었던 모양이니까, 그 사람도."

—난 약삭빨랐어.

"술 취하면 사장한테 설교해."

—사장님, 사업은 돈만 모으는 게 다가 아닙니다. 하트예요, 하트.

도저히 상상하기 어려운 광경이었다.

"그러면서도 어디로 전직하든 후생 연금 하나는 빈틈없이 확보했으니 여간내기는 아니지."

칭찬인지 비난인지 확실하게 좀 해줄래.

"인간은 겉모습만 보고는 알 수 없는 거구나."

"돈 있는 사람의 비굴함은 혐오스러울 뿐이라는 얘기야."

독설이긴 했지만 모리마쓰 아저씨를 정말로 싫어하는 것처럼 들리지는 않았다. 그건 그렇고, 이 사람, 최근에는 사내 교류도 하나 보네.

가키모토가 벤치에 앉은 채로 고양이처럼 기지개를 쭉 펴더니 하품 섞인 목소리로 말했다.

"동물원은 싫지만 고등학교 축제는 한번 구경해볼까?"

오?

"제대로 본 적 없으니까."

"덴코한테 들었어?"

"사장님이랑 사모님도 가고 싶어 해. 사모님은 옛 추억이 그립대."

"왜?"

"미쿠모 고등학교 졸업생이니까."

처음 듣는 얘기다. 사장님도 참, 진작 가르쳐줬으면 좋잖아.

"지금도 '미스 미쿠모 콩쿠르'라는 거 하니?"

하지 않는다.

"옛날에는 축제의 메인이벤트였다고 하던데."

"오늘날 공립학교에서 미스니 어쩌니 하는 대회를 열었다간 문제가 될 테니까."

공교육 기관에서 외모로 사람의 순위를 매기는 일은 옳지 않다고.

"그럼 사모님이 아쉬워하겠는데. 1985년도 미스 미쿠모였던 걸 아직도 명예로 여기며 얘기할 정도니까."

갓난아기처럼 웃는 사장님의 '아내'는 미인이었단 말인가? 미인 대회 출신이라고?

"와주신다면 물론 환영이지만, 자녀분들 축제랑 겹치진 않을까?"

가키모토는 기분 좋은 고양이 같은 표정을 지었다.

"너, 의외로 자상하다. 그런 낡아빠진 집을 소개받았으면서."

우리 부모가 좋아서 선택한 집이다. 좀처럼 없는 옵션까지 붙여서.

"자녀분들은 아직 중학생이랑 초등학생이야. 축제는 봄의 창립 기념일이고. 그래서 괜찮아."

"사장님 댁 가정사에 훤하네."

"신세 지고 있으니까."

미스 가키모토, 조금씩 사회인의 의식이 싹트는 것처럼 보이네. 다만 '그분들께 폐를 끼치고 있으니까.'라고 정중하게 표현하지 않은 점이 '좀 더 노력합시다.' 하는 느낌이긴 하지만.

"난 역전 달리기도 한번 못 봤어."

"어, 그래?"

가키모토는 담배를 물고 맞은편의 공영 아파트를 바라보다가 중얼거렸다.

"오늘은 그 애가 안 나오네. 집에 없나……?"

우리 역전 대회, 보러 올 건가?

"역전이라고는 해도 한 사람당 사 킬로미터 코스를 빙 돌아오는 것만 반복하니까 정식은 아니야."

길이 한적한 신년 달리기 대회와는 사정이 달라서, 코스 설정에는 학교 주변 마을회 등과의 절충도 까다롭기 때문에 사 킬로미터가 한계였다. 그런데도 릴레이가 아니라 역전이라고 주장하는 근거는 건네받는 것이 배턴이 아니라 어깨띠라는 한 가지 사실뿐이다.

"한 조가 몇 명이야?"

"다섯 명. 그래서 총 이십 킬로미터."

"비 와도 해?"

"역전이랑 날씨는 관계없어."

"힘들겠다."

평상시처럼 별생각 없이 얼굴을 마주하고 별생각 없이 헤어지는 것인데도, 그날따라 에이이치가 녹슨 계단을 올라가는 발걸음은 왠지 가볍고 활기가 넘쳤다. 다리 위에 이른 에이이치는 돌아서서 아래를 내려다보았다.

가키모토 준코는 혼자 앉아 있었다. 여전히 맞은편 아파트를 바라보는 채였다. 손가락 사이의 담배는 짧아져 있었다. 옆얼굴이 묘하게 멀어 보였다.

강바람이 불어왔다. 언젠가 북풍이 휘몰아치는 역 플랫폼에서 봤을 때처럼 머리카락이 헝클어졌다. 하지만 그때만큼 가날파 보이지는 않았다. 그 당시와 비교하면 밥도 제대로 먹어서 조금은 살이 붙었기 때문이다.

그런데도 이상하게 작아 보였다. 내가 요즘 공부에 조금 힘을 쏟다 보니 거짓근시가 됐나, 원근감이 영 이상하네.

그것은 에이이치의 시력 때문이 아니라 가키모토 준코 때문이었다. 그녀가 혼자 남아서 작아졌기 때문이었다.

에이이치가 그것을 알아차린 것은 좀 더 훗날의 일이다.

시오미 다리 밑의 덜컹거리는 벤치에 앉은, 작아 보였던 가키모토 준코의 하얀 얼굴과 바람에 흩날린 머리칼을, 피카가 스케치를 하듯 상세하게 기억 속에서 다시 그려내어 깨닫게 되는 것은 좀 더 나중의 이야기다.

그때까지는 아직 알아채지 못했다.

징조란 대체로 그런 법이다.

조깅 동호회는 역전 대회 참가자 신청 접수를 10월 말까지 마감하고, 월말에는 조 편성을 하기로 되어 있었다. 참가 신청자는 거의 다 운동부라서 모두들 달리기에 익숙하지만, 다섯 명의 멤버가 대회 전에 얼굴을 맞대고 작전 같은 것을 짜고 미리 달려볼 수 있는 날짜를 확보해주기 위해서다.

일단은 참가 신청자를 네 명씩 나누고, 거기에 조깅 동호회 회원을 한 사람씩 보탠다. 신년 달리기 대회도 그렇지만, 미쿠모 고등학교 운동부들은 '대회'라면 무작정 눈빛을 바꾸고 달려드는 경향이 있다. '우리가 이긴다!'라는 식으로 운동부 회원들끼리의 경쟁이 되어버리면 축제 행사로는 좀 안 좋을 것 같아서, 이 역전 대회는 같은 운동부 참가 신청자는 한 조에 뭉치지 않게 조정한다. 덧붙이자면, 조 편성 권한은 전적으로 동호회에 있기 때문에 참가 신청자 쪽에서는 조를 선택할 수 없다.

조 편성 작업은 의외로 까다롭다. 초모룽마보다도 자부심이 강한 야구부와 배구부의 두 에이스를 어떻게 대우할 것이냐가 관건이다. 한 조에 넣으면 그 조의 대표가 된 동호회 회원은 맹수 조련사가 되어야만 한다. 두 개 조로 따로 나누면 이번에는 송곳니를 드러내며 으르렁거리는 두 사람 사이에서 투어 컨덕터처럼 마음고생을 해야 한다. 남녀 혼성팀이므로 남자와 여자 인원수 배분에도 신경을 써야 했다.

그런 이유로 30일 금요일 방과 후에 조깅 동호회 회원들이 빈 교실에 모여 옥신각신하고 있는 와중에 휴대전화가 울렸다. 당사자는 조 편성에 열중한 나머지 알아채지 못했지만, 벨 소리가 '고푸라 강림'이니 다른 사람일 리 없었다.

"덴코, 휴대전화."

"어라?"

얼빠진 소리를 낸 덴코는 주머니를 뒤적여 휴대전화를 꺼냈고, 착신을 확인하자마자 잰걸음으로 복도로 나갔다. 그러더니 좀처럼 돌아오지 않았다.

"빨리 연습하러 오라고 밴드에서 호출했겠지."

하시구치가 말했다.

"무슨 일이든 양다리는 어렵구나."

"지금 그 말은 자계自戒냐, 아니면 참회냐? 참회라면 얼마든지 들어주마, 길 잃은 어린 양이여."

"난 로마 가톨릭이 아니라 동방정교회 신도요, 파드레."

머리 좋은 녀석의 농담은 이래서 싫다.

에이이치도 하시구치도 조 편성 때문에 오늘은 입시 학원에 지각할 예정이었고, 하시구치는 몰라도 에이이치는 지각뿐만이 아니라 아예 땡땡이칠까 하는 마음도 있어서 '귀찮으니까 사다리 타기로 결정하자.'는 말을 꺼냈다가 모두에게 비난을 받았다.

"난 맹수 조련사가 되어도 상관없어. 잡아먹히는 것도 아닌데, 뭐."

"그게 바로 문제야. 넌 그런 캐릭터라 잡아먹히지도 않는다고. 그 대신 주변에서 희생자가 나오지."

오호, 그래.

"그럼 역시 덴코를 물리게 내줘야 할까?"

"사상 최강의 가마세이누噛ませ犬*."

본인은 전화 통화를 하러 나가서 여전히 돌아오지 않았다.

---

* 투견의 자신감 훈련을 위해 상대로 붙이는 약한 개.

"그럼 하나비시 넌 안방마님 한 사람 떠맡아."

"안방마님?"

이건 또 뭔 소리람?

"배구부 삼 학년 여학생 중에 참가 신청을 한 사람이 있어."

에이이치의 심장이 흠칫 오그라들었다.

"콩 배구부?"

"다베 선배라는 안방마님이지."

그런 뜻이었어?

"올해 신년 달리기 대회 때 중도 기권을 했다면서 반드시 설욕하고 싶대."

"뭐, 상관은 없지만."

정말로 상관이 없을까? 또다시 부탁을 받으면 곤란하다. 하지만 그런 일이라면 좀 더 스트레이트로 접근했겠지. 하나비시, 잠깐 얼굴 좀 보자.

그때, 어느새 닌자처럼 숨어 들어온 덴코가 옆에서 교복 자락을 끌어당기는 바람에 넘어질 뻔했다.

"하나짱, 잠깐 좀 보자."

"어라?"

"잔말 말고 잠깐 나와."

같이 복도로 나가자마자 덴코는 재빨리 주위를 확인하며

문을 닫더니, 그것도 모자라서 에이이치를 로커 그늘로 밀어붙였다.

"이것 좀 봐."

코끝에 들이민 것은 덴코의 휴대전화였다. 착신 화면에서 피카의 얼굴이 웃고 있었다.

"조금 전 전화, 피카짱한테 온 거야."

"또 밴드 연습 스케치하러 왔나?"

아침 식사 때 어머니에게 수업은 점심에 끝나는데 친구랑 어쩌고저쩌고한다고 그러지 않았나?

정신을 차리고 보니 덴코는 몹시 심각한 표정을 짓고 있었다. '머리에 핑크색 헤어 매니큐어를 하고, 하늘색 셔츠를 입고, 왼쪽 귀에는 귀걸이를 한 키 큰 고교생치고는' 심각한 표정이라고 해야 할까, 덴코가 이제껏 보인 적이 없는 진지함 그 자체인 눈빛이었다. 에이이치의 심장도 지금까지와는 다른 의미에서 흠칫했다.

"하나짱, 마음 가라앉히고 차분하게 들어."

그렇게 말하는 덴코 역시 스스로 마음을 가라앉히려는지 심호흡을 했다.

"피카짱 지금 다테바야시의 '천상원'이라는 공동묘지에 있어."

사무실에서 보호받고 있다는 말을 덧붙였다.

"혼자서 묘지 안을 어슬렁거리는 걸 담당자가 발견했대. 그래서 사무실에서 쉬게 했나 봐. 보호자가 데리러 올 때까지."

덴코가 숨죽인 목소리로 속삭였다.

"묘지 사람들이 '가족들은 어디 있니? 꼬마야, 너 혼자 왔니?' 하고 물었겠지?"

그야 당연히 물었겠지.

"피카짱이 얼마 전에 돌아가신 할아버지가 보고 싶어서 아빠랑 엄마한테 비밀로 하고 학교에서 돌아가는 길에 혼자 왔다고 대답했대. 사무실 사람들은 그 말에 감동해서 눈물을 주르륵."

피카는 배우니까. 지금은 그따위 감탄이나 하고 있을 때가 아니다. 다테바야시의 공동묘지라니, 그렇다면…….

고구레 씨의 무덤이 있는 곳이다.

에이이치를 바라본 채, 덴코가 휴대전화를 움켜쥐었다.

"사무실 사람들이 날도 이미 저물기 시작했고 아이를 혼자 돌려보내기도 걱정된다면서 집까지 데려다 주겠다고 친절하게 말했던 모양인데……."

"그건 곤란해."

에이이치가 말했다. 그랬다간 그 일이 어머니한테도 들통이 나버린다. 덴코도 힘차게 고개를 끄덕거렸다.

"그래서 피카짱이 '저한테는 고등학생 형이 있어요. 형한테 데리러 오라고 전화해볼게요.' 하면서 나한테 전화한 거야."

전화를 바꿔줘서 덴코도 상황에 맞게 연기를 했다고 한다. 그러고는 자기가 상대방에게 했다는 진심이 절절히 깃든 형님다운 대사를 되풀이해 들려주었다.

—지금 당장 전차를 타고 달려가겠습니다. 동생은 아마 돌아가신 할아버지가 그리워서 만나고 싶었을 거예요. 부모님이 아시면 야단치실 테고, 그러면 너무 가여우니 잠깐만 기다려주실 수 없을까요?

그러자 천상원 사무실 직원이 대답했다.

—잘 알겠습니다. 형님도 너무 당황하지 말고 천천히 오세요. 조심하시고요

장소가 장소인 만큼 이해심이 많은 거라고 덴코가 말했다.

"하나짱."

덴코가 또다시 목덜미를 붙잡아서 에이이치는 제정신을 차렸다.

"지금은 정신을 바짝 차려야 해."

"으, 으응."

"피카짱이 왜 하나짱이 아니라 나한테 전화를 걸었는지 알아?"

"아버지, 어머니뿐 아니라 나한테도 밝히고 싶지 않아서겠지."

"뭘?"

"그 공동묘지, 고구레 씨의 무덤이 있는 곳이야. 거의 확실해."

덴코가 떨리는 소리로 한숨을 내쉬었다.

"그럴 줄 알았어. 아직도 만나고 싶어 하는구나. ……어쨌든 이 일은 너희 아버지나 어머니에게는 알리면 안 돼. 피카짱이 자기 입으로 말할 때까지 숨겨줘야 한다고."

가키모토 준코랑 똑같은 말을 한다.

"하나짱은 예외야. 피카짱의 형이니까."

"하지만 피카는 너한테……."

덴코는 고개를 세게 가로저었다.

"난 안 돼. 피카짱도 그 정도는 알아. 그렇지만 무서워서 하나짱한테 연락할 수 없었던 거야."

"나한테 야단맞는 걸 두려워한다면 더더욱 난 안 되는 거 아닌가?"

"왜 이렇게 말귀를 못 알아들어, 하나짱!"

덴코가 에이이치를 흔들었다. 에이이치의 머리가 로커에 부딪쳐서 공허한 소리가 울려 퍼졌다.

"이런 일까지 저질러버린 건 피카짱이 이미 혼자 힘으로는 감당할 수 없다는 뜻이야."

에이이치는 덴코에게 바짝 다가가 그 눈을 들여다보았다.

"덴코, 피카한테 무슨 얘길 들었니?"

이번에는 자기 머리가 로커 모서리에 부딪힐 정도로 덴코가 죽어라 고개를 흔들었다.

"들은 얘긴 하나도 없어. 난 다만 피카짱이 원하는 걸 아는 것뿐이야. 옆에서 지켜봤으니까. 하지만 알아도 난 안 돼! 피카짱한테는 하나짱이 필요하다고."

일리가 있는 것 같기도 하고, 없는 것 같기도 하고.

"아무튼 난 이만 가볼게."

"좋았어!"

위협적인 기세로 덴코가 휴대전화를 조작하기 시작했다.

"최단 거리 환승 루트를 찾아볼게. 그리고 하나짱."

"어?"

"선물용 과자도 잊지 말고 꼭 챙겨."

고등학생치고는 예의 바른 형님을 탈 없이 연기하기 위해서.

덴코가 군자금을 빌려주었고 운도 좋았다. 기타센주 역에서 지체 없이 특급 '료모'를 탈 수 있었고, 역에서는 택시도 이용할 수 있었다. 에이이치는 미쿠모 고등학교에서 약 한 시간 반 만에 천상원에 도착했다.

평일 저녁이라 광대한 묘원에는 인기척이 없었다. 묘원의 조명등은 달빛처럼 어스름하게 푸르께하고, 그와 대조적으로, 절로 말하자면 대웅전에 해당하는 건물 창에서 따스해 보이는 불빛이 새어 나왔다. 사무실도 그곳에 있었다.

덴코의 군자금 덕분에 살 수 있었던 고급 선물용 과자를 사무실 사람들은 처음에는 어려워하며 받으려 하지 않았다. 수수한 정장을 입은 기품 있는 중년 남녀 두 사람은 오히려 이쪽에서 감사 인사를 하고 싶을 정도라고 말했다.

"동생 덕분에 저희도 좋은 경험을 했습니다."

에이이치는 고개를 숙여 인사했다. 피카도 나란히 서서 고개를 숙였다. 힐끗 보니 사무실의 고객용 탁자에 트럼프가 흩어져 있었다.

"형 올 때까지 셋이서 올드 메이드를 하면서 놀았어요."

여직원이 수줍어하듯 웃으며 설명해주었다. 에이이치의 얼굴을 본 피카가 뜻밖이라는 분위기로 울상을 지은 탓일 것이다. 지금까지 설명한 사정을 더 추궁하며 확인하지는 않았다. 다만 걱정이 되니 집에 도착하면 연락을 부탁한다고 하기에 에이이치는 그러겠다고 약속하고 자기 휴대전화 번호를 가르쳐주었다.

"고맙습니다."

형제는 대기시켜둔 택시에 올라탔고, 직원 두 사람은 차가 출발할 때까지 손을 흔들며 배웅해주었다. 천상원의 따스한 불빛이 눈 깜짝할 사이에 멀어져갔다.

기본요금 거리를 달리는 동안, 형제는 말이 없었다. 역에 도착하자, 에이이치가 피카의 손을 잡고 안내판을 올려다보았다. 다음 쾌속 전차를 탈 수 있을 것 같았다.

"얘기는 나중에 하자. 그보다 연막부터 쳐둬야 할 텐데."

에이이치는 피카에게 말하고 휴대전화로 어머니에게 전화를 걸었다. 피카가 탄빵이랑 덴코가 연습하는 풍경을 스케치하러 왔다, 그래서 다 같이 맥도날드나 사이제리아에 들렀다 가자는 얘기가 나왔는데, 괜찮을까?

"다 같이 가는 거지?"

"응. 다들 배가 고파서."

"그럼 됐어. 피카짱도 잘 부탁한다."

"알겠습니다."

에이이치도 덴코 못지않은 연기파였다. 목소리 톤도 말투도 완벽하게 자연스러웠으니 어머니 교코는 아무런 의심도 하지 않았을 것이다.

직장인들이 집으로 돌아가는 시간대이긴 했지만, 방향이

반대라서 쾌속 전차는 비어 있었다. 형제는 나란히 앉아 또다시 흔들리는 전차에 몸을 맡겼다.

터미널 역의 눈부신 조명이 가까워져서 에이이치는 한마디만 했다.

"이왕 거짓말까지 했으니 뭐 좀 먹고 갈래?"

피카는 '아니.'라고 작은 목소리로 대답했다. 그러고 나서 몹시 미안해하듯 물었다.

"하나짱, 배고파?"

"고픈지 어쩐지, 잘 모르겠다."

그 생각이 떠오른 것은 전차를 막 갈아탄 후였다. 조금 춥기는 했지만 피카는 옷을 든든히 챙겨 입었고, 지금부터 나눌 얘기에 맞춤한 장소는 그곳뿐이었다.

시오미 다리 밑에 있는 덜컹거리는 벤치.

조용한 벤치에서 저녁놀이 아니라 밤 어둠에 휩싸인 에이이치는 천상원으로 연락했다. 여직원이 받아서 인사를 주고받았다.

"동생은 너무 야단치지 말아주세요."

"네, 야단치지 않겠습니다."

"다음에 가족분들이랑 같이 오시고요."

"그렇게 하겠습니다. 폐를 너무 많이 끼쳐서 정말 죄송했습니다."

여직원은 아쉬워하는 듯했다.

"동생한테 전해주세요. 할아버님의 혼령은 우리가 잘 지켜드릴 테니 안심하라고."

"네, 꼭 전하겠습니다."

피카는 손난로 대신 사준 캔 커피를 뺨에 댄 채 고개를 숙이고 있었다. 강변에서 어렴풋이 물소리가 났다. 수문에서 뿜어져 나온 거품이 흘러가고 있을 것이다. 진흙 냄새도 났다.

에이이치가 휴대전화를 닫자, 피카가 고개를 들었다. 다리 위 가로등의 불빛을 받아 자그마한 얼굴이 한층 더 하얗게 보였다. 피카가 무슨 말을 꺼내려 해서 에이이치가 먼저 말했다.

"고구레 씨는 만났니?"

피카는 다시 눈을 내리깔았다.

"성묘는 했어."

"그래. 그럼 다행이네."

"응."

"묘지는 이시카와 씨가 가르쳐줬겠지?"

"지난번에 전화했어."

실로 태평스러운 감상이겠지만, '이시카와 노부코 씨는 보나 마나 엄청 기뻐했겠지.' 하고 에이이치는 생각했다.

"가족들이랑 다 같이 성묘하러 갈 거라고 했어. 그랬더니 묘지를 찾기 쉽게, 묘원 안내도를 보면 알 수 있다면서 번호까지 가르쳐줬어."

그쯤에서 목소리가 꺼질 듯이 줄어들었다.

"난 계속 거짓말만 했어."

에이이치는 그저 시커멓게만 보이는 수면에 시선을 주고 있었다.

"고구레 씨는…… 우리 집에 있는데."

혼잣말처럼 중얼거렸다.

"네 눈에는 안 보인다?"

피카는 뜨거운 캔 커피를 감싸 쥔 채 말이 없었다.

"이시카와 씨 댁에 찾아가서 영정 사진을 보고 불단에 합장을 올리고 고구레 씨의 추억 이야기까지 들었는데, 네가 말을 걸어도 고구레 씨는 대답이 없었단 말이지?"

강물이 속삭이듯 흘러갔다.

"그래서 너는 ST 부동산 사장님한테까지 찾아가서 고구레 씨 얘기를 들려달라고 했고."

피카가 고개를 번쩍 들었다. 살짝 긴 앞머리가 눈에 걸렸다.

"알고 있었어?"

"사장님한테 들은 건 아니야. 형은 CIA니까. ……넌 사장님한테 이렇게 말했지."

—후짱은 날 모를 수도 있으니까 고구레 씨에게 부탁해서 소개받고 싶어요.

"난 많이 커버렸으니까."

피카가 조그맣게 중얼거리더니 또다시 캔 커피를 뺨에 갖다 댔다.

"하지만 고구레 씨는 아무리 간절히 불러도 여전히 대답이 없었다. 그렇다면 좋아, 다음에는 성묘하러 가보자. 거기까지는 알겠어. 그런데 왜 혼자 갔니? 그렇게 살금살금 몰래 갈 필요는 없잖아."

피카는 대답하지 않았다.

"엄마랑 아빠한테 알려지는 건 부끄럽다고 하더라도 형한테는 말해줘도 되잖아. 난 조금 충격받았다."

웃으면서 그렇게 말해보았다. 피카의 얼굴은 보이지 않았다. 보송보송한 머리칼이 강바람에 흩날렸다.

"게다가 이렇게 서두를 건 또 뭐야. 날씨 좋은 휴일에 도시락이라도 싸 들고 느긋하게 가보는 플랜이 훨씬 좋잖아. 고구레 씨도 너 혼자 살금살금 찾아온 걸 보고 깜짝 놀라서 무덤 속에서 눈을 번쩍 떴을지도 모르겠다."

"……빨리 해야 했으니까 그랬지."

너무나 희미한 목소리라 강물의 속삭임으로 여겨질 정도였다.

"빨리 안 하면 늦으니까."

"뭐가?"

피카는 대답하지 않았다.

"왜? 늦긴 뭐가 늦어?"

피카는 캔 커피를 뺨에서 떼더니 손으로 감싸 쥐었다. 속눈썹이 강바람에 하늘거렸다.

"일요일에……."

"응."

"큰아버지랑 작은아버지가 우리 집에 오신대."

에이이치는 눈을 깜박거렸다.

"큰아버지랑 작은아버지가?"

"아빠의 형이랑 동생."

"뭐 하러 온대?"

"할아버지 묘지 같은 문제를 상의하러."

그럴 리가.

"그분들이 우리 집에 올 리가 없어."

"온다니까."

피카의 목소리가 아주 살짝 강해졌다.

"아빠 동생이 형제 셋이서만 얘기를 나눠볼 필요가 있다고 했다니까."

가쓰미 작은아버지다.

"그걸 네가 어떻게 알아?"

"화요일에 아빠랑 엄마가 얘기했어. 저녁 먹고 나서, 하나 짱은 아직 들어오지 않았고……."

중얼거리는 피카의 목소리가 살짝 갈라져 있었다.

"아르바이트였으니까."

에이이치는 머리를 긁적였다.

"엄마, 아빠가 네가 있는 자리에서 그런 얘기를 했단 말이야?"

"아니, 난 목욕하러 들어가기로 했을 때야."

"근데 안 들어갔구나?"

"응. 저녁 먹을 때, 왠지 아빠랑 엄마 분위기가 이상해서 내가 몰래 정찰해볼 생각으로."

"그래서 다 들어버렸군."

"응."

"그런 걸 뭐라고 하는지 아니?"

"도청."

어휘력이 풍부한 초등학생이다.

"엄마는 그런 상의에는 관여하고 싶지 않다면서 인사만 하고 나랑 같이 밖으로 나간다고 했어."

물론 그래야겠지, 하고 에이이치는 생각했다.

"그렇다기보다 인사할 필요도 없어."

"응, 아빠도 그렇게 말했어."

그쯤에서 피카는 간신히 시선을 들었다.

"아빠랑 하나짱은 의견이 맞네."

"아빠랑 엄마는 의견이 안 맞았니?"

"엄마는 인사라도 제대로 해야 한다, 안 그러면 자기가 도망친 것처럼 보여서 싫다고 했어."

도리에 맞게 행동하려는 어머니의 심정은 충분히 이해하지만, 그런 걸 두고 고집이 세다고 하는 것이다.

"그래서 난……."

피카가 다시 고개를 숙였다. 머리가 무거워서 도저히 들고 있을 수 없는 것처럼.

"그분들이 오기 전에 무슨 수를 써서든 고구레 씨랑 얘기를 나누고 싶었어."

그 말은 곧 고구레 씨를 통해 후코를 불러내고 싶었다는 의미다.

"후코랑 얘기하고 싶었구나?"

피카는 고개를 떨어뜨린 채 한 번만 끄덕였다.

"있잖니, 피카."

맞은편 강가 공영 아파트 창가의 불빛이 어두운 수면에 비쳐 희미하게 흔들거렸다.

"너, 후코랑 무슨 얘기를 하고 싶은 거야? 무슨 말이 그렇게 하고 싶어서 고구레 씨한테 부탁하려는 거니?"

피카는 대답하지 않았다.

"네가 아무리 컸어도 후코는 네가 피카라는 걸 알아. 네가 건강하다는 것도 알고, 우등생이고 착실한 아이라는 것도 다 안다고."

후코는 하늘에서 우리를 내려다보고 있으니까. 때로는 바로 옆에서 지켜보니까. 지금도 우리 곁에서.

"고구레 씨는 좋은 사람이야. 우리 집주인……은 아니지만 지금도 여전히 고구레 사진관의 주인이고, 그래서 우리 집에 있지. 하지만 후코랑 얘기하고 싶으면, 굳이 고구레 씨한테 부탁하지 않아도 네가 직접 후코를 부르면 후코는 언제라도……."

'대답해줄 거야.'라고 하려던 에이이치는 말을 삼켰다. 에이이치가 말하는 중에 피카가 고개를 젓기 시작했기 때문이다.

"……아니야."

고개를 저으며 피카가 속삭였다.

"아니라고? 뭐가 아니야?"

"아니야, 후코짱은 내가 불러도 대답하지 않아."

"대답한다니까, 네 누나잖아."

"하지만 나한테는 대답해주지 않아."

이쯤 되자 에이이치는 아무래도 초조해졌다. 대체 무슨 영문 모를 소리를 하는 거지?

"왜? 왜 후코가 너한테는 대답을 안 하는데?"

피카는 가로젓던 고개를 멈추었다. 그 대신 몸을 떨기 시작했다.

"후코짱은 나한테 화났으니까."

이번에는 삼킬 말도 없어서, 에이이치는 그저 눈을 휘둥그레 뜰 뿐이었다.

"뭐라고?"

"후코짱은 나한테 화났어. 그래서 내가 불러도 대답하지 않아. 그래서 고구레 씨한테 부탁했는데……."

피카의 목소리도 떨리기 시작했다.

"부르고 또 불렀는데, 고구레 씨도 대답해주질 않아."

시오미 다리 위로 오토바이 한 대가 요란한 소리를 내며 지나갔다.

"히카루."

에이이치는 동생을 불렀다. 피카는 단단하고 조그맣게 움츠린 채, 몸을 떨고 있었다.

"후코가 너한테 화났다는 소리는 왜 하는데?"

강변의 초라한 떨기나무들이 바람에 흔들리며 소리를 냈다.

"설명 좀 해봐. 후코가 왜 너한테 화났다고 생각하니?"

"그야……."

이제는 두 다리까지 들어 올려 몸을 완전히 동그랗게 말고, 피카는 가까스로 얼굴을 들었다. 에이이치를 바라보는 눈은 휘둥그렇게 뜨여 있었다.

"후코짱이 죽은 건 나 때문이니까."

그로부터 몇 초 혹은 몇십 초 사이의 일을 에이이치는 기억하지 못한다. 아마도 한동안 얼어붙어 있었을 것이다. 정신을 차리고 보니, 벤치에서 뛰어내려 피카 앞으로 다가간 에이이치는 두 손으로 피카의 어깨를 움켜쥐고 있었다.

"뭐? 뭐라고?"

피카의 눈에서 눈물이 흘러넘쳤다.

"너, 지금 뭐라고 했어? 뭐라고 했냐고, 피카!"

피카의 어깨는 가냘팠고 머리는 휘청휘청 흔들렸다. 흔들릴 때마다 눈물이 떨어졌다.

"누가 너한테 그런 소리를 했니? 그래, 누군가 했겠지? 그 놈이 뭐라고 했어? 너한테 뭐라고 한 거야?"

피카는 대답하지 않고 그저 눈물만 떨어뜨릴 뿐이었다.

"큰아버지랑 작은아버지니?"

피카는 눈을 질끈 감아버렸다.

"큰어머니나 작은어머니야? 할머니야? 다른 사람일 리가 없지."

그래서 피카는 그들이 다시 오기 전에, 엄마가 그들을 만나 인사하기 전에 후코를 만나고 싶었던 것이다. 후코랑 얘기하고 싶었던 것이다.

후코짱, 아직도 나한테 화났어? 미안해.

그렇게 말하고 싶었던 것이다.

"언제야?"

에이이치의 목소리는 떨린다기보다 갈라져 있었다.

"언제 그런 소릴 들었어?"

장례식이나 납골 때였을 리는 없다. 당시의 일은 아무리 피카라도 기억할 수 없다. 첫 제사 때도 무리겠지. 게다가 후코의 첫 제사 때, 부모님은 이미 양가와 인연을 끊었다. 어머니 교코는 당신 부모도 마사미 이모도 후코의 첫 기일에 부르지 않았다. 그렇게까지 할 필요는 없었지만 아버지 히데오를 위해서 그런 것이다.

작년에 이쪽으로 이사 오기 전에 마친 칠 주기 기일에도 가족 넷뿐이었다. 우리는 그런 집이다. 방비가 탄탄한 집. 누구도 피카의 귀에 그런 말을 흘려 넣을 틈은 없었다.

없었을 게 틀림없다.

"언제냐니까, 피카?"

피카는 눈을 질끈 감은 채 코를 훌쩍이더니, 그대로 흐느끼며 말했다.

"아니야."

"뭐가 아니야?"

"하나짱은 몰라."

그래, 난 늘 아무것도 모르지.

"누구한테 들은 소리가 아니라고. 조금씩 점점 알게 됐어. 나도 이젠 갓난애가 아니잖아."

눈을 감고 있는데도 피카의 눈물은 쉴 새 없이 흘러내려 뺨을 적셨다.

"아빠도 엄마도 하나짱도 나한테는 늘 숨기기만 해. 나도 이제 아무것도 모르는 갓난애가 아닌데."

메구로 사택과 맨션에 살았을 무렵의 이웃 사람들, 피카의 유치원이나 학교 친구들, 그들의 가족, 사정을 알고 있는 사람들, 아니, 다른 어느 누구보다도…….

아버지, 어머니는 집 안에서 후코가 죽은 무렵의 이야기는 하지 않는다. 하지 않는 걸로 되어 있다. 하지만 에이이치와 피카의 귀가 없는 곳에서, 부부끼리는 더 이상 덮어둘 수 없어서, 얘기가 나올 때가 있다. 그것은 에이이치도 알아차렸고, 그렇다면 피카도 마찬가지일 것이다.

그런 일들이 쌓여가면서 피카 안에서도 하나의 인식이 싹트기 시작하고, 그러다 보니 부모의 대화에 더더욱 주의를 기울이게 되었을 것이다. 그리고 피카의 기억에는 없었던 일이 기억과 마찬가지로 선명하게 보이기 시작했을 것이다.

흔히 있는 일 아닌가. 전혀 기억하지 못하는 어린 시절의 실수나 장난의 전말을 어느 정도 큰 후에 듣고 나서 '난 기억 안 나는데, 어렸을 때 내가 그런 일을 했대.'라고 웃으며 친구에게 얘기할 정도로 구체적으로 알게 되는 일은 너무나 흔하지 않은가.

게다가 피카는 놀라울 정도로 머리가 좋다. 착한 아이 피카. 영리한 피카.

하지만 착한 아이 피카는 이미 갓난애가 아니다.

"난 후코짱이 어떻게 죽었는지 확실히 알아."

알고 있었구나.

"내 몸이 안 좋아서 엄마가 정신을 못 차렸기 때문에 후짱이 그사이에 죽어버린 거야. 그래서 후짱은……."

"그만 됐어."

에이이치는 피카의 이마를 눌렀다.

"이제 그만해."

그 손으로 머리를 쓰다듬듯이 부드럽게 어루만졌다. 피카가 손으로 얼굴을 비볐다. 무릎 위에서 커피 캔이 대굴대굴 굴렀다.

"후짱은 나한테 화났어."

피카는 얘기를 멈추지 않았다.

"모두 내 책임이니까. 난 후짱한테 사과해야 해. 오래전부터 계속 그런 생각을 했어. 하지만 어떻게 하면 좋을까. 난 후짱이 어디 있는지 알 수가 없잖아. 사람이 죽으면 어디로 가는지 난 몰라. 아빠, 엄마는 후짱이 늘 우리랑 같이 있다고 말하지만…… 난 모르겠어. 느낄 수가 없어. 들리질 않아. 모습도 보이질 않아. 후짱은 나한테 화났기 때문에 내 옆에는 없는 거야."

그런 피카에게 고구레 사진관의 고구레 씨는 얼마나 놀랍고, 또 얼마나 반가운 존재였을까. 그래, 고구레 씨한테 부탁하면 돼. 고구레 씨에게 물어보면 후짱이 어디 있는지 알아낼 수 있을지도 몰라. 후짱을 만날 수 있을지도 몰라.

고구레 씨, 부탁이에요. 전 후짱을 만나고 싶어요.

"큰아버지랑 작은아버지가 오면 엄마는 또 그분들에게 야단맞겠지?"

피카는 눈을 뜨더니 커다란 눈동자로 추궁하듯 에이이치를 바라보았다.

"내 탓인데, 엄마가 야단맞고 또다시 울어야 하잖아. 그러니 난 그 전까지 어떻게든 사과해야 해. 내가 후짱한테 사과하고 용서를 받으면……."

피카는 큰 소리로 흐느끼며 울어댔다.

"그분들도 엄마를 야단치진 않겠지?"

후코가 용서해주면 엄마는 이제 안 울어도 된다.

"잘못이 있는 사람은 나니까. 내가 그분들에게 엄마를 괴롭히지 말아달라고 말할 테니까."

제가 후짱한테 사과했어요. 많이, 아주 많이 사과했어요.

"후짱은 용서해주지 않을지도 모르지만…… 그래도 난 후짱한테 사과하고 싶었어."

시오미 다리 위로 강렬한 전조등을 켠 자동차 한 대가 스쳐 지나갔다. 눈부신 빛이 한순간 벤치 언저리까지 닿았다가 금세 사라졌다.

"후코는……."

바람 소리에 섞어 놓아주듯이, 바람결에 실어 보내듯이, 에이이치가 천천히 말했다.

"널 아주 좋아했어."

또다시 피카의 머리를 쓰다듬듯 어루만지며 말을 잇는다.

"네가 태어났을 때 제일 기뻐한 사람이 후코야. 형은 생생하게 기억해. 네가 태어나기 전부터 기대했어. 엄마 배에 귀를 대고 조그만 손바닥으로 어루만지면서 노래하듯 말했지."

—아가야, 아가야.

엄마도 기쁜 듯이 후코의 손바닥을 감싸 안고 속삭였다. 아가야, 얼른 나오렴. 우리 모두 기다리고 있단다.

"그런 후코가 어떻게 너한테 화를 내? 널 제일 귀여워했는데 어떻게 화를 내냐고."

커피 캔 위로 피카의 눈물이 떨어졌다.

"넌 바보야. 왜 진작 말하지 않았니? 형한테 왜 말을 안 했어? 말했으면 네 생각이 잘못됐다고 금방 가르쳐줬을 텐데."

피카가 또다시 흐느끼며 에이이치를 바라보았다.

"후짱은 지금 어디 있을까?"

"……몰라."

살아 있는 인간으로서는 알 수 없는 일이다.

"하지만 몰라도 괜찮아. 그곳은 굉장히 좋은 곳이지만, 살아 있는 인간은 갈 수 없는 곳이니까."

피카 너도 알잖아. 네 입으로 말했잖아. 죽은 사람의 시간은 정지해 있을지도 모른다고. 틀림없이 그럴 거야. 살아 있는 인간과는 여러 가지로 다르니까.

한 가지 분명한 사실은 언젠가는 모두 그곳으로 간다는 것이고, 그러나 그때까지는 아무리 만나고 싶어도 우리는 그곳에 갈 수 없다는 거지.

"거기서 날 보고 있어?"

가로등 불빛에 피카의 젖은 뺨이 희미하게 빛났다.

"그럼, 보고 있지. 하지만 그곳에서도 사람의 마음속까지는 꿰뚫어 볼 수 없어. 초능력자는 아니니까. 그러니까 후코도 네가 우는 걸 보면 걱정할 게 틀림없어. '피카짱, 무슨 일이 있을까?' 하고."

그러니까 이제 울지 마. 그런 일로 울지 말라고.

"너한테는 잘못이 전혀 없어. 잘못한 사람은 아무도 없어."

그렇다, 누구의 책임도 아니다.

"미안해."

피카가 말했다.

사과하지 마. 가장 먼저 사과해야 할 사람은…… 나니까.

냉동 따윈 되지 않았다. 사실은 만질 수도 한쪽으로 치울 수도 없어서 그냥 내버려둔 채로 애써 시선을 피해왔을 뿐이다. 직시하지 않으려고 발버둥 쳤을 뿐이다. 그러는 사이, 그것은 그 자리에 있는데도 없는 것이 되어버렸다. 에이이치의 눈에도 보이지 않게 되었다. 그래서 그것이 기억 속에서 뒤척이면, 몸을 움직이면, 에이이치의 마음이 한없이 차가워졌던 것이다.

그날 밤, 후코의 상태가 이상하다는 것을 에이이치는 알아채고 있었다. 그날 밤, 난 일어났으니까.

후코가 열이 있네. 숨소리도 거칠어. 의사한테 데리고 가야 하지 않을까? 구급차를 불러야 하지 않을까? 하지만 엄마는 자고 있는데. 이제야 간신히 쉬고 있는데. 어떡하지? 깨워야 할까?

그 무렵 에이이치는 열 살이었으니 어엿한 어른은 아니라도 어엿한 아이이기는 했다. 집에서 무슨 일이 일어나는지 상황은 알고 있었다. 그리고 그 상황에 어린애다운 불안감으로 초조해하면서도…… 완전히 토라져 있었다.

그날 밤 화가 난 사람은, 토라졌던 사람은 에이이치 쪽이었다. 어린 피카의 위장염 때문에 심신이 지쳐 있었던 어머니는 에이이치에게는 무슨 일에나 매우 짜증스럽게 대했고, 날카롭게 반응했다.

—피카짱 몸이 안 좋으니까 넌 좀 조용히 해!

에이이치는 외로웠다. 불만스러웠다.

—후코짱까지 옮으면 안 되잖니. 잘 알잖아? 넌 오빠니까.

어머니는 가시 돋친 목소리로 쏘아붙였다. 상황은 이해하지만 마음속으로는 온전히 이해할 수 없었다.

괜히 엄마 깨웠다가 야단맞긴 싫어. 아침 되면 병원에 갈 테니까 쓸데없는 짓 좀 하지 말라고 할 테지. 후코랑 피카만 감싸고 난 아무렇게나 대하잖아. 입만 열었다 하면 '넌 형이니까.'란 소리뿐이고.

아니면 엄마를 깨우지 말고 고지마 병원으로 전화해볼까? 여동생이 이런 상황인데 괜찮은 거냐고 물어볼까? 하지만 모르는 병원 사람이랑 얘기를 잘할 수 있을까? 말을 우물거리면 장난 전화라고 생각할 텐데. 그러면 또 야단만 맞을 텐데. 고지마 병원이 어디에 있는지는 아니까, 전화보다는 후코를 업고 병원으로 가야 할까? 보험증은 엄마 지갑 속에 들어 있어.

하지만 내 멋대로 이 추운 밤에 후코를 데리고 나가면 역시나 또 꾸중만 듣겠지? 대체 생각이 있니, 없니! 넌 오빠잖아.

늘 그렇다. 엄마의 머릿속에는 후코와 피카로만 가득하니까.

그렇다면 나도 모른다. 쓸데없는 짓은 하지 않는다. 괜히 무슨 일을 벌였다간 야단만 맞는다.

후코는 열이 높다. 얼굴이 새빨갛다. 숨소리가 이상하다. 하지만 엄마가 알아채겠지. 아침이 오면 어떻게든 손을 쓰겠지. 난 모른다. 나만 손해 보긴 싫다.

그래서 시치미 뗀 얼굴로 자는 척하는 사이 정말로 잠이 들어버렸다. 그리고 새벽에 구급차가 왔다.

—후코, 후짱!

엄마의 비명 같은 소리가 들리고, 경련하는 후코를 보았다.

제일 나쁜 사람은 나다. 오빠이면서도 하찮은 일로 토라지고, 혼자 삐쳐서 해야 할 일을 하지 않았다. 왜 엄마를 깨우지 않았을까? 왜 후코를 고지마 병원으로 데려가지 않았을까?

후코가 죽은 것은 네 탓이 아니라 형 탓이야.

그런데도 나는 시선을 피하고 지냈다. 눈을 돌리고 없었던 일로 해버렸다. 너는 이렇게 괴로워하고 있었는데 나는 아무것도 알아채지 못했다. 자기 자신을 속이는 데만 급급해서 아무것도 알아채지 못했다.

"피카."

에이이치는 피카의 어깨에서 손을 떼고, 덜컹거리는 벤치 밑에 웅크려 앉아 말했다.

"미안해."

다른 누구보다도 내 잘못이 컸는데.

피카의 손이 에이이치의 머리를 스쳤다.

"형."

피카가 물었다.

"왜 사과해? 잘못한 사람은 아무도 없다면서 왜 사과해?"

피카의 손가락이 에이이치의 머리칼을 잡아당겼다. 에이이치는 점점 더 몸을 굳히며 조그맣게 움츠러들었다. 꽤 오랫동안 그렇게 있었다. 피카가 흐느끼는 소리가 멀어졌다 가까워졌다 했다.

차라리 이대로 죽으면 편하겠지.

피카의 손이 또다시 에이이치의 머리를 스쳤다. 그러더니 조급한 손길이 어깨를 두드렸다.

"하나짱, 하나짱! 저것 좀 봐!"

피카는 강 너머를 바라보고 있었다. 공영 아파트를 손가락으로 가리킨 채로. 눈이 탁하고 가물거려서 에이이치는 손으로 눈가를 문질렀다. 그것은 조금 전에 피카가 한 몸짓과 똑같았다.

"저게 뭐지?"

피카의 손가락 끝이 향한 곳에 불빛이 보였다. 사 층 오른쪽 끝 창이었다. 뭔가가 반짝이며 흔들렸다. 빨강, 파랑, 노랑, 세 가지 색깔로 반짝반짝 빛나는 고리 같은 형태. 창 불빛을 등진 조그만 실루엣이 보였다. 난간에 다리를 걸치고 있다.

그 아이다.

이런 시간에 베란다에 나와 있다니. 아니, 그 반대인가?

누군가 늘 손을 흔들어주던 맞은편 강가 벤치에 무슨 일인지는 잘 모르겠지만 두 사람이나 웅크리고 앉아 있다. 대체 뭘 하나, 하고 놀라서 베란다로 나온 것이다.

그건 그렇고, 반짝거리는 저건 뭐지? 형광 라이트인가? 밤의 유원지나 콘서트 같은 데서 관객들이 손에 들고 흔드는 물건 말이다. 사 층 창의 아이는 이쪽을 향해 그것을 흔들고 있었다.

늘 바라보던 벤치에 사람이 있다. 어두워서 얼굴은 보이지 않지만, 혹시 항상 있는 그 언니일까? 그래, 지난번에 그 언니가 누구랑 같이 있었지. 밤이라 잘 안 보일지도 모르니까 뭐든 반짝이는 걸 흔들어야지. 뭐 좋은 게 없을까? 그래서 저 반짝반짝 빛나는 고리를 찾아서 들고 나온 것이다.

피카는 주머니에서 휴지를 꺼내 코를 풀었다. 에이이치에게도 한 장을 건넸다. 고개를 비틀어 바라보고 있노라니 사 층 꼬마는 계속해서 반짝반짝 손을 흔들었다.

"예쁘다."

멀고 아득한 무언가를 동경하듯이, 노래하듯이 목소리를 높여 피카가 말했다. 그리고 손을 흔들어주었다. 처음에는 앉은 채로, 곧바로 일어서서 팔 전체를 크게 휘저으며. 몇 번이고, 몇 번이고 손을 흔들었다.

그에 답해 사 층 꼬마의 반짝반짝 흔들림도 동작이 커졌다. 밤 강변의 이쪽과 저쪽에서 두 아이가 손을 흔들며 인사를 주고받았다.

에이이치는 넋을 잃고 그 모습을 바라보았다.

사 층 베란다 아이는 마지막으로 한 번, 반짝이를 들지 않은 손까지 크게 흔들더니 훌쩍 모습을 감췄다.

밤 강물의 속삭임만 남았다.

어둠이 돌아왔다.

별안간 온몸이 흔들린 것처럼 에이이치는 깨달았다. 그것은 감정도 이성도 아니고, 이치가 통하는 것도 아니었다. 그것은 그냥 순식간에 몰려와서 에이이치를 감싸 안았다.

저건, 후코다.

지금, 나랑 피카에게 손을 흔들어준 것은, 후코다.

밤의 강변 너머에서. 어둠의 저편에서.

반짝반짝 빛나며. 초롱초롱 빛나며.

나 여기 있어, 하고.

에이이치는 일어섰다. 그 순간은 사라지고, 에이이치를 감싸 안았던 무언가도 사라져갔다. 맞은편 건물은 단순한 공영아파트로 돌아왔다. 사 층 오른쪽 끝의 창은 수많은 창들 중 하나로 되돌아갔다.

그래도 거기에 있던 것은 후코였다. 피카와 나는, 후코를 만났다.

"하나짱."

돌아보니 피카의 눈동자 깊은 곳에 가로등 불빛이 드리워져 있었다. 조금 전에 본 그 반짝이는 불빛이, 피카라고 불리는 에이이치의 동생 눈동자에 깃들어, 그윽하고 평온한 빛을 발산하는 것처럼.

"후코야."

에이이치가 말했다.

"응."

피카도 고개를 끄덕였다.

우리는 후코짱을 만났어.

피카의 환한 눈빛이 그렇게 말하고 있었다.

참 예뻤어.

"하나짱, 집에 가자."

피카가 에이이치의 손을 잡았다. 작은 손가락으로 단단히 움켜쥐었다. 차갑게 언 손가락, 그런데도 그 손에서는 확실한 온기가 전해져 왔다.

5

아버지 히데오의 형제도, 그들의 아내도 결국 누구도 하나비시 가를 방문하지 않았다. 아버지가 강하게 거부했던 모양이다.

피카의 오줌싸개 습관은 멎었다. 그 후에도 일주일가량 자명종을 맞춰놓고 잤지만, 에이이치가 밤중에 몰래 들어가 자명종 설정을 해제했는데도 아침까지 아무 일 없이 잤고, 그것을 계기로 강제 기상 모드도 종료되었다.

어머니와 아버지는 10월 말 금요일, 형제가 나란히 싸늘해져서 늦게 들어온 밤에 무슨 일이 있었는지 모른다. 뭔가 있었다는 것을 알아채기는 했다. 그래서 오히려 캐묻지 않고 내버려두었다. 그것이 무슨 일이든 피카짱한테 좋은 영향을 미친 것 같으니까, 하는 관대한 조치였다.

그러나 피카의 화풍이랄까, 탄빵이 말했던 '이상한' 분위기는 좀처럼 원래대로 돌아오지 않는 듯했다. 에이이치는 여전히 피카의 스케치를 보지 않는다. 보여달라고 요구하지도 않는다. 그러니 그저 추측일 뿐이지만, 그에 관해서는 본인도 자각이 있는 것 같았다.

에이이치는 집에 돌아오는 길에, 피카가 고구레 사진관의 쇼윈도 앞에 서서 거기 전시된 세잎회 아이들의 철도 사진을 들여다보는 모습을 몇 번인가 보았다. 그냥 '보는' 수준이 아니라 유리창에 손을 얹고 파고들듯이 뚫어져라 보고 있었다.

"왜 그래?"

말을 건네면 에이이치를 돌아보는 피카의 눈은 예술가의 눈빛으로 변해 있었다.

"난 뭔가가 부족해."

"뭐?"

"이 사진에 있는 게 내 그림에는 부족해. 요즘…… 슬럼프야."

세잎회 아이들의 철도 사진은 각각 패널에 넣어 촬영 장소와 날짜, 촬영한 사람의 이름과 나이를 쓴 표시를 붙여서 장식했다. 이름은 모두 히라가나 표기였다. 그렇게 하는 것이 '여덟 살', '열 살'짜리 촬영자의 연령과 균형이 맞는다고 미야나가 선생님이 제안한 덕분이었다.

그 전시를 시작한 후로 길을 지나던 사람들이 이따금 쇼윈도 앞에서 걸음을 멈추게 되었다. 한번은 어머니가, 퇴근길인 듯한 중년 남성에게 이 패널은 파는 거냐는 질문을 받은 적도 있었다. 맡아서 전시하는 것뿐으로 파는 물건은 아니라고 대답하자 아쉬워하는 것 같았다고 한다.

—하나같이 좋은 사진이군요. 때때로 전시를 바꿉니까?

—네.

—그럼 또 보러 오겠습니다.

자기 자식이 칭찬을 들은 것처럼 기뻤다고 어머니는 말했다.

그런 사진들 속에 들어 있는 것이 내 그림에는 부족하다, 나는 슬럼프다, 피카의 그런 진지한 자각은 반대로 해석하자면 피카가 어떤 터널에서 탈출했다는 의미가 아닐까?

에이이치의 그런 견해에 동의하는 사람도 있었다.

"화가 피카짱, 이것을 계기로 부쩍 성장할지도 몰라."

누나 같은 표정으로 그렇게 말한 탄빵은 다가오는 학교 축제 연주회를 대비한 테너 색소폰 연습에 푹 빠져 하루하루를 보내고 있었다. 탄빵의 손가락에도, 그 연습 시간을 옆에서 함께한 하시구치의 귀에도 굳은살이 박였을 것이다.

가키모토 준코와는 11월에 들어서자마자 아르바이트하는 선술집에서 만났다. 덴코가 아니라 이번에는 스도 사장과 모리마쓰 아저씨를 인솔하고 왔다.

"역전 대회 응원하러 갈게."

술에 취해도 갓난아기 같은 미소를 짓는 스도 사장이었다.

"역전 대회도 덴코네 밴드 연주도 15일이니까 헷갈리지 마세요."

"경음악 동호회는 14일에는 아무것도 안 하나?"

"그날은 회원 모두가 참가하는 빅 밴드를 하는 모양이에요."

"그것도 듣고 싶은데. 양쪽 다 가볼까?"

기대된다는 듯이 말한 스도 사장은 갑자기 살며시 손짓을 했다. 에이이치가 귀를 가까이 대자 속삭였다.

"이 가게에 혹시 회계 소프트웨어 다룰 줄 아는 사람 있나? 있으면 소개해. 좋은 조건으로 스카우트할 테니까."

구인이 잘 안 풀리는 모양이었다.

모리마쓰 아저씨는 가키모토 옆자리에서 변함없이 비굴하고 위축된 모습으로 술을 마시고 있었다. 아저씨는 소주를 좋아하고 사장보다 술이 세다. 안타깝게도 설교는 듣지 못했다. 가키모토는 두 사람 앞에서는 담배를 피우지 않는다.

웅성거림과 수증기와 연기 너머로, 그야말로 회사의 상사와 부하 직원이 한잔하러 왔습니다, 친목회를 하는 중이에요, 하는 분위기가 감도는 세 사람의 모습을 이따금 바라보다가 에이이치는 퍼뜩 생각이 떠올랐다.

—하나짱, 여자 친구 생겼다며?

아버지의 정보원이 덴코가 아니라면 스도 사장이었을까?

그날 일은 덴코에게도 설명하지 않았다. 덴코도 묻지 않았다. 빌린 군자금을 서둘러 정확하게 갚아주자 오히려 '무슨 돈이었지?' 하며 진지한 얼굴로 의아해했다. 시치미를 떼는 일만은 서툰 덴코이니 정말로 잊어버렸는지도 모른다. 돈을 빌려준 사실조차 잊을 정도로 덴코도 그때는 당황했던 것인지도.

생각지도 못했는데 다나코 가족이 에이이치의 선술집으로 찾아왔었다. 할아버지, 아버지, 어머니에 덴코까지 덧붙은 올스타였고, 다짜고짜 병째 주문하려는 할아버지를 어머니가 말렸다.

에이이치의 상사인 점장이 다나코 가족의 자리로 가서 무슨 얘기인가를 흥겹게 주고받고 돌아오더니, 신이 난 듯 말을 건넸다.

"저기, 저기, 자네 친구 할아버지, 시라스 지로 닮지 않았어?"

"그게 누군데요?"

"그 사람을 몰라? 그러면 쓰나, 역사 공부 좀 하라고."

"죄송합니다. 그럼 점장님, 제 친구 아버지는 누구를 닮은 것 같아요?"

삼십 대 중반인 점장은 덴코의 아버지를 찬찬히 뜯어보고 나서 대답했다.

"우리 회장."

이 체인 선술집의 모회사 —지주회사라고 해야 하나— 회장은 학생 기업가의 선구자로 그 밖에도 많은 회사를 세워 산하에 거느리고 있었다. 경제 잡지에 인터뷰가 자주 실리고 저서도 있다. 업계 유명인인 것이다. 점장은 이 회장의 신봉자였다.

"그럼 하나만 더 여쭤볼게요. 그 회장님이 이시하라 유지로나 구사카리 마사오나 기무타쿠나 마쓰준이랑 닮았다고 생각해요?"

"뭐? 어…… 글쎄, 그건 어떨지."

회장님 신봉자는 괴로운 듯 웃으며 얼버무렸다.

"역시 그렇구나."

사실 그 위대하신 회장님은 에이이치의 동료 여대생의 표현을 빌리자면 이렇다.

—부자가 아니었으면, 그저 기분 나쁜 오타쿠일 뿐이야.

두렵기 짝이 없는 '물체 X'.

선술집 밖에서는 가키모토 준코와 두 번 만났다. 예의 벤치에서, 두 번 다 축제 이야기였다.

에이이치는 그곳에서 피카와 함께했던 얘기는 하지 않았다. 가키모토도 피카 일을 묻지 않아서 에이이치가 먼저 이제는 밤에 오줌을 싸지 않는다는 얘기만 보고했다.

"너 밤에 오줌 쌌었니?"

"내가 아니지!"

그런 리액션을 포함해서 가키모토의 모습에 별다른 변화는 없었다. 지난번에 묘하게 작아 보였던 것도 에이이치는 잊어버렸다. 그보다 쿠모철이 학교 축제 때 철도 사진 전시회랑 아이들을 상대로 철도 모형 제작 강좌를 연다고 가르쳐주자 그 사람이 흥미를 드러낸 것이 훨씬 더 신경 쓰였다.

"그 파일 만들어준 철도 마니아들이지?"

"맞아."

"한번 가볼까?"

가서 만들어보겠다고, 철도 모형을?

"나 어제 마땅히 볼만한 텔레비전 프로가 없어서 영화천국으로 심야 상영 보러 갔었어."

단순히 늦은 시각에 상영하는 것뿐, 내용은 그대로라고 했다.

"거기 영화윤리위원회 아저씨가 오늘은 남동생 안 오냐고 물어서 밤에는 집에서 얌전히 공부한다고 대답했더니……."

—소용없는 짓이라고 전해.

"그러면서 웬일인지 엄청나게 웃더라."

말하면서 그 사람도 웃었다.

신기하게도 영화천국 영화윤리위원회 아저씨는 아직도 에이이치와 가키모토 준코를 오누이 사이라고 착각하고 있었다. 찬찬히 보면 전혀 안 닮은 걸 뻔히 알 텐데.

두 번 다, 공영 아파트 사 층 끝 집 베란다 아이는 모습을 드러내지 않았다. 가키모토가 그것을 아쉬워하는 기색도 없었다.

"역전 대회, 우승 노리는 거지?"

"그렇게 힘 쏟을 일도 아니야. 단순한 행사인걸, 뭐."

가키모토의 눈빛이 섬뜩할 정도의 경멸을 담았다.

"넌 그런 점이 물러터졌어. 이왕 할 바엔 이겨!"

엄청나게 강압적인 말투로 쏘아붙였다.

축제 며칠 전, 역전 대회 참가자들이 모여서 코스 예행연습 달리기를 했다. 제킨을 나눠주고 나서 해산하려는 순간, 콩 배구부의 다베 여사가 흰자위 많은 눈동자를 날카롭게 번득이며 일동을 둘러보았다.

"잘 들어. 우리는 승리하러 간다!"

난 왜 그런지 이런 타입 여자랑 인연이 있구나, 하고 생각하는 에이이치의 제킨은 49번이었다.

유서 깊은 '미쿠모 축제'는 전통적으로 교장선생님의 긴 연설로 시작된다.

14일, 조깅 동호회 회원들은 각자 컨디션 조절만 하면 되었다. 학년별, 학급별 전시나 특별 행사가 있으면 그쪽을 돕지만, 에이이치의 반에는 그런 행사도 없었다. 모두 자기 특별활동부나 동호회 쪽에 에너지를 다 쏟아서 그럴 여유가 없었기 때문이다.

다만 운동부 계열 학생들은 교대로 응급구호실을 지켜야 하는 규칙이 있어서 —그와 함께 교내 안전 요원도 담당한다— 에이이치는 오후 두 시부터 다섯 시까지 그쪽 당번이고, 자유시간은 그 전까지였다. 그래서 먼저 쿠모철 전시실을 구경하러 갔다.

맨 처음 눈길을 끈 것은 300 계열 신칸센 '노조미'의 모형이었다. '제작자 : 마키타 쇼(12세) | 제작 지도 : 다카다 분지'라고 적힌 표지가 달려 있었다. 그 옆에는 '너도 철도 모형을 만들어봐!'라는 홍보 문구가 달린 모형 제작 강좌 포스터가 붙어 있다. 마키타의 300 계열 모형은 좋은 홍보 재료가 될 것이다.

쿠모철의 전시회는 성황이었다. 이 세상에 철도 마니아의 씨는 결코 마르지 않으리, 하는 느낌을 주는 풍경이랄까. 학생들보다 보호자인 듯한 어른들과 가족 단위 관객들이 많았다. 근처에 사는 사람들인가? 미쿠모 축제는 이 지역에서는 꽤 유명하다. 원래 과학실이었던 장소는 그 모습이 완전히 변해버렸다. 사진 패널과 모형 전시뿐 아니라 쿠모철이 최근 몇 년간 힘을 쏟아 연구해왔다는 '전국 폐지 철도 노선' 게시판에도 구경꾼들이 모여들었다.

쿠모철이 전시회장으로 과학실을 선택한 이유는 영상 기기가 갖춰져 있기 때문이다. 도리테쓰 회원들이 여기저기서 찍어 온 영상물들을 정면 스크린에 상영할 예정이었다. 그 광고 전단지를 일 학년 회원들이 복도에서 나눠주었다.

"대성황이네."

관객들 안내에 벌써부터 땀을 흘리고 있는 분지에게 말을 건네자 분지는 대뜸 묻지도 않은 얘기를 했다.

"히로시는 아직도 이마에 머리띠 동여매고 준비 중이야."

"뭐?"

"오후부터 하는 '철도 울트라 컬트 퀴즈 대회' 문제가 아직 완성되지 않았어."

지나치게 울트라하고 컬트한 문제를 만들려고 하기 때문 아닐까?

"어른 관객이 많네."

"토요일에다 졸업생들이 홍보를 많이 해줘서."

오후에는 미야나가 선생님도 온다고 했다.

"세잎회 아이들을 데리고 오실 거야."

"마키타도?"

"응, 자기 작품을 보러 오지."

그러더니 분지는 조심스럽게 미소를 지었다.

"엄마랑 같이 온대."

에이이치도 조심스럽게 물었다.

"아버지는?"

조심스러운 미소를 머금은 채, 분지가 고개를 가로저었다.

"그렇구나."

"마키타는 올해 말에 세잎회를 그만둘 거야."

"학교로 돌아가나?"

"응. 벌써 결정 난 모양이야."

서서 얘기를 나누는 분지의 소매를 피카랑 비슷한 또래의 아이가 잡아당겼다.

"모형, 언제 만들어?"

"조금만 기다려."

많이 바빠 보여서 에이이치는 방해가 되지 않게 조용히 구경하다가 자리를 떠났다. 어쩌면 우리 사촌 누나도 올지 몰라, 그런 말을 할 기회는 놓치고 말았다.

그러고 보니 스도 사장에게도 깜박하고 말해주지 못한 것이 있었다. 오늘 경음악 동호회는 댄스 동호회와 공동으로 체육관 전체를 점유하고 행사를 벌인다. 그러니 댄스가 메인이고 빅 밴드 연주는 곁다리 보조 역할인 셈이다. 게다가 댄스 의상을 상당히 본격적으로 차려입어서 여자 의상 같은 경우, 에이이치로서는 똑바로 쳐다볼 수도 없을 정도라는 말씀. 크크큭.

곁다리이긴 해도 밴드 역시 일단은 검은 의상으로 통일해서 갖춰 입어서, 밴드 마스터인 이 학년 남학생—선생님한테까지 밴마스라 불린다—은 완벽하게 변모했다. 그러나저러나 이 녀석들, 실력이 꽤 늘었네. 에이이치는 음악은 잘 모르지만 감동했다. 왈츠에 탱고, 댄스부의 요청에 따라 완벽한 음악을 선사해주었다.

탄빵도 좋은 소리를 냈다. 객석 한 귀퉁이에서 느물느물한 파동이 밀려온다 했더니 역시나 그 근원지에는 장대 하시구치가 있었다. 에이이치가 옆으로 다가가도 알아채지 못했다. 쿡 찌르자 그제야 간신히 제정신을 차린다.

"상당히 좋지?"

"아, 그럼요, 그럼요."

"그게 아니고, 멘치의 피아노 실력이 역시 대단하다는 뜻이야."

"아, 예에예에."

하시구치의 말은 확실히 옳았다. 밴드 멤버들은 완벽하게 변모한 밴마스보다 오히려 멘치의 연주에 이끌려 가는 것 같았다.

"댄스부 여학생 남자 친구들은 왜 너처럼 느물느물한 시선으로 쳐다보지 않을까?"

"파트너로 같이 춤추고 있으니까 그렇지."

보조 역할에 철저한 밴드 속에서 멘치의 연주와 어깨를 나란히 할 만큼 눈에 띄는 것은 덴코의 퍼포먼스였다. 무지갯빛으로 물들인 머리뿐 아니고 간혹 두드러지게 틀려서 웃음을 터지게 했다. 그러나 덴코가 아무리 엇나가도 스텝이 전혀 흐트러지지 않는 댄스부들의 실력은 훌륭했다.

오전 공연을 마치기 직전에 댄스부 주장 한 쌍이 소리쳤다.

"자유롭게 참가해주세요."

"여러분, 같이 춤춰요!"

그리고 '문라이트 세레나데'가 흘러나오기 시작했다. 처음에는 쑥스러워하던 관객 속에서 뜻밖에 연배 있는 커플부터 가담했고 나중에는 아이들까지 뛰어들어 떠들썩해졌다.

"멘치 말인데."

"응?"

하시구치는 필요도 없는 발돋움까지 해가며 탄빵을 지켜보고 있었다.

"눈이랑 눈 사이가 많이 떨어져 있잖아. 그래서 건반을 쫙 훑어볼 수 있겠지?"

"하나짱."

떨떠름한 표정으로 에이이치를 돌아본 하시구치가 한숨을 내쉬었다.

"뛰어난 피아니스트는 손이 크다는 얘기는 자주 듣지만, 눈과 눈 사이 간격은 관계없거든."

그런가.

"게다가 멘치는 이렇게 가볍고 부드러운 곡은 눈 감고도 쳐."

"우와."

"내 두 눈으로 똑똑히 봤어. 진실이야."

그런데도 네 눈은 멘치가 아니라 탄빵에게 못 박혀 있구나. 예술과 연애는 양립하지 않는다! 이건 좀 아닌가?

지나는 길에 미술부 전시회에도 들렀다. 그곳 고문 선생님은 오브제에 힘을 쏟았다. 그 결과, 이따금 공공 건축물 외부나 내부에서 접할 수 있는 희한한 물건 비슷한 것들이 줄지어 늘어서 있었다. 피카에게 참고가 될 것 같지도 않아서 서둘러 그 자리를 떠났다.

응급구호실에서도 안전 요원 활동 중에도 별다른 사건이 없어서 에이이치가 보살펴준 것은 미아가 된 아이 하나뿐이었다.

역전 대회 스타트 피스톨은 정각 오전 열 시에 울린다.

이 대회 역시 새해 첫 달리기 대회랑 어깨를 나란히 할 정도로 항례적인 이벤트라서 응원단도 많았다. 정문 앞에 무리를 지어 응원 깃발이나 장대 같은 것들을 들고 서 있었다.

열세 개 조가 겨루는 경쟁이다. 각 조의 명칭은 자유롭게 붙일 수 있지만, 대체로 각 조에 포함된 조깅 동호회 회원의 성을 따르는 게 통례라서 에이이치의 조는 '하나비시 조'가 되었다. 하나비시 조의 면면을 보자면, 마치 야쿠자 조직 같다며 웃는 아키바는 소프트테니스 부, 구간 신기록을 못 세우면 선배들이 가만두지 않을 거라며 벌벌 떠는 일 학년 도련님 사사키는 야구부, 배낭을 짊어져야 더 빨리 달릴 수 있다는 나카노는 반더포겔 부* 그리고 콩 배구부의 다베 여사로

---

* 반더포겔Wandervogel은 '철새'를 의미하는 독일어로, 청소년들이 철새처럼 산과 들을 돌아다니며 심신을 다지는 야외 활동.

구성되었다.

뛰는 순서는 예행연습 달리기 때 결정했다. 남자 네 명은 오십음도 순서로 뛰고, 마지막 주자는 다베 여사다. 이것은 여사의 강력한 요청을 수용한 결과로, '안방마님에게는 누구도 감히 거스를 수 없다.'는 뜻이다. 어쨌거나 결과적으로는 하나비시가 네 번째 주자라서 다행이라고 나카노가 말했다.

"마지막 주자 직전이 뜻밖의 파란이 일어나는 포인트잖아. 확실하게 앞서주기 바란다."

그러나 제킨 번호는 49입니다.

'다나코 조'와 '하시구치 조'에는 민다나오 해구보다 더 깊은 골을 사이에 두고 서로를 노려보는 야구부와 농구부의 두 에이스가 들어 있었다. 벌써부터 으르렁거리는 두 사람은 나몰라라 하고, 하시구치는 워밍업에 여념이 없었고 덴코는 졸린 듯이 하품을 하며 주저앉아 있었다. 양 팀 모두 마지막 주자는 두 에이스로 하고, 하시구치는 첫 번째 주자, 덴코는 세 번째 주자를 맡았다.

스타트 직전에 다베 여사가 에이이치 일행을 향해 일갈을 퍼부었다.

"사내놈들! 너희가 사내라는 걸 증명해!"

여사의 구호처럼 높고 날카로운 피스톨 소리가 울려 퍼지고 환호성과 함께 역전 대회가 시작되었다.

똑같이 첫 번째 주자로 달리는 테니스 부 가나하시한테만은 질 수 없다는 소박한 긍지가 효과가 있었는지, 아키바는 일등으로 사사키에게 어깨띠를 건네주었다. 구간 신기록을 반드시 내야 한다던 일 학년생 사사키는 고작 사 킬로미터의 페이스도 조절하지 못하고 처음에 너무 빨리 달리는 바람에 이 킬로미터 전부터 점점 뒤로 밀려났다. 방송부 중계를 들은 나카노가 한탄했다.

"야구부 녀석들은 후배를 너무 위축시켜서 글렀다니까."

"그렇다기보다 그 녀석들은 베이스 러닝밖에 몰라."

"돌아오면 내가 손 좀 봐주지."

다베 여사가 팔뚝의 알통을 내보였다. 이 사람, 도대체 무슨 수험 공부를 하는 걸까 싶은 의문이 드는 근육이었다.

배낭 없이도 반더포겔 나카노는 건투했다. 사사키가 뒤처진 거리를 되찾고, 네 사람이나 따돌리며 중간 집단에 섞였고, 두 사람이나 더 따돌려 선두 그룹 세 사람과의 거리를 좁힌 후에 에이이치에게 어깨띠를 건네주었다.

"하나짱, 힘내!"

소리 나는 방향을 보니 탄빵이 구경꾼들 속에서 폴짝폴짝 뛰고 있었다. 점프를 몇 번쯤 했을 때, 피카랑 손을 잡고 뛰고 있다는 걸 알아차렸다.

"죽을 각오로 달려! 내일은 없다!"

야, 하시구치 차례가 끝났다고 멋대로 지껄이지 마.

에이이치는 콩 배구부 유니폼과 비슷한 누에콩 빛깔 어깨띠를 받아 들고 달리기 시작했다.

하시구치와도 얘기했지만, 평소에는 대충 성의 없이 달렸던 사 킬로미터가 종합해보면 오래달리기를 하는 조깅 동호회 회원에게는 거의 준비운동이나 다름없었다. 속도를 내려고 마음만 먹으면 얼마든지 가볍게 낼 수 있다. 게다가 에이이치는 서로 으르렁거리는 두 에이스와 같이 달려야 하는 다베 여사를 위해서라도 최대한 거리를 벌려둘 필요가 있었다. 평소보다 보폭을 넓혀서, 비위에 거슬리긴 했지만, 탄빵이 말한 대로 다음 기회는 없다는 각오로 달렸다.

첫 번째 구부러지는 모퉁이에서 '하나짱, 하나짱!' 하는 소리가 들렸다. 부모님이었다. 어머니 교코가 정성 들여 화장한 모습이 언뜻 스쳐 지나갔다. 웃는 얼굴이 잘 보이도록 마스카라까지 꼼꼼하게 바르고 나온 것 같았다. 아버지 히데오의 표정은 볼 수 없었다. 그렇게 빨리 통과해버린 것이다.

고등학교 축제 역전 대회라 경찰차 인도도 없고 교통 규제도 없었다. 도중에 맞닥뜨리는 세 군데 신호, 코스를 설정할 때 도저히 피할 수 없었던 교차로 신호를 속도 조절을 어떻게 해서 멈추지 않고 통과할 수 있느냐, 사실은 그것이 포인트였다. 세 군데 모두 가까이 가지 않으면 신호가 보이지 않는다는 점도 어려웠다. 타이밍 조절은 스톱워치를 한 손에 들고 하시구치와 몇 번씩이나 연습했고, 같은 조 구성원들과도 다시 연습했다.

알고는 있지만, 실전에서는 아무래도 서두르기 마련이라 맨 처음 보행자 신호는 점멸 중에 간신히 통과할 수 있었다.

미쿠모 축제의 항례 행사라서 근처 주민들도 여기저기에 구경을 나와 있었다. 에이이치가 바로 앞의 주자를 따돌린 주유소에서는 오렌지색 작업복을 입은 직원들이 응원을 보내주었다.

"일등이랑 가까워!"

"달려라, 달려!"

굵직한 목소리를 등 뒤로 들으며 달려 나갔다.

두 번째 신호는 타이밍이 정확하게 맞아떨어져 빨간 신호에서 파란 신호로 바뀌는 순간에 통과할 수 있었다. 세 번째 신호까지는 한동안 거리가 남아 있었다. 여기에서 에이이치는 두 번째 주자를 따라잡아 어깨를 나란히 했다. 그대로 오십 미터쯤 직진해서 약국 모퉁이를 왼쪽으로 돌아선 언저리,

일요일이라 휴일인 약국 셔터 앞에…… 그녀가 서 있었다. 가키모토 준코.

스도 사장과 여자 한 사람이 더 있었다. 사장의 부인이겠지. 키가 크다는 것뿐, 미인인지 아닌지는 확인할 수 없었다. 에이이치가 약국으로 다가가자, 사장이 '오우오우오우' 비슷하게 들리는 소리를 지르며 양손을 흔들었고, 부인도 손을 흔들기 시작했다. 가키모토는 초등학생이 아침 조회 때 나른하게 '쉬어' 자세를 취한 듯한 모습이었고, 통과하는 찰나에는 그것밖에 안 보였지만…….

그래도 그 사람, 웃었어. 뭐라고 말을 했어. 소리를 냈다고.

에이이치는 경쟁하던 두 번째 주자의 오른쪽에 있었고, 도로와 가까운 쪽이었던 그 녀석 때문에 방해를 받았지만, 둘이서 스쳐 지나는 순간 가키모토 준코의 머리칼이 바람에 가볍게 날아오르는 모습을 보았다.

왼쪽으로 돌아서 직진 코스로 들어서기 전, 에이이치는 하마터면 뒤를 돌아볼 뻔했다. 그러나 돌아보면 그만큼 늦어진다. 바보 같은 짓이다. 대신에 정신을 무장해 보폭을 넓히고 숨을 멈추고 맹렬하게 달려 나가, 두 번째 주자를 단숨에 따돌렸다.

세 번째 신호 앞에서 선두 주자가 제자리걸음을 하고 있었다. 제대로 걸려버린 모양이었다. 초조함을 훤히 드러내며 이쪽을 돌아보다가 파란색으로 바뀌는 순간 도망치듯 달려 나간다. 고구레 사진관을 뛰쳐나간 멍청한 도둑처럼. 에이이치는 그 뒤를 쫓아갔다. 그날 그럴 수 있었다면 그리했을 것처럼, 앞선 주자를 뒤쫓아 달렸다. 쫓고 또 쫓고, 고구레 씨가 그랬듯이 등 뒤에서 와락 덮칠 기세로 뒤쫓았다.

미쿠모 고등학교 정문이 보이기 시작했다. 방송부 실황 중계는 잔뜩 고조되었다. 구경 나온 사람들이 늘어나서 응원단에 가세해 있었다. 학교 건물 이삼 층 창가에도 사람들이 주렁주렁 매달려 있다. 어떻게 올라갔는지 정문 옆 담장 위에 나란히 앉아 있는 탄빵과 피카의 모습이 보였다. 피카의 발밑에 서 있는 하시구치도 보였다. 덴코의 무지갯빛 머리도 보였다. 녀석들은 어디 있어도 에이이치의 눈 속으로 파고든다.

어깨띠를 건네줄 지점을 십 미터쯤 남겨둔 곳에서 에이이치가 첫 번째 주자를 추월했다. 몸길이 하나 정도 앞으로 나갔다. 어깨띠를 풀어서 몸을 앞으로 굽힌 자세 그대로 팔을 쭉 뻗자, 다베 여사가 기다리고 있었다.

"잘했어!"

크게 한 번 소리치더니 여사는 콩알 총처럼 튀어 나갔다.

"우승해버렸네……."

이기면 이기는 대로 선배의 또 다른 선처가 기다리고 있는 듯, 사사키가 겁에 떨며 말했다.

하나비시 조 다섯 명은 곧바로 열린 시상식에서 —덴코 왈, 동네 장기 대회 수준 크기의— 우승컵을 받아 들고 고문 선생님이 찍어주는 기념사진 촬영도 했다. 사사키 이외의 멤버들은 서로 어깨를 두드리며 기뻐했고, 나카노는 사사키의 어깨를 끌어안으며 '너 정말 반더포겔 안 들어올래? 산사람은 민주적이야.'라고 구슬리기도 했다.

마지막 주자끼리의 경쟁은 치열했지만, 두 번째와 세 번째 신호 대기가 승부의 갈림길이 되었다. 두 팀의 에이스가 서로 경쟁하는 데만 정신이 팔리는 바람에 거기서 딱 걸려버린 것이다. 여사는 두 번 다 가뿐하게 신호를 통과하여, 쓸데없이 허풍스럽게 으르렁대기만 하는 두 사람을 따돌린 것이다.

"다음은 우리 홍백전이야."

핏기를 잃고 중얼거리는 사사키를 계속 구슬리며 나카노가 먼저 자리를 뜨고, 테니스 부 놈들에게 한 방 먹였다며 열광하는 소프트테니스 부 회원들에게 둘러싸인 아키바도 떠나고 나자, 다베 여사가 에이이치 옆으로 다가오더니 오른손을 쓱 내밀었다.

악수를 요청하는 동작이라는 걸 알아차릴 때까지 1.5초가 걸렸다.

"고맙다."

에이이치의 손을 1.3초간 힘껏 움켜쥐고 다베 여사가 말했다.

"이걸로 간신히 하나비시한테 빚을 갚았네."

"네?"

"너무 아름다웠어."

"네에?"

"선배의 신부 모습."

에이이치는 갑자기 정신이 번쩍 나는 것 같아서 어깨에 걸쳤던 수건으로 얼굴을 훔쳤다. 기미짱 얘기다.

"결혼했군요."

"응, 지난달 초에."

"잘됐네요."

"선배가 안부 전하랬어. 난 확실하게 전했다."

"아다치 씨의 그 머리는?"

"반질반질한 스킨헤드 그대로야."

둘이서 웃었다.

"그 머리도 결혼 예복이랑 제법 잘 어울리던데."

선배는 행복하게 지낸다고 다베 여사가 말했다. 그렇구나, 기미짱은 행복하구나, 에이이치는 생각했다. '행복'이라는 말은 일상어였구나, 생각했다.

탄빵 밴드의 정식 공연에서는 덴코도 요란한 실수는 저지르지 않았다. 경쾌한 '루트 66'도 차분한 '무닝'도 멋졌다. 재즈의 고전적 명곡만 연습하는 줄 알았는데, 탄빵이 솔로로 연주한 '캘리포니아 샤워'와 앙코르에 답해 연주한 '올 어바웃 러브'는 와타나베 사다오의 곡이었다. 양쪽 다 고등학생의 색소폰 연주에는 어려운 곡인 듯했다. 도중에 숨이 끊긴 것처럼 들린 부분도 있었지만 혼신의 힘을 다해 색소폰을 불었다. 하시구치는 자기가 라이브 CD를 빌려주고 추천한 곡이라며 으스댔다. 알 만하다, 'All About Love'란 말이지.

스도 사장의 부인은 자기 나이에 맞는 미인이었다. 부부는 음악에 흠뻑 빠져들었고, 어제 왔으면 댄스도 할 수 있었다고 알려주자 몹시 안타까워했다.

"어제는 아무래도 모리마쓰 씨에게만 맡길 수는 없는 건이 있었거든."

"또 주차장에서 날치기 사건이라도 났어요?"

"그걸 어떻게 알지?"

누구한테 들었냐고 묻는 걸 보니 사장님도 아버지의 정보원이 아니었나?

가키모토 준코는 밴드 연주를 들으러 오지 않았다. 에이이치도 그녀를 찾지 않았다. 여기저기 돌아다니며 찾지는 않았다는 뜻이다. 그런 건 '답지 않다'는 생각이 들어서였다. 두 사람 다.

그래서 결과적으로는 엇갈린 채로 끝났다. 나답다고 에이이치는 생각했다.

쿠모철의 두 사람은 아이들에게 큰 인기를 끈 모형 제작 강좌와 어른 철도 마니아들을 열광시킨 울트라 컬트 퀴즈로 녹초가 되어버려서, 교정에서 캠프파이어 불꽃이 피어올랐을 즈음에는 과학실에 축 늘어져 있었다.

"어쩌면 우리 사촌 누나도 왔다 갔을지 모르는데."

두 사람 다 펄쩍 뛰어올랐다.

"어떤 여자분인데?"

"짙은 남색 파카에 청바지를 입었을 거야."

뛰어갈 때 스쳐 지나며 본 패션은 그랬다.

"입었을 거라니? 넌 만난 거야, 못 만난 거야?"

"그보다 외모가 어떠냐고, 외모. 연예인으로 치면 누구 닮았어?"

오늘 본 가키모토 준코는 '가키모토 준코도 저런 표정을 지을 수 있구나.' 싶을 정도로 달라 보였다.

"'물체 X'라는 거 알아? 유명한 SF 호러 영화인데, 거기 나오는 주연 여배우랑 닮았을까?"

"무슨 소리야, 그 영화에는 여배우가 안 나오는데."

분지는 도대체 뭔 소리냐며 낙담했고, 히로시는 턱을 어루만지며 중얼거렸다.

"우리는 철도랑 관계없는 영화는 안 봐."

피카가 캠프파이어를 보고 싶어 해서 부모님은 꽤 오랫동안 학교에 남아 있었다. 그렇지만 하나짱에게 방해가 되면 안 된다면서 오후 다섯 시가 지나자 학교에서 나갔다. 무슨 방해가 된다는 거지?

"포크댄스 하잖니?"

나 빼고 한다고 에이이치가 대답했다.

"나한테는 따로 업무가 있어."

"무슨 업무?"

"덴코랑 포크댄스 추고 싶어 하는 여자애들한테 번호표 나눠줘야 해."

거짓말이 아니다. 작년에도 그랬다. 여자애들이 한껏 신이

나서 에이이치에게 달려들어 대기자에 넣어달라고 속삭였다. 그 애들은 에이이치 따위는 안중에도 없지만, 덴코에게 미치는 영향력 면에서는 에이이치의 능력을 인정하는 듯했다.

예에예에, 줄부터 서시죠, 에이이치는 적당히 다뤘다. 하지만 덴코가 그 이상으로 적당히 행동해버리는 바람에, 캠프파이어 그늘에서 누군가 울거나 여자들끼리 싸우거나 그 후 며칠이 지나도록 어디선가 비난의 시선이 날아오거나 괴문서 같은 메일이 오기도 했다. 물론 그런 일에 일일이 신경 쓰지 않는 것도 작년에 이미 배웠다.

대기 번호표 분배를 대충 마감하고, 조깅 동호회의 뒤풀이에 가서 나타나지 않는 덴코와 하시구치를 안주 삼아 한껏 흥을 돋우고, 문제 행동을 일으키지 않는 도립 고등학교 남학생치고는 꽤 늦은 시각에 귀가하자, 피카가 벽장 속 침대에서 기다리고 있었다.

"재미있었어."

"잘됐네."

"하나짱 조가 우승하고, 탄빵 누나도 잘했고!"

"노력을 당해낼 천재는 없지."

"그렇지만 멘치 누나는 천재 같지 않아?"

에이이치는 몰랐는데, 밴드 연주가 끝난 후 피카가 졸라대서 멘치가 특별히 '터키행진곡'과 '아메리칸 패트롤'을 연주해줬다고 한다. 두 번째 곡은 음악 선생님과 연탄連彈으로 들려줬다.

"진짜 대단했어!"

피카가 눈빛을 반짝였다.

"나 멘치 누나랑 얘기 많이 나눴어."

슬럼프에 관해 다 털어놓고 상담했다는 얘기였다. 멘치도 피카의 스케치를 봤으니 좋은 상담자가 되어줬을 것이다.

"뭐래?"

"멘치 누나가 음악학교를 그만두고 미쿠모 시험을 치겠다고 결심했을 때, 누나의 피아노 선생님이 한 말을 들려줬어."

—예술은 사람을 기다려주지 않지만 사람은 예술을 기다릴 수 있다.

에이이치로서는 이해할 수 없는 격언이었지만, 피카의 가슴을 흔드는 뭔가가 있었던 모양이다.

"난 멘치 누나를 존경해."

꼬마 인생 상승장군 '사부'를 만나다.

"두 눈 사이가 벌어져서 물고기처럼 귀엽잖아!"

신선한 견해였다.

"다음 주는 고푸라네. 또 신 나겠다."

"얼른 자."

"가와시마 형이 고푸라 음악 감독을 찾던데 멘치 누나를 소개해줘도 될까?"

"됐으니까 잠이나 자라고."

피카는 한껏 신바람이 나서 이불을 뒤집어썼다. 에이이치는 목욕탕으로 갔다. 콧노래로 '무닝'을 흥얼거리면서.

징조는 더더욱 멀어지며 부옇게 흐려졌다.

6

약속 시간인데도 가키모토 준코는 모습을 드러내지 않았다.

생각해보면 지금까지 그 사람과 약속다운 약속을 해본 적이 거의 없다. 했다면 고작 '시간 약속' 정도다. 그리고 그때마다, 행선지가 영화천국이든 유료 낚시터든 가키모토는 늘 약속 시간보다 먼저 와서 기다렸다.

이번에 한해서 '약속'이라고 하는 까닭은 그 사람 쪽에서 그런 식으로 말했기 때문이다.

가와시마 형의 동호회 아발란치가 '고푸라 대 우미호타루 괴수 헤도리안'을 상영하는 대학 축제였다. 사흘 중 가운데 날이 가장 여유롭게 볼 수 있다고 했다.

―사실, 가운데 날은 파리 날리는 날이기도 해. 바람잡이다 생각하고 와주지 않을래?

그리고 '첫날이나 마지막 날에는 여동생이 올지도 모른다'는 정보도 있어서 에이이치 일행은 22일 일요일에 가기로 결정한 것이다.

가키모토 준코에게 같이 가자고 청한 것은 바로 직전인 토요일이었다. 그때까지 그 사람은 시오미 다리 벤치에 모습을 드러내지 않았다. 최소한 에이이치가 다리를 건널 때는 그 벤치에 앉아 있지 않았다.

살짝 불안해서 수업이 끝난 후 아르바이트와 입시 학원이 시작되는 틈에 일부러 ST 부동산까지 가보기도 했다. 거기까지 가서 '정기 휴일' 표시를 보고 나서야 바보 같다는 생각을 한 것이 수요일이었고, 다음 날에도 끈질기게 찾아가보니 꽤 성실한 얼굴로 고객과 상담 중인 그 사람 모습이 유리창 너머로 보였다.

있네.

난 그저 미쿠모 축제는 어땠느냐, 응원하러 와줘서 고맙다는 말을 건네고 싶었을 뿐인데, 이게 뭐냐.

덴코에게 그 사람이랑 만났냐고 묻고 싶지는 않았다. 물어

보면 태연하게 '역전 대회 재미있었대.'라고 말할 게 틀림없기 때문이었다. 나도 꽤 복잡한 사람이었구나, 생각하고 말았다.

그리고 토요일, 점심때가 지나서 시오미 다리를 건너가는데 '식후 흡연' 중인 듯한 가키모토 준코의 모습이 보였다.

―우승 축하해.

앉은 채로 다리 위를 올려다보며 말을 건네서, 에이이치는 복잡한 심경을 다리 위에 자전거처럼 남겨두고 녹슨 계단을 내려갔다.

―달리기 잘하던데.

―그때는 다들 마지막 주자인 다베 선배한테 선동당한 거야.

―우승컵은 작았지만.

―봤어?

―폴라로이드 사진이 신발장 게시판에 붙어 있었어.

거기에 덧붙인 신문부 코멘트가 '뜻밖의 다크호스 승리!'였다며 웃었다. 쿠모철 전시장인 과학실에도 갔지만, 울트라 컬트 퀴즈가 한창이라 사람이 너무 많아서 들어가지는 못했다고 했다. 야구부 홍백전을 잠깐 구경하고, 탄빵 동호회 연주를 듣고, 사장과 부인에게 인사하고 돌아갔다.

―우리도 탄빵 밴드 구경했는데.

―그쪽도 많이 붐볐지. 피아노 치던 애, 네 친구니?

물고기 얼굴의 피아니스트라는 말에 이번에는 에이이치가 웃었다.

—진짜 잘 치지.

—기분 좋을 거야, 그렇게 잘 칠 수 있으면.

담배 연기 때문이 아닌데도 눈을 가늘게 뜨며 말했다.

—고등학교 축제에 이어서 대학 축제 구경해볼 생각 없어?

—언제?

—내일. 아, 참. 일하나?

—이번 사흘 연휴는 모리마쓰랑 교대로 하루씩 쉬기로 했어.

에이이치의 복잡한 심경은 훔쳐 타다 버린 자전거처럼 내동댕이쳐졌다. 아니, 이건 어디까지나 단순한 비유일 뿐이고 실제로 그런 짓을 한 적은 없다.

—난 피카를 데리고 덴코 일행이랑 열 시에 현지에서 집합할 거야.

멀지는 않다. 가와시마 형의 대학은 분에 넘치게도 미나토구내에 캠퍼스—의 일부—가 있었던 것이다.

—그럼 나도 대충 그때쯤 갈게.

혹시 모르니 휴대전화 번호를 가르쳐달라고 해서 번호를 알려주었다. 그쪽 번호도 가르쳐달라고 요구하기도 전에 가키모토는 휴대전화를 핸드백에 속에 집어넣었다.

—이번에는 뭐가 제일 볼거리지?

—모래밭에서 난동 부리는 괴수.

전형적이라고 할 만한 의심스러운 눈빛을 던졌다.

—인형 옷을 입고 연기하니까.

더더욱 기묘한 표정을 지었다.

—그건 됐어. 내일 열 시랬지? 대학은 넓잖아. 내가 헤맬지도 모르니까 휴대전화 신경 써.

—알았어.

그런 대화까지 주고받았으니 분명 '약속'이겠지.

괴수가 마음에 안 들었을까? 아니면 모래밭 쪽이? 하지만 그 사람에게도 고푸라는 충분히 허용 범위에 들어갈 텐데. 우연하게도 영화천국에서는 아발란치 작품을 못 봤지만, 보고 나면 '이것도 자반 갈고등어네.' 할 게 틀림없다.

다음 날, 덴코는 늘 그렇듯이 지각해서 열 시에 모인 사람은 하시구치와 탄빵이었다. 고푸라의 첫 상영 시간은 열 시 삼십 분이라 에이이치 일행은 서둘러 안내 지도를 따라 영화연구회가 자리 잡은 제일 계단교실로 갔다. 마냥 신이 난 피카가 폴짝폴짝 뛰듯이 걸어서 오히려 더 늦어질 것 같아 하시구치에게 목말을 태워주라고 했다.

시작 인사와 본편 상영을 합해서 약 오십 분. 시작 인사란

DVD에 나오는 오디오 코멘터리 같은 것으로 가와시마 형과 연출 담당인 모토키라는 선배가 둘이서 얘기를 나누었다. 그때까지는 회장 조명이 켜 있어서 에이이치는 저도 모르게 몇 번이나 손목시계를 확인하고 출입구를 돌아보았다.

"덴코는 금방 올 거야."

탄빵이 말했다.

"응."

"이번에 늦으면 다음 상영을 봐도 되고."

"응."

"하나짱, 이런 걸 뭐라고 하는지 아니?"

"응."

"건성 대답이라고 하는 거야."

C · C · C의 열혈 팬인 하시구치와 피카는 나란히 손을 잡고 앉아 있었고, 두근거리는 마음을 달랠 길이 없는지 두 사람의 대화에는 관심조차 없었다.

조명이 꺼지자, 이번에는 휴대전화가 신경 쓰였다. 진동으로 설정해놓아서 전화가 오면 부르르 떨린다. 그러나 전화는 오지 않았다.

그 사람, 역시 장소를 잘 못 찾는 걸까? 마음이 변했나? 너무 갑작스럽게 말해서 모리마쓰 씨랑 휴일 조정하기가 어려웠나? 그렇다면 연락 정도는 했을 텐데. 그런 일을 대비해서 내 휴대전화 번호도 물어봤을 테니까. 늘 시간만큼은 성실하게 지키는 사람인데.

입이 삐죽 튀어나올 듯한 기분이 불안으로 바뀌어버린 것은 정오가 지나고, 잠결에 짓눌린 —그러면서도 여전히 무지갯빛인— 머리를 긁적이며 덴코가 합류했을 때였다.

"미안, 미안."

자리를 잡고 앉는 덴코에게 바짝 다가간 에이이치는 목소리를 낮추어 물었다.

"혹시 그 사람한테 무슨 연락 있었니?"

덴코도 눈치 빠르게 목소리를 낮췄다.

"가키모토 씨? 여기 온대?"

"어제는 온다고 했어."

"네가 오라고 했어?"

덴코는 너무 많이 자서 부어오른 눈꺼풀을 깜박거렸다.

"온다고 했는데 안 온 거야? 이상하네. 가키모토 씨, 약속 시간은 잘 지키는데. 아니, 항상 먼저 와서 기다리잖아. 나랑 같이 너 일하는 선술집에 갈 때도 늘 그랬어."

"응, 알아."

탄빵과 하시구치와 피카가 점심을 핫도그로 할까, 볶음국

수로 할까 상의하는 옆에서 두 사람은 얼굴을 마주 보았다.

"하긴, 뭐…… 일 때문에 그럴 수도 있지."

조금만 더 기다려보자며 덴코가 에이이치의 어깨를 두드렸다.

불안이라고 하면, 문장을 쓸 때는 대개 '부풀어 오른다'는 말이 따라붙는다. 너무 빤한 표현이라고 생각했는데 그것은 진실이었다. 몸속에서 이상야릇한 풍선 같은 게 생기고, 그것이 점점 부피를 키워갔다. 안쪽에서 내장이 압박당하는 느낌이었다.

대학 축제의 화려한 대성황은 탄빵이 '우리 학교 축제는 소꿉놀이 수준이었네.'라며 한숨을 내쉴 정도였다. 스케일로 보나 들인 돈과 노력으로 보나 모든 면에서 한 단계 수준이 높았다.

그런 속에서 시간은 흘러갔다. 에이이치는 차츰 호흡이 불편해졌다. 불안의 근거는 지극히 심플했다.

그 사람 혹시…….

또 그 나쁜 버릇이 나온 거 아닐까? 달려오는 전차를 정면에서 바라보고 싶어졌다거나. 약을 잘못 세었다거나…….

가키모토 준코와 어디로 놀러 가거나 벤치에서 얘기를 나누게 된 후로 에이이치에게는 그 사람의 그런 성향이 거의 떠오르지 않았다. 스도 사장처럼 의도적으로 그러는 게 아니라 자연스럽게 잊히고 있었다. 북풍이 몰아치는 역 플랫폼에서 있던 가냘픈 모습은 지금도 눈 깊은 곳에 생생히 남아 있다. 하지만 이제는 그 모습조차도 에이이치가 만나기 전 가키모토 준코의 잔재라고 할까, 이미 스쳐 지나간 풍경의 단편처럼 여겨졌다.

탄빵은 아니지만, 그것은 방심이었을지도 모른다. 그 사람이 왜 그런 성향을 가지게 되었는지 그 이유를 모르는 이상, 긴장을 풀지 말았어야 했을지도 모른다.

고푸라의 두 번째 상영이 시작될 무렵, 드디어 인내심이 한계에 다다랐다.

"잠깐 전화 좀 하고 올게."

에이이치는 자리에서 일어나 계단교실을 나오자마자 ST 부동산으로 전화를 걸었다. 모리마쓰 아저씨가 받았다.

"가키모토 씨는 오늘 쉬는데."

에이이치의 몸속에서 부풀어 오르던 불안이 서서히 돌아누웠다.

"실례지만, 사장님은?"

"집 소개하러 나갔어."

급한 용건이라고 밝히고, 스도 사장의 휴대전화 번호를 가르쳐달라고 해서 그쪽으로 전화를 걸었다. 자릿수가 많은 번호를 두 번이나 잘못 눌러서 혀를 차며 다시 걸었다.

꽤 오랫동안 신호가 울리고, 가까스로 사장이 전화를 받았다. 역이나 길거리인지 잡음이 많이 들렸다.

"어이쿠, 잘 지냈나?"

굵고 탁한 목소리를 가로막으며 에이이치가 사정을 설명했다. 곧바로 스도 사장의 말투도 변했다.

"일단 전화 끊고 잠깐만 기다려줄래? 내가 전화해볼 테니까."

에이이치의 마음속 불안이 또다시 돌아누웠다. 계단교실의 쌍바라지 문틈으로 고푸라의 메인 테마가 흘러나왔다.

휴대전화가 울렸다. 바로 전화를 받자 스도 사장이 말했다.

"휴대전화도 안 받아."

이삼 초쯤 둘이서 침묵했다. 그리고 동시에…….

"또 그 나쁜 버릇이."

"나왔을지도 모르겠군."

"가키모토 씨 아파트가 어디죠?"

"에이이치도 몰랐어?"

뜻밖이라는 듯이 묻는 말투였다.

"몰라요."

사장은 또다시 잠시 입을 다물고 있다가 이상한 질문을 했다.

"그럼 최근에 가키모토 씨한테 무슨 얘기 들은 것도 없고?"

불안이 에이이치의 심장을 완전히 압도해버려서 심장의 고동까지 흐트러졌다.

"무슨 얘기라니, 그게 뭐죠?"

사장은 대답하지 않았다. 등 뒤의 잡음만 시끄럽게 들렸다.

"에이이치, 지금 어디야? 제일 가까운 역이 어디지?"

"시부야요."

"난 시모이구사야. 자네가 더 빠르겠군. 가키모토 씨 아파트에 가줄 수 있나?"

내 말이 그거라니까.

"먼저 우리 회사에 들러. 모리마쓰 씨한테 마스터키를 내주라고 연락해둘게. 우리가 담당하는 건물이니까. 아파트 관리인은 없어. 대답이 없으면 문 열고 들어가. 상관없어."

전에도 그랬으니까, 하고 덧붙이는 순간 에이이치의 등줄기로 오한이 훑고 지나갔다.

"혹시 체인이 걸려 있으면, 체인 밑동 쪽을 왼쪽으로 돌리면서 확 잡아당기면 풀릴 거야."

사장은 이미 그런 일까지 경험했던 것이다.

"난 계속해서 휴대전화로 연락해볼게."

"알겠습니다."

그래도 조금이나마 남아 있는 분별력이 에이이치를 일단 계단교실로 돌아가게 했다. 덴코에게 다가가 피카를 부탁한다고 말하고 밖으로 나오려고 하자, 덴코가 팔을 움켜잡았다.

"하나짱."

스크린에서는 고푸라가 우미호타루 주차장으로 강림하는 중이었다.

"침착하게 행동해."

탄빵도 하시구치도 피카도 고푸라에서 시선을 떼고, 스크린 불빛에 빛나는 눈을 휘둥그레 뜨며 이쪽을 바라보았다.

"알았어."

고개를 끄덕이고, 에이이치는 쏜살같이 통로를 빠져나갔다.

"제일 우치타장 102호야. '제일'이야, 우치타장은 '제삼'까지 있으니까 잊으면 안 돼."

모리마쓰 아저씨가 말했다. 거기서부터는 ST 부동산의 자전거를 빌렸다. 안장 높이가 안 맞아서 중간부터는 계속 일어서서 페달을 밟았다.

제일 우치타장은 싸구려 패널 같은 외벽을 단 아파트였다. 일 층에 다섯 집, 이 층에 다섯 집. 문과 문 사이에 실외 급탕기와 에어컨 실외기가 있었고, 문 색깔은 집집마다 달랐다.

102호의 현관문은 해바라기 같은 샛노란 색이었다. 인터폰을 눌렀다. 실내에서 벨 울리는 소리가 들렸다. 두 번, 세 번 눌렀지만 대답은 없었다. 주먹을 쥐고 노크했다. 역시나 대답이 없었다.

에이이치는 늘 '너'라고 불렀고 에이이치도 그 사람을 '당신'이라고밖에 부른 적이 없어서, '가키모토 씨! 집에 없어요?' 라고 소리치는 이 상황이 히스테릭한 웃음을 흘리게 했다.

문 아래에 달린 신문 주머니에는 아무것도 들어 있지 않았다. 현관문 도어 렌즈에 한쪽 눈을 대자, 또다시 스스로의 어처구니없는 행동에 웃음이 나올 것 같았다. 내가 지금 뭘 하는 거지.

문은 잠겨 있었다.

"가키모토 씨!"

인터폰을 누르면서 불러도 문은 닫힌 그대로였다. 덜컥덜컥 흔들어도 반응이 없었다.

문은 후코의 원피스 색깔이었다.

"가키모토 준코! 있으면 대답해!"

에이이치는 고함쳤다.

해바라기색 문은 여전히 침묵을 지켰다.

열쇠 구멍에 열쇠를 넣고 돌렸다. 손잡이를 움켜잡고 돌렸다. 잡아당기자 곧바로 체인이 걸리며 문이 덜컥 멈췄다. 피가 거꾸로 솟구치며 순식간에 에이이치의 눈앞이 허옇게 변했다. 체인이 걸려 있다, 체인이 걸려 있다, 체인이 걸려 있다.

그 사람은 안에 있다.

—왼쪽으로 돌리면서 확 잡아당겨.

문을 열고 신발을 신은 채로 뛰어 들어갔다. 붙박이 신발장이 설치되어 있고, 부엌이 나오고 냉장고가 보이고, 그 앞에는 포렴이 드리워져 있고, 그 안에서 휴대전화 벨 소리가 울려 퍼졌다.

방 하나에 부엌이 별도로 있는 집이었다. 정면에는 바닥까지 잇대어 만든 창. 얇은 레이스 커튼. 방 안은 햇살이 들이비쳐 환했다. 오른쪽에는 시트에 폭 싸인 침대. 왼쪽에는 텔레비전과 작은 서랍장. 접이식 둥근 탁자. 그 위에서 가키모토 준코의 휴대전화가 울리고 있었다. 반짝반짝 착신 램프가 점멸하고 있었다. 유리잔 하나가 올려져 있었다.

이 사람이 이토록 작았나? 이런 장난감 같은 탁자 그늘에 가려져버릴 정도로 작았나?

위아래 회색 운동복에 하얀 양말. 이쪽을 등지고 누워 양팔을 축 늘어뜨리고, 무슨 영문인지 다리는 얌전히 옆으로 앉은 것처럼 모은 채, 가키모토 준코는 바닥에 쓰러져 있었다.

나중에야 안 일이지만, 그때 에이이치는 둥그런 탁자를 있는 힘껏 차버렸던 모양이다. 탁자는 서랍장에 부딪쳤고 서랍장 윗면에 깊은 상처가 나고 비틀려서 서랍을 열 수 없게 되었다.

"너 이게 무슨 짓이야!"

아무래도 에이이치는 그렇게 성난 고함을 질렀던 모양이다. 그 얘기도 나중에 101호 주민에게 들었다고 사장이 가르쳐주었다.

가키모토는 눈을 감고 있었다. 얼굴색은 스웨터 빛깔처럼 하얗고, 입가는 반쯤 말라붙은 허연 거품에 덮여 있다. 일으켜 세우자, 흐물흐물하게 에이이치의 팔 안에서 미끄러져 내렸다.

하지만 숨을 쉬었다. 콧구멍이 희미하게 바르르 떨렸다. 그 숨결에 지독한 약 냄새가 묻어났다. 허연 거품에서도 약 냄새가 지독했다. 은빛 포장지 여러 장이 바닥에 떨어져 있었다. 모두 비었고 알약이 들어 있던 케이스도 납작납작 찌그러져 있었다.

이 여자, 또 저질렀군.

휴대전화가 울렸다. 한 손으로 들고 버튼을 눌렀다.

"에이이치?"

"또 약이에요!"

에이이치가 외치자, 사장도 조급하게 소리를 질렀다.

"당장 구급차를 불러!"

에이이치도 그럴 생각이었다. 가키모토를 끌어안아 침대로 옮기고, 휴대전화를 다시 집으려다 손이 떨려 놓쳐버리고, 또다시 집어 들고, 늦은 가을 오후의 햇살이 비쳐 드는 창밖으로 싸구려 격자 울타리 너머로 이리저리 헤매던 눈길이 그것을 포착하기 전까지는.

구급 지정 종합 의료 후지사키 병원

울타리 바로 너머에 엄청나게 큰 간판이 덮쳐누를 듯한 기세로 치솟아 있었다.

등에 업은 가키모토 준코는 가벼웠다.

에이이치는 102호를 나와, 제일 우치타장을 벗어나, 후지사키 병원을 향해 달렸다. 달리기 시작하자 가키모토가 나지막하게 신음하는가 싶더니 우웩 하는 소리와 함께 토했다. 시큼한 냄새와 약 냄새가 섞인 뜨뜻미지근한 것이 목덜미로 쏟아져 옷깃 사이로 파고들어 등골을 타고 흘러내렸다.

좋아, 좋아, 더 토해. 삼킨 건 다 토해.

에이이치는 가키모토를 흔들면서 달렸다. 그녀의 양말이 거의 다 벗겨져 팔랑거렸다. 스쳐 지나던 할머니가 몹시 놀랐는지 자기가 끌고 가던 카트에 부딪쳐 휘청거렸다.

후지사키 병원은 가까워 보이건만 아무리 달려도 도달할 수 없을 것만 같았다. 그러면서도 에이이치를 기다리고 있는 것 같았다. 결코 도망치는 것처럼 보이진 않았다. 빨리 와, 이리 와, 뛰어와, 손짓하고 있었다.

"부탁합니다!"

응급 환자예요, 부탁합니다, 응급 환자예요, 뛰어가면서 에이이치는 계속해서 소리쳤다.

"약물 과잉 복용에는……."

스도 사장이 『가정의학』이라도 읽어주는 것처럼 말했다.

"일단 위세척이지."

가키모토 준코는 여전히 응급실에 있었다. 조금 전에 간호사가 나와서 생명에는 이상이 없다고 알려주었다. 꽤 많이 먹긴 했지만 한꺼번에 먹은 것 같지는 않다는 말도 해주었다.

사장이 말을 이었다.

"그런 일이 있긴 해. 수면제나 신경안정제를 정량으로 먹었는데 안 들으니까 하나만 더, 그래도 안 들으니까 두 개만 더, 그런 식으로 먹다가 과도하게 복용해버리는 거지."

사장이 정신없이 달려온 후로 에이이치는 거의 말을 안 해서 자기 목소리가 지금 어떻게 나올지 알 수 없었다. 후지사키 병원에 도착해서 가키모토를 넘겨주고, 들것에 실려 응급실로 들어가는 그 사람을 배웅하고, 그러고 나서 시간이 얼마나 지났는지조차 알 수가 없었다.

사장이 손으로 이마를 훔치더니 몸을 살짝 기울이며 속삭였다.

"에이이치, 여긴 내가 있을 테니까 우리 사무실로 가."

에이이치는 모래가 가득 찬 것 같은 머리를 흔들며 간신히 대답했다.

"아, 그렇죠. 아파트를 활짝 열어두고 왔으니 마스터키를 돌려줘야겠네요."

사장이 미소를 지었다.

"그런 말이 아니야. 모리마쓰 씨한테 말하고 안쪽 세면대를 쓰도록 해. 몸도 닦고 옷도 좀 갈아입어. 받은 물건이긴 하지만, 새 티셔츠가 있으니까 그것도 모리마쓰 씨한테 꺼내달라고 하고."

에이이치는 말없이 사장의 얼굴을 바라보았다.

"솔직히 말해서 자네 좀 냄새나니까."

"네, 그렇게 하겠습니다."

자리에서 일어서자 몸이 휘청거렸다.

"그렇게 해주세요. 조심하고."

조심하라는 말을 듣자마자, 모퉁이를 돌아오는 간호사와 부딪칠 뻔했다.

ST 부동산으로 돌아가자, 에이이치가 옷을 갈아입는 동안 모리마쓰 씨가 커피를 끓여주었다. 그리고 좀 있다 가도 괜찮으니까 마시고 가라며 어깨를 내리누르듯 의자에 앉혔다.

"가키모토 씨도 곧바로 의식이 깨어나진 않잖아. 여기서 좀 쉬었다 가."

받은 물건이라고 했던 티셔츠에는 가슴팍에 '해피 상가 번영회 창립 20주년 기념'이라는 글씨가 큼지막하게 찍혀 있었다. 목덜미 라벨이 '비매품'으로 되어 있다.

모리마쓰 씨는 에이이치가 벗어둔 재킷의 옷깃을 닦아내고 냄새를 제거하는 스프레이까지 뿌려주었다.

"죄송합니다."

"아냐, 아냐."

이 아저씨는 일상적인 사사로운 동작을 할 때도 왠지 모르게 비굴하다는 느낌을 준다.

"가족한테 연락 안 해도 괜찮은가?"

"가키모토 씨한테 가족이 있어요?"

"그게 아니라 자네 가족 말이야."

아아, 그렇지. 시계를 보니 저녁 일곱 시가 가까워져 있었다. 밖은 이미 컴컴했다.

그제야 비로소 휴대전화를 열어보았다. 세 시 넘어서 덴코에게 '연락할 수 있게 되면 바로 연락해, 기다릴게.'라는 문자가 와 있었다. 그것 하나뿐이라는 게 덴코다웠다.

전화를 걸자, 덴코와 일행은 아발란치 멤버들과 함께 대학 식당에 있다고 했다. 피카짱은 즐거워하고 이쪽에는 아무 문제도 없다고 에이이치가 묻기도 전에 덴코가 말했다.

"바람잡이 해준 답례로 학교 축제 때만 나오는 특별 메뉴를 대접받고 있어."

"그렇구나."

"피카짱이 조금 전에 엄마한테 직접 전화해서 늦게 들어와도 된다고 허락받았고. 그래도 내가 여덟 시 삼십 분에는 집에 도착할 수 있게 데려다 줄 거야."

에이이치는 휴대전화를 든 채 잠시 침묵을 지켰다. 덴코가 말을 이었다.

"너도 부모님한테 제대로 연락드려."

뭐라고 하지?

"정직하게 말하면 돼. 뭐, 자세하게 얘기할 필요는 없겠지."

덴코, 넌 역시 초인이구나. 뭐든 훤하게 꿰뚫어 보네.

"너희 부모님은 네가 생각하는 것보다 훨씬 이해심이 많은 분들이야."

"피카를 잘 부탁해."

"응."

"덴코."

이번에는 덴코가 입을 다물었다.

"너도 걱정될 테니까……."

"난 걱정 안 돼. 하나짱이 괜찮으면 가키모토 씨도 괜찮을 거야. 그치?"

다시 에이이치가 대답을 하지 못했다.

"이럴 때는 '응'이라고 하는 거야. 하나짱은 그런 점이 어수룩해서 틀렸어."

덴코는 웃으며 전화를 끊었다.

어머니 교코는 이해하기에 앞서 당혹스러워했다.

"친구가 병원에 있다니?"

"사소한 사고야. 본인이랑 얘기하고 나면 금방 돌아갈게."

"하지만…… 어느 병원인데?"

버스럭거리는 소리가 나더니 아버지 히데오가 전화를 받았다.

"무슨 얘긴지 알았다."

이쪽은 이해가 너무 빠른 거 아닌가? 역시 스도 사장이랑 '척 하면 착 하는' 사이였던 거 아닐까?

"조심해서 들어와라."

에이이치는 전화를 끊으려다 생각을 바꿨다.

"아버지."

"응?"

"죄송해요."

아버지는 웃기만 할 뿐 '아냐, 아냐.'라고 말하지 않았다.

휴대전화를 내려놓고 시선을 돌리니, 모리마쓰 아저씨는 컴퓨터 앞에 앉아 작업을 하고 있었다. 에이이치는 달착지근하고 따뜻한 커피를 마시면서 한동안 멍하니 그 모습을 바라보았다.

"모리마쓰 씨."

"네?"

"버블 때 돈을 왕창 벌어들였다는 게 사실이에요?"

아저씨가 몸을 돌리더니 안경을 콧등에서 내리고 에이이치를 바라보았다.

"가키모토 씨한테 들었어요."

"곤란한 질문이군."

아저씨는 쑥스러워했다. 쑥스럽게 웃는데도 역시 어딘지 모르게 비굴해 보였다.

"왕창이 아니라 '왕' 정도지. '창'은 안 붙어."

"그런데도 여전히 일을 하시네요."

"난 아무래도 일이 좋은 모양입니다."

에이이치는 커피를 마셨다. 아저씨는 다시 회계 작업으로 돌아갔다. 에이이치에게 등을 돌린 채, 키보드를 두드리면서 아저씨가 말했다.

"지난주 월요일에……."

한쪽 손을 올려 안경 위치를 바로잡는다.

"여기로 가키모토 씨의 어머니라는 여자분이 찾아오셨어."

에이이치는 아저씨의 뒷머리를 바라보았다.

"무슨 사정이 있는 듯한 분위기였는데."

아저씨는 키보드에 손을 올린 채 잠시 눈을 내리깔았다.

"그다지 느낌이 좋은 부인은 아니었지."

에이이치도 ST 부동산의 고객용 컵을 손에 든 채 눈을 내리깔았다.

"괜한 소리를 했군."

지난주 월요일이면 역전 대회 다음 날이다.

아저씨는 또다시 몸을 돌리더니 안경을 내리지 않고 온화하게 말했다.

"사장님한테 이쪽은 걱정할 것 없다고 전해드려."

알았다고 대답하고, 에이이치는 자리에서 일어섰다.

후지사키 병원의 면회 시간이 끝난 후에도, 입원 환자들의 소등 시간이 지난 후에도, 스도 사장과 에이이치는 응급실 앞의 긴 의자에 나란히 앉아 있었다. 복도 조명도 꺼지고 밝은 곳은 그 모퉁이뿐이었다. 인기척도 없었다. 이따금 간호사가 지나가거나 앞쪽 통로에서 발소리, 문 여닫는 소리가 들릴 뿐이었다.

"사장님, 집에 안 들어가도 괜찮아요?"

"응. 아내도 걱정된다면서 상황을 확실히 알 때까지는 옆에 있어주랬어."

정말이지 사람 됨됨이까지 고루 갖춘 미스 미쿠모 출신이었다.

"마음이 따뜻하시네요."

보통은 화를 내거나 어처구니없어하지 않을까?

"뭐, 그렇지."

사장이 목덜미를 어루만지며 하품을 했다.

"사정이 사정이다 보니."

'고용해버렸으니까'라는 예전의 그 태평스럽고 친절한 말은 아니었다. 그 말이 에이이치의 눈앞을 어둡게 만들었다.

"회사에서 모리마쓰 씨에게 들었어요."

"아아, 가키모토 씨 어머니 얘기?"

어이가 없을 정도로 선뜻 인정한다.

"에이이치는 못 들었나 보군. 그렇겠지, 가키모토 씨도 자네한테야 말할 수 없겠지."

위로하는 듯한 부드러운 눈빛으로 사장이 그렇게 말했다.

"그다지 느낌이 좋은 어머님이 아니라면서요?"

"모리마쓰 씨는 남한테 좀처럼 그런 표현을 쓰는 사람이 아닌데."

사장은 혼자서 곰곰이 음미하듯 고개를 끄덕였다.

"차림새는 화려했지만 인상이 거친 여성이었어. 얼굴색도 안 좋았지. 짙은 화장으로 감추긴 했지만. 꽤나…… 이래 보이더군."

술 마시는 몸짓을 했다.

"가키모토 씨는 가출한 딸이야."

대강 그런 사정일 거라고 짐작했다.

"그 어머니한테서 도망치는 중이지."

주저함도 망설임도 거리낌도 없이 사장은 그런 표현을 썼다. 도망치는 중이다.

"그런데 들통이 나서 지난달부터 가끔 전화가 왔나 봐."

지난달? 그 말을 듣고서야 에이이치는 가까스로 그때의 일을 떠올렸다. 벤치에 앉아 있던 그 사람이 유난히 작아 보였던 그때.

"가키모토 씨가 사는 곳을 아는 사람은 어머니의 오빠뿐이었다나 봐."

"외삼촌이네요."

"그래, 그렇지. 줄곧 비밀을 지켜줬는데, 이번에는…… 워낙에 궁지에 몰렸던 모양이야. 그러니까 가키모토 씨의 휴대전화 번호랑 우리 사무실에서 일한다는 얘기를 털어놓고 말았겠지."

어머니가 갑자기 들이닥친 소동 후에 사장이 가키모토 씨의 외삼촌에게 전화를 걸자, 상대는 싹싹 빌었던 모양이다.

—여동생한테 준코는 이제 혼자서도 어엿하게 잘 헤쳐 나가니까 방해하지 말라고 수없이 타일렀습니다만.

"그래서 우리 사무실도 가르쳐줬다는 거라. 우리도 어엿하게 착실한 동네 부동산이긴 하니까."

그런데도 어머니가 들이닥쳤다는 건가? 에이이치는 자기도 망설임 없이 '들이닥쳤다'고 생각해버린 것을 곰곰이 곱씹어보았다.

"가키모토 씨 어머니가 건강이 좋질 않아서 입원하는 모양이야. 그런저런 일로 마음이 불안해져서 딸을 만나보고 싶었을 테지."

사장의 말투는 편향되지 않았지만, 에이이치에게는 '불안해져서'라는 표현에 어렴풋한 혐오감이 깃들어 있는 것처럼 느껴졌다.

"그런데 아무리 전화를 걸어도 가키모토 씨가 상대를 안 해주니까 우리 사무실까지 쳐들어온 거지."

"곤란했겠네요."

"난 부인들이 울면 뭘 어떻게 해야 좋을지 정말 난감해. 우리 집사람은 운 적이 없으니까."

사장은 다시 목덜미를 어루만졌다.

그 자리에는 당연히 가키모토 준코도 있었지만, 가키모토의 어머니 혼자 일방적으로 흥분할 뿐이라 도중에 자리를 비우게 했다. 그러고 나서 사장은, 내가 준코 씨랑 잘 얘기해서 연락드리라고 할 테니 그때까지만 기다려달라고 어머니를 구슬려서 간신히 돌려보냈다고 했다.

"그 후에야 처음으로 가키모토 씨에게 사정 이야기를 들었어."

—나는 그 어머니한테서 도망친 거예요.

"흐음, 너무 놀라운 이야기라서 말이지."

사장은 두 손을 무릎 사이로 축 늘어뜨리고 있었다. 벗겨진 이마에 천장 불빛이 반사되었다.

"기특한 사람이라는 생각이 들더군."

이마는 눈이 부실 정도였지만, 사장의 얼굴은 어두웠다.

"일단 돌려보내긴 했지만, 그건 시간을 벌어주는 효과조차 없었던 모양이야. 그 후에 또다시 어머니가 접촉을 했겠지."

그런 일이 이번 과다 복용의 계기일 거라고 사장은 말했다.

"가키모토 씨한테도 이상한 생각하면 안 된다, 이번에도 혼자 어딘가로 도망치면 안 된다고 잘 타일렀지만."

에이이치는 왠지, 오늘 등에 업은 가키모토가 가벼웠던 것이나 너무나 작아 보였던 쓰러진 모습보다도 올해 초 역 플랫폼에서 맨발로 선로로 내려와 역무원의 등에 업혔던 그녀의 모습만 떠올랐다.

사정이라니, 무슨 사정이죠? 대체 가키모토 준코와 어머니 사이에 무슨 일이 있었던 겁니까? 물으려고 마음만 먹었으면 얼마든지 물을 수 있었고, 사장도 대답해줬을 것이다. 그러나 에이이치는 묻지 않았다. 이런 일은 본인이 말할 때까지 물어

보면 안 된다.

기다리는 사이에 시간 감각이 사라져버렸다. 먼저 꾸벅꾸벅 졸기 시작한 사람은 아마도 에이이치였을 것이다. 깜짝 놀라 눈을 뜨자, 사장은 고개를 떨어뜨린 채 잠들었고, 하얀 병원 벽에 걸린 시계는 새벽 세 시 삼십 분을 가리키고 있었다. 춥지도 않은데 시각을 확인하고 나니 부르르 몸서리가 쳐졌다. 코가 말라 있었다.

복도 안쪽에서 밝은 핑크빛 제복을 입고 클립보드를 든 간호사가 소리도 없이 나타나 응급실로 들어갔다. 에이이치는 손으로 눈을 비비며 세면실을 찾아 세수라도 할까 생각했다.

그때, 간호사가 나왔다. 문을 손으로 잡고 조용히 닫더니 이쪽으로 다가온다.

"가키모토 씨, 의식이 깨어났어요. 남동생이시죠. 만나보시겠습니까?"

"얘기할 수 있어요?"

간호사는 어머니 교코와 비슷한 나이로 보였다. 통통한 뺨으로 고개를 끄덕였다.

"남동생이 걱정하고 있다고 했더니 가키모토 씨도 만날 수 있냐고 물었어요."

그렇지만 짧게 끝내달라며 간호사가 미소를 지었다.

"얘기하는 도중에 졸리는 것처럼 보이면 자게 해주시고요. 이제는 잠들어도 괜찮으니까."

에이이치는 일어서서 고개를 숙였다. 간호사가 문을 열어주었다. 왠지 갑자기 신경이 쓰여서 두 손으로 몸을 매만지고 옷깃을 정리한 에이이치는 응급실로 발을 들여놓았다.

그곳은 정확하게 말하면 응급처치가 끝난 후의 대기실인 듯했다. 안쪽에 진짜 응급실로 향하는 출입구가 보였다. 바퀴 달린 침대 세 개가 나란히 늘어서 있고, 맨 앞과 가운데 침대 두 개는 비어 있었다.

가키모토 준코가 드러누운 침대는 머리 부분이 약간 비스듬히 올라가 있었다. 하얀 코드 몇 가닥이 모니터에 연결되어 있고, 왼쪽 손목에는 점적주사 바늘이 꽂혀 있었다. 후지사키 병원으로 달려오던 때보다도 복도 출입문에서 그 침대까지의 거리가 훨씬 멀게 느껴졌다.

신발 바닥이 리놀륨 바닥에 부딪쳐 소리가 났다. 베개 위에서 가키모토의 머리가 움직였다. 어스름한 병실에서 마주친 그 얼굴은 베개 커버와 마찬가지로 새하얘 보였다. 하얀색도 아니고, 색이 빠진 것도 아니고, 아무것도 없기 때문에 하얀색으로만 보이는 것 같았다.

모니터에 혈압과 맥박과 체온이 표시되었다. 숫자에도 선에도 변화가 없는 걸 보니 안정되었다는 뜻이겠지.

에이이치가 무슨 말을 꺼내기도 전에 가키모토가 눈을 반쯤 뜨고 입을 열었다.

"……바보 같긴."

목이 잠긴 소리가 났다. 담배를 안 끊으니까 그렇지, 하고 에이이치는 억지로 다른 생각을 했다.

침대와 침대 간격은 좁았다. 어디에 서야 좋을지 몰라 망설이는 사이, 그 자리에 우뚝 멈춰 서고 말았다.

"지금 몇 시야?"

"세 시 반 넘었어."

가키모토 준코가 눈을 감았다.

"미안해."

경천동지다. 전대미문이다. 이 사람이 사과를 할 때가 있다니.

"가려고 했어."

가와시마 형의 대학 축제 얘기였다.

"어젯밤에는 잠이 안 와서. 하지만 조금이라도 자둬야 한다고 생각했지. 잠이 부족하면 난 훨씬 더 무뚝뚝해지니까."

분명 당신의 무뚝뚝함은 특수 주문품이다. 고푸라보다도 무시무시하다.

"그런데 약을 먹어도 효과가 없어서…… 더 많이 먹고 말았어."

"사장님도 대충 그럴 거라고 추측했어."

하얀 얼굴이 미세하게 떨리는 숨을 내쉬었다.

"또 신세 졌네."

"좀 더 정중한 표현을 쓰라니까."

가키모토가 눈을 반쯤 뜨고 웃었다. 점적주사액 수면이 흔들렸다.

"뭐, 그래도……."

이상하다. 조금 전까지는 아무렇지 않게 얘기했는데, 지금은 내 목소리가 떨린다.

"이번에는 전차는 안 세웠으니 그나마 다행이지."

마치 내가 나쁜 짓을 저질러서 고백하는 것처럼 왜 이렇게 가슴이 답답할까?

"잠이 안 오는 건 어머니 때문인가."

질문이 아니었다. 말이 에이이치의 입에서 저절로 흘러나왔다.

대답은 없었다. 반쯤 떴던 눈을 다시 감아서 그대로 잠들어버리나 —그러는 편이 낫겠지. 질문을 할 의도도 없었으니까— 생각했을 때, 가키모토가 머리를 움직이며 가냘프기 그지없는 시선으로, 그러면서도 확실하게 에이이치의 시선을 붙잡았다.

“사장님한테 들었구나.”

에이이치는 아래를 내려다보며 고개를 끄덕였다. 가키모토 준코의 눈을 보지 않고 끄덕였다.

점적주사 방울이 똑, 똑, 떨어졌다.

이렇게 무섭게 느껴졌던 적은 없다. 침묵과 그다음에 이어질 말이 이토록 고통스럽게, 그러면서도 이토록 애타게 기다려진 적은 없었다. 무슨 말이든 해. 말해줘.

“나한테도 남동생이 있어.”

가키모토가 말했다. 오빠도 있다고 했다. 속삭이는 게 아니라 평범하게 말했지만, 목소리 출력이 약해져 있었다.

“셋 다 아버지가 달라.”

우리 어머니는 그런 여자야.

“오빠는 이미 오래전에 어딘가로 떠나버려서 소식 불명이지. 남동생은 내가 어머니한테서 도망쳤을 때는 아직 어렸고, 지금은 외삼촌 집에 있어. …… 계속 안 만났어. 만나도 못 알아볼지 몰라.”

가키모토의 귀 옆, 청결한 베개 커버 위의 한 점을 응시하며 에이이치는 우뚝 서 있었다.

“남동생한테는 못 할 짓을 했지만…… .”

에이이치는 움직일 수 없었다.

"그 당시에는 도망치지 않으면 위험할 것 같았으니까."

유료 낚시터에서, '여기 물고기는 영 생기가 없네.'라고 말했을 때의 음성이었다.

"도망치지 않으면 어머니든 그 사람의 남자든……."

아니면 두 사람 다.

"죽여버릴 것 같았으니까."

고등학교 일 학년 여름방학이 막 시작됐을 때였다. 그때부터 줄곧 도망만 다녔다고 했다.

"그래서 고등학교도 못 나왔어."

"이제 됐어."

에이이치가 말했다. 더 이상 말하지 마. 말하지 않아도 알아.

이 얘기와 거친 인상, 짙은 화장에 술꾼으로 보이는 어머니를 합해보면 구역질이 나올 정도로 훤히 알 것 같았다. 이렇게 가까이 있는 일일 줄은 꿈에도 몰랐지만, 오늘날에는 고등학생이라도 충분히 추측이 가는 종류의 이야기였다.

남자관계가 칠칠치 못한 어머니, 처치 곤란한 남자만 걸려드는 여자, 그런데도 남자 없이는 살아갈 수 없고 그렇기 때문에 절제력을 잃기 쉬운 여자였겠지. 그렇다 보니 당신이 다 큰 나이가 되자, 칠칠치 못한 어머니에게 걸려든 변변치 못한 남자가 혹은 남자들 중 누군가가 당신에게 뭔가를 했던 거겠지.

그 '뭔가'를 어떻게 표현해야 할까? 그 어떤 표현도 머릿속에서 굴러다니기만 할 뿐, 피와 토악질 냄새가 풍겨날 것 같았다.

손을 댔다는 건가?

그런데도 당신의 어머니는 당신을 구하려 하지 않았다. 당신을 지켜주려 하지도 않았다. 그래서 당신은 도망친 것이다. 그대로 있다간 두 사람을 죽여버릴 것 같아서 도망친 것이다.

도망쳤어도 당신은 이따금 전차를 정면에서 보고 싶어지고, 약을 과도하게 먹기도 하는 것이다. 도망쳤는데도. 도망쳤기 때문에. 계속 도망칠 수밖에 없기 때문에. 도망치고 또 도망을 쳐도 어머니는 어머니이기 때문에. 친어머니를 죽일지도 모른다는 생각을 한 자기 자신으로부터는 도망칠 수 없었기 때문에. 죽이고 싶은 생각이 들 정도의 일을 당한 당신은 지금도 여전히 낙인이 찍혀 있기 때문에. 아무리 발버둥을 쳐도 자신의 그림자를 떨쳐내고 도망칠 수는 없기 때문에.

"사장이…… ."

복도에 있다고 에이이치가 말했다.

"졸고 있지만."

가키모토는 눈을 감고 미소를 지었다.

"평소에는 잘 시간이니까."

"그렇지."

"너도 돌아가서 자. 동생이 걱정할 거야."

"당신이 자면 갈게."

"알았어."

그럼 잘게, 하면서도 가키모토는 눈을 뜨고 에이이치를 바라보았다. 그 눈은 또렷하게 뜨여 있었다.

언젠가 그런 생각이 든 적이 있다. 역 플랫폼에서 가냘픈 팔을 움켜잡았을 때다. 이 눈은 너무 굳어서 그 어떤 종류의 빛도 튕겨내버리는 것 같다고. 지금, 그 눈이 열려 있었다. 흐릿한 빛이긴 하지만, 미미한 빛이긴 하지만, 빨아들이겠다고 말하는 것처럼.

뒷걸음질을 치면서, 또다시 신발 바닥을 울리면서 에이이치는 가운데 침대에 엉덩이를 걸쳤다. 가키모토 준코는 가냘픈 숨을 내쉬더니 눈을 감았다.

에이이치는 생각에 잠겼다. 기억을 하나하나 떠올렸다.

미타 가 사람들의 '심령사진'을 보고 이 사람이 했던 말.

—이 여자, 울고 있네.

북풍이 몰아치는 역 플랫폼에서는 이렇게 말했다.

—설교 좀 하시네, 하나비시 댁 아들.

갈매기 사진의 마키타 일도 피카 일도 이 사람은 에이이치보다 먼저 알아챘다.

어머니 교코를 비난했던 가족들 일에도 이렇게 말했다.

—그런 건 선의잖아. 그러니 감당하기는 더더욱 어렵지. '정의'라고 하는 편이 좋을지도 모르겠네.

—어린애가 죽는 건 있어서는 안 되는 일이니까. 끔찍한 일이니까.

당신이 어머니한테, 어머니의 남자한테, 상대를 죽여버리고 싶은 생각이 들 정도의 일을 당했을 때, 당신은 누군가에게 말했겠지. 그렇지만 상대는 그 말을 받아들여주지 않았던 거야. 그렇지?

그런 일은 정상적인 세상에서는 있어서는 안 되는 일이니까. 끔찍한 일이니까. 거짓말하지 말라느니, 네 생각이 지나치다느니, 네가 오히려 더 나쁘다느니…….

당신은 늘 자기 얘기를 했었던 거야. 그런데 난 알아채지 못했어.

옛날 고구레 씨 일에도 이런 말을 했지.

—비전투원은 아무도 안 죽여도 돼. '구원을 받는다'는 말은 그런 뜻이야.

이제야 겨우 깨달았다. 그런 뜻이었던 것이다.

당신이 도망친 것은 올바른 선택이었다. 아무도 죽이지 않고 끝낸 건 올바른 선택이었다. 당신은 스스로를 확실하게 구원해왔다.

어쩌면 그것이 영화천국 아저씨의 눈—인생을 다 쏟아 천차만별의 영상을, 그 속에서 무수한 사람들의 얼굴을 끊임없이 지켜봐온—에, 우리가 오누이처럼 보인 이유일지도 모른다. 나도 도망쳤고, 당신도 도망쳤다. 도망자는 어딘지 모르게 닮는 법이다.

푹 자.

이번에는 누가 쫓아오든 우리가, 내가 쫓아내줄 테니까.

어쨌거나 친지와 절연하는 것은 하나비시 집안의 특기니까.

날이 새고 나서 스도 사장과 에이이치는 집으로 향했다. 재채기를 연발하던 사장이 에이이치의 등을 두드리며 말했다.

"그 사람 안 자를 거야."

달리 아무런 생각도 안 떠올라서 에이이치는 이렇게만 답했다.

"잘 부탁드립니다."

사장이 푹 자고 일어난 아기처럼 웃었다. 웃으면서 또 한 번 요란하게 재채기를 했다.

"아, 눈이 부시군."

이마에 아침 햇살이 반사되었다.

7

가키모토 준코는 일주일 만에 퇴원하고, 12월부터는 ST 부동산 업무로 돌아왔다.

단순한 과다 복용인 것치고 입원을 길게 했던 이유는 이번에야말로 시간을 벌자는 의도였다. 스도 사장이 가키모토의 외삼촌에게 다시 연락해서 가키모토의 어머니도 입원이 결정 났다는 사실을 알아내고 말했다.

—그쪽이 입원할 때까지 가키모토 씨도 병원에서 보호해야겠어. 그쪽은 간경화인 모양이야. 알코올이 문제겠지, 응.

가키모토는 입원 중에 후지사키 병원의 소개로 약물의존 상담을 받기 시작했다. 이번 기회에 담배도 끊겠다고 했다. 실제로 회사에 나온 후로도 담배는 피우지 않았다.

하지만 점심은 여전히 시오미 다리 벤치에서 먹었다. 12월에 접어들어 강가가 훨씬 추워졌는데도 그 벤치에 앉아 있었다. 에이이치가 그곳에 같이 있기도 했다.

큰 사건이 벌어졌지만 변한 것은 아무것도 없었다. 너무나 비일상적인 색깔을 띤 사건이라 그런지 지나버리고 나니 꿈처럼 여겨졌다. 적어도 에이이치에게는 그랬다.

가키모토 준코가 에이이치에게 자신의 얘기를 한 것은 응급실에서의 그때뿐이었다. 이후의 소식은 전부 스도 사장에게 들었다. 그것도 아마 모든 정황은 아닐 것이다.

사장이 묘하게 늙어 보이는 표정으로 감상을 늘어놓은 적이 있다.

—그건 그렇고, 가키모토 씨의 외삼촌이라는 분도 꽤 힘들겠어. 여동생 인생 뒤치다꺼리까지 떠맡아야 하니 말이야.

벤치의 가키모토 준코는 더욱더 과묵해졌다. 말랐다기보다 약간 초췌해졌고, 어쩌다 마음이 내키면 입을 열었다. 그래도 과묵한 것치고는 자주 웃게 되었다. 에이이치가 '고푸라대 우미호타루 괴수 헤도리안' 얘기를 했을 때는 정말로 재미난 듯이 웃었다. 자기도 보고 싶었다고 아쉬워해서 조만간 영화천국에서 볼 수 있다고 말해주었다.

맞은편 강가의 공영 아파트 베란다에서는, 낮에는 겨울 햇볕에 빨래가 펄럭이고 저녁에는 조명이 켜져 커튼 빛깔을 비추었다. 에이이치는 그 후로 사 층 오른쪽 끝 창가의 아이를 본 적이 없지만 가키모토는 봤던 모양이다. 엄마를 도와 둘이서 즐겁게 빨래를 널었다고 했다.

“베란다에 너무 자주 나와, 감기나 안 걸리면 다행일 텐데.”

“그 애도 이 벤치에 앉아 있는 당신을 보고 그런 생각을 하지 않을까.”

“그럴까?”

그때도 가키모토는 웃었다.

피카를 덴코 일행에게 맡기고 에이이치가 혼자 행동한 일과 관련해서 부모님은 호되게 야단치지는 않았다. 잘은 몰라도 아버지가 무마시켜줬을 것이다. 하지만 어머니는 아무래도 근원적인 착각을 계속하는 것 같았다.

“하나짱, 사고 났다는 네 친구 말인데…….”

혹시 종교 문제로 남편이랑 헤어졌다는 여자 일이냐며, 심문 같기도 하고, 하문下問 같기도 하고, 조심스러워하는 것 같기도 하고, 화가 난 것 같기도 한, 스스로도 그중 어느 것이 진짜 의도인지 헷갈리는 듯한 말투로 몇 번씩이나 질문을 했다.

그럴 때마다 에이이치는 아니라고 대답했다.

“아니구나.”

어머니는 고개를 끄덕였지만, 도저히 납득할 수 없다는 기색이 표정에 드러났다.

“언제가 마짱이 했던 얘긴데…….”

마사미 이모 말이다.

—언니. 여자는 아들이 생기면, 젊을 때 자기가 한 일을 그대로 되받게 돼 있어.

"다른 여자한테 도둑맞겠지."

급기야 그런 소리까지 했다. 엄마, 그건 괜한 걱정이라기보다 걱정도 팔자인 수준이라고.

"하지만 마사미 이모는 훔쳐 온 걸 다시 돌려줬잖아."

"그거야 불량품이었으니까."

"그 후로는 어때?"

"돼지풀씨처럼 상대 쪽에서 멋대로 들러붙는 사람은 있는 모양이야."

적어도 민들레씨라면 괜찮을 테지만.

피카는 본격적으로 작품 제작에 몰두하기 시작했다. 수없이 그려둔 스케치를 바탕으로 구도를 정한 후에도 또다시 밑그림을 숱하게 그렸다가 버렸다. 그럴 때 방에서는 늘 피아노곡이 흘러나왔다. 멘치 누나한테 녹음해달라고 부탁한 음악이라고 했다.

"난 이 음악을 들으면 의욕이 생겨."

드디어 입시 태세에 들어간 미쿠모 고등학교 이 학년들이었지만, 연내에는 그나마 집행유예 느낌도 있어서 특별활동을 은퇴한 덕분에 휑하니 빈 방과 후 시간을 에이이치는 덴코 일행과 느긋하게 보냈다. 그럴 때 화제는 대개 시답잖은 것들뿐이었지만, 어쩌다 진로 얘기가 나오기라도 하면 탄빵이 제일 진지해졌다.

"색소폰 계속할 수 있는 데로 가고 싶어."

취미로만 해도 좋지만, 하고 쑥스러워했다.

"그래도 그만두긴 싫어."

그러면서 새해가 밝으면 센터 시험*이 기다리고 있는 선배들에게 온갖 취재를 하고 다녔다.

에이이치는 벤치에서 가키모토에게 그런 일들도 이야기해 주었다. 여전히 둘이 얼굴을 마주할 기회는 그곳뿐이었다. 후지사키 병원에서 신세 진 일로 에이이치는 확실하게 가키모토 준코 쪽으로 한발 다가설 수 있었지만, 그것이 한 단계 올라선 것인지 내려선 것인지 가늠하기 어려운 것도 사실이었다.

뭐, 아무렴 어때.

어쨌거나 새해 첫 참배는 같이 갈 수 있을까? 그 정도 생각을 하고 있었다. 조깅 동호회의 새해 첫 달리기 대회를 구경하러 가도 좋겠지.

* 일본의 각 대학 입학시험에 앞서 전국적으로 일제히 실시하는 공통 시험.

그러나 미래란 예측 불가능한 것이다. 가까운 미래의 예측조차도.

"23일?"

천황 탄생일이야, 하고 아버지 히데오가 말했다.

"그렇게 빠듯하게 닥쳐서야 할아버지를 묘지에 안장시키나?"

"부처님도 느긋하고 편안한 새해를 보낼 수 있게 해드린다는 뜻이지."

할아버지의 묘지가 이제야 겨우 결정되었다는 것이다.

"유산 분배는?"

아버지가 목을 움츠렸다.

"잠정적 정전停戰."

이스라엘과 팔레스타인보다는 평화롭다고 말했다.

"오후나에 있는 장명사라는 절이야. 아빠가 다녀올게."

그 말을 들은 순간, 에이이치의 마음이 아니라 그보다 깊은 속에서 뭔가가 움직였다. 움직이면서 자리를 잡고 앉았다.

"아버지. 내가 갈게요."

"뭐?"

"내가 간다고요. 가족 대표로."

에이이치는 아버지랑 둘이 유틸리티 룸에 있었다. 고구레 씨가 벽에 남긴 수도꼭지는 거무죽죽하게 곰팡이가 끼었었는데 어머니가 사포로 박박 닦아내서 눈에 띄게 번쩍거렸다. 아버지는 컴퓨터 앞에 앉아 있었다. 볼링 동호회의 망년회 공지를 올리는 중이었다. 결국은 카메라를 만지작거리는 것보다 공을 굴리는 쪽을 취미로 선택한 모양이었다.

"하나짱."

"내가 가면 안 되나?"

"안 된다는 뜻이 아니라……."

아버지가 손가락으로 코밑을 문질렀다. 저건 나랑 똑같은 버릇이잖아, 하고 에이이치는 새삼 생각했다. 지금까지는 의식한 적도 없는데.

"하나짱이 혼자 가야 할 이유는 없어. 그런 책임을 질 필요는 없다고."

"장남이라서 가겠다는 게 아니야. 그런 사고방식은 낡았어."

"그런 뜻이 아니야."

에이이치도 순간적으로 생각이 떠올라서 한 말이긴 했지만, 단순하고 즉흥적인 생각은 아니었다. 그것은 '결단'이었다.

"가족 대표라는 건 그저 형식일 뿐이야. 내가 가고 싶어서 그래. 개인으로서. 끝을 봐야 할 일이 있어요."

아버지는, 도시락 뚜껑을 열고 기폭 장치 달린 폭탄을 발견하기라도 한 듯한 표정으로 에이이치를 물끄러미 바라보았다.

"끝이라니?"

"끝장을 내겠다는 뜻은 아니야. 매듭을 짓는다는 거지."

약간은 끝장에 가까울지도 모르지만, 하고 마음속으로 은밀히 생각했다.

아버지는 에이이치에게서 시선을 돌려 컴퓨터를 바라보았다. 그 컴퓨터의 커서는 피카가 친구한테 데이터를 받아 온 '피카추' 모양으로 설정되어 있었다. 한동안 마우스도 키보드도 만지지 않자, 피카추가 조작을 재촉하며 폴짝폴짝 뛰어올랐다. 피카추의 점프를 바라보는 아버지를 에이이치도 말없이 지켜보며 기다렸다.

아버지는 폭탄을 해체하지 않고 그냥 도시락 뚜껑을 닫아버리기로 결정한 듯했다. 알겠습니다, 하고 말했다.

"세밑이 임박한 때라 납골에 참가하는 사람은 할머니랑 형제들뿐이야. 며느리들도 오긴 하겠지만, 가족들뿐이지."

마침 잘됐다고 에이이치는 생각했다.

"정말 혼자 갈래?"

에이이치가 입을 힘주어 꽉 다물자, 아버지의 얼굴도 굳었다.

"입회인이랑 같이 갈 거예요."

아버지는 누구한테 입회인을 부탁할 거냐고 묻지 않았다. 덴코랑 같이 갈 거냐고 묻지도 않았다. 덴코가 아닐 거라고 짐작하기 때문에 묻지 않겠지.

"네, ST 부동산입니다."

"또 잠깐 같이 가줬으면 하는 데가 있는데."

전화기 너머에서 가키모토 준코는 말이 없었다.

"23일, 경축일이지만 수요일이니까 휴일 맞지?"

"어디?"

"오후나."

에이이치는 이미 전차 시간표도 조사해뒀기 때문에 역에서 만날 시간을 재빨리 전한 다음, 상복을 입고 와달라고 말했다.

"납골식에는 상복 입고 가는 거 맞지?"

"그렇겠지."

납골식에 가는 거야, 하고 중얼거렸다.

"상복 없나?"

"있어. 사회인이니까."

그러더니 너는 교복을 입어야 한다고 말했다.

"학생은 단벌 신사니까. 아, 그리고 구두."

"장례식용 구두도 있어."

"그 구두, 여차하면 뛸 수도 있나?"

가키모토 준코를 놀라게 하는 일이 이렇게 재미있는 줄은 몰랐다.

"여차하면 뛴다고?"

"도망치는 토끼처럼 뛸 수 있는 구두로 부탁합니다. 아, 그리고 또."

"또 뭐야?"

"매번 성가시니까 당신 휴대전화 번호도 가르쳐줘."

이번 침묵은 완벽하게 발끈한 느낌이었다.

"여자 휴대전화 번호를 물으면서 '매번 성가시니까'라는 식으로 말하는 남자는……."

에이이치는 허겁지겁 후퇴했다.

쾌청한 날씨였다.

경축일의 요코스카센은 그럭저럭 붐볐고, 도쿄 역을 지나자 훨씬 더 혼잡해졌다. '옮기자.'라며 가키모토 준코가 시나가와에서 내렸다. 뭘 어쩌려는 건가 궁금했는데, 플랫폼을 달려서 특실 차량으로 바꿔 탔다. 그쪽은 텅텅 비어서 편하게 앉을 수 있었다.

"사치스럽네."

"그래도 기분은 좋잖니."

그 말대로 얘기를 나누기도 편했다. 게다가 특실 요금은 그녀가 내주었다. 차장의 눈에는 우리가 어떻게 보일까 하고 에이이치는 생각했다. 역시 오누이 사이일까?

"근데, 누구 납골이야?"

"우리 할아버지."

아버지 쪽이라고 덧붙이자, 가키모토는 그 한마디만으로도 무슨 일인지 납득한 듯했다. 발 쪽을 내려다봤다. 출퇴근할 때 늘 신고 다니는, 고무바닥에 합성가죽으로 된 굽 없이 납작한 검정 구두였다. 새 옷처럼 보이는 상복과 비교하면 아무래도 오래 신어서 발이 편안할 것 같았다.

가키모토의 상복은 무릎 아래까지 내려오는 길이의 원피스에 짧은 재킷을 맞춰 입은 차림새였다. 이 사람이 치마를 입은 모습은 처음이었다. 검은 스타킹도 진주 목걸이도 귀걸이도 처음 보았다. 얇은 외투는 청회색이라고 해야 하나, 부드러워 보이는 소재로 만들어져 있었다.

에이이치는 교복뿐이었다. 손에 든 짐도 없었다. 부모님이 준 '불전' 봉투는 주머니 속에 넣어두었다.

가키모토는 검은 가죽 숄더백을 들고 있었는데, 굽 없는 납작한 구두에서 시선을 옮겨 그 가방의 어깨끈을 조정해서 끝까지 길게 늘였다. '여차하는 타이밍에는 확실하게 알려줘야 해.'라며 백을 유치원 아이들처럼 어깨에 비스듬히 메는 모습이 우스웠다.

"이 외투 비싼 거니까 잊지 않게 조심해야겠다."

자기는 어떤 자격으로 참석하는 거냐고 물었다.

"입회인."

"그게 아니라 명목 말이야. 여러분은 모르셨겠지만 우리 집에는 누나도 있었어요, 할 수는 없잖아?"

"그건 그렇지."

몇 가지 안이 나왔지만, 결국은 피카의 가정교사로 결론이 났다.

"히데오 씨와 교코 씨 부부는 오늘 불가피하게 시간을 낼 수 없었습니다만, 고등학생인 에이이치 혼자만 보내기는 걱정된다고 해서 제가 같이 찾아뵈었습니다. 아니, '같이 찾아뵈라는 분부를 받았습니다.' 쪽이 더 나을까?"

차 안에서 나지막한 소리로 인사말을 연습하는 모습도 우스꽝스러웠다.

귀여웠다.

상복을 입으면 대부분의 여성은 미인도美人度가 높아진다고들 한다. 지금까지 가키모토 준코를 미인이라고 생각한 적은 단 한 번도 없었기 때문에 이번 경우에는 '높아졌다'가 아니라 '발견했다'고 표현하는 게 적절할 것이다.

잘만 꾸미면 미인이잖아.

나지막이 인사말을 연습하는 가키모토 준코와 그런 생각에 잠긴 에이이치를 태운 채 요코스카센은 달려갔다.

팩스로 받은 안내서에 따르면, 장명사는 역 터미널에서 버스를 타고 세 번째 정거장에 내리면 바로 앞에 있다고 했다. 납골식 전의 법요가 시작되는 시간보다 꽤 일찍 도착했고, 외길인 것 같아서 두 사람은 걸어가기로 했다.

"할아버지 기억나?

"인상이 옅어."

존재감도 옅은 사람이었다.

"불호령 치는 할아버지는 아니었구나."

"그 대신 할머니가 떽떽거리지."

가키모토가 입술 끝으로만 웃었다.

막연히 상상했던 것보다는 현대적인 절이었다. 기와지붕이 아닌 서양식 건물. 안내를 맡은 젊은 스님에게 하나비시라고 인사를 건네자, 안으로 안내해주었다.

"다들 모이셨습니다."

건물 안쪽은 완벽한 절이라 불상과 만다라 족자, 두루마리 불경이 정식으로 장식된 복도를 통과해 대합실로 들어갔다.

가족들뿐이라는 얘기를 들었기 때문에 알아보기 쉽기도 했을 것이다. 그렇다고는 해도 뜻밖으로 에이이치는 그 사람들의 얼굴을 다 기억하고 있었다. 할머니는 물론이고 큰아버지, 에미 큰어머니, 작은아버지와 사토코 작은어머니도 금방 알아보았다. 딱 한 사람, 검은색으로 통일은 했지만 러프한 최신 유행 패션을 한 청년이 있어서, '저 호스트 같은 녀석은 뭐야?' 생각했는데 사촌 형 히데키였다.

"히데오한테 얘기는 들었다. 어서 와라."

제일 먼저 입을 연 사람은 요시오 큰아버지였다.

"오랫동안 찾아뵙지 못해 죄송합니다."

에이이치는 정중한 자세로 앉아서 고개를 숙였다.

"저어, 옆에 계신 분은?"

에미 큰어머니가 가키모토 준코를 바라보며 물었다. 연습한 보람이 있어서 가키모토도 실수 없이 인사를 했다.

"히카루의 가정교사란 말이지……."

위아래로 확인하듯 훑어보는데도 가키모토의 빈틈없는 태

도에는 흔들림이 없었고, 에이이치도 그녀의 기세에 맞춰 시치미를 뗐다.

상주인 에이이치의 할머니는 기모노 옷깃이 왠지 야무져 보이지 않았다. 쉰 목소리로 위턱과 아래턱을 비틀듯이 입술을 움직이며 정말 오랜만이라고 말했다. 틀니가 잘 안 맞아서 턱을 저렇게 움직이겠지, 하고 에이이치는 생각했다. 그저 건성으로 덴코 아버지랑 오랫동안 교제해온 게 아니다.

오랜만이라는 표현에는 보통 그리움이나 놀라움이 부수적으로 따라오게 마련인데, 할머니의 경우는 말만으로 겉돌았다. 그러니 감정 쪽은 짐작해볼 필요도 없었다. 노골적으로 언짢아 보였기 때문이다.

"자식이랑 남을 대리인으로 보내다니, 둘째 며느리도 여간 옹고집이 아니야."

큰어머니를 향해 말했다. 큰어머니도 이마에 주름을 한 줄 잡으며 할머니에게 고개를 끄덕였지만, 말은 하지 않았다. 대신 히데키에게 얼굴을 가까이 대고 뭐라고 속삭였다. 그 호스트 얼굴이 히죽거리는 모습이 비위에 거슬렸다.

"엄마랑 히카루도 건강하니?"

그 사람들의 눈을 피하듯이 나지막이 말을 건넨 사람은 작은어머니였다. 그래, 이 작은어머니는 이런 사람이었어.

"네, 건강해요."

"그래, 다행이구나. 보고 싶다. 히카루짱도 많이 컸지? 에이이치도 몰라보게 컸네."

거기까지 말한 작은어머니는 할머니와 큰어머니가 째려보자 더더욱 주눅이 들어 조용히 고개를 숙였다. 그 옆에 떡하니 버티고 앉은 작은아버지는 잇달아 담뱃불을 붙여 연기를 내뿜으며 에이이치와 가키모토를 견주어볼 뿐이었다.

잠정적인 정전은 어디까지나 잠정적이다. 이 냉랭한 분위기는 유산 분배 분쟁이 여전히 꼬리를 감추지 않은 탓이겠지. 그 증거로 요시오 큰아버지와 가쓰미 작은아버지는 시선도 마주치지 않았다. 본인들이 의도한 바는 아닐지 모르지만.

에이이치는 아버지의 얼굴이 할머니랑 많이 닮았다는 생각을 잠깐 했다.

대기실 상좌에 화려하게 자리 잡은, 흰 천으로 감싸인 납골상자와 검은 칠을 한 금박 위패. 그 중앙에 있는 할아버지의 영정 사진은 어찌 된 영문인지 초점이 많이 흔들려서 고구레 씨의 직업적 분노를 불러일으킬 만한 대용품 수준이었다.

영정 사진의 할아버지는 양복 차림으로, 눈썹을 찡그린 듯한 표정을 짓고 있었다. 웃고 있는데도 울상으로 보이는 사진이었다. 어쩌면 그 사진을 찍었을 때는 웃는 얼굴이었는데,

아내와 아들과 며느리 들이 유산 문제로 실랑이를 벌이는 모습을 보고 울상으로 변해버렸는지도 모른다. 그런 일도 생길 수 있다는 걸 지금의 에이이치는 알고 있었다.

"여러분, 본당으로 들어오시죠."

조금 전 젊은 스님이 안내하러 들어와서 어색한 한때는 간신히 끝이 났다.

본당에서 불경을 들으며 분향을 올렸다. 의자가 나란히 놓여 있어서 무릎 꿇고 앉을 필요는 없었다. 불경은 『남무묘법연화경』이었다. 독경이 시작되자 가키모토 준코가 핸드백에서 염주를 꺼내서 에이이치는 깜짝 놀랐다.

아무도 울지 않았다. 이미 그런 단계는 넘어섰겠지. 히데키는 툭하면 옆에 앉은 제 어머니에게 말을 건네며 히죽거렸고, 큰어머니도 그에 답해 뭐라고 대꾸를 했고, 그럴 때마다 작은아버지가 날카로운 시선을 던졌다.

본당에서 나와 묘지로 이동했다. 건물 뒤편의 아담한 묘지로 햇볕이 잘 드는 곳이었다. 느티나무 노목 한 그루가 서 있어서 바로 옆 맨션에서 내려다보이는 시야를 막아주었다. 당연한 일이겠지만, 묘지는 갓 새로 만들어서 얼굴이 비칠 정도로 반짝거렸다. 가키모토가 작은 목소리로 화강암이라고 했다. 아마도 에이이치에게 가르쳐주는 말이었을 것이다.

할아버지의 유골 항아리를 묘지 밑에 내려놓자 할머니가 손수건으로 얼굴을 가렸다.

바람이 매서워서 눈이 부옇게 흐려졌다.

탈 없이 봉안을 마치고 일동은 함께 장명사를 나왔다. 장례나 봉안식을 마치고 먹는 쇼진오토시 회식은 근처 초밥집에서 할 거라고 팩스에도 적혀 있었다.

거기까지 가는 짧은 시간, 에이이치는 한차례 깊은 심호흡을 했다.

독경을 해준 주지스님이 있는 동안은 조용하고 차분한 분위기였다. 대화도 적고, 시종일관 그 자리에 어울리는 내용뿐이었다. 하지만 스님이 자리를 뜨자 금세 기압이 올라가기 시작했다.

선수를 친 사람은 가쓰미 작은아버지였다. 맥주는 헌배를 올릴 때 입에 대기만 했을 뿐, 곧바로 따끈한 청주로 바꾼 작은아버지는 이미 얼굴도 눈도 벌겋게 달아올라 있었다.

“뭐, 이제 아버지도 편안한 곳에 자리를 잡으셨으니…….”

“가쓰미, 오늘은 모처럼 에이이치도 왔어. 시답잖은 얘기는 꺼내지 마라.”

요시오 큰아버지가 떨떠름한 표정으로 주의를 주었다.

"시답잖은 얘기가 아니야."

작은아버지는 동의를 구하듯 부리부리한 눈으로 에이이치를 바라보며 이야기를 계속했다.

"너는 잘 모르겠지만……."

'너라니, 나 말인가?' 하고 에이이치는 생각했다.

"아버지랑 어머니를 계속 모셔온 사람은 나랑 사토코야. 큰형님도 큰형수도 모른 척했고, 히데오 형님이랑 너희 엄마는 완전히 인연을 끊었으니까."

할머니는 본인이랑 관계되는 얘기를 하는데도 젓가락질을 멈추지 않고 초밥을 먹었다.

"그런데 뭐냐고. 결국 우리만 한쪽에 밀어놓고 얘기를 진행하다니."

"그런 표현은 삼가주세요. 우리 멋대로 해버린 것처럼 들리잖아요."

큰어머니가 나섰다. 에이이치를 신경 쓰는 눈치였다. 호스트 얼굴인 히데키는 또다시 히죽거렸다.

"실제로 멋대로 했잖습니까."

작은아버지가 거칠게 담배를 비벼 끄며 말했다.

"히데오 형님은 찬성했다고 하지만 그건 기권이나 마찬가지야. 난 도저히 납득할 수 없어."

"그만하세요."

작은어머니가 남편의 팔꿈치를 내리눌렀다. 굳이 따지자면 고양이상인데 줄곧 조심스러운 인생을 살아온 탓인지 설치류처럼 보였다. 그런데도 그만하라고 말할 정도는 된 걸 보면, 작은어머니도 나름대로 칠 년 반의 세월은 쌓아온 것이다.

"전 납득했으니까 됐잖아요."

"되긴 뭐가 돼."

'미안해요.'라며 작은어머니가 에이이치와 가키모토 준코에게 미소를 건넸다.

"에이이치, 많이 먹으렴. 선생님도 좀 드세요."

에이이치도 가키모토도 나무젓가락을 가르기만 했을 뿐, 음식에는 손을 대지 않았다. '선생님'이라고 불린 가키모토는 눈을 내리깔며 인사를 했다.

"애당초 우리 가족들은 너무 냉정해. 인정이 없어."

작은아버지가 연설을 시작했다.

"아버지도 슬프실 거야. 어머니도 그렇게 생각하잖아요."

할머니는 곁눈질을 하듯 눈을 깜박거리더니 젓가락을 내려놓았다. 무슨 말을 하려나 싶었는데 아무 말도 없었다.

"평소에도 좀 더 자주 찾아뵙고 부모님이랑 대화를 했어야지."

"다들 바빠요."

큰어머니가 되받아쳤다. 이마에 잡힌 주름 한 줄은 여전히 사라지지 않았다.

"우리도 바쁩니다, 형수님."

바쁘지만 그 시간을 쪼개가면서 아내가 애를 써왔다고 힘주어 말했다. 그 옆에서 정작 당사자인 작은어머니는 더더욱 움츠러들고 있었다.

할아버지랑 할머니는 간호가 필요했나, 하고 에이이치는 생각했다. 언뜻 보기에 할머니에게는 문제가 없는 듯하지만, 겉으로만 봐서는 알 수 없겠지. 그래서 작은어머니가 그 시중을 들어온 걸까?

큰아버지는 뚱하게 술만 마셨고, 다른 표정은 품절인지 애당초 제조 라인에 없었는지 히데키는 느글느글 히죽거리기만 할 뿐이었다. 큰어머니 이마의 주름은 어느새 두 줄로 늘어나 있었다.

"그래, 맞아! 대화가 필요했다고."

같은 말을 되풀이하는 술주정뱅이처럼 작은아버지가 다시금 힘주어 말했다.

"식구잖아. 가족이라고. 서로 손을 맞잡고 도와야지. 사이좋게. 뭐든 나눠가면서. 난 괜찮아, 그거면 돼. 집사람도 용서

할 거라고. 안 그래?"

에이이치는 몇 번인가 눈을 깜박였다. 몇 번을 되풀이해도 눈앞의 광경에는 변화가 없었다.

어색하고 거북한 초밥집 객실. 가족 간의 실랑이는 정전은 커녕 연속 중인 듯하고, 게다가 분쟁의 주 원천인 작은아버지에게는 나름대로 할 말이 있는 것 같았다. 이렇다 할 반론도 없고 할머니조차 말을 막지 않는 걸 보면, 어느 정도 수긍이 가는 점이 있는지도 모른다.

하지만 에이이치에게는 그보다 더 강하게 마음을 지배하는 감상이 있었다.

평범한 사람들이야.

그런 생각이 들었다. 어이가 없을 정도로 평범하다. 머리에 뿔이 난 것도 아니고 입이 귀까지 찢어져 있는 것도 아니다.

관계자 거의 모두가 상복 차림인 상황은 좋든 싫든 후코 장례식의 기억을 환기시켜서, 에이이치는 꼬리에 꼬리를 물듯이 그 무렵 일을 떠올렸다. 하지만 그때 오갔던 심한 말이나 격한 비난이나 매서운 눈초리를 지금 여기서 다시 떠올려봐도 무엇 하나 절박함을 느낄 수 없었다. 그 무엇도 마음속으로 파고들지 않았다.

"아버지가 불쌍해."

술잔을 손에 든 작은아버지가 울상을 지으며 떨리는 목소리로 말했다.

"이렇게 냉정한 자식들한테 어머니를 맡기고 먼저 떠났으니 보나 마나 가슴을 치고 우실 거라고……. 그건 너무 슬픈 일이잖아."

작은아버지 혼자만 감정이 한껏 고조되었다.

히데키의 이죽거림이 얼굴 가득 번졌다. 저 녀석도 달리 어쩔 수가 없는 거겠지, 하고 에이이치는 생각했다.

모두 나약해.

가키모토 준코가 곁눈질로 보고 있었다.

"저어……."

작은아버지에게서 도망치듯 고개를 숙이고 있던 일동이 에이이치를 주목했다. 다행히 객실은 넓었다. 에이이치는 방석을 빼고 자세를 고쳐 앉았다.

"우리 집은 오랫동안 찾아뵙지 못했습니다."

작은아버지가 입술을 굳게 다물며 언짢은 표정을 지었다. 큰아버지는 눈을 살짝 크게 떴다. 큰어머니 이마에 잡힌 주름 두 줄은 더욱 깊어졌다.

"대단히 죄송합니다만, 그것은 앞으로도 변하지 않을 겁니다."

"에이이치!"

큰아버지가 소리를 높였다. 큰어머니의 눈초리가 매서워졌다. 에이이치는 둘 다 무시했다.

"우리 가족은 칠 년 전에 후코를 잃었습니다. 그때 일은 지금도 잊을 수 없습니다."

"야, 에이이치. 너 대체 무슨 말을 하고 싶은 거야?"

작은아버지가 몸을 앞으로 내밀었다. 에이이치는 그것도 무시했다.

"우리 부모님은 후코가 죽은 일에 책임을 느끼고 있습니다. 저 역시 책임을 느낍니다. 동생 히카루도 느낍니다. 모두 자기 탓이라고 생각하고 있습니다. 친척들과 교류를 끊고 우리끼리만 틀어박혀버린 이유는 그런 책임의 무게를 통감했기 때문이지만, 그래도 그것은……."

에이이치는 목소리를 높이며 좌중을 둘러보았다.

할머니가 에이이치를 보고 있었다. 힘없는 눈으로 바라다보고 있었다. 작은어머니는 더욱더 움츠러들었다. 큰아버지와 큰어머니의 입은 반쯤 열려 있었다.

"당신들이 왈가왈부할 하등의 이유도 없는 일입니다."

할머니와 가키모토 준코를 제외한 전원이 눈을 휘둥그레 떴다.

"당신들?"

작은아버지가 으르렁거렸다.

“에이이치, 네가 뭐라고 함부로 입을 놀려!”

“한 번쯤은 확실하게 밝혀둘 필요가 있을 것 같아서 말하지만, 우리 집은 그냥 내버려두십시오. 아무리 가족이라도 해도 되는 말이 있고 해서는 안 되는 말이 있습니다. 시간이 지나도 용서할 수 있는 일과 용서할 수 없는 일이 있습니다.”

“너 지금 뭘 용서 못 한다는 거야?”

“그러게, 도대체 뭔 소리를 하는지 모르겠네.”

으르렁거리는 작은아버지와 성난 눈빛을 띤 큰어머니를 에이이치는 똑바로 응시했다. 이럴 때는 당신들도 호흡이 잘 맞는군.

“후코가 죽은 이유는 우리 어머니 잘못이라고 당신이 말했잖아.”

입을 벌린 채로 작은아버지가 굳어버렸다. 큰어머니의 눈이 휘둥그레 커졌다.

“보기도 아까운 내 손녀를 살려내라고 당신이 말했잖아.”

에이이치는 상석에 앉아 있는 할머니에게 말했다. 힘이 없던 눈동자에 순식간에 화살촉처럼 날카로운 빛이 깃들었지만 할머니는 시선을 피했다. 화가 나진 않았다. 할머니도 그런 사람이었던 것이다. 역시 달리 어쩔 수가 없었던 것이다.

"당신은 우리 어머니가 며느리로 마음에 안 들었던 모양이지만, 그래도 해도 되는 말과 해서는 안 되는 말이 있는 거 아닌가? 후코는 당신의 손녀가 아니야. 우리 부모의 딸이고, 내 여동생이고, 히카루의 누나라고. 살려내라는 비난을 받아야 할 이유가 없어."

"지금 와서 무슨 소릴……."

큰아버지의 말을 에이이치가 가로막았다.

"지금이니까 말할 수 있지."

당신들도 평범한 인간이라는 걸 알았기 때문에 말할 수 있는 것이다.

"저 자식, 맛이 간 거 아냐?"

역시나 여전히 히죽거리며 히데키가 손가락으로 에이이치를 가리켰다.

"넌 입 닥쳐, 호스트 상판대기야!"

히데키의 이죽거리는 표정이 처음으로 사라졌다.

"장례식에서 실랑이를 벌이든 말든 그건 당신들 맘이야."

상좌에 앉은 할머니 옆에 놓인 할아버지의 영정 사진이 울상으로 미소를 지었다.

"무슨 일이 생기면 누구 잘못인지 정해야만 속이 풀리는 것도 당신들 맘이야. 그게 당신들 방식이면 상관없어, 좋을

대로 해.”

숨을 한 번 들이마시고 나서, 에이이치는 내뱉었다.

“하지만 그런 일에 우리는 끌어들이지 마. 대화? 당신들이 한 짓은 나 몰라라 하면서 웃기는 소리 작작 하라고!”

소리를 지르며 벌떡 일어서자, 의도한 것도 아니었는데 개인 밥상 가장자리에 부딪쳐서 맥주병이 요란한 소리를 내며 쓰러지고 그릇이 날아갔다. 작은어머니가 조그맣게 뭔가가 새어 나가는 듯한 소리를 냈다.

“자, 그럼 이만.”

정지된 그림 같은 풍경을 남겨놓고 에이이치는 초밥집 객실을 나왔다.

“실례가 많았습니다.”

보란 듯이 만면에 미소를 머금고 인사를 하자, 가키모토 준코도 옆에서 따라 했다.

초밥집 출입구에서 가키모토는 무사히 외투를 찾을 수 있었다. 둘이서 침착함을 가장하고 구두를 신고 밖으로 나왔다. 그대로 걷기 시작했다. 가키모토는 걸으면서 외투를 입고, 외투 위로 유치원생처럼 핸드백을 멨다.

바로 앞에 돌아가는 모퉁이가 보였다. 곧장 걸어가려고 하는 에이이치의 팔꿈치를 낚아챈 가키모토가 다급하게 모퉁이로 돌아들었다. 그리고 재빨리 앞쪽을 살핀 다음, 소리쳤다.

"뛰어!"

"어?"

"잔말 말고 뛰어!"

두 사람은 뛰기 시작했다. 도망치는 토끼처럼 뛰기 시작했다. 빠듯한 이 차선 포장도로라 따로 인도가 없었다. 하얀 선이 그려져 있을 뿐이다. 에이이치는 그 선 위에서, 가키모토는 그 안쪽에서, 나란히 냅다 달렸다. 깜짝 놀라는 보행자들과 자전거를 스쳐 지나면서 쏜살같이 달렸다.

"역이 이쪽인가?"

"몰라!"

에이이치가 더 빨랐다. 도중에 뒤처지기 시작하는 가키모토의 손을 힘껏 움켜쥐고 에이이치는 달렸다.

숨을 헐떡이며 달리던 가키모토가 이윽고 웃음을 터트렸다. 에이이치도 웃었다. 웃고 또 웃었다. 기다란 웃음 꼬리를 매단 두 개의 혜성이 12월 맑은 하늘 아래를 정신없이 달렸다.

"아아, 재미있었다!"

가키모토 준코는 벤치에 등을 기댔다. 다시 요코스카센의 플랫폼이었다. 아슬아슬하게 상행선 전차를 놓쳐버려서 플랫폼은 한산했다.

"쫓아올까?"

계단 쪽을 자꾸 신경 쓰는 에이이치의 머리를 가키모토가 툭, 하고 쳤다.

"안 와."

그러더니 또다시 재미있다는 듯 웃었다.

햇살은 아직 충분히 밝았다. 웃고 나서 숨을 몰아쉰 가키모토는 백에서 콤팩트를 꺼내 얼굴을 들여다보았다. 그리고 거울을 향해 미소를 지어 보인 다음, 콤팩트를 넣고 에이이치를 돌아보았다.

"시원해?"

"응."

에이이치는 플랫폼의 하늘을 우러렀다. 파랗게 펼쳐진 하늘. 하늘에서만 볼 수 있는 파란색이었다.

"후코 장례식 때도 하늘이 이랬어."

"그래."

그때부터 전차가 곧 도착한다는 안내 방송이 들릴 때까지 두 사람 다 침묵을 지켰다. 침묵하며 무언가를 공유하는 기분이 들었다.

어느 순간 가키모토 준코가 몸을 쭉 늘이며 플랫폼 앞으로 시선을 던졌다. 전차가 보이나 했는데 아니었다.

"잠깐만."

그렇게 말하고 벤치에서 일어나 잰걸음으로 달려가더니 플랫폼에 있는 매점에 들어갔다. 벤치에 기대 앉아 기다리자, 다시 잰걸음으로 돌아온 가키모토는 손에 뭔가를 들고 있었다.

일회용 카메라였다.

그것도 두 개. 그중 하나는 외투 주머니에 집어넣고 가키모토가 말했다.

"잠깐 일어나봐."

에이이치는 눈만 깜박거렸다.

"일어나라니까. 자, 얼른."

손을 잡아끌어서 일으켰다.

"똑바로 서. 옷깃이 구겨졌으니까 바로 펴고."

시원시원하게 지시를 내리면서 한편으로는 손에 든 일회용 카메라의 포장을 뜯었다. 그리고 카메라 렌즈를 에이이치에게 돌렸다.

"미소라도 짓든가, 어떻게 좀 해봐."

"어?"

멍청한 질문을 한 순간, 셔터를 눌렀다.

가키모토는 에이이치를 찍은 카메라를 외투 반대편 주머니에 넣고, 다른 쪽 주머니에 넣었던 카메라를 꺼내 포장을 뜯더니 에이이치의 손에 들이밀었다.

"찍어줘."

"어?"

"날 찍으라고."

손으로 외투 가슴을 두드린다.

에이이치는 시키는 대로 카메라 렌즈를 돌렸다. 가키모토 준코는 가방을 고쳐 메고 렌즈를 바라보며 미소가 깃든 진지한 표정을 지었다.

에이이치가 영문을 모른 채 사진 한 장만 찍은 카메라를 돌려주려 하자, 가키모토는 그 손에 자기 손을 포개며 뒤로 밀쳐냈다.

"가져."

"내가?"

"응. 줄게."

그리고 손을 뗀 가키모토는 전차가 달려오는 선로 앞으로 시선을 던지며 아이처럼 발돋움을 했다.

"현상할 건 없어."

대체 무슨 소리야?

"필요 없으면 버려도 돼. 하지만……."

멀리 보이는 요코스카센 전차의 정면을 바라보며 가키모토가 말했다.

"난 갖고 있을 거야. 계속 갖고 있을 거야."

에이이치는 카메라를 손에 든 채로 아무 말도 할 수 없었다. 카메라를 집어넣지도 못하고 그대로 들고만 있었다.

안내 방송이 들리고, 전차가 플랫폼으로 미끄러져 들어왔다. 어중간한 오후 시간대의 상행선 전차는 한가했다. 빈자리가 많았다. 그런데도 가키모토 준코는 문 옆에 있는 손잡이를 붙잡았다. 그래서 에이이치도 그 옆에 섰다.

"나 있잖아."

"응."

"나도 매듭을 짓고 올래."

머리칼 하나가 가키모토의 뺨에 들러붙어 있었다. 속눈썹은 젖어 있었다. 플랫폼 바람 때문에 눈물이 났구나, 에이이치는 생각했다.

"외삼촌 집에 다녀올래."

에이이치의 눈이 휘둥그레졌다.

"위험할 텐데."

"괜찮아. 어머니는 지금 병원에 있잖아."

"지금 다녀오겠다고?"

그렇게 되물었을 때, 발차를 알리는 음악이 울리기 시작했다. 문이 닫히겠습니다, 하는 안내 방송이 흘러나왔다.

가키모토 준코가 전차에서 획 뛰어내렸다.

"뭐해!"

"괜찮아."

따라 내리려는 에이이치를 두 손으로 밀쳐냈다.

압착공기 빠져나가는 소리가 들리고, 두 사람 사이에서 문이 닫혔다.

"다녀올게."

유리창에 가로막혀 가키모토 준코의 목소리는 멀게 느껴졌다. 전차가 움직이기 시작했다.

"걱정할 거 없어. 끝나면 너한테 꼭 전화할게!"

손을 흔들고, 유치원생처럼 멘 가방을 흔들며 가키모토는 그렇게 말했다. 전차는 그녀를 놔두고 일회용 카메라를 움켜쥔 에이이치만 태운 채 플랫폼을 떠났다.

가키모토 준코는 독설가에다 조심성이 없고 말을 할 때도 상식을 벗어난다. 그래도 딱 한 가지 성실한 점이 있다.

그녀는 에이이치에게 거짓말을 한 적이 없었다.

어떤 때라도 늘 정직했다.

—꼭 전화할게!

그것이 처음이자 마지막 거짓말이 되었다.

8

크리스마스는 바로 다음이니 어쩔 수 없다. 올해 안에는—이왕 찾아간 이상, 정리할 일이나 상담할 일이 여러모로 많을 테니— 역시 어쩔 수 없을 것이다.

새해에는 돌아오겠지.

새해 첫날에도 둘째 날에도, 셋째 날이 되어도 가키모토 준코는 돌아오지 않았다.

3일에 열리는 첫 달리기 대회는 하시구치랑 탄빵이랑 같이 구경하러 갔다. 돌아오는 길에 다나코 가에 새해 인사를 하러 들렀고, 곧바로 바비큐 파티에 돌입했다.

ST 부동산은 5일부터 업무를 시작했다. 몇 번을 찾아갔지만 늘 굳게 닫혀 있는 제일 우치타장의 해바라기색 문을 바라보는 데 지친 에이이치는 그쪽으로 발길을 옮겼다.

사장과 모리마쓰 아저씨가 새해 새끼줄 장식을 내건 문 안쪽에 앉아 있었다. 가키모토 준코의 자리는 비어 있다.

"새해 복 많이 받으세요."

인사를 주고받고, 슬쩍 벽에 걸린 화이트보드를 보니 거기에 적혀 있던 가키모토 준코의 이름이 지워지고 없었다. 에이이치는 스도 사장의 얼굴을 쳐다보았다. 모리마쓰 아저씨는 컴퓨터 앞으로 도망쳤다.

"잠깐 같이 나갈까?"

사장이 에이이치를 데리고 간 곳은 시오미 다리 아래 벤치였다.

녹슨 계단 위에서는 새해를 시작한 사람들과 자동차들이 끊임없이 오고 갔다. 올해는 설날부터 좋은 날씨가 계속되었다. 오늘도 하늘은 파랗다.

사장은 먼저 벤치에 앉더니 두 손으로 얼굴을 쓱쓱 문질렀다. 그리고 시선을 들며 입을 열었다.

"가키모토 씨 말인데…… 그만뒀어."

"회사를?"

"응."

"아파트는."

"떠났어."

오늘 사장은 웃지 않는데도, 아주 진지하게 눈썹을 곧게 펴고 있는데도, 갓난아기 얼굴처럼 보였다.

"새로 자리 잡은 곳은 나도 몰라. 그렇게 손을 썼으니까. 이사 업자 중에는 그런 전문가가 있지. 야반도주 전문이라고 하면 듣기는 좀 거북하겠지만."

자기가 사는 곳을 알리고 싶지 않은 사람을 누구에게도 들통 나지 않게 이동시켜주는 프로라고 했다.

"내가 가키모토 씨에게 소개했고, 나머지는 모두 그쪽에 맡겼어. 하나부터 열까지 모조리 끊어버리고 홀가분해지는 게 좋을 테니까."

머릿속이 텅 비어서 에이이치는 한동안 그대로 멍하니 서 있었다. 갑자기 하시구치만큼 키가 커진 것처럼 몸이 휘청거렸다.

"왜죠?"

가까스로 그렇게 물었다.

"또 도망친 거잖아요. 왜 그런 일을 해줬죠?"

"도망친 게 아니야."

사장은 분별력 있는 어른의 표정을 되찾고 희미하게 웃었다.

"이번에는 도망친 게 아니라 새로운 인생을 시작하기 위한 출발이야. 그러니 우리도 뒤를 쫓아선 안 돼."

목소리가 나오지 않았다. 머리뿐만 아니라 가슴 깊은 곳도 텅 비어버렸다.

"왜?"

왜, 하고 에이이치는 되풀이했다.

"일단 좀 앉아."

사장이 벤치 옆자리를 가볍게 두드렸다.

"이따금 여기서 가키모토 씨랑 같이 있었지. 그 모습을 봤어."

사장의 목소리가 부드러워졌다. 한낮의 강은 속삭이듯 흘러가지 않았다. 수문의 거품이 부글부글 소리를 낼 뿐이었다.

"에이이치한테는 첫 경험이겠지만, 인생에는 말이지……."

사장이 강을 향해 말했다.

"이런 일도 있어."

에이이치는 물었다.

"어떤 일이요?"

스스로도 어디서 목소리가 나오는지 알 수 없었다. 몸의 감각이 없었다.

사장이 말을 이었다.

"어느 때 어느 장소에서, 자기에게 매우 중요한 일을 어떤 사람이 알아주었으면 하고 바랄 때가 있지."

새해 햇살을 받은 강 수면의 잔물결이 반짝거렸다.

"어떻게든 알아주길 바라지. 하지만 상대가 그것을 알아버리고 나면, 그때까지와 똑같은 거리로는 더 이상 지낼 수 없는 일도 생기는 법이야. 그럼에도 불구하고 알아주길 바라지. 그 사람은 자네한테 고마워했어."

새해 햇살을 받은 사장의 이마도 환하게 빛났다.

"이젠 괜찮을 거라고 난 믿어. 아내도 같은 의견이야. 그래서 그 사람이 하고 싶다는 대로 해주기로 했어. 그게 제일 좋겠다고 생각한 거야. 가키모토 씨가 나랑 아내에게 '그동안 폐를 많이 끼쳤습니다. 이만 물러나겠습니다.' 하더라니까."

그것은 에이이치가 그 사람에게 해준 말이었다. 그렇게 어른스럽게 제대로 인사하고 떠날 때까지는 이상한 짓을 하면 안 된다고.

"또 약을 과다 복용하면……?"

사장이 고개를 저었다.

"이제 그런 짓은 하지 않아."

"선로로 내려간다거나."

"그런 짓도 안 해. 두 번 다시 안 해. 그래서 자네에게 감사하는 거야."

그 후의 침묵을 넘어서, 에이이치가 간신히 입 밖에 낼 수 있었던 것은 한마디뿐이었다.

"저 애도 서운할 텐데……."

맞은편 강가의 공영 아파트 사 층 끝 베란다에는 오늘도 빨래가 가득 휘날리고 있었다.

안녕이라고 말하지 않았잖아.

그럼 이만, 하지도 않았잖아.

꼭 연락하겠다고 했잖아.

나만 홀로 남기고 떠나버리다니…….

오래 사귀지는 않았지. 제대로 말을 주고받게 되고 일 년 정도밖에 지나지 않았어. 게다가 처음에는 당신이 예민하게만 굴었지.

—바보 같긴.

그런 말뿐이었잖아.

같이 웃었던 건 아주 최근이야. 모든 게 이제부터인데, 그런데 왜 말도 없이 사라지냐고.

—난 갖고 있을 거야. 계속 갖고 있을 거야.

일회용 카메라 하나만…….

그때 이미 결정했던 걸까?

"하나짱, 왜 그래?"

유령 같다고 탄빵은 말했다. 그런 탄빵을 하시구치가 눈짓으로 말리며 입을 다물게 했다. 탄빵이 몇 번씩이나 끈질기게 물어도 에이이치의 반응은 똑같았다.

부모님은 아무 말도 하지 않았다. 여느 때와 다름없이 생활하며 가끔 잔소리를 했다.

제작을 시작한 후로 줄곧 자기 방에만 틀어박혀 있던 피카는 무슨 까닭인지 벽장 침대로 부활해서 밤만 되면 시끄럽게 굴었다.

"있잖아, 있잖아, 하나짱."

그거 알아, 이거 알아, 하며 잡학 책을 손에 들고 말을 건넸다.

"시끄러워, 공부 방해돼."

에이이치가 화를 내면 순순히 입을 다물었다. 하지만 조금 있으면 언제 그랬냐는 듯 또다시 말을 걸었다.

"피카."

"응?"

"내가 유령 같니?"

피카는 잠시 생각한 후 대답했다.

"고구레 씨한테 물어보지그래."

그리고 작은 목소리로 덧붙였다.

"후코짱도 걱정해."

덴코 역시 아무 말도 하지 않았다. 가키모토 준코라는 여자는 아예 처음부터 없었던 것처럼.

"넌 아무렇지도 않냐?"

학교에서 돌아오는 길 육교에서, 더 이상 화를 참을 수 없었던 에이이치가 낮은 목소리로 물었다. 덴코는 가방을 등에 메고 양손을 주머니에 찔러 넣은 채 걷다가 뒤를 돌아보았다.

"그 사람은……."

요령 좋게 입가를 물결처럼 움직여 웃으며 말을 잇는다.

"나를 다나코 쓰토무라고 불러준 유일한 사람이었어."

타고난 음치인 주제에 부드럽게 노래하듯이.

"가키모토 씨가 말한 적이 있어, 나랑 하나짱에 관해서."

—너희 둘, 사실은 뒤바뀐 거 아니니?

의미를 알 수 없었다. 에이이치는 그저 뚱하고 있었다.

"사실은 내가 하나비시 댁 아들이고, 하나짱 너는 우리 집 아들이 아니냐고."

"너랑 피카가 친하니까."

"그게 아니야."

덴코는 고개를 숙이더니 발밑의 땅을 살짝 걷어찼다.

"우리 아버지가 누구랑 닮은 것 같으냐고 내가 물어본 적이 있어."

"어…… 뭐야, 아버지한테도 소개했어?"

"아니, 사장님이랑 같이 우리 토지를 보러 왔을 때."

진짜 자산가는 땅이라고 안 하고 토지라고 하는군. 마구잡이로 화풀이를 하듯 에이이치는 속으로 투덜거렸다.

"우리 집 '물체 X'는 누구랑 닮았을까요?"

덴코는 되풀이해 말하고, 짧게 깎아서 끝만 핑크색으로 헤어 매니큐어를 한 머리를 마구 긁어대더니 얼굴을 일그러뜨리며 웃었다.

"그랬더니 가키모토 씨가 그러더라."

—에이이치랑 닮았어.

그 후로 덴코는 가키모토 준코에 관해서 정말로 단 한마디도 하지 않았다.

유령의 시간이 어떤지는 여전히 알 수 없다. 다만, 유령 비슷한 것의 시간이 멈추지 않는다는 것은 확실해졌다. 에이이치의 삼 학기는 조용히 흘러갔고, 진학지도가 시작되어 선배들은 잇달아 대학 입시를 마쳤고, 붙기도 하고 떨어지기도 했다.

2월도 중반을 넘어선 방과 후의 일이다.

에이이치는 아무도 없는 교실에 혼자 남아 있었다. 창가 의자에 앉아 책상에 팔꿈치를 괴고 생각에 잠기려 하자, 금세 머릿속이 빙글빙글 돌기만 해서 아무 생각도 하지 않기로 했다.

문득 기척이 느껴져서 고개를 돌리니, 세 칸 떨어진 의자에 다나카 히로시가 앉아 있었다.

"잠깐 여기 좀 쓸게."

책상 두 개를 붙이고 그 위에 네거필름과 사진 인화지를 가득 펼쳤다.

"지금 정리해두지 않으면 일 학년 녀석들이 헷갈릴 테니까."

쿠모철에서 찍은 사진이었다.

네거필름과 인화지 짝을 맞추며 메모도 하고 뒷면에 뭔가를 적어 넣기도 하면서 히로시는 묵묵히 작업을 계속했다. 운동장에서는 일 학년 운동부 부원들이 구호를 외치며 공을 던지거나 치거나 차거나 하고 있었다. 에이이치는 턱을 괸 채 히로시의 작업을 구경했다.

"그거 다 철도 사진이니?"

"그렇지."

일본 전국의 철도, 일본 전국의 역이 히로시의 손가락 밑으로 작은 책상 위에 흩어져 있었다.

"야, 하나비시."

손동작도 멈추지 않고 시선도 떼지 않은 채, 히로시가 말을 건넸다.

"응?"

"퀴즈 하나 낼 테니까 대답해봐."

"울트라 컬트 퀴즈?"

"뭐, 그런 셈이지."

히로시는 계속해서 인화지를 정리하며 말을 이었다.

"철도는 온갖 것들을 다 실을 수 있어."

그리고 토지와 토지를 잇고 사람과 사람을 연결한다.

"그런데 말이야, 그런 철도라도 딱 한 가지만은 절대 싣지 못해. 뭔지 알겠냐?"

에이이치는 턱을 괸 채 힘없이 축 늘어졌다.

"미안, 나 현재 우울 모드야."

"알아."

안다고? ……하긴, 이제 와서 누구한테 들었느냐는 건 문제도 아니겠지.

"머리가 맛이 가서 난센스 퀴즈 같은 데 발휘할 재치도 없다."

"난센스 퀴즈 아니야. 그러니 잘 생각해봐."

에이이치는 생각하는 척만 했다. 다시 한차례 작업을 하고 마침내 손을 멈춘 히로시가 에이이치를 바라보았다.

"답은 역이야."

철도가 유일하게 태우지 못하는 것.

그것은 역이다.

“네가 우울한 건 사촌 누나 때문이지?”

나도 분지도 결국은 못 봤네, 하고 웃더니 히로시는 부드럽게 말을 이었다.

“그 사람은 말이야.”

에이이치는 여전히 턱을 괴고 있었다. 꼼짝도 않고 눈도 깜박이지 않았다.

“네가 있는 곳에서 뭔가 좋은 경치를 봤을 거야. 그래서 한동안 멈췄던 거라고. 멈춰 서서 팬터그래프pantagraph*를 조정했을지도 모르지. 연결기를 점검했을지도 모르고. 차량을 돌아보며 승객이 잊고 내린 물건은 없는지 확인하고 청소를 했을지도 몰라. 그러고 나서…….”

히로시는 손으로 시선을 떨어뜨리고 작업을 재개했다.

“다시 발차한 거야.”

철로는 이어져 있으니까.

아주 오랫동안 에이이치는 그대로 눈도 깜박이지 않고 꼼짝도 하지 않았다. 창밖에서는 운동부 부원들이 뛰거나 던지거나 치거나 차는 소리들이 들려왔다.

“고마워.”

---

* 전차나 전기 기관차의 지붕에 장치한 집전장치.

에이이치가 말했다.

히로시는 아래를 내려다본 채였지만, 어느 정도 지나자 손을 멈추고 시선도 멈추고 깊은 한숨을 내쉬었다.

"그래도 부럽다."

나도 사랑해보고 싶어, 히로시는 말했다.

"철도 말고 다른 것도."

시간은 흐른다.

—삼 학년 일 년은 빨라.

다베 여사의 말, 정말이지 그 말 그대로였다.

에이이치는 공부했다가 포기했다가, 긍정적이었다가 부정적이었다가, 오락가락했다. 하시구치는 한결같이 긍정적이었고, 탄빵은 입으로는 '자주독립'을 외치면서도 툭하면 하시구치에게 선생님 역할을 부탁했다.

결과적으로는 다들 나쁘지 않았다. 에이이치는 도박이나 다를 바 없었던 일 지망에서는 떨어졌지만, 무리일 거라고 생각했던 국립대학에 붙었다. 하시구치도 자기 희망대로 진학했다.

"하나짱이 들어간 '국제경제학부'라는 건 뭐지?"

"그보다 수리언어학이 뭐냐?"

"언어가 아니야, 수리논리학이야."

뚜껑을 열고 보니 탄빵과 멘치는 가와시마 형의 대학에 들어갔고 학부도 똑같았다. 두 사람 다 잔뜩 들떠서 뭘 알아보러 다니느라 정신이 없었다. 뭔가 했더니 벌써부터 동아리 안내였다.

"또 밴드 하는구나."

장어처럼 매끈하게 난관을 통과한 덴코는 친구들 중에서 제일 먼저 안정을 찾았다. 다만, 뜻밖에도 치학부가 아니라 법학부였다.

"아버지가 넌 세상의 규칙을 좀 배우는 게 좋겠다고 해서."

"법률이 '규칙'인가?"

"알기 쉽게 말하면 그렇겠지."

변호사 할 거면 수습 시절에는 우리 아버지 사무실로 오라며 하시구치가 의욕에 넘쳤다.

에이이치가 아르바이트하는 가게의 점장이 알코올 없는 축하 파티에 흔쾌히 자리를 제공해주었다. 점장에게는 피카가 도내 회화 콩쿠르에서 초등학생부 이 등을 차지했을 때도 신세를 졌다.

"난 운전면허 따야 해."

탄빵은 그쪽 조사도 시작했는데, 합숙 면허는 허락할 수 없다, 여자들한테는 여러 가지 위험이 있는 것 같다며 하시구치가 야단을 쳤다.

그러고 보니 이 커플은 여름방학이 끝나갈 무렵 한 번 크게 싸운 모양이었다. 원인은, 하시구치가 같은 반 여자애한테 고백을 듣고 거절하면서 댄 이유가 '입시에 집중하고 싶어서.'였다는 것. 그 이야기를 들은 탄빵이 화가 난 것이다. 왜 좀 더 확실하게 말을 못 해? 내 존재는 뭐야? 이건 그런 문제가 아니잖아. 그럼 무슨 문젠데? 말해봐. 쿵쿵 쾅쾅 요란한 전쟁이었다.

하시구치가 반성하고 데라우치 집까지 사과하러 갔지만, 그곳에서 기다리고 있었던 사람은 데라우치의 어머니뿐이었다. 하시구치의 내습을 미리 읽어낸 탄빵은 다나코 가로 도망치고 없었다. 그래서 하시구치가 거기까지 쫓아가자, 탄빵은 거실에서 덴코의 어머니랑 한국 드라마에 푹 빠져 있었다.

"하나짱한테도 보여주고 싶었는데."

하시구치 선생의 '카노사의 굴욕'.

덴코는 그 일을 요란하게 받아들여 블로그에도 썼고, 나중에 정말로 화가 난 두 사람에게 호되게 당했다.

삼 학년에 올라가자마자 에이이치도 얼굴을 알고 지내던 여자애한테 고백을 받았다. 시험 전에 자기 마음을 밝히고 싶다고 했다.

"서로 격려해줄 수 있으면 앞으로 더 열심히 노력할 수 있을 것 같아서."

에이이치의 마음에는 여전히 구멍이 뚫려 있었다. 이제 더 이상 아픈 구멍은 아니었지만, 그래도 구멍은 구멍이었다. 얼굴만 아는 정도이긴 했어도 느낌이 좋은 여자애라고 생각했기 때문에 뚫린 구멍을 대신 메우게 하고 싶진 않았다.

"미안하지만……."

에이이치는 그 말밖에 안 했는데도 상대는 순순히 물러났다. 이렇다 할 소동도 없었고, 그 여자애도 희망하는 대학에 붙었으니 축하할 일이었다.

ST 부동산의 구인은 결국 허사로 끝나서 사장의 부인이 사무직원으로 일하기 시작했다. 모리마쓰 아저씨는 그만두지 않았다. 가키모토 준코 대신 사장 부인이 옆자리에 앉자 비굴함의 강도가 더욱 높아진 느낌은 있지만, 여전히 건강해 보였다.

스도 사장의 변화를 들자면 발모제를 바꾼 정도다.

하나비시 집안에는 약간의 변화가 있었다.

에이이치가 —일부러 그런 건 아니지만— 초밥집에서 상

을 뒤엎고 온 일로, 완전히 해빙된 건 아니지만 핀포인트에서 눈사태가 일어난 모양이었다. 후코 기일에 큰아버지와 작은어머니한테서 앞뒤로 전화가 왔다.

어머니는 통화에 꽤나 열중했다. 그렇긴 해도 그저 수화기를 들고 고개만 끄덕였으니 내용은 알 수 없었다. 그래도 침착한 어조로 이렇게 말하는 소리가 들려왔다.

"저도 고집이 세서 죄송합니다."

그 후 며칠이 지나고 저녁 식사 자리에 오랜만에 가족 넷이 모였을 때 어머니가 말했다.

"후코짱 칠 주년 기일 말인데……."

그동안은 네 사람뿐이었다.

"이번에는 엄마랑 아빠 가족들을 불러서…… 으음, 와주는 사람만이라도 불러서 할까 싶어."

"안 될 건 없지."

에이이치가 말했다.

"무리하지 말고 천천히 하자고."

아버지도 말했다.

피카는 말이 없어서 조금은 걱정스러웠다. 야뇨증이 재발한다든가 하는 건 아니겠지?

그날 밤, 피카가 벽장 침대로 와서 말했다.

"후코짱 기일 전에 우리 가족이 다 함께 고구레 씨 성묘부터 하러 가고 싶어."

"그야 상관없지만, 친절한 그쪽 직원분들에게 네 거짓말이 들통 날 텐데."

"내가 제대로 사과하면 되지, 뭐."

그러고 보니 이시카와 노부코 씨와 화를 행동으로 보여주는 그 남편이 하나비시 가에 찾아온 일도 있었다. 쇼윈도를 그대로 두고 자기랑 비슷한 또래 아이들이 찍은 철도 사진을 장식했다고 피카가 말해서 구경하러 온 것이었다.

안으로 들어와서 얘기도 나눴다. 남편은 온화해 보이는 사람이었고, 옛날 앨범을 몰래 차에 싣고 와서 보여주기까지 했다. 그때는 미안했다며 겸연쩍게 웃었다. 앨범을 샅샅이 살펴보니 고구레 씨는 정말로 사진 찍히는 걸 싫어했다는 게 확인되었다.

"모두 멋진 사진이네요."

세잎회 아이들이 찍은 철도 사진 앞을 서성거리며 노부코 씨가 말했다.

"아버지는 행복한 사람이에요."

부부는 고맙다는 인사를 남기고 돌아갔다.

생각지도 못한 방문객으로 치면, 오바타 집안사람들도 다녀갔다. 사람들이라고 하면 안 되겠지. 에이이치의 외할아버지, 외할머니와 마사미 이모였다. 하나비시 친가 쪽에서 일어난 눈사태의 부산물로 이쪽이야말로 옹고집이 해빙된 것 같았다.

특이한 집에 사는구나, 하며 외할아버지와 외할머니가 신기해했다.

"교코는 옛날부터 우리 집 괴짜였으니까."

"괴짜는 내가 아니야, 남편이지."

처음에는 수줍어서 외할아버지랑 외할머니에게 좀처럼 다가가지 않던 피카는 집을 안내하는 사이 신이 났는지 거실 스크린을 바꿔가며 구경시켜줄 무렵에는 완전히 '귀여운 피카짱'이 되어 있었다. 꼬마 인생 상승장군, 전선을 점차 확장하는 기분인 모양이었다.

어머니 교코는 부모님 양쪽의 특징을 고루 물려받았다.

"……에이이치."

기억 속에서보다 머리 모양도 화장도 옷차림도 훨씬 세련되게 달라진 마사미 이모가 에이이치를 바로 앞에서 쑥스러울 정도로 찬찬히 뜯어보았다.

"있잖아, 언니. 내 눈이 잘못된 게 아니었어."

어머니를 돌아보더니 들뜬 목소리로 말했다.

"이 녀석은 다른 여자한테 내주기는 아까울 정도로 멋진 남자가 됐네!"

"잠깐만, 이모. 이모의 감식안은 상당히 문제가 많아."

조바심을 내는 에이이치를 이모가 끌어안았다.

그 순간, 에이이치는 생각났다.

후코 장례식에서 숨을 곳을 찾아 고개를 숙이고 있던 나를 끌어안아준 것은 바로 이 팔이었다는 것을.

대학 입학식이 별 탈 없이 끝나고, 다나코 가의 축하 야영 모임도 끝나고, 도쿄의 벚꽃도 모조리 떨어져버린 무렵이었다.

외출했다 돌아와 보니 에이이치 앞으로 편지 한 통이 와 있었다.

다행히 가족은 아무도 없었다. 하나비시 집에도 고구레 사진관에도 에이이치 혼자뿐이었다. 그래서 눈치 볼 것 없이 허둥거릴 수 있었다.

봉투 글씨가 눈에 익었다.

그 사람은 글씨 하나는 깔끔해서 또렷하게 기억이 났다.

봉투를 손에 든 채, 에이이치는 집 안을 오락가락했다. 계단을 올라갔다 내려갔다, 거실을 빙글빙글 헤매다, 카운터에 앉았다 일어섰다, 그러다 결국 자기 방에 자리를 잡고 봉투를 마주했다.

보낸 사람 이름은 없었다.

편지도 아니었다. 스냅사진 한 장이 들어 있었을 뿐이다.

봄날의 역이었다.

철로 변에 고운 빛깔을 머금은 벚나무 가로수가 늘어서 있고, 그 뒤로 유채꽃 융단이 펼쳐져 있었다. 거기에 서 있는 전차는 윗부분은 크림색이고 아랫부분은 선홍색이었다.

거의 정면에서 촬영한 귀여운 두 칸짜리 차량의 전차 사진.

뒤집어보니 봉투 글씨와 같은 깔끔한 손 글씨로 이렇게 적혀 있었다.

고미나토 철도 이타부 역.

에이이치는 온 방을 헤집어가며 그 파일을 찾았다. 히로시가 만들어준 추천 철도 노선 파일. 현상하지도 않고 손도 대지 않은 채 그대로 넣어둔 일회용 카메라와 함께 파일은 책상 서랍 속에 잠들어 있었다.

고미나토 철도는 맨 첫 페이지에 있었다.

보소의 지방선. 추천하는 계절은 봄. 인기도는 별 네 개. '이타부 역에는 초보자에게도 쉬운 촬영 포인트가 있음.'이라는 설명도 붙어 있었다. 전차 가까이로 다가가 느긋하게 바라보거나 사진 찍기에 좋은 지점이 있다는 의미다.

갔다 왔구나.

전차가 정면에서도 잘 보였겠지.

이봐.

에이이치는 사진에 대고 말을 건넸다.

소리는 나지 않았다. 올 일 년 사이에 키가 십 센티미터나 큰 에이이치는 성장의 증거인지 더 이상 소리를 내며 생각하지는 않는다.

아름다운 곳이었어?

봄이 무르익고 촬영하기에 더없이 좋은 맑은 날씨였으니 수많은 철도 마니아들이 모여들었겠지? 촬영하러 모인 사람들 중 누군가가 친절하게 대해주던가? '누나, 그쪽이 아니라 이쪽이 훨씬 잘 보여.'라든가 '이쪽에서 찍는 게 더 좋아.'라든가.

당신, 제대로만 꾸미면 미인이니까.

웃으면 예쁘니까.

에이이치도 자연스레 웃고 있었다.

좋은 사진이란 생각이 들었다.

당신이 지금 지내는 곳도 이렇게 아름다운 곳인가? 벚꽃과 유채꽃에 둘러싸인 이 전차처럼, 당신도 그곳에서 한숨 돌리고 있어?

달려 나가, 가키모토 준코.

난 이미 달리고 있어.

당신이야말로 이제 달려.

언제까지고 멈춰 있기만 하면 안 돼. 역은 오래 머무는 장소가 아니야.

달려 나가, 하나비시 에이이치.

그래, 달리자. 철로는 계속 이어져 있으니까. 지금은 안 보이는 그 어딘가를 향해 달려 나가자.

그곳에는 틀림없이 봄꽃이 흐드러지게 피어 있을 것이다.

『고구레 사진관』 마칩니다.

작가후기

이 작품은 픽션이며, 등장인물이나 작품 안에서 일어난 일들은 모두 창작입니다. 아래에 적은 참고문헌에서 많은 공부도 하고 도움도 받았지만, 작품 속에서 사용한 표현과 관련된 책임은 저자에게 있습니다.

『종군 카메라맨의 전쟁』, 신초샤, 글과 구성 이시카와 야스마사, 사진 고야나기 쓰구이치

『심령사진』, 다카라지마샤신쇼, 고이케 다케히코

『불허가사진』, 분슌신쇼, 구사모리 신이치

『심령사진은 말한다』, 『오컬트의 제국』, 세이큐샤, 이치야나기 히로타카 편저

철도의 즐거움에 관해서는 다나카 히로시田中比呂之 씨에게 가르침을 받았습니다. 가키모토 준코가 손에 넣은 '추천 철도 파일'은 다나카 씨가 이 작품을 위해 직접 작성해주신 것입니다. 고맙습니다.

여기서 한 가지 사과의 말씀을 드립니다. 네 번째 이야기 마지막에 등장하는 고미나토 철도를 에이이치는 '전차'라고 표현했습니다. 고미나토 철도는 전력화되지 않았으니 정확하게는 '기동차' 또는 '디젤차'라고 해야 옳겠지만, 여기에서는 그냥 '전차'라고 썼습니다.

이 작품을 신작 소설로 쓰기 시작한 것은 2008년 4월 10일, 네 번째 이야기를 끝마친 것은 2010년 1월 7일이었습니다. 일 년 반에 걸쳐서 참을성 있게 함께 애써주신 고단샤 편집부 여러분에게 깊은 감사의 인사를 올립니다.

작품 안에 몇몇 독립 영화가 등장합니다만, 그야말로 저자만의 '독립' 영화로 실재하지 않습니다. 또한 SF 호러 영화의 명작인 '유성에서 온 물체 X'와 관련해 덴코가 짧은 코멘트를 하는데, 거기에는 덴코의 해석이 들어가 있습니다. 『공포의 시학 존 카펜터(필름아트사)』라는 긴 인터뷰집에서 카펜터 감독은, '물체 X'의 정체가 아니라 이 영화의 라스트신에서 '상상력을 동원해야만 한다.'고 말했습니다. 또한 그 뒤를 잇는 작품을 만들고 싶으냐는 속편과 관련된 질문에 '하고 싶죠. 굉장한 스토리가 있어요. 최후에 남겨진 그 두 사람으로부터 시작합니다. 그런데 돈이 너무 많이 들어서 아무도 만들려고 하질 않네요.'라고 대답했습니다.

존 카펜터 감독의 팬으로서 저 역시 덴코와 마찬가지로 언젠가는 그 라스트부터 시작되는 속편이 세상에 모습을 드러내기를 간절히 희망합니다.

2010년 5월 길일

미야베 미유키

고구레 사진관 ㉻

초　판 1쇄 발행일 2011년 12월 15일
개정판 1쇄 발행일 2018년 9월 14일

지은이　미야베 미유키
옮긴이　이영미
펴낸이　정은영

펴낸곳　㈜자음과모음
출판등록　2001년 11월 28일 제2001-000259호
주소　04047 서울시 마포구 양화로6길 49
전화　편집부 (02)324-2347 경영지원부 (02)325-6047
팩스　편집부 (02)324-2348 경영지원부 (02)2648-1311
이메일　neofiction@jamobook.com

ISBN 978-89-544-3910-7 (04830)
978-89-544-3908-4 (set)

잘못된 책은 교환해드립니다.

이 도서의 국립중앙도서관 출판예정도서목록(CIP)은 서지정보유통지원시스템 홈페이지(http://seoji.nl.go.kr)와 국가자료공동목록시스템(http://www.nl.go.kr/kolisnet)에서 이용하실 수 있습니다.(CIP제어번호: CIP2018027009)